Kelly Siskind
STEALING YOUR HEART

Kelly Siskind

STEALING YOUR HEART

Roman

Aus dem kanadischen Englisch
von Anita Nirschl

PIPER

Mehr über unsere Autoren und Bücher:
www.piper.de

Wenn Ihnen dieser Roman gefallen hat, schreiben Sie uns unter Nennung des Titels »Stealing Your Heart« an *empfehlungen@piper.de*, und wir empfehlen Ihnen gerne vergleichbare Bücher.

ISBN 978-3-492-06157-5
© Kelly Siskind 2020
Titel der englischen Originalausgabe:
»Don't Go Stealing My Heart«, CD Books 2020
© der deutschsprachigen Ausgabe:
Piper Verlag GmbH, München 2021
Redaktion: Martina Vogl
Satz: Satz für Satz, Wangen im Allgäu
Gesetzt aus der Dante
Druck und Bindung: CPI books GmbH, Leck
Printed in the EU

Kapitel 1

DER UNTERSCHIED *zwischen einem perfekt ausge-führten Raubzug und geschnappt zu werden liegt in der Planung.* Clementine schloss die Augen und wiederholte stumm ihr Mantra. Luciens Mantra, um genau zu sein. Normalerweise beruhigten die Worte ihres Mentors ihren rasenden Puls, außerdem hatten sie jedes Detail dieses Jobs von vorne bis hinten durchgespielt. Es würde keine Patzer geben. Trotzdem fühlte sich ihre Brust an wie der Vesuv kurz vor einem Ausbruch. Sie zählte ihre Atemzüge, bis ihr Herzschlag wieder von Ferrari auf Nuckelpinne heruntergeschaltet hatte.

In Ned Comptons Stadthaus war alles ruhig. Er war wie erwartet zu seiner Villa in Italien aufgebrochen. Die Nachbarn schlummerten friedlich. Clementine hatte die Alarmanlage außer Gefecht gesetzt. Kinderspiel.

Augen auf. Konzentriert bleiben. Die Sache durchziehen.

Sie schaltete ihre Kopflampe ein und schlich den Flur entlang, die Treppe hoch ins obere Stockwerk und lautlos wie ein Gespenst in Neds Arbeitszimmer. Das Gemälde von Brendan Monroe über der Wandvertäfelung war bemerkenswert, sogar in diesem trüben Licht. Allerdings war es nicht dieses erlesene Kunstwerk, worauf sie es abgesehen hatte. Sie würde den Diamantring mit dem 8,47-Karäter dahinter stehlen.

Luciens Informationen zufolge hatte Ned das außergewöhnliche Schmuckstück auf einer Auktion erstanden – der Verlobungsring einer saudi-arabischen Prinzessin, wahrscheinlich für seine italienische Freundin, die er ständig betrog, oder für eine seiner Geliebten. Neds Internetaktivitäten deuteten darauf hin, dass er einen neuen Safe bestellt hatte. Etwas schwerer zu Knackendes für seine kostbare Errungenschaft. Er sollte nächste Woche geliefert werden.

Clementine hob das Gemälde an und war erleichtert, dahinter den alten Safe vorzufinden, den sie erwartet hatte. Während sie das Bild an den Mahagonischreibtisch lehnte, glitt ihr Blick über ein paar der gerahmten Fotos darauf: Ned beim Angeln mit einer Gruppe Männer, Ned mit seiner Freundin (die einen beschissenen Männergeschmack hatte), Ned in einem Landhaus, umringt von lächelnden Menschen, wahrscheinlich Familie. Clementines Herzschlag wechselte die Taktik und wurde zu einem schwerfälligen Pochen. Das einzige Foto in ihrer Wohnung war von der kleinen Nisha, und Clementine hatte das Mädchen nur ein einziges Mal getroffen.

Aber Nisha und Waisenkinder wie sie waren der Grund, warum Clementine schwarze Kleidung, Handschuhe an den Händen und das Haar in einem straffen Knoten trug und drauf und dran war, Ned Compton zu bestehlen.

Zügig streifte sie ihren kleinen Rucksack ab und nahm ihr Stethoskop heraus. Diesen Teil des Jobs genoss sie jedes Mal, die simple Mechanik von Maschinen. Schwarz und Weiß. Richtig oder falsch. Mit dem Stethoskop über dem Schloss lauschte sie auf das schwache Klicken, wenn die Kerbe der Mitnehmerscheibe unter den Einfallhebel glitt. Langsam drehte sie den Zahlenknopf und hielt den Atem an. *Da ... genau da.* Zwei deutlich hörbare Klicks.

Ein knurrendes Bellen riss sie aus ihrer Konzentration, und

ihr Blick flog zum Fenster des Arbeitszimmers. Lucien hatte keinen Nachbarshund erwähnt, was bedeutete, dass sie ihre Betäubungspfeile nicht dabeihatte. Was sie jedoch dabeihatte, waren ihre Hundeleckerlis. Das Geräusch war aus Richtung ihres geplanten Fluchtwegs, der Hintertür des Hauses, gekommen. Ihre einzige andere Möglichkeit war die Vordertür, eine schlechte Wahl in dieser bewohnten Gegend, selbst zu dieser späten Stunde. Der Köter war hoffentlich nur kurz draußen, um sein Bein zu heben.

Die Aufmerksamkeit wieder auf ihre Aufgabe richtend, merkte sie sich den Kontaktpunkt, den sie durch die beiden Klicks herausgefunden hatte, parkte die Scheiben mit einer Drehung des Zahlenknopfs um hundertachtzig Grad in der Ausgangsstellung und begann dann den Knopf methodisch zu drehen und angestrengt horchend jedes verräterische Klicken zu zählen, mit dem eine Scheibe nach der anderen aufgenommen wurde. Drei Scheiben insgesamt. Alles, was sie jetzt noch brauchte, waren die dazugehörigen drei Zahlen.

Sie holte Block und Stift heraus und nahm dann ihre Position wieder ein, lauschend, drehend: *Klick ... klick*. Die herausgefundenen Zahlen trug sie in ein Kurvendiagramm ein.

Die meisten Kinder lernten die Grundregeln der Mathematik, um Aufgaben in Schulbüchern zu lösen. Luciens Privatunterricht hatte einen praktischeren Nutzen gehabt. »Wenn du die falschen x- oder y-Werte hast«, hatte er gesagt, »dann bekommst du die falschen Zahlen, brauchst länger und könntest im Knast landen.«

Damals wäre sie lieber in den Knast gegangen, als wieder in die Hölle einer Pflegefamilie zurückzukehren.

Ein weiteres Knurren erklang. Clementine legte einen Zahn zu.

Zügig stellte sie die Diagramme fertig, notierte, wo sich die

Linien überschnitten – dreiundzwanzig, zwölf, sechsundsechzig –, und versuchte es mit diesen drei Zahlen. Ohne Erfolg. Sie setzte das Schloss zurück und probierte es in anderer Reihenfolge. Nichts. Eine der Zahlen musste falsch sein, was bedeutete, dass sie von vorn anfangen musste.

Zwölf Versuche später erklang das dumpfe *Klack* und *Tock* des Erfolgs hinter dem Zahlenknopf, und Clementine zog die Tür auf. Eigentlich sollte sie vor Adrenalinrausch eine stumme Siegerfaust machen, doch ihre Sinne fühlten sich irgendwie betäubt an. Der Safe war zur Hälfte mit Dokumentenstapeln gefüllt, und mit einer kleinen cremefarbenen Schatulle, die einen Ring enthielt – direkt vor ihrer Nase, zum Greifen nah. Nicht anders als die anderen Gemälde oder Juwelen, die sie gestohlen hatte. Dennoch geriet ihre Entschlossenheit ins Wanken.

Ned war ein widerlicher Typ, der seine Freundin betrog. Den Ring zu verhökern, um dafür zu sorgen, dass Kinder Essen und Kleidung bekamen, wog mehr als seine überflüssigen »Bedürfnisse«. Warum also lag ihr ein Kloß aus Schuldgefühl im Magen?

Sie lockerte ihre Finger, indem sie sie krümmte und streckte, und schüttelte den Kopf. Sie war schon den ganzen Tag aus dem Gleichgewicht. Das ganze Jahr, eigentlich. Länger, wenn sie das Monet-Desaster mitrechnete, aber nur daran zu denken würde auf direktem Weg dazu führen, diesen Job hier zu versauen.

Der Unterschied zwischen einem perfekt ausgeführten Raubzug und geschnappt zu werden liegt in der Planung.

Tief Luft holend nahm sie die cremefarbene Schatulle und überprüfte ihren Inhalt, bevor sie sie in ihre Tasche steckte. Nachdem der Safe wieder geschlossen und das Gemälde zurück an seinem Platz war, eilte sie die Treppe hinunter und hastete zum Ausgang. Die kühle Luft verlieh ihr einen Schub frischer Energie, während sie Handschuhe und Kopflampe in ihre Tasche stopfte. Dicht am hölzernen Zaun schlich sie durch den gepflegten Innenhof und trat dann hinaus in die Gasse. Wo sie von einem lauten Knurren begrüßt wurde.

Clementine warf einen Blick über ihre Schulter, und, jepp, ein Stück weiter stand ein großer Pitbull-artiger Hund und nahm sie finster ins Visier. Ihrer Überzeugung nach waren alle Tiere von Natur aus gut, und böse Hunde wurden von bösen Menschen dazu erzogen. Sie hatte keine Ahnung, wer dieses Vieh erzogen hatte, aber jetzt schien nicht der richtige Zeitpunkt zu sein, um ihre Theorie auf die Probe zu stellen.

Sie schwang ihren Rucksack nach vorne, kramte ein paar Leckerlis heraus und warf sie so weit wie möglich. Schnuppernd zuckte die Nase des Hundes hoch. Kaum setzte er sich in Bewegung, um der Witterung zu folgen, rannte sie los. Kies spritzte unter ihren Füßen auf, und der Asphalt erschütterte ihre Schienbeine bei jedem harten Schritt. Ein Bellen hallte durch die Gasse. Sie rannte schneller. Zu schnell, um die weggeworfene Fast-Food-Tüte zu bemerken, bis ihr Fuß darauf ausrutschte. Ihr Knöchel knickte um. Hart und ungeschickt ging sie zu Boden und prallte mit der Hüfte auf den Asphalt.

Verdammte Scheiße.

Einen Herzschlag lang verkrampfte sie sich, felsenfest davon überzeugt, dass der Pitbull über ihr stand, die triefenden Lefzen glänzend im Licht der Straßenlaternen. Aber sie war allein. Mit einem verstauchten Knöchel, schmerzender Hüfte und einem zweihundert Riesen teuren Diamantring.

* * *

In Gedanken bereits bei ihrem weichen Kissen und der flauschigen Decke, betrat Clementine humpelnd ihr Apartmentgebäude. Sie hatte den Ring an der vereinbarten Stelle abgelegt, und von Lucien stand nichts weiter an. Vielleicht würde sie eine Woche lang schlafen, sich ausruhen und ihren Knöchel auskurieren, bevor er sie mit einem weiteren Job überraschte. Der Welt und Pitbulls eine Weile lang aus dem Weg gehen.

»Brauchst du Hilfe, um in deine Wohnung zu kommen?«

Clementine erstarrte. Sie kannte weder die Stimme noch das lila Haar, das ihr genauso leuchtend entgegenstrahlte wie das freundliche Lächeln. »Nein danke, es geht schon. Nur ein verstauchter Knöchel.«

»Ich verstauche mir andauernd den Knöchel«, erwiderte die junge Frau, ohne Clementines Abfuhr zu bemerken. »Den rechten. Wie da drin überhaupt noch irgendwelche Bänder heil sein können, ist mir schleierhaft. Ich hab eine Packung Tiefkühlerbsen bei mir in der Wohnung, falls du welche brauchst. Und Schmerztabletten … Aber ich sollte mich vielleicht erst mal vorstellen, bevor ich dir Pillen gebe.« Sie streckte ihr die Hand hin. »Ich bin Jenny. Die neue Nachbarin in 2 B.«

Zögernd schüttelte Clementine ihr die Hand. »Ich bin Amy.«

Ein leicht zu vergessender Deckname.

Abgesehen von gelegentlichen Treffen zum Mittag- oder Abendessen mit Lucien, blieb Clementine für sich. Für sich allein zu sein war sicher. Da war sie konsequent. Sie hatte nicht einmal gewusst, dass einer ihrer Nachbarn ausgezogen war.

Jenny legte Clementine den Arm um die Taille. »Lass mich dir wenigstens zu deiner Tür helfen. 2 C, nehme ich an?«

Clementine zog es vor zu schweigen, deshalb nickte sie nur. Jenny dagegen redete gerne. Innerhalb von neun Schritten erfuhr Clementine, dass sie gerade erst aus L. A. kam und eine vegane Friseurin war, die ihren eigenen Salon eröffnen wollte.

»Ein paar Freundinnen sind letztes Jahr hergezogen«, sagte sie. »Es gefällt ihnen hier so gut, dass ich mir gedacht habe, verdammt, was soll's. Das Leben ist kurz, oder? Jedenfalls schauen sie morgen auf ein paar Drinks vorbei. Komm doch auch!«

»Ich denke nicht.«

»Wenn du schon was vorhast, kannst du auch jemanden mitbringen.«

»Ich gehe aus.«

»Du kannst ja hinterher vorbeikommen.«

Dieses Mädchen war hartnäckiger als dieser verdammte Pitbull, und Clementines Gedanken kehrten zurück zu Neds gerahmten Fotos. Freunde und Familie. Dinge, die Clementine nicht hatte.

»Mal sehen, das werde ich spontan entscheiden«, antwortete sie. Eine Lüge, von der sie wünschte, sie wäre die Wahrheit.

»Super.« Jenny kramte eine Visitenkarte aus der Tasche und hielt sie ihr hin. »Schreib mir 'ne Nachricht, falls du es schaffst. Und wenn du dir mal diese Wahnsinnshaare schneiden lassen musst, dann bin ich die Richtige dafür.«

Clementine lächelte höflich und floh in ihre Wohnung, aber ihr Herz machte eine Art unkontrolliertes Work-out. Ein kaputter Knöchel *und* eine neue neugierige Nachbarin. Das hatte sich zu einem ziemlich miesen Abend entwickelt.

Sie ließ Jennys Karte auf den Küchentresen fallen und humpelte zu Lucys Terrarium. »Wie geht's denn meiner Kleinen?«

Die zahme Bartagame starrte sie von ihrem Lieblingsholzstück aus an.

»So gut, hm?« Clementine langte hinein und nahm die Echse heraus. Vielleicht beruhigte es ihren hyperaktiven Puls, mit Lucy auf dem Sofa abzuhängen. Tat es nicht.

Sie musterte ihr kleines, aber irgendwie gemütliches Apartment mit der schlichten Grundausstattung von Ikea. Abgesehen von den Ausgaben für ihr Monster von einem Auto, brauchte Clementine nur genug Geld, um davon leben zu können. Den Rest an örtliche Wohltätigkeitsorganisationen und Waisenhäuser in Entwicklungsländern zu spenden bestärkte sie in ihrem Drang, etwas zu bewirken, jenen zu helfen, die das System im Stich gelassen hatte, und dafür zu sorgen, dass andere nicht so leiden mussten, wie sie gelitten hatte. Allerdings verhinderte es nicht, dass sie sich ihre Wohnung voll mit Freunden vorstellte, deren Lachen ebenso fröhlich war wie Jennys lila Haare.

Die wenigen Male, in denen Clementine sich bei Fremden bemüht hatte, war ihr der kalte Schweiß ausgebrochen. Anderen Fragen zu stellen bedeutete, dass diese ebenfalls Fragen stellten. *Wie heißt du? Was machst du? Woher kommst du?* Bei einem Job zu lügen war eine Sache. Potenzielle Freunde anzulügen bewirkte, dass Clementine sich wie ein Geist fühlte. Ein Nicht-Mensch.

Sie streichelte Lucys Rücken. Die Bartagame drückte den Bauch flach auf ihre Handfläche und schloss die Augen. Ihre Version eines Katzenschnurrens. »Was sollen wir morgen unternehmen, Kleine?«

Keine Antwort, natürlich. Das hielt Clementine nie davon ab, mit ihrem Haustier zu reden, einfach nur, um ihre Stimmbänder zu benutzen. Wenn sie so weitermachte, würde sie mit vierzig vor sich hinbrabbelnd durch die Straßen laufen oder eine dieser Frauen werden, deren Leiche erst Wochen oder Monate nach ihrem Tod gefunden wurde, eingeklemmt zwischen Zeitungsstapeln und halb aufgefressen von ihren zahmen Reptilien.

Sie warf einen Blick zur Küchentheke und beäugte Jennys Visitenkarte.

Vielleicht wäre ein geselliger Abend gar nicht so schlecht.

Sie könnte auf einen kurzen Abstecher rübergehen, nach ihrer angeblichen »Verabredung«. Nicht zu lange bleiben. Wein trinken und über Berühmtheiten klatschen, oder was auch immer Frauen so machten. Wahrscheinlich würden sie nichts über ihre Bartagame hören wollen oder über den Automotor, den sie gerade wieder zusammengebaut hatte, und sie konnte nicht über ihre illegale philanthropische Arbeit reden, aber es würde vielleicht Spaß machen, sich einen Moment lang normal zu fühlen.

Sie setzte Lucy zurück in ihr Terrarium und nahm Jennys Karte. Bevor sie noch zu lange darüber nachdenken konnte, schickte sie ihr eine kurze Nachricht.

Clementine: Hier ist deine Nachbarin Amy.
Danke für die Einladung.
Ich komme um zehn vorbei.

Jetzt konnte sie nicht mehr kneifen. Sie würde sich zwingen, ein Nicht-Geist zu sein.

Hoffentlich rächte sich diese Entscheidung nicht.

Kapitel 2

NATÜRLICH HATTE SICH dieser dämliche Mädelsabend gerächt. Clementine hätte es besser wissen müssen, als zu versuchen, nicht-reptile Freunde zu finden. Geselligkeit lag nicht in ihrer DNA, besonders wenn die Unterhaltung auf Pflegefamilien zu sprechen kam. Wenn sie gewusst hätte, dass eine von Jennys Freundinnen eine Pflegemutter war, dann wäre sie nie hingegangen. Der Frau zuzuhören, wie sie diese staatliche Einrichtung in den höchsten Tönen lobte, war die reinste Qual gewesen. Alle anderen hatten bei ihren überschwänglichen Ausführungen gelächelt und genickt. Nicht so Clementine, die allzu umfassende Kenntnisse darüber hatte, wie falsch Pflegeunterbringung laufen konnte. Nein. Sie war bei der Ahnungslosigkeit der Frau aus der Haut gefahren, hatte Dinge über sich enthüllt, die sie niemals preisgab, und war wütend aus der Wohnung gestürmt.

Vier Wochen später könnte sie sich immer noch dafür ohrfeigen, dass sie hingegangen war.

Überdrüssig, diesen schrecklichen Abend im Geiste immer wieder durchzuspielen, konzentrierte sie sich auf ihren aktuellen Job und las noch einmal Luciens Nachricht.

Lucien: Finde Elvis Presley.

Die Anweisung klang einfach genug. Leider war nicht 1957, und sie war unterwegs zu einer Stadt, die von der verstorbenen Berühmtheit völlig überlaufen war.

Clementine: Du bist echt ein Komiker.

Sie steckte das Handy ein und tankte ihren Mietwagen auf, während sie ihre beigefarbene Umgebung musterte. Ein einsamer Baum unterstrich die flache Landschaft, vertrocknetes Gras bewegte sich leicht im schwachen Wind. In der Nähe saß ein alter Mann in einem Schaukelstuhl, eine Pfeife in der Hand, und hielt vor einem heruntergekommenen kleinen Lebensmittelladen Wache. Und war das tatsächlich ein rollender Busch, der da die staubige Straße entlanggeweht wurde?

Jepp. Ein waschechter rollender Busch.

Sie steckte den Zapfhahn zurück und schrieb eine weitere Nachricht an Lucien, in der Hoffnung, dass er ihren stählernen Blick spüren konnte.

Clementine: Du hast mich in
die Wüste geschickt.

Lucien: Das ist keine Wüste, Mandarine.
Das ist das ländliche Nebraska.
Atme die frische Luft.
Freunde dich mit den Einheimischen an.
Und hol uns dieses Gemälde.

Clementine schmunzelte. Mandarine. Grapefruit. Kumquat. Orange. Sie konnte sich nicht erinnern, wann er zum letzten Mal ihren richtigen Namen benutzt hatte.

Clementine: Die frische Luft, von der du sprichst, ist erstickend. Der Schweiß tropft praktisch vom Himmel.

Lucien: Du kannst die Winter in New York nicht ausstehen. Also lass das Gemecker, genieß es, und hör auf zu trödeln.

Bei seiner letzten Bemerkung musste sie schlucken.

Clementine: Ich werde das Gemälde im Handumdrehen besorgen.

Lucien: Aber ohne Hast. Hast führt zu Fehlern.

Clementine: Ich werde dich nicht enttäuschen.

Nur dass sie das bereits getan hatte.

Ohne diesen furchtbaren Mädelsabend wäre Clementine wie geplant von New York hierher geflogen. Ein kurzer Flug, um ihre Rolle vorzubereiten und letzte Details zu analysieren. Stattdessen hatte sie sich in den vergangenen Wochen abgelenkt und deprimiert in ihrer Wohnung verkrochen, um Jenny aus dem Weg zu gehen. Als ihr allmählich die Decke auf den Kopf gefallen war, hatte sie sich entschieden, mit dem Auto nach Nebraska zu fahren, um schneller von zu Hause flüchten zu können. Die Fahrtzeit betrug nur zwanzig Stunden. Aber jetzt war sie schon seit drei Tagen unterwegs. Drei verdammte Tage, was ihre Ankunft verzögerte und ihr Unbehagen wachsen ließ, je näher sie ihrem Ziel kam.

Verärgert über sich selbst, schob sie die Gedanken an jenen Abend und seine Nachwirkungen beiseite und wischte sich ein Rinnsal Schweiß vom Hals. Sie brauchte einen kühlen Drink, etwas Spritziges und Frisches, das sie wach machte. Der winzige Lebensmittelladen mit seiner verwitterten Fassade und der Werbung für Angelköder sah nicht sonderlich vertrauenerweckend aus, aber er würde genügen. Trotzdem bewegte sie sich nicht.

Ihre Aufmerksamkeit wurde von einem einsamen Baum angezogen. Hoch aufgerichtet und stoisch stand er da. Stark. Widerstandsfähig. *Allein.* Ein namenloser Schmerz breitete sich in ihrer Brust aus, und sie rieb sich das Brustbein.

»Auf der Durchreise?«

Sie wirbelte auf dem Absatz herum. Der Pfeife rauchende Mann musterte sie eindringlich, seine Haut war ebenso verwittert wie die versengte Erde. Das hölzerne Schild über ihm hing schief. Dank des krummen Winkels zeigte der darauf gemalte Pfeil zu Boden. Darauf stand: *This way to Whichway.* Sie kicherte.

»So hat die Stadt ihren Namen bekommen«, sagte er mit einer Stimme wie knirschender Schnee.

»Wie bitte?«

»Whichway.«

»Which-was?«

»Die Stadt da die Straße runter.« Sein Schaukelstuhl malmte über Kieselsteine. »Da gibt es nicht viel zu sehen. Farmen. Prärie. Diese große alte Fabrik. Keinen Grund, anzuhalten und sie zu besichtigen, aber sie liegt auf dem Weg zu größeren Countys. Die Leute, die hier durchkommen, fragen oft nach dem Weg: ›Wo geht's nach hier?‹ ›Wo geht's nach da?‹ ›Which way?‹ ›Which way?‹« Er zuckte mit den Schultern. »Und so kam die Stadt Whichway auf die Landkarte.«

Richtig. Whichway. Die Elvis-verseuchte Stadt, in der sie ein paar Wochen lang wohnen würde. Clementine war immer sehr penibel, was ihre Recherche betraf. Sie wusste genau, wo die Stadt lag und wie sie zu ihrem Namen gekommen war, aber sie fühlte sich benommen, hatte Mühe, der Unterhaltung zu folgen.

Jäh richtete sie ihre Aufmerksamkeit wieder auf ihren Job. Für die nächsten Wochen würde sie nicht Clementine Abernathy sein, sondern Samantha Rowen. Eine Musikproduzentin und Jurymitglied des berühmten Elvis-Festivals der Stadt – ein Job, den Lucien irgendwie eingefädelt hatte. Sie würde Maxwell David finden und den Mann umgarnen, bis sie den unbezahlbaren Van Gogh seiner Familie ausfindig gemacht hatte, einen Schatz, den der überbezahlte Tycoon nicht verdiente. Lucien würde ihre Beute zu Geld machen, und das wiederum würde jenen helfen, die sich nicht selbst helfen konnten, und dann würde sie wieder in New York sein, ihr Job erledigt, ihr Oldtimer laut, ihre Wohnung leise, ihre verbleibende Zeit damit ausgefüllt, mit einer Bartagame zu reden, die nicht antworten konnte. Keine *Mädelsabende* mehr.

Dieser Job sollte nicht anders sein als jeder andere. Aber dieser einsame Baum zog erneut ihre Aufmerksamkeit auf sich und brachte ihre Gedanken durcheinander.

Musik drang durch ihre Benommenheit, ein lebhafter Rhythmus, der die Straße entlang lauter wurde. Ein Wagen durchbrach die flirrende Hitze, und Clementine blieb der Mund offen stehen. Chrysler waren immer coole Klassiker, der hier war wahrscheinlich von 1955, aber seine mintgrüne Lackierung war sagenhaft.

Mürrisch beäugte sie ihren Mietwagen, einen fast schon beleidigend zahmen Prius. Zu Hause würde sie sich nie im Leben in dieser Horrorkiste sehen lassen. Aber in vierzig Minuten, wenn sie nach Whichway hineinrollte, würde sie eine Rolle spielen. Eine Show. Eine sympathische Frau, die über ihre Freunde und Familie plauderte und darüber, wie erfüllt ihr Leben war.

Sie biss die Zähne zusammen und konzentrierte sich auf den sexy Chrysler. Das Wahnsinnsgefährt hielt an der Tankstelle, und ein schillernder Mann stieg aus. Er hatte eine gegelte schwarze Haartolle, dichte Koteletten, eine strassbesetzte Sonnenbrille und ein gemustertes Polyesterhemd mit einem Kragen, der groß genug war, um damit abzuheben. Seine Rolex war definitiv fake, aber seine ausgefeilte Rolle war es nicht, und ihr Job-Radar schlug an.

Dieser Mann war ein Elvis. Aber war er *ihr* Elvis?

Luciens Akte mit Details über ihr Opfer war eher dünn gewesen. Sie wusste, dass Maxwell David morgens joggen ging, gefolgt von einem Frühstück mit Kaffee und Gebäck, für gewöhnlich eine Apfeltasche. Erdbeere, wenn er sich übermütig fühlte. Dann verbrachte er Stunden in seinem Büro, zweifellos mit dem Aushecken neuer Methoden, sich die Taschen vollzustopfen, während er seine Angestellten ausbeutete. Außerdem war er ein Elvis-Imitator, einer der gut einhundert Teilnehmer, die um die Krone des besten Tribute-Künstlers wetteiferten.

Sie kannte diese Details und noch andere über Maxwell David, Geschäftsführer von David Industries. Was sie nicht hatte, war ein klares Foto von ihm. Der Mann scheute die sozialen Medien. David Industries hatte nicht einmal eine Onlinepräsenz. Wer auch immer von Lucien angeheuert worden war, Überwachungsfotos zu schießen, hatte unruhige Hände und einen übergroßen Daumen, der stets Maxwells Gesicht verdeckte.

Mit schmalen Augen musterte sie diesen speziellen Elvis und kam zu dem Schluss, dass er zu alt war, um ihr Opfer zu

sein. Als er ihr rülpsend zuzwinkerte, dankte sie ihrem Glücks-
stern.

Sie nahm das als Stichwort und kaufte sich eine Pepsi, obwohl sie Pepsi nicht mochte. Die Auswahl in dem kleinen Laden war mehr als dürftig. Dann machte sie sich wieder auf den
Weg und presste sich die kühle Dose an die Stirn. Elvis und der
einsame Baum verschwanden im Rückspiegel. Sie trank ihre
Nicht-Coke und fuhr weiter, doch dabei ging ihr Fuß immer
mehr vom Gas. Ihr Prius rollte langsam dahin. Zu langsam.
Unter dem Tempolimit, um genau zu sein.

Was zum Teufel ist los mit mir?

Sie sollte das Gaspedal durchtreten, um die verlorene Zeit
gutzumachen, sich beeilen, nach Whichway zu kommen, damit sie die Stadt auskundschaften konnte. Doch hier war sie,
und ihre Tachonadel fiel mit rasender Geschwindigkeit.

Als sie ein Auto am Straßenrand entdeckte, mit geöffneter
Motorhaube und über den Motor gebeugtem Fahrer, fuhr sie
rechts ran.

Ich tue nur ein gutes Werk, sagte sie sich. *Ich schiebe diesen Job
oder meine Rolle als Samantha Rowen nicht vor mir her.*

Sie sprang aus ihrem abscheulichen Prius und schirmte sich
die Augen ab, um den alten Jaguar auf der anderen Straßen-
seite abschätzend zu mustern. Der Wagen war stahlgrau, mit
sensationellen Chromdetails, aber an den Stoßstangen nagte
schon der Rost. Nicht annähernd so hübsch, wie dieser Chrysler gewesen war. Nicht, dass sie das in Anbetracht ihres gegenwärtigen Fahrzeugs beurteilen sollte.

Als sich ihr Gentleman in Nöten hinter der Motorhaube
aufrichtete, verlagerte sie ihre Aufmerksamkeit auf ihn, und
ihr Herz begann schneller zu rasen als ein Aston Martin Vul-
can.

Mit seinen gut eins achtzig, hochgekrempelten Ärmeln

und offenen obersten Hemdknöpfen war er ein Wahnsinnstyp. Dank der Hitzewelle klebte das feuchte, weiße Hemd an der breiten Brust und wies seinen Träger als männliches Prachtexemplar aus.

Sie fächelte sich Luft zu, aber ihre Hand erzeugte nur wenig Wind. »Wagenpanne?«

Er wischte sich mit dem Handgelenk über die Stirn. »Wagenkatastrophe.«

»Was ist passiert?«

Er musterte das Innenleben seines Jaguars. »Ich war etwa eine Stunde ohne Probleme unterwegs, dann gab es einen lauten Knall, und ich fing an, Leistung zu verlieren. Abgesehen davon, hab ich genauso wenig Ahnung wie Sie.«

Clementine hatte nicht genauso wenig Ahnung wie er. Sie hatte meilenweit mehr. Das Einzige, was sie noch mehr liebte als Autos, war ihre Bartagame. »Was dagegen, wenn ich ihn mir mal ansehe?«

»Ich nehme jede Hilfe, die ich kriegen kann. Mein Meeting fängt in«, mit einer Grimasse sah er auf seine Uhr (eine echte Rolex), »dreißig Minuten an und ist vierzig Minuten Fahrt entfernt.«

Sogar seine Grimasse war sexy. Sie versuchte nicht auf seine vollen Lippen und die männliche Kontur seines Kiefers zu starren. Genau wie Freundschaften hatte sie auch Dates vor ein paar Jahren aufgegeben. Eine Beziehung aufzubauen, wenn man sich nicht über Jobdetails unterhalten oder wegen Arbeitsstress bemitleiden konnte, war eine echte Herausforderung. *Mein letzter Coup wär beinahe schiefgegangen, weil ich von einem Pitbull gejagt wurde und mir den Knöchel verstaucht habe* war nicht gerade typisches Freitagabendgeplauder. Tinder-Treffen hatten ihr eine Weile lang genügt, bis die One-Night-Stands ihre Einsamkeit nur noch mehr betonten.

Was dazu führte, dass sie die großen Hände dieses Mannes anstarrte, mit denen er sich durchs dunkle Haar fuhr und die Strähnen dadurch noch mehr zerzauste. Schweiß sammelte sich auf ihrem Schlüsselbein. Seine blauen Augen zuckten zu der Stelle, was ihre bereits heiße Körpertemperatur noch mehr in die Höhe trieb.

Er räusperte sich. »Danke fürs Anhalten.«

»Kein Problem. Autos sind irgendwie mein Ding.«

Groß, dunkel und gut aussehend war auch ihr Ding, und der Drang, mit einem echten, lebendigen Menschen zu interagieren, hob erneut sein gefährliches Haupt. Sie hätte letzten Monat ihre Lektion lernen sollen, aber er war hübsch anzusehen, und es war schön zuzugeben, dass sie ein Autonarr war. Etwas, das sie in Whichway nicht tun konnte – es war nie klug, Hinweise auf ihre wahre Identität fallen zu lassen. Aber wenn dieser Mann schon über eine Stunde unterwegs war, dann musste er aus Headlow oder Brandock oder einem der weiter entfernten Countys stammen.

Sie schob sich vor den Motor. Der Mann trat nicht zur Seite, und sie stieß mit seinem langen Körper zusammen. Fest. Feucht. *Warm.* »Tut mir leid«, murmelte sie. Schweiß tropfte in ihr Dekolleté.

Hastig trat er rückwärts. »Nein. *Mir* tut es leid. Sie sind so nett, anzuhalten und zu helfen, und ich stehe im Weg wie ein Idiot.«

»Das macht mir nichts aus.«

»Dass ich im Weg stehe?«

»Dass Sie ein Idiot sind.«

Er brach in lautes Lachen aus.

»War nur Spaß.« Sie zwinkerte ihm zu, dabei fühlte sie sich locker und aufgekratzt. Mehr wie sie selbst als seit einer Ewigkeit. »Ich meinte, es macht mir nichts aus zu helfen. Ich habe immer eine Notausrüstung dabei, nur für den Fall. Nichts ist schlimmer als eine Panne, wenn man unterwegs ist.« Oder von einem Tatort flüchtet.

»Wenn man bedenkt, dass dieses Baby hier meinem Großvater gehört hat und seit einer ganzen Weile nicht mehr auf der Straße war, sollte es mich eigentlich nicht überraschen, dass sie temperamentvoll reagiert hat.«

Das erklärte die verrosteten Stoßstangen, aber es kühlte nicht ihre steigende Temperatur. Sie riss ihren hungrigen Blick von seinem durchsichtigen Hemd los. *Hier gibt es nichts zu sehen. Fahren Sie weiter.* Sie konzentrierte sich auf den Wagen. Das Motorproblem war leicht zu finden. »Bei Ihrem Baby ist der Unterdruckschlauch zum Bremskraftverstärker undicht. Dadurch zieht der Motor zu viel Luft und hat Fehlzündungen. Das hat die Fahrleistung schwerfällig gemacht.«

»Unterdruckschlauch?«

Ahnungslose Männer waren süß. Sie bei »männlichen« Aufgaben in die Tasche zu stecken machte immer viel Spaß. »Der Ansaugtrakt des Motors. Sie brauchen einen neuen Schlauch.«

Er fluchte.

»So schlimm ist das nicht. Ich habe dieses Teil zwar nicht dabei, aber dafür habe ich das weltbeste Allheilmittel.«

»Reimt es sich auf *Shmiskey* und schmeckt warm und vollmundig auf der Zunge?«

Bei seinem unerwarteten Humor musste sie lachen, aber das erotische Bild verstärkte ihre Hitzewellen nur noch. Sie wollte *ihn* warm und vollmundig auf der Zunge schmecken, aber das würde seinem Jaguar nicht helfen. Ebenso wenig wie ein Glas *Whiskey.*

Sie zeigte auf ihren Wagen. »Ich reise auf alles vorbereitet.«

Als er ihren Prius musterte, verkniff sie es sich nur mit Mühe, ihm zu erklären, dass ihr Charger zu Hause der Wahnsinn auf

Rädern war und dass sie ihren Prius beinahe ebenso sehr hasste wie ihre kakifarbenen Shorts und das geblümte Top. »Ich habe Sie im Nu wieder flottgemacht«, sagte sie. »Aber das ist nur eine vorübergehende Lösung. Sie müssen so bald wie möglich in eine Werkstatt fahren.«

»Aber Sie können mich wieder mobil machen?«

»Für kurze Zeit.« Sie öffnete ihren Kofferraum, fand die großartigste Erfindung der Menschheit und hielt sie hoch. »Betrachten Sie sich als gerettet.«

»Klebeband?« Er grinste, und die Wirkung ließ sie über einen nicht-existenten Stein stolpern. Jemand sollte ihm mit einem Warnschild folgen: *Vorsicht, Grübchen, Gefahr von Atemlosigkeit.*

Sie versuchte erneut, sich Luft zuzufächeln, aber das Klebeband und die Schere boten noch weniger Linderung als ihre Hand. »Sie können mir bei der Arbeit zusehen, vielleicht lernen Sie noch was.«

Sein Blick fiel zu ihren Beinen und wanderte langsam wieder hoch. Sobald er ihren Augen begegnete, sah er fort. »Das könnte ich.«

Aber er sah nicht einfach nur zu. Er redete. »Sind Sie auf der Durchreise durch Nebraska?«

»Ja.«

»Beruflich oder zum Vergnügen?«

»Ein bisschen von beidem.«

Sie hielt ihre Antworten kurz. Der Zuhörer zu sein war einfacher. Sie konnte lächeln und nicken und ihrem Gegenüber das Gefühl geben, wichtig zu sein. Das war nicht Teil einer Rolle. Sie liebte es, etwas über andere zu erfahren, ersatzweise durch sie zu leben. Zu viel Interaktion könnte enden wie ihr Mädelsabendfiasko.

Mr Groß-dunkel-und-gut-aussehend machte das Stummbleiben nicht leicht.

Er lehnte sich mit der Hüfte an den Jaguar, und eine dieser zerzausten Strähnen fiel ihm in die Stirn. »Wo haben Sie so viel über Autos gelernt?«

»Von einem ... Freund.« *Lucien,* wollte sie sagen. Der Mann, der sie dabei erwischt hatte, wie sie Schuhe für eine schuhlose Freundin gestohlen hatte, und der in ihr etwas gesehen hatte, das es wert war, gefördert zu werden. Sie kniff die Lippen zusammen und konzentrierte sich darauf, Klebebandstreifen abzuschneiden.

»Woher kommen Sie?«, fragte er.

Eine weitere einfache Frage, die nicht einfach war. »Ich ziehe oft um.«

Er gab einen leisen ungeduldigen Laut von sich. Frustriert über die einseitige Unterhaltung? Trotzdem machte er weiter. »Es war dumm von mir, diesen Wagen zu nehmen, aber er war der ganze Stolz meines Granddads. Ich halte ihn für einen Glücksbringer.« Als Clementine nicht antwortete, trat er neben sie und beugte sich vor, um ihr dabei zuzusehen, wie sie das Klebeband befestigte. »Sie sind jedenfalls gut mit Ihren Händen.«

»Gut, dass das wenigstens einer von uns ist, sonst müssten Sie auf einen Abschleppwagen warten.«

»Ich habe nicht gesagt, dass ich nicht gut mit meinen Händen bin.«

»Sie können Ihr Auto nicht selbst reparieren.«

»Ich bin gut in anderen Dingen.«

»Ach wirklich?« Sie grinste ihn über ihre Schulter hinweg an, und ihr Mund wurde trocken. Seine babyblauen Augen hatten sich verdunkelt, seine Pupillen geweitet. Wieder zuckte sein Blick fort, und diese Andeutung von Schüchternheit steigerte seine Anziehungskraft noch. Ein Schluck Nicht-Coke wäre jetzt himmlisch, oder sie könnte die Feuchtigkeit von seiner verschwitzten Brust lecken.

Ruhig, Mädchen.

Abrupt wandte sie sich wieder dem Motor zu und strich das Klebeband glatt, um sich zu vergewissern, dass es sicher saß. Er ließ sie schweigend weiterarbeiten, aber seine aufmerksamen blauen Augen zuckten immer wieder zu ihr. Nachdem der Schlauch verarztet war, startete er den Jaguar testweise. Das Auto schnurrte, wie es sollte, aber das würde nicht lange halten. Wenigstens saß er nicht mehr fest.

Obwohl er schon spät dran für sein Meeting war, brachte er sie zu ihrem Wagen und blieb stehen, während sie den Kofferraum zumachte. Sie ließ sich extra viel Zeit dabei, das Motoröl von ihren Fingern zu wischen.

Als sie sich wieder zu ihm umdrehte, streckte er ihr die Hand entgegen. »Ich bin Jack.«

Sie bewegte sich nicht oder nahm seine Hand. Wenn sie es täte, würde er erwarten, dass sie ihm ihren Namen sagte. Normale gesellschaftliche Nettigkeiten. Das Problem war, ihren Decknamen Samantha zu benutzen fühlte sich nicht richtig an. Sie war weit fort von zu Hause, und sie war noch nicht in Whichway. Sie hatte Clementine noch nicht zugunsten ihrer gewählten Identität abgestreift, aber irgendetwas anderes als Samantha zu sagen wäre töricht. Sie biss die Zähne zusammen.

Jack hielt weiter seine Hand ausgestreckt und kaute auf seiner Unterlippe. Als sie stumm blieb, sagte er: »Ist es, weil ich ein Idiot bin, der nicht gut mit seinen Händen ist und es verbockt hat, als er versucht hat, mit Ihnen zu flirten?«

Sie sog einen rauen Atemzug ein. Gott, war er süß. Und lieb. Und sein Flirten war subtil, aber reizend gewesen. In einem anderen Leben hätte sie ihre Weiblichkeit ausgespielt. Sich mit ihm verabredet. Diese Verabredung mit einem umwerfenden Kuss beendet. Aber das hier war kein anderes Leben. Das hier war ihr Leben, und sie hatte einen Job zu erledigen.

Dennoch bildete sich ein stachliger Kloß in ihrer Kehle. Der kratzende Druck schwoll an, brannte heißer, bis ...

»Clementine«, krächzte sie.

Seine Hand hatte sich nicht bewegt. Ebenso wenig wie ihre.

»Clementine«, wiederholte er, als koste er seinen ersten Schokoladenkuchen.

Er drehte die Hand leicht, dass seine Handfläche nach oben zeigte. Eine Einladung. Eine, der sie nicht widerstehen konnte. Sie legte ihre Hand in seine, und *wow*, das Gefühl seiner glühenden Haut. Wärmer als die schwüle Luft. Es fühlte sich so gut an, ihn zu berühren, einen Mann, der ihren Namen kannte, wenn auch nur für diesen flüchtigen Moment. Ein zitternder Atemzug durchströmte sie.

»Clementine«, flüsterte er erneut.

Beide hielten einander fest, länger, als es anständig war. Schweiß machte ihre Hände schlüpfrig, als die Hitze zwischen ihnen anstieg, zusammen mit ihrem flatternden Puls.

Diesmal hielt er ihren Blick fest, vorübergehend. Als er fortsah, blickte er rasch wieder zurück. Schweißperlen standen ihm auf der Stirn. Ein paar davon liefen ihm über die Wange, was ihren Blick auf einen Tropfen lenkte, der an seinem Hals entlanglief, über sein Schlüsselbein, zu seiner Brust. Sie zwang ihre Aufmerksamkeit wieder hoch, aber das war keine Hilfe. Seine Lippen waren voll und sinnlich. Er hatte dichte Wimpern, etwas längere Koteletten. Nicht wie der rülpsende Elvis von der Tankstelle, aber auch nicht gerade modern ... Etwas, das sie hätte bemerken sollen. Details entgingen ihr nie, besonders nicht, wenn sie unterwegs zu einem Job war.

Elvis-Imitatoren trugen Koteletten. Jack könnte ein Fan sein. Er könnte wegen des Festivals in Whichway auftauchen. Sie könnte ihm wieder über den Weg laufen, diesem Mann, der ihren richtigen Namen kannte.

Sie riss ihre Hand zurück und ignorierte den scharfen Stich, den ihr der Verlust seiner Berührung versetzte. »Viel Glück bei Ihrem Meeting.«

»Darf ich Ihre Nummer haben?«

»Ich bin nur auf der Durchreise.«

»Wir könnten Twitter- oder Instagram-Namen austauschen? Oder dieses Snapdings. Snap that chat? Ich hab's nicht mit sozialen Medien, aber für die Frau, die mich gerettet hat, könnte ich eine Ausnahme machen.«

»Lieber nicht.«

Ohne in sein attraktives Gesicht zu blicken und dabei alles zu sehen, was sie nicht haben konnte, startete sie den Motor und fuhr los, so schnell ihr beschissener Prius es erlaubte.

Kapitel 3

TAG EINS ALS SAMANTHA Rowen lief perfekt. Clementines lange Autofahrt war Vergangenheit, der gestrige flirtlaunige Aussetzer ihres Urteilsvermögens vorüber. Das glatte Haar zu einem braven Zopf geflochten und die Handtasche über ihre gestraffte Schulter geschlungen, schlenderte sie Whichways Hauptstraße entlang, überraschend verzaubert von der historischen Atmosphäre. Leuchtend bunte Gebäude säumten die Straße, zusammen mit altmodischen Straßenlaternen und kopfsteingepflasterten Bürgersteigen. Eine gewaltige Verbesserung zu der trostlosen Landschaft des Highways.

Sie betrat das Rathaus und nickte der Empfangssekretärin zu. »Ich bin Samantha Rowen und möchte zu Jasmine Jones.«

Die junge Frau sah auf ihrem Computer nach und informierte Clementines Ansprechpartnerin über den Besuch.

Während Clementine wartete, trat sie einen Schritt beiseite, als zwei Männer hereinkamen. Zwei Elvi, um genau zu sein. *Elvi* war die richtige Mehrzahl für mehrere Kings, nicht Elvi*se*. Ein weiteres interessantes Detail, das sie bei ihrer Recherche über das Festival herausgefunden hatte. Besser, sie klang gebildet bei diesen Leuten. Diese beiden trugen keine Polyesteroveralls, aber ihr zurückgegeltes schwarzes Haar und die Rockstar-Attitüde sagten alles. Der eine sah aus wie ein Mexikaner, der andere wie ein Japaner. Einer war dick, der andere *dicker*. Einer alt, der andere jung. Beide zwinkerten ihr zu. Offenbar gab es den King in allen Größen und Nationalitäten, und Zwinkern gehörte unbedingt dazu.

»Wir sind hier, um uns anzumelden«, sagte der korpulentere Kerl.

Sie hätte sie aufmerksamer gemustert, aber ihr Opfer war weiß und durchtrainiert. Keiner dieser Elvi war Maxwell David. Stattdessen betrachtete sie den Flur, in dem Whichways Geschichte hinter Glastafeln dargestellt wurde. Das Foto eines Pferdewagens, der die Main Street entlangzuckelte, war mehr als malerisch. Vielleicht würde es doch nicht so übel werden, hier Zeit zu verbringen. Durch den Festivalbeginn in zehn Tagen hatte sie über eine Woche Zeit, sich einzuleben und Maxwell zu finden, bevor die Stadt völlig durchdrehte. Eine Einladung auf das Anwesen seiner Familie zu bekommen könnte länger dauern.

»Samantha Rowen?«

»Genau die.« Für die nächsten paar Wochen zumindest.

Die Hand zur Begrüßung ausgestreckt kam Jasmine näher, und sofort schnellten Clementines Gedanken zurück zu der letzten Hand, die sie gehalten hatte. Groß. Männlich. *Verschwitzt*. Ihr Herz durchfuhr ein Stich.

Sie schüttelte Jasmine die Hand und zwang sich zu einem Lächeln. »Es überrascht mich, dass jetzt schon Teilnehmer ankommen.«

Jasmine musterte die Neuankömmlinge. »Manche möchten sich vorher schon etwas einleben. Und manche lieben Whichway einfach und dehnen ihren Aufenthalt hier gern aus. Die Stadt wächst während des Festivals auf ihre zwölffache Größe an.«

Was Clementines Job erschweren würde, aber sie war schon

mit Schlimmerem fertiggeworden. Sie musste einfach nur ihren Elvis finden und sich sein Gemälde unter den Nagel reißen, während sie Samantha Rowen, Musikproduzentin, war, nicht Clementine Abernathy, Liebhaberin großer, verschwitzter Hände. »Das war auch mein Plan«, sagte sie. »Ein wenig zu entspannen, bevor das Festival losgeht. Ich dachte, ich gebe Ihnen Bescheid, dass ich in der Stadt bin, für den Fall, dass Sie irgendetwas brauchen.« Und um ihr Pseudonym zu festigen.

Jasmine reichte ihr einen Festivalführer, dann spielte sie an ihrem Diamantring herum. Das einkarätige Prachtstück funkelte auf ihrer dunklen Haut. »Das Festival findet schon zum vierundzwanzigsten Mal statt, und alles läuft perfekt eingespielt. Ich bin einfach nur froh, ein bisschen frisches Blut in der Jury zu haben. Solange Sie bei der ersten Show anwesend sind – nur zu, genießen Sie unsere Stadt. Sie werden sich wie zu Hause fühlen.«

Clementines rosafarbener Rock und das ärmellose Top schrien tatsächlich Mädchen vom Lande.

Nachdem sie noch ein wenig geplaudert hatten, trat Clementine wieder hinaus in die immer noch schwüle Luft und widmete sich ihrem nächsten Ziel: dem *Whatnot Diner.* Ein ziemlich lächerlicher Name für eine Stadt namens Whichway. Daneben lag das *Who's It Café,* beinahe wie in einem lebendig gewordenen Kinderbuch von Dr. Seuss. Aber ihr Ziel war der *Whatnot Diner.* Wenn ihre Informationen korrekt waren, dann würde Maxwell David in Kürze hereingeschlendert kommen, um seine morgendliche Tasse Kaffee zu trinken. Der perfekte Zeitpunkt, um ihr Aufeinandertreffen zu erzwingen und Luciens üblichen Ratschlag zu befolgen.

Sei nett, aber nicht zu nett.

Zeig ein wenig Verletzlichkeit.

Deute an, dass du ein Problem hast.

Lass dein Opfer glauben, es wäre seine Idee, dich wiederzutreffen.
Dekolleté zu zeigen hilft immer.

Clementine hatte reichlich Dekolleté. Allerdings schlief sie nie mit ihren Opfern. Eine weitere von Luciens Regeln: *Zu viel Vertrautheit trübt das Urteilsvermögen.* Ein Kuss war okay, kokettes Flirten ein Muss, aber sie durfte es niemals weiter gehen lassen und ihr Ziel aus den Augen verlieren. Große, verschwitzte Hände zu schütteln war nicht so wichtig, wie einem Kind eine Zukunft zu geben. Sie würde ein einsamer Baum auf leerem Feld bleiben, wenn dadurch auch nur ein einziges Kind eine Chance bekam.

Der Diner lag einen Block die Straße runter auf der anderen Seite. Alles hier war zu Fuß erreichbar. Passanten lächelten sie im Vorbeigehen an, manche grüßten sogar. Ein starker Kontrast zu den mit gesenkten Köpfen auf ihre Handys fixierten Pendlern New Yorks. Die ungewohnte Fröhlichkeit brachte sie aus dem Konzept, aber sie ertappte sich dabei, dass sie zurücklächelte, und jede Begegnung hüllte sie ein wie ein lieb gewordener Mantel.

Eine Glocke bimmelte, als sie die Tür des Diners öffnete. Sitznischen säumten die Fensterseite, rote Lederbarhocker den Tresen gegenüber. Der Laden war halb voll, eine Mischung aus Männern und Frauen in Kakihosen und Jeans, die sich unterhielten oder Zeitung lasen. Niemand hatte schwarzes Haar oder trug einen Anzug. Maxwell David war noch nicht hier. Da er üblicherweise am Tresen saß, suchte sie sich einen der freien Barhocker aus.

Eine Kellnerin – *Imelda*, ihrem Namensschild nach – tauchte mit einer Kaffeekanne auf. »Wie wär's mit einer Tasse, Schätzchen?«

»Ich würde ihn ja intravenös nehmen, wenn ich könnte, aber eine Tasse tut's auch.«

Imelda hob die Kanne beim Einschenken in die Höhe, was die einfache Handlung zu einer beeindruckenden Show machte. »Unser Vorzeigegebäck sind unsere Blätterteigtaschen, die Würstchen sind hausgemacht, und wir verwenden nur Eier von frei laufenden Hühnern. Das Brot ist auch frisch gebacken.«

»Also ist praktisch alles gut?«

»So sicher, wie meine Tochter ihren nächsten Mathetest verhauen wird.« In Imeldas Scherz schwang Zuneigung mit. Mit ihrem runden Gesicht und den puppenhaften Grübchen in den Wangen sah sie zu jung aus, um schon ein Kind zu haben, das Mathetests schrieb. Ein Bild der Freundlichkeit. Wie wäre es wohl gewesen, mit einer Mutter wie ihr aufzuwachsen?

»Klingt, als müsste ich diese Teigtaschen probieren«, meinte Clementine und verdrängte alberne, sentimentale Gedanken. »Apfel, bitte.« Weil Maxwell Apfel bestellte, eine Gemeinsamkeit, über die sie sich unterhalten konnten.

»Sie werden nicht enttäuscht sein.«

Imelda ging den Tresen entlang, und Clementine warf einen Blick auf die Elvis-Uhr an der Wand. Die Rock-'n'-Roll-Legende beherrschte die Mitte des Ziffernblatts. Die Hände zeigten 9:00 Uhr, Maxwell Davids übliche Kaffee-und-Gebäck-Stunde. Bisher glänzte er durch Abwesenheit.

Ihr Handy vibrierte, und ihr wurde flau im Magen. *Lucien.* Seine Nachricht war keine Überraschung. Er hielt sie stets über neue Details auf dem Laufenden, und sie ließ nie mehr als ein paar Stunden verstreichen, ohne sich bei ihm zu melden. Aber er wusste, dass sie ihrem Zeitplan hinterherhinkte, dass sie ihre Fahrt hierher in die Länge gezogen hatte. Sie nahm ihr Handy aus der Handtasche.

Lucien: Schon Kontakt aufgenommen?

Sie konnte die Enttäuschung in seinen Worten praktisch hören. Abgesehen von dem Monet-Desaster, war sie zehn Jahre lang fehlerfrei gewesen. Sie hatte ihre Coups mit Präzision ausgeführt, nie eine Beute verloren, außer es war ihr ein Konkurrent zuvorgekommen. Fehler waren wie Rostbeulen, die am Metall eines Autos fraßen und seinen letztendlichen Untergang andeuteten. Bis vor vier Wochen war sie praktisch rostbeständig gewesen. (Verdammte Jenny und ihre witzigen lila Haare.) Sie musste sich zusammenreißen und wieder auf den Job konzentrieren.

Clementine: Heute ist es so weit.
Sitze gerade im Diner.

Punkte blinkten als Antwort.

Würde er sie dafür ausschimpfen, dass sie ihre Pläne hinausgezögert hatte? Sie warnen, dass jemand anders ihnen bei dem Gemälde zuvorkommen könnte?

Die Tür des Diners bimmelte, aber sie konnte ihre Aufmerksamkeit nicht von ihrem Handy losreißen. Die Familie David hatte keine Ahnung, was ihr Gemälde wert war. Luciens ausgedehnte Recherche hatte die Spur des unsignierten Van Goghs über die Jahrzehnte hinweg verfolgt und schließlich ergeben, dass die Davids ihn mit dem Kauf eines Hauses erworben hatten, wobei keine der beiden Parteien den Namen des Künstlers gekannt hatte. Jetzt gehörte das Bild Maxwells Vater, der es irgendwo in ihrer protzigen Villa aufgehängt hatte, ohne zu ahnen, was es wert war. Aber andere könnten seinen Wert und seinen Verbleib ausgeschnüffelt haben. Ihr Rivale Yevgen Liski könnte ihn ausgeschnüffelt haben, eine Aussicht, über die sie lieber nicht nachdenken wollte.

Lucien: Lass dir Zeit. Bei einem lang angelegten Coup ist langsam und behutsam die beste Methode, um Vertrauen aufzubauen. Sobald du das hast, hast du schon gewonnen. Und wenn du ein komisches Gefühl hast, wenn du rausmusst oder reden musst, dann bin ich nur einen Anruf entfernt.

Natürlich würde er sie nicht ausschimpfen. Nicht Lucien, der Mann, der mit ihr Karten gespielt hatte, wenn sie nachts aus Angst vor den Albträumen, die ihren vierzehnjährigen Geist quälten, nicht schlafen konnte. Er hatte ihr auch Skateboarden beigebracht und wie man einen Mann zu Fall bringt, der doppelt so groß war wie sie.

»Sie sitzen auf meinem Platz.«

Ihre Daumen erstarrten, eine Sekunde bevor sie eine beruhigende Antwort tippen konnte. Sie kannte diese Stimme. Sie hatte sie ihren Namen flüstern hören und diese Erinnerung die ganze Nacht lang immer wieder ablaufen lassen. Es war eine Stimme, die nicht hier sein sollte.

Angespannt bis in die Zehenspitzen in ihren Sandalen, wandte sie sich um, und ihr Mund wurde trocken. Heute sah Jack nicht verschwitzt aus. Der Mann war adrett und sauber rasiert. Er war nah genug, dass sie seinen frischen Duft riechen konnte, wie würzige Eiszapfen voller Sonnenschein. So frisch und so real, und er sollte nicht einmal in der Nähe dieser Stadt oder dieses Diners sein. Was zum Teufel machte er hier?

»Wenn ich auf diesem Platz sitze, dann ist es meiner.« Schnippisch zu sein beruhigte sie ein wenig.

Er neigte leicht den Kopf. »Hallo, Clementine.«

Das Ende ihres Namens dehnte sich melodisch aus wie ein Lied, und ihr Puls stimmte schmachtend mit ein. »Warum sind Sie hier?«

»Ich wohne hier.«

»Im Diner?«

Er lachte. »In Whichway. Aber Sie nicht. An Sie ... würde ich mich erinnern.«

Er war ebenfalls unmöglich zu vergessen. Nicht bei dem Kontrast seiner zerzausten Haare mit seiner maßgeschneiderten Anzughose und dem schmal geschnittenen Hemd. *Hallo, Muskeln.* Hitze stieg an ihrem Hals empor. Die Klimaanlage hatte wohl den Geist aufgegeben. Sie musste diese unwillkommene Anziehungskraft ignorieren. Ganz egal, welche Ausreden sie gestern gefunden hatte – ihren Namen preiszugeben war ein Moment unbekümmerter Selbstvergessenheit gewesen. Jetzt zeigte ihr Karma den Mittelfinger. »Sie waren schon eine Stunde unterwegs, als ich angehalten habe. Ich nahm an, dass Sie woanders leben.«

Er schob die Hände in die Hosentaschen. Durch die Bewegung spannte sich der teuer aussehende Wollstoff, was muskulöse Oberschenkel erkennen ließ. »Ich hatte mehrere Meetings, keines davon in der Stadt. Und ich weiß immer noch nicht, warum Sie auf meinem Platz sitzen.« Ernst sah er sie an, als bereite ihm ihre Beschlagnahme seines angeblichen Platzes Kummer.

»Möchten Sie, dass ich mich woanders hinsetze?«

»Definitiv nicht.« Ein langes Schlucken später nahm er auf dem Barhocker neben ihr Platz.

Genau dort, wo sie hoffte, dass Maxwell David sitzen würde. Es sei denn ...

Die beiden Männer mussten Freunde sein, trafen sich wahrscheinlich zum Kaffee oder auf einen Drink. Schauten gelegentlich ein Spiel zusammen. Wenn Jack auch nur annähernd wie der Maxwell David war, den sie recherchiert hatte, dann war er ein egoistischer, selbstsüchtiger Mann. In Anbetracht der Größe der Stadt arbeiteten sie wahrscheinlich zusammen, Big-Boss-Typen, die in ihrem Elfenbeinturm saßen, während sie langjährigen Angestellten kündigten und dadurch Familien und Leben ruinierten. Nur, um sich die Taschen vollzustopfen.

Diese Vorstellung machte es Clementine leichter, Jacks Anziehungskraft zu widerstehen, und sein Auftauchen kam nicht völlig ungelegen. Sich mit ihm anzufreunden könnte ihr helfen, sich bei Maxwell einzuschmeicheln. Leider hatte der Mann zu ihrer Rechten bewiesen, dass er mit einem bloßen Händeschütteln ihre Verkabelung kurzschließen konnte. Etwas, das sich nicht wiederholen durfte. Falls er mit Maxwell befreundet war, würde sie ihn benutzen, um den Kontakt mit ihrem Opfer herzustellen, und dann dafür sorgen, dass sie geflissentlich außer Händeschüttelreichweite blieb.

Kinderspiel.

Imelda kam mit der Apfeltasche in ihre Richtung und stellte das Gebäck vor sie.»Darf's sonst noch was sein, Schätzchen?«

Clementine schüttelte den Kopf und blieb stumm, während sie diese neue Wendung ihrer Pläne analysierte.

Imelda lächelte Jack an.»Das Übliche?«

»Ich fühle mich ein bisschen übermütig heute. Nehmen wir Erdbeere.«

»Dann also Erdbeere.«

Als Imelda ging, tauchte ein weiteres bekanntes Gesicht auf: Jasmine Jones. Das unvertraute Gefühl von Panik krallte sich um Clementines Brust. Die Elvis-Koordinatorin der Stadt kam näher, bis die einzige Whichwayianerin, die ihren Decknamen kannte, dieselbe Luft atmete wie der einzige Whichwayianer, der ihren echten Namen kannte. Konnte dieser Morgen denn noch schneller aus dem Ruder laufen?

Nenn mich nicht Samantha. Nenn mich nicht Samantha.

Zumindest nicht, bis sie diesen Schlamassel ausgebügelt hatte.

Jasmine musterte Clementines Frühstück. »Wie ich sehe, haben Sie schon mit *Whatnot's* berühmten Apfeltaschen Freundschaft geschlossen. Ein Bissen, und Sie werden süchtig.«

Eine weitere Minute in diesem Diner, und sie würde offiziell ihre Tarnung auffliegen lassen. »Das habe ich gehört.«

Clementine kniff den Mund zu und betete, Jasmine würde ihrer Wege gehen. Die anheimelnde Idylle dieser kleinen Stadt fing an, sich mehr nach Zwangsjacke als kuschligem Mantel anzufühlen.

Jasmine schlenderte zu einer Nische in der Nähe, Gott sei Dank, drehte sich aber noch einmal um. »Sagen Sie Ihrem Vater, dass er zum Festival nach Hause fliegen soll, Jack. Es wird nicht dasselbe sein ohne ihn. Und seien Sie nett zu Samantha. Wir möchten, dass sie wiederkommt.«

Wenn diese Szene ein GIF wäre, dann würde Clementines Apfeltasche explodieren und sie mit Apfelstückchen, Gebäck und einer ganzen Menge Schwierigkeiten überschütten.

»Samantha?« Jacks Stirn runzelte sich.

Der Ausdruck sah sexy an ihm aus, aber er durfte nicht sexy sein. Nicht in dieser Stadt oder auf diesem Platz. Nirgendwo in ihrer Nähe. Ganz besonders nicht, wenn er wahrscheinlich ein Arschloch und seine Schüchternheit gestern vermutlich total gespielt war. Sie musste verschwinden und sich wieder fangen, sich in Whichway orientieren. Falls Maxwell jetzt hereinkam, würde diese kurze stürmische Bö mit raketenhafter Geschwindigkeit zu einer Naturkatastrophe werden. »Ich denke, ich nehme meine Apfeltasche to go.«

Er öffnete den Mund und schloss ihn wieder. Dann fummelte er an seinem Manschettenknopf herum. »Kann ich eine Erklärung für den Namen haben?«

Clementine winkte Imelda und bat um die Rechnung und eine Tüte zum Mitnehmen, während sie ihre Möglichkeiten erwog. Nur eine einzige Lüge machte Sinn. »Was erwarten Sie denn? Dass ich einem Wildfremden mitten im Nirgendwo meinen Namen verrate? So unvernünftig wäre keine Frau.«

Er ließ seinen Manschettenknopf los, sah ihr aber nicht direkt in die Augen. »Und woher kennen Sie Jasmine?«

»Ich bin eine Preisrichterin beim Elvis-Festival.«

Er starrte Clementines Profil an.

Sie starrte Imelda an und versuchte die Frau mit bloßer Gedankenkraft dazu zu bringen, sich zu beeilen. Es war schlimmer, als Faultieren beim Wettrennen zuzusehen.

»Sie sind eine Preisrichterin?«, fragte er langsam.

»Ich bin eine Preisrichterin«, wiederholte sie. *Erneut*. Hörte er schlecht?

»Und Ihr Name ist Samantha.«

Vielleicht war er als Kind auf den Kopf gefallen, außerdem hasste sie diesen Namen auf seinen Lippen. Gestern, als er *Clementine* geflüstert hatte, hatte sie sich Wälder und Wurzeln und blühende Blumen vorgestellt, keine einsamen Bäume und vertrocknetes Gras.

Als Imelda *endlich* die Rechnung brachte, zahlte Clementine und nahm ihre Sachen, wobei sie versuchte, Jack zu ignorieren, der seine inzwischen servierte Erdbeertasche und den Kaffee noch nicht angerührt hatte. Sein konzentrierter Blick war nicht von ihr gewichen, während sie direkten Augenkontakt vermied; und sie tat es schon wieder, sie ließ ihn im Rückspiegel zurück, so schnell sie konnte. Noch mehr Argwohn erzeugend.

Sie würde Maxwell auf andere Weise treffen. Bei seiner morgendlichen Joggingrunde vielleicht. Sie würde Jack mit den blauen Augen und großen Händen aus dem Weg gehen.

Sicherstellen, dass ihre Wege sich niemals kreuzten. Aber nach zwei Schritten sagte er: »Clementine.«

Sie drehte sich um. Eine instinktive Reaktion. *Der Teufel soll ihn holen.*

Unbeholfen, als wüsste er nicht, was er mit seinen Händen anstellen sollte, verschränkte er die Arme. »Um fair zu sein, Jack ist auch nicht mein richtiger Vorname.«

Die Elvis-Uhr schien stehen zu bleiben. Ihre Lunge hatte eine schlimmere Fehlzündung als Jacks Jaguar. Sie wusste seinen Namen, noch bevor er ihn sagte, bevor diese zwei Silben über seine Lippen kamen. Sein Auftauchen im *Whatnot Diner* zur vorhergesagten Zeit hätte ihr ein Hinweis sein sollen, die »übliche« Apfeltasche, Erdbeere, wenn übermütig, ein unübersehbares Zeichen.

Furcht schraubte sich tief in sie hinein.

Sie wusste seinen Namen. Das milderte nicht ihren Schock, als er sagte: »Mein Name ist Maxwell David der Dritte, aber meine Freunde rufen mich bei meinem zweiten Vornamen. Jack.«

Kapitel 4

JACK SAH, WIE CLEMENTINES zimtfarbene Augen sich weiteten und ihre Haltung sich versteifte. Es gefiel ihr nicht, dass er ihren echten Namen benutzt hatte. Und er war echt. So echt wie ihr Erbeben gestern, als er ihre Hand gehalten hatte. Einem Fremden auf einer einsamen Straße seine Identität mitzuteilen war nicht klug, aber die Funken, die zwischen ihnen übergesprungen waren, ließen sich nicht leugnen. Er hatte keinerlei Zweifel, dass Clementine ihr richtiger Name war. Aber das erklärte nicht die Samantha-Sache oder warum sie gestern vor ihm geflohen war.

Warum sie es jetzt schon wieder tat.

Wahrscheinlich war sein unterirdischer Flirtversuch der Grund dafür.

Sie drehte sich auf dem Absatz um und konnte gar nicht schnell genug aus dem Diner verschwinden, begleitet vom Bimmeln der Glocke über der Tür. Jedes Molekül in ihm wollte von seinem Stuhl aufspringen und ihr folgen.

Fast die ganze letzte Nacht lang hatte sich die Szene wieder und wieder vor seinen Augen abgespielt, wie sie an seinem Wagen gearbeitet hatte, konzentriert und mit geschickten Händen. Das Schärfste, was er je gesehen hatte. Er hatte ihre ölverschmierten Finger auf seinem Hemd und seiner Haut gewollt. Die Erinnerung an die halbmondförmige Narbe an ihrer Schulter und den Schweiß, der an ihrem schlanken Hals glitzerte, waren gewaltige Stolpersteine für seinen Schlaf gewesen, den er so dringend nötig hatte.

Ja, er wollte ihr jetzt folgen, ihre geheimnisvollen Lücken ausfüllen, aber was würde er dann tun? Wieder nicht die richtigen Worte finden? Ihr vorwerfen, dass sie auf seinem üblichen Platz saß, wenn er ihr stattdessen lieber gestehen sollte, dass er die ganze Nacht an sie gedacht hatte?

Gut gemacht, Mr Cool.

Er starrte die Tür an, bis ein fremder Mann mit dunkler Haut und einem dicken Bart hereinkam. Tattoos bedeckten, was man von seinen Armen sehen konnte, davon waren ein realistisches Messer und ein Totenkopf am deutlichsten zu erkennen. Er war wahrscheinlich wegen des Festivals hier, einer der Tausenden, die deswegen in Whichway einfielen. Eine Erinnerung daran, dass Jack noch intensiver proben musste, wenn er vorhatte, den Wettbewerb dieses Jahr zu gewinnen. Lächelnd nickte er dem Touristen zu, der als Antwort nur spöttisch das Gesicht verzog. Unhöflichkeit hielt um diese Jahreszeit ebenfalls in Whichway Einzug. Wenigstens hatte Jack sich bei dieser Interaktion nicht dadurch blamiert, dass er Sätze nachplapperte oder Unsinn über Sitzplätze verzapfte.

Verärgert über sich selbst, weil er Clementine vergrault hatte, biss er in seine Erdbeertasche. Und eigentlich war es sogar besser, dass sie gegangen war: Sie war eine Preisrichterin beim Festival, und er war ein Wettbewerbsteilnehmer.

Mit ihr auszugehen stand nicht zur Debatte.

»Du siehst aus, als ob du dir mit deinem Gehirn einen Ringkampf lieferst.« Marco rutschte auf den Barhocker neben ihm.

»So was in der Art.«

»Und, gewinnst du?«

»Ganz im Gegenteil.« Nicht, dass das einen Unterschied machen würde. Fürs Flirten hatte Jack ungefähr genauso viel Talent wie fürs Reparieren von Autos, aber er hatte größere Probleme zu lösen, die sich auf mehr als nur sein stagnierendes Liebesleben auswirkten.

Marco winkte Imelda, die den Finger hob, um ihm zu zeigen, dass sie gleich da sein würde. »Ich war gestern bei dir im Büro, aber du warst nicht da.«

»Ich war unterwegs.«

»War das wegen Mittwoch? Meidest du die Fabrik?«

Das war eine gefährliche Frage, aber eine, mit der Jack umgehen konnte. Bei dieser Unterhaltung würde er keinen Knoten in der Zunge haben, obwohl sie voller Landminen steckte.

»Der Mittwoch war hart, aber die Abfindungen waren mehr als großzügig.«

So großzügig, dass ihm umfangreich gedankt worden war. Er hatte am Mittwoch acht langjährigen Mitarbeitern von David Industries in die Augen gesehen und jeden von ihnen entlassen. Diese Aufgabe hätte er abgeben können, aber zum Erfolg gehörte auch, seine Fehler einzugestehen. Das war eine von Granddads unbezahlbaren Lektionen gewesen, zusammen mit *Achte auf dein Benehmen, Gib nie auf* und *Elvis Presley ist der größte Showman aller Zeiten*. Leider hatte keine von Granddads Weisheiten Jack dabei geholfen, die Anzeichen zu erkennen, dass ihn einer seiner Mitarbeiter sabotiert hatte.

Marco ließ sein Handgelenk rotieren, eine vertraute Bewegung aufgrund einer alten Verletzung. »Man hört Gerede. Die Leute flippen aus wegen ihrer Jobs, sie fürchten, dass noch mehr von ihnen entlassen werden.«

»Da gibt es nichts zu befürchten.«

»Das sagst du immer.«

»Weil es immer die Wahrheit ist. Alles ist unter Kontrolle.«

Alles, bis auf die Tatsache, dass er immer wieder zum Ausgang schaute und sich fragte, wo die geheimnisvolle Clementine hingegangen war. »Zeiten ändern sich, das ist alles. Es entstehen immer mehr Optik-Werke. Wir müssen wettbewerbsfähig bleiben. Kosten einsparen.«

Marco sah ihn an, und seine dunklen Augen waren so durchdringend wie der Schneidlaser in ihrer Fabrik. »Du verschweigst mir etwas.«

Sein bester Freund war scharfsichtig.

Als Kinder waren sie auf ihren Rädern in den Wind johlend durch die Stadt gerast. Sie hatten zusammen ihr erstes Bier getrunken und beide so getan, als würde ihnen davon nicht schlecht werden. Als sich Marcos Baseball-Stipendium und seine Zukunft in der Major League nach seinem schlimmen Autounfall in Rauch aufgelöst hatten, hatte Jack ihn davon abgehalten, in Wodka und seinem eigenen Erbrochenen zu versinken. Marco kannte jedes von Jacks zahmen Reptilien beim Namen und konnte wahrscheinlich alle Songs auf seinem iPhone aufzählen. Und er wusste auch über jene Nacht Bescheid, die Jack mit fünfzehn im Knast verbracht hatte – ein Desaster, das Jack lieber vergessen würde.

Sein bester Freund und Leiter der Abteilung für Wohltätigkeitsarbeit wusste alles über ihn, doch Marco durfte nie erfahren, dass Gunther Doright Betriebsgeheimnisse gestohlen hatte, wodurch Jack gezwungen war, Mitarbeiter zu entlassen, um Mittel für die weitere Forschung und Entwicklung zu haben. Marco war eine schlimmere Tratschtante als Jacks kleine Schwester. »Zeiten ändern sich«, wiederholte Jack. »So einfach ist das.«

»Also willst du mir sagen, dass nichts los ist?«, bohrte Marco nach. »Du brauchst mich nicht, um mit der Belegschaft zu reden und Schadensbegrenzung zu betreiben?«

»Keinerlei Art von Begrenzung nötig.«

»Es werden keine weiteren Arbeiter gefeuert?«

»Ganz genau.« Durch jahrelange Ausbildung und Berufs-erfahrung als Ingenieur hatte Jack gelernt, wie man komplexe Formeln und Experimente in Angriff nahm, doch sein Grand-dad war es, der ihn Tatkraft gelehrt hatte. Gestern zusätzliche Bankkredite zu bekommen war kein Kinderspiel gewesen, aber er hatte es geschafft. Alles, was noch zu tun blieb, war, seine Linsenexperimente bis zum nächsten Wochenende ab-zuschließen und ihre neue Technologie unter Dach und Fach zu bringen, bevor irgendjemand erfuhr, dass David Industries auf Kollisionskurs mit der Katastrophe war.

»Aber genug über die Arbeit«, sagte Jack, bereit für einen Themenwechsel. »Wie geht's Lauralee?«

Marco strich sich mit der Hand über seinen Bart, und in dem Grinsen, das sich darunter hervorschmuggelte, lag Stolz. »Sie jammert den ganzen Tag. Schläft kaum noch. Und du soll-test sie mal sehen, wenn ich die Milch oder Brot vergessen hab. Dann bluten mir fast die Trommelfelle bei ihrem Geschrei.«

»Das muss Liebe sein.«

»So was in der Art.« Der Mann strahlte praktisch vor Liebe.

»Bald wird es bei euch zu Hause sogar noch lauter sein.«

»Na, hoffentlich bald.« Rastlos wippte Marco mit dem Knie. »Die Bettruhe macht sie fertig, und die Frau ist dick wie ein Walross, aber wag es bloß nicht, ihr das zu sagen.«

»Bin mir nicht sicher, ob ich einen Rat von einem Mann annehmen sollte, der aus Versehen den Verlobungsring seiner Freundin verschluckt hat.«

»Du brauchst jeden Rat, den du kriegen kannst.«

Das konnte er nicht bestreiten. Jack hatte seine letzte Freun-din völlig falsch eingeschätzt, und Clementines Auftauchen heute hatte er auch falsch gehandhabt. Gab man ihm ein Forschungsteam, konnte er sich Aufmerksamkeit verschaffen. Gab man ihm eine Bühne, konnte er das ungezügelte Charisma verkörpern, das ihm im täglichen Leben fehlte. Gab man ihm eine schöne Frau in nächster Nähe, redete er entweder wie ein steifer Roboter oder machte dämliche Bemerkungen wie *Shmiskey* und *Snap that chat*.

Jack schlug eine Zeitung auf, und seine gequälten Atemzüge ließen die Seitenränder rascheln. Marco bestellte sich Frühstück und aß. So saßen sie in kameradschaftlichem Schweigen, bis Marcos Handy vibrierte. Grinsend sah er es an. »Lauralee braucht einen Notvorrat an Thunfisch.«

»Thunfisch?«

»Frag nicht. Ich seh dich dann in der Arbeit. Und sag deinem Dad, er soll seinen Hintern wieder zurück in die Stadt schwingen. Ihn zu sehen wird die Moral der Angestellten stärken.«

»Mach ich.« Eine weitere Lüge für seinen besten Freund. Die hier war so angenehm, wie auf Glassplittern zu kauen.

Marco ließ einen Geldschein auf den Tresen fallen und verließ hastig den Diner, begierig darauf, seine Frau und ihre ungeborenen Zwillinge zu verhätscheln. Neid erfasste Jack, aber er schüttelte ihn ab. Es war ja nicht so, als hätte er Zeit für eine Beziehung. Er brauchte jede Sekunde, die er aus seinem Tag herausquetschen konnte, und dabei musste er den Schein wahren und seinen üblichen Tagesablauf einhalten. Er war ein Gewohnheitstier. Die Stadt wusste das. Wenn er seine morgendliche Joggingrunde oder Kaffeestunde ändern würde, dann würde das Fragen aufwerfen. Die Normalität aufrechtzuerhalten bedeutete, Überstunden zu machen und die übrige Zeit mit Proben im Tonstudio des Anwesens zu verbringen, aber er konnte es schaffen.

»Hallo, Maxwell.«

Jacks Nacken verspannte sich. Er kannte diese schneidende

Stimme, hasste es, wie sie seinen Vornamen beschmutzte. Alistair Murphy war der letzte Mensch, an den er seine Sekunden verschwenden wollte. Er drehte sich zu dem Tribute-Künstler um und nahm dabei Alistairs süffisantes Grinsen und das geölte Haar zur Kenntnis. »Hat sich der Wind so schnell schon wieder gedreht?«

Alistair schaute aus dem Fenster des Diners. »Wind?«

»Kommt mir ein bisschen früh dafür vor, dass es Abfall in die Stadt weht.«

»Da war kein Abfall in …« Seine Lippen wurden schmal, als Jacks Beleidigung endlich zu ihm durchdrang. Er war noch nie schnell von Begriff gewesen. »Sei doch nicht gereizt«, fuhr Alistair fort. »Ich habe letztes Jahr gewonnen, weil ich der Beste bin. Und von hinten bin ich fast ein genauso schöner Anblick wie von vorne. Den wirst du dieses Jahr auch wieder genießen.«

»Besonders, wenn du wieder aus der Stadt rausfährst.«

»Vielleicht bleibe ich dieses Jahr. Und lasse mich in diesem gottverlassenen Landstrich häuslich nieder.«

»Da ist ein Tierheim am Ortsrand. Ich bin mir sicher, die haben noch ein Plätzchen frei.«

Mit einer übertriebenen Geste strich sich Alistair das festgekleisterte Haar zurück. »Ich bezweifle, dass die Unterbringung Ava gefallen würde. Nicht, dass sie es nicht gern schmutzig mag.« Er feixte. »Sie kommt nächste Woche her.«

Nur einen bebenden Nasenflügel davon entfernt, Alistair das anzügliche Grinsen aus dem Gesicht zu polieren, ballte Jack die Fäuste.

Jack hatte Ava nicht mehr gesehen, seit sie ihn verlassen hatte, um sich an den Sieger des letztjährigen Festivals zu hängen. Sie hatte aufrichtig gewirkt, als sie sich zum ersten Mal begegnet waren. Er hatte sich beim Flirten mit ihr dumm angestellt, wie immer, aber sie hatte nicht lockergelassen und ihm das Gefühl gegeben, dass seine Ungeschicklichkeit beim Daten attraktiv wäre, eine Sanftheit, die manchen Männern fehlte. Genau das, worauf auch seine Mutter während seiner unbeholfenen Highschool-Jahre bestanden hatte. »Du bist perfekt, so wie du bist«, hatte Sylvia David zu ihm gesagt. »Güte, Freundlichkeit und Integrität sind die Eigenschaften großer Anführer. Eines Tages wird eine Frau sehen, wie besonders du bist, und dich dafür lieben.«

Ava hatte keine Freundlichkeit gewollt. Sie hatte sich an Jacks Geld erfreut, wahrscheinlich mehr als an seiner Gesellschaft, aber wohinter sie wirklich her gewesen war, war ein Ticket nach Las Vegas. Alles, um ihr Ziel zu erreichen, ein Popstar zu werden.

Abgesehen von dem einen sehr wichtigen Grund, dieses Jahr den Preis des besten Tribute-Künstlers zu gewinnen, würde Jack nur zu gern sehen, wie Ava und Alistair Kreide fressen mussten. »Ich hoffe, ihr zwei genießt euren Aufenthalt in der Stadt. Ich werde es genießen, vor meiner signierten Goldenen Schallplatte zu proben – der, die du nie haben wirst.«

Alistair seinen wertvollen Besitz unter die Nase zu reiben war kindisch, aber die Schallplatte ließ den Mann grün vor Neid werden.

Nun trat er näher, wobei sein Blick im Diner umherflog. »Mein Angebot vom letzten Jahr steht immer noch.«

Unglaublich. »Du meinst das Angebot, bei dem du mir die liebe Ava zurückgibst, wenn ich dir dafür Elvis' letzte bekannte signierte Schallplatte gebe?«

Mit einem Nicken reckte Alistair sein spitzes Kinn.

Jack konnte sein angewidertes Lachen nicht zurückhalten. »Ich will mit Ava nichts mehr zu tun haben, und Frauen sind kein Besitz. Wie mir scheint, seid ihr zwei perfekt füreinander.«

Er schritt mit dem Selbstbewusstsein an Alistair vorbei, von dem er sich wünschte, es bei Clementine gezeigt zu haben. Der Clementine, die sich Samantha nannte, die in der Jury des Elvis-Wettbewerbs saß und die auch keine ehrliche Frau mit Interesse an einem netten Kerl zu sein schien. Zusätzlich dazu, David Industries zu retten, alle glauben zu lassen, sein Vater wäre nicht in der Stadt, und Alistair dieses Jahr beim Festival zu schlagen, fügte Jack seiner anstrengenden To-do-Liste nun auch noch hinzu, Clementine aus dem Weg zu gehen.

* * *

Clementine musste Jack erneut treffen. Sie hatte keine andere Wahl. Der Van Gogh hing nicht in seinem Haus. Er befand sich im Anwesen seiner Familie, und Jack war ihre Eintrittskarte in dieses monströse Gemäuer.

Sie stürmte in ihr Motelzimmer und breitete ihre Maxwell-David-Akten auf den gestärkten Bettlaken aus. Wenigstens ließ die Wäschestärke darauf schließen, dass sie gewaschen waren. Das Erste, was sie gestern nach ihrer Ankunft getan hatte, war, die fast-wie-Blut-rotbraune Tagesdecke auf den Fußboden zu werfen, dessen Teppich dieselbe verstörende Farbe hatte.

Mit untergezogenen Beinen schob sie die Überwachungsfotos umher, stinkwütend auf Luciens Kontaktperson, weil die Maxwells gebräuchlichen Rufnamen nicht notiert hatte. Wütend auf sich selbst, weil sie Jack nicht erkannt hatte. Diese Patzer hatten sie offensichtlich aus dem Konzept gebracht, aber dass sie *ihren* Namen preisgegeben hatte, war ein Riesenschnitzer, und Lucien durfte nichts davon erfahren, was bedeutete, dass sie sich neu organisieren musste.

Sie musterte die Fotos. Eine Aufnahme zeigte Jack, wie er den *Whatnot Diner* betrat. Die Schwingtür verdeckte sein Gesicht, aber nicht die schlanken Konturen seines hochgewachsenen Körpers. Eine zweite und eine dritte Aufnahme zeigten ihn beim Joggen, Teil seiner morgendlichen Routine. Ein Foto war zu verschwommen, um die Person zu identifizieren. Das andere war durch den Daumen des Fotografen verpfuscht. Das letzte ließ sie am meisten stutzen: Jack als Elvis.

Die Aufnahme war aus dem Internet heruntergeladen und ehrte den Gewinner des letzten Jahres. Jack war Zweiter geworden. Er stand abseits, nicht im Mittelpunkt des Bildes, das Gesicht etwas unschärfer. Sie hielt es sich näher vor die Nase, um nach dem schüchternen Mann zu suchen, dem sie auf der Straße begegnet war, dem leicht unbeholfenen Mann von heute, der ihren echten Namen herausgefunden hatte. Sie konnte keinen dieser beiden Männer finden. Was sie fand, war viel schlimmer: verstärkten Sex-Appeal.

Als sie diese Fotos das erste Mal betrachtete, hatte sie diese Anziehungskraft nicht bemerkt und über dieses ganze *Elvis-Ding* die Nase gerümpft, unfähig zu begreifen, warum sich erwachsene Männer wie ein Verstorbener anzogen und altmodische Lieder sangen. Imitatoren. Heuchler. Eine voreingenommene Reaktion, die revidiert worden war.

Sie war nicht sicher, ob es an dem verschwitzten, sexy Händedruck lag oder an der Schüchternheit, die sie mitten ins Herz getroffen hatte, aber als sie den Jack, den sie nun kannte, ansah, in einem glitzernden Oberteil und enger Hose, das wilde Haar in der Stirn, dann sah sie Sex-Appeal in Stereo.

In Jacks Wettbewerbsfoto war keine Schüchternheit, in seinem frechen Grinsen nichts als Selbstbewusstsein. Sie konnte den Mann, den sie getroffen hatte, nicht mit dem auf dem Foto unter einen Hut bringen, aber sie hatte keine Zeit, dieses Rätsel zu lösen. Außerdem durfte sie diese unwillkommene Anziehung nicht aufkeimen lassen. Der Maxwell *Jack* David ihrer

Recherchen hatte kürzlich eine Handvoll Arbeiter gefeuert, alles langjährige Mitarbeiter am Ende ihres besten Arbeitsalters. Sie würden Mühe haben, woanders Arbeit zu finden; Jack dagegen sparte Geld, indem er frischeres Blut einstellte. Er war von der skrupellosen Sorte, die gnadenlos kürzte, ohne sich darum zu scheren, wer dabei über die Klinge springen musste. Clementines Vater war von einem Mann wie Jack gefeuert worden. Rücksichtslos weggekürzt und rausgeworfen. Clementine hatte geglaubt, noch traumatisierender, als ihn bei noch laufendem Motor tot in der Garage zu finden, könnte das Leben nicht werden. So jung und naiv war sie gewesen. Eine ahnungslose Neunjährige.

Jetzt wusste sie es besser. Männer wie Jack David waren nichts als verzogene Bengel mit einem Treuhandfonds, die mühelos durchs Leben segelten. Eine Tatsache, an die sie sich beim nächsten Mal erinnern würde, wenn seine babyblauen Augen Mühe hatten, sie anzusehen. Es war Zeit, wieder die Oberhand zu gewinnen. Sie war mit ihrem Job in Verzug. Lucien würde sich bald wieder melden. Wenn sie keine Einladung ins Familienanwesen der Davids bekam, würde sie einbrechen müssen. Ein Worst-Case-Szenario.

Einbrüche führten zu Patzern wie bei dem katastrophalen Monet-Job.

Dieses Desaster durfte sich nicht wiederholen. Sie musste diesen Job richtig machen und Jack umgarnen, bis sie den Van Gogh ausfindig gemacht hatte, was bedeutete, dass sie ihm morgen auflauern musste. Nicht im Diner. Den Plan hatte sie bereits in den Sand gesetzt. Das nächste Treffen musste zufällig wirken, und sie musste sich eine neue Hintergrundstory ausdenken.

Kapitel 5

CLEMENTINE STRETCHTE IHRE Muskeln am Rand des Parks und genoss die etwas mildere Temperatur. Der Regen von letzter Nacht hing noch am Gras, und in der Luft lag ein erdiger Geruch, eine eher frische als schwüle Feuchtigkeit. Der Regenguss hatte die Hitzewelle Nebraskas weggewaschen, so wie eine Nacht des Grübelns Clementines Verstand hatte klar werden lassen.

In wenigen Minuten würde sie Jack bei seiner morgendlichen Joggingrunde auflauern, um mit ihm zu plaudern und zu flirten. Da er an ihr interessiert gewirkt hatte, als sie seinen Wagen reparierte, würde er das wahrscheinlich erwidern. Dann würde sie den (erfundenen) Geburtstag ihres Vaters erwähnen, zusammen mit seiner (erfundenen) Liebe für Elvis, und die Tatsache beklagen, dass sie kein Geschenk für ihn organisiert hatte – ein Foto mit einem Tribute-Künstler, um genau zu sein. Jack würde sich hoffentlich selbst anbieten und eine Verabredung vereinbaren.

Eine platonische Verabredung. Eine Foto-Verabredung. Von der sie vorschlagen würde, sie auf seinem Familienanwesen stattfinden zu lassen.

Zack. Bumm. Erledigt.

Es würde kein sexy Händeschütteln erfolgen.

Der Joggingpfad schlängelte sich durch den Wherever Park, über den gewundenen Bach und zwischen hoch aufragenden Bäumen hindurch. Keine einsamen Bäume. Vereinzelt, aber in Grüppchen, wie Cliquen enger Freunde. Sie joggte in gemächlichem Tempo zur Brücke. Wenn Jack pünktlich blieb, würde er sie in kürzester Zeit einholen, und sie würde Lucien nicht wieder durch Unterlassen anlügen müssen.

Die Textnachrichten von gestern waren quälend gewesen. Lucien zu sagen, dass sie Kontakt mit Maxwell-Schrägstrich-Jack aufgenommen hatte und ihn heute sehen würde, war an sich nicht gelogen gewesen. Sie hatte einfach nur weggelassen, dass Jack ihren richtigen Namen kannte und von ihrer bevorstehenden Keine-Verabredung-Verabredung noch nichts ahnte. Zum Glück würden alle Auslassungen bald hinfällig und sie dem Van Gogh einen Schritt näher sein.

Voller Zuversicht über ihren Plan trabte sie gemächlich dahin. Eichhörnchen schnatterten, und Vögel zwitscherten. Die frische Luft füllte ihre Brust, bis ein schriller Schrei jäh ihre Aufmerksamkeit auf sich zog. Eine Frau mit lockigen Haaren, die wie Kaffeekellnerin Imelda aussah, führte vier Hunde Gassi. Sie zerrte an einer der Leinen und bedachte den Dobermann an deren Ende mit einigen ausgesucht farbenfrohen Namen, dabei wechselte sie drei Mal die Sprache.

Clementine musterte die Brücke, die sie überquert hatte. Jack war immer noch nicht aufgetaucht. Da sie Zeit schinden musste, genoss sie Imeldas amüsante Interaktion. Sosehr Clementine Tiere auch liebte, würde sie ihre Bartagame Katzen oder Hunden jederzeit vorziehen. Kein Gassigehen nötig. Kein Garten sauber zu halten. Außerdem liebte sie es, Lucy mit Grillen zu füttern und dabei ihre Lieblings-Autoschrauber-Sendung zu gucken, in der alte Muscle-Cars aus den Sechzigern und Siebzigern restauriert wurden.

Imelda bemerkte Clementine und winkte. »Brutus hält sich für eine Ente. Er würde im Teich leben, wenn ich ihn lassen würde.«

Clementine hätte es vorgezogen, unbemerkt zu bleiben, aber die Stadtbewohner zu ignorieren erweckte Aufmerksamkeit. »Sie könnten ihn ja als Touristenattraktion vermarkten«, rief sie zurück. »Stellen Sie einfach ein Schild auf: *Füttern Sie die erste Dobermann-Ente der Welt.*«

Imelda lachte gackernd.

»Enten füttern ist verboten«, informierte kurz und knapp eine männliche Stimme dicht hinter Clementines Schulter, so nah, dass sie zusammenzuckte. Jack David hatte sie schon wieder unvorbereitet erwischt und aus dem Gleichgewicht gebracht.

»Ich wollte die Enten gar nicht füttern.«

»Sie haben es aber angedeutet.«

»Als Scherz.«

Sie fand ihr Gleichgewicht wieder und drehte sich zu ihrer Zielperson um. Jack war schon wieder verschwitzt, sein Nike-Shirt und die Laufshorts schmiegten sich an seinen prächtigen Körper. Ihre eigene Körpertemperatur stieg an, seine Freundlichkeit schien sich jedoch abgekühlt zu haben, den gereizt zusammengepressten Lippen nach zu schließen. Kein toller Start für ihren Plan.

Imelda zerrte ihre Hunde weiter, rief Jack aber zu: »Ich hole Colonel Blue dann Mittag ab.«

»Ich bin sicher, da freut er sich schon drauf. Wie geht's Iron Man? Schon besser?«

»Das Bein wird im Nu wieder okay sein, aber von seiner Halskrause ist er nicht grade begeistert. Die anderen Hunde ziehen ihn schon damit auf.«

Jack lächelte, dabei sah er Imelda direkt in die Augen.

»Freut mich, dass es ihm schon besser geht. Knuddle ihn von mir.«

Knuddeln? Und warum scherzte Imelda mit einem blaublütigen Tyrannen, der ihre Mitbürger gefeuert hatte? Es sei denn, Imeldas Nettigkeiten wurzelten in Angst, und sie zog es vor, sich einzuschleimen, statt unhöflich zu sein.

Jack setzte seinen Lauf auf dem Kiesweg fort, ohne Clementine auch nur eines weiteren Blickes zu würdigen. Sie fluchte lautlos. Jetzt rannte sie hinter ihm her, wo sie doch wollte, dass er hinter *ihr* herrannte.

Sie steigerte ihre Geschwindigkeit und holte ihn ein, um sich dann seinem schnelleren Schritt anzupassen. Was für sie schwieriger war, wenn man seine langen Beine bedachte, aber Clementine war keine kleine Frau, und Joggen war ihr Ding. Sie konnte mit geschlossenen Augen durch den Central Park laufen.

»Sie haben einen Hund, der Colonel Blue heißt?«, fragte sie.

Er hielt seine Aufmerksamkeit weiter geradeaus gerichtet. »Nein.«

Wow. Ein einziges Wort. Der verlegen flirtende Mann, der sie angemacht hatte, glänzte durch Abwesenheit. »Geht Imelda vielleicht mit Ihrem zahmen Gürteltier Gassi?«

Ihm entschlüpfte kein Lächeln. Sie umrundeten eine große Trauerweide, und Jack steigerte das Tempo. »Blue ist der Hund meines Vaters. Er ist zurzeit unterwegs. Imelda geht mit ihm Gassi.« Jeder Satz war knapp und schroff. Ein totaler Korb.

Das bestätigte zwar ihre ursprüngliche Einschätzung seiner verzogenen Unverschämtheit, war ihrer Sache aber nicht dienlich. Sie steigerte ihr Tempo, um mit ihm mitzuhalten. Small Talk war erforderlich. Sie musste ihn anlocken. Ihm das Gefühl geben, interessant zu sein.»Da Sie in Whichway, aber nicht im *Whatnot Diner* leben, was machen Sie beruflich?«

Die stählernen Kiefermuskeln traten hervor, als wäre er verärgert. Weil sie ihn auf dem Highway hatte abblitzen lassen? Oder vielleicht hatte ihn der falsche Name sauer gemacht. Beide Gründe machten Sinn. Das verhinderte jedoch nicht, dass sie einen Stich in der Brust verspürte. Einen Stich, den es nicht geben sollte. Es kümmerte sie nicht, ob Nicht-Maxwell an ihr interessiert war. *Was* sie kümmerte, war das Gemälde seiner Familie.

Falls er nicht bald weich wurde, würde sie ihren Stolz hinunterschlucken und eine Verletzung vortäuschen müssen.

»Mein Vater ist der Gründer von David Industries.«

»Der Fabrik in der Stadt?«

»Ja.«

Er rannte schneller. Heftiger atmend, zog sie mit. Ein Rasenmäher brummte in der Ferne.

»Die ist riesig. Und Sie arbeiten dort?«

Die ist riesig. Gott, sie klang wie ein Idiot. David Industries war nicht einfach nur riesig. Die Fabrik war die Hauptschlagader der Stadt. Dort waren drei Viertel der Einwohner beschäftigt, was das malerische Whichway florieren ließ. Jack war der aktuelle CFO, das Gehirn hinter ihrem Linsen-Technologie-Innovations-Dings für den Autofokus von Kameras und Handys. Sie kannte all diese Details, hasste es, so zu tun, als würde sie sie nicht kennen, aber Männer liebten es nun mal, über ihre beruflichen Leistungen zu reden.

Nur verhielt sich Jack nicht wie die meisten Männer.

Seine Füße trommelten über den Kies, als er antwortete: »Ich leite die Finanzen und die F&E.«

»F&E?« Na bitte, schon wieder klang sie ahnungslos.

»Forschung und Entwicklung.«

»Also, was entwickeln Sie?«

Abrupt blieb er stehen und stemmte heftig atmend die Hände in die Hüften. Seine blauen Augen, von derselben Farbe wie sein aquamarinblaues Shirt, tanzten umher, ohne sich je wirklich auf sie zu richten. »Warum haben Sie Jasmine einen falschen Namen angegeben?«

Ah. Das war es. Der Grund seines Abblockens. Ein Hauch von Schuldgefühl brannte in ihrer Brust. Oder vielleicht war es auch nur ihre überstrapazierte Lunge. Sie ging langsam im Kreis, um wieder zu Atem zu kommen, während sie im Geiste ihre Hintergrundgeschichte noch einmal durchging. »Tut mir leid deswegen, aber das ist mein Job.«

»Lügen ist Ihr Job?«

O Mann, wenn er nur wüsste! »Ich bin Musikproduzentin. Ich bin keine große Nummer, die Platin-Schallplatten vorweisen kann, aber meine Marke wächst, und ich habe Beziehungen, was Komplikationen mit sich bringt.«

»Komplikationen?« Er hatte einen Hang dazu, ihr alles nachzuplappern, aber es war schwer, sich zu konzentrieren, wenn seine Wangenknochen von Farbe überzogen waren. Die leichte Röte betonte seine Züge und ließ seine Lippen unglaublich einladend aussehen.

Jetzt war sie an der Reihe, scharf zu Boden zu blicken. Sie ging weiter auf und ab. »Wenn die Leute erfahren, was ich mache, dann könnten sie aufdringlich werden. Wie bei Filmproduzenten und Literaturagenten. Wenn die Leute denken, sie könnten eine Sekunde mit dir kriegen, dann stürzen sie sich darauf. Das eine oder andere Mal wurde das schon unangenehm. Also mache ich normalerweise keine Festivals. Meine Kunden sind alle Empfehlungen. Aber das hier ist ein Gefallen für einen Freund, und ich fand, meinen Namen zu verheimlichen wäre leichter.« Sie hörte auf, im Kreis zu gehen, und versuchte, ihm in die aquamarinblauen Augen zu sehen. »Aber ich habe mich entschieden, es Jasmine zu sagen. Es war albern von mir.«

Er rieb sich den Nacken und betrachtete den Rasenmähertraktor, der in der Nähe vorbeirumpelte. Dann wanderte sein Blick über ihre Brust zu ihrem Gesicht und dann zum Gras neben ihnen. »Verständlich«, sagte er leise. Gefolgt von: »Dann noch viel Spaß beim Joggen.«

Korb Nummer zwei.

Er powerte weiter und ließ sie im Rückspiegel hinter sich, wie sie es schon zweimal mit ihm gemacht hatte. Verwirrt rannte sie ihm nach und dann neben ihm her. Aus dem Augenwinkel warf er ihr einen Blick zu.

Sie lächelte. »Sie sind schnell unterwegs. Laufen Sie oft?«

»Fast täglich.«

»Das ist toll, um den Kopf frei zu bekommen.«

»Wenn ich allein bin, schon.«

Touché, Mr Groß-dunkel-und-gut-aussehend. Und da sich Small Talk nicht auszahlte, war es an der Zeit, Operation Elvis in Gang zu bringen.

Sie versuchte auf kokette Weise ihren Pferdeschwanz zu werfen. Er klatschte ihr an die Wange. »Mein Vater ist ein echter Elvis-Fan, was einer der Gründe ist, warum ich den Auftritt angenommen habe. Ich dachte, es wäre cool, ein paar Momentaufnahmen zu bekommen, während ich hier bin, als Geburtstagsgeschenk für ihn, aber der ist schon in ein paar Tagen. Sie kennen nicht zufällig irgendwelche Tribute-Künstler, die schon früher in der Stadt sind? Ich würde gern was arrangieren.«

Sie deutete nicht an, dass Jack ein solcher Künstler war. Wenn sie unter dem Radar bleiben wollte, dann musste er ihr auf halbem Weg entgegenkommen und Anzeichen von Interesse zeigen. Sein freches Grinsen auf diesem Elvis-Foto ließ vermuten, dass er auf die Gelegenheit, zu zeigen, was er draufhatte, sofort anspringen würde.

Allerdings sprang er nicht. Er rannte mit kraftvoll schwingenden Armbewegungen. »Sie sollten Jasmine fragen.«

Ernsthaft? Jasmine fragen? War dieser Typ plötzlich immun gegen ihre Reize?

Am Ende würde sie doch noch stolpern und sich den Knöchel verstauchen oder das Knie aufschürfen müssen. Oder eine Möglichkeit finden, ihm die Hand zu schütteln und ihn in diesen kribbelnden Bann zu schlagen, den sie auf dem Highway erlebt hatte, obwohl seine großen Hände tabu waren. Ihr war wirklich keine Verschnaufpause gegönnt.

Das Brummen des Rasenmähers wurde lauter und konkurrierte mit dem Durcheinander in ihrem Kopf.

»Jack!« Zischend kam das Brummen zum Stillstand. Ein glatzköpfiger Mann in einem Overall winkte in ihre Richtung. Jack wurde langsamer und schirmte sich mit der Hand die Augen ab. »Marvin?«

»Hab deine Grillen. Einen ganzen Eimer voll. Ich bring sie morgen vorbei.«

»Du bist zu gut zu mir.«

»Ach was. Hank ist es, der mir am Herzen liegt, nicht deine hässliche Visage.«

Marvins Rasenmäher sprang brüllend wieder an, und Clementine ließ diese kurze Interaktion noch einmal vor sich ablaufen, unsicher, was sie davon halten sollte. Ein weiterer Einheimischer, der mit Jack befreundet war und mehr als einfache Nettigkeiten mit ihm austauschte. Zuerst die Kaffee einschenkende, Hunde Gassi führende Imelda, und jetzt der Grillen sammelnde, Rasenmähertraktor fahrende Marvin. Es war, als wäre Jack David nicht nur nett, sondern ... beliebt. Das war nicht der Mann, auf den sie sich für diesen Coup vorbereitet hatte. Und die Bemerkung mit den Grillen ließ frischen Schweiß auf ihre Stirn treten.

Die einzige Verwendung, die sie sich für Grillen vorstellen konnte, könnte bedeuten, dass Jack und sie mehr gemeinsam hatten, als sie erwartet hatte.

»Was sollte das mit den Grillen? Züchten Sie Reptilien?« Sie lachte über ihren Nicht-wirklich-Scherz, mit einem leicht irren Klang in der Stimme. Er durfte keine Reptilien haben. Nicht, wenn Clementine Diapsiden mehr liebte als Menschen. Falls er Grillen an Reptilien verfütterte, dann besser, weil er vorhatte, sie anschließend zu schlachten und scharf anzubraten. Jack durfte nicht noch attraktiver werden.

»Ich züchte sie nicht«, erwiderte Jack, dabei brannten seine Wangen noch röter. »Ich gebe ihnen Asyl.«

Ihr blieb das Herz stehen. Der Geruch von frisch gemähtem Gras stach ihr in die Nase. Sie nieste und nutzte den Moment, um sich vorzubeugen und die Hände vors Gesicht zu schlagen. Dieser schüchterne, offensichtlich nette (wenn er nicht gerade Angestellte feuerte) Mann, der so heiß wie Elvis war und in einem feuchten Hemd einfach fantastisch aussah, besaß Reptilien. Mehrzahl. Nicht nur ein oder zwei.

Das scharfe Stechen in ihrer Brust wurde schlimmer.

In ihren wildesten Träumen hätte sie sich nie vorgestellt, dass er auch ein Reptilienhalter war. Nicht so ein schicker und attraktiver Mann wie er. Die meisten Reptilienliebhaber waren Videogame-Freaks, die noch bei ihren Eltern lebten und in einem feuchten Hemd nicht fantastisch aussahen. Muggles rümpften die Nase und ekelten sich, wenn sie mit ektothermen Schönheiten konfrontiert wurden.

Nicht der Reptilien rettende Jack. Der Mann, den sie täuschen musste, aus gutem Grund.

Seit bei ihren jüngsten Jobs Schuldgefühle aufgewallt waren, hatte Clementine oft an ihre Indienreise mit Lucien gedacht, die sie nach einem besonders lukrativen Raubzug gemacht hatten. So viel Geld in den Vereinigten Staaten zu verteilen war riskant geworden. Lucien hatte ihr zeigen wollen, wie sie im Ausland helfen konnten, wie wichtig das für Waisenhäuser sein konnte. Was sie dort gesehen hatte, hatte ihr Leben verändert: Krankheiten, die mit einfachsten Arzneimitteln geheilt, Hunger, der durch einen Garten beseitigt, Angst, die mühelos durch ein wenig Liebe gelindert werden könnte. Und, o mein Gott, die Übervölkerung! Kinder über Kinder, die im wahrsten Sinne des Wortes für ein Bett starben. Ohne die Finanzierung durch Lucien und Clementine würden die abgewiesenen Kinder benutzt, verkauft, misshandelt werden.

Noch mehr persönliche Details mit Jack zu teilen war nichts im Angesicht dieses Leidens, und aufzugeben bedeutete, ins Anwesen seiner Familie einbrechen zu müssen, eine Möglichkeit, bei der sie ein unbehagliches Kribbeln überfiel.

Sie kannte die Adresse der David-Villa, aber das Gebäude war massiv, und sie hatte weder einen Grundriss noch eine Ahnung, wo sich das Gemälde befand. In einem Herrenhaus dieser Größe herumzuirren führte zu Fehlern. Sie brauchte nur die Koordinaten des Van Goghs. Sobald sie die hatte, würde sie vom Radar verschwinden, einen Notfall vorschieben und Whichway verlassen, um sich in einer der umliegenden Städte einzuquartieren. Drei oder vier Wochen später würde sie sich sein Gemälde im Schutz der Nacht unter den Nagel reißen – der bestbezahlte Raubzug, den sie und Lucien je durchgezogen hatten. Es war ein langfristig angelegter Plan, aber ein sicherer. Das machte ihre Entscheidung einfach. Ebenso wie ihren nächsten Zug.

Sie richtete sich zu voller Größe auf, mit gestrafften Schultern und vorgereckten Brüsten, und berührte Jacks Unterarm, *nicht seine Hand.* »Na, dann muss unser Zusammentreffen wohl Schicksal gewesen sein.«

* * *

Jack wusste nicht, wo er hinsehen sollte. Wenn er sich auf Clementines Augen konzentrierte, wurde sein Mund trocken. Wenn er ihr üppiges Dekolleté ansah, das durch ihren Sport-BH noch betont wurde, dann fühlte sich seine Laufshorts zu eng an. Der Schweiß auf ihrer Haut ließ seine Synapsen fehlzünden, alles Anzeichen, die auf Schwierigkeiten hindeuteten.

Als wäre er wieder ein unbeholfener Fünfzehnjähriger.

»Inwiefern genau ist unser Zusammentreffen Schicksal?«, fragte er.

»Ihre Reptilien.«

»Meine Reptilien.«

»Wir sind beide Herps.«

Sein Herz hämmerte gegen seine Rippen. Das war nicht gerade das sexyste Label, aber er hatte noch nie einen anderen Herpetokulturist getroffen, geschweige denn einen weiblichen Herpetokulturist mit erdbeerfarbenen Lippen und Sommersprossen auf der Nase, die Autos reparieren konnte. Er sollte einen Schritt zurücktreten, sich bewegen, damit ihre Finger von seinem Unterarm rutschten. Er machte einen Schritt vorwärts. »Wie viele Reptilien haben Sie?«

»Nur eins.«

»Was für eines?«

»Eine Bartagame. Ein Weibchen.«

»Haben Sie sie mitgebracht?« Die Worte plumpsten aus ihm heraus, alles fühlte sich zäh und bleiern an. Sie stand verlockend nahe, diese Frau, die Reptilien liebte.

Ihre sanften Atemzüge streiften seinen Hals, als sie das Kinn hob. »Nein. Ich lasse sie nur ungern allein, aber Lucy ist in guten Händen, solange ich weg bin.«

Das Blut rauschte ihm heftig pulsierend durch die Adern. »Lucy ... wie aus *I Love Lucy?*«

Sie lächelte. »Genau.«

Lucy. Bartagame. Das schien nicht möglich zu sein. Eine weitere Lüge vielleicht? Wie ihr Name? Aber das würde nicht erklären, woher sie die Bezeichnung *Herps* kannte. Ein beunruhigender Zufall. Sein Verhalten war ebenso beunruhigend. Er war beschämend unhöflich zu ihr gewesen. Sicher, er war manchmal kurz angebunden bei Frauen. Als er als Kind noch mit seinem Stottern gekämpft hatte, hatte er seine Sätze so kurz wie möglich gehalten. Dieses Leiden machte ihm inzwischen keinen Knoten mehr in die Zunge, aber manche Gewohnheiten waren schwerer abzulegen. Allerdings ging es hier nicht um Verlegenheit. Hier ging es darum, Clementine – Festival-Jurorin und Namensschwindlerin – auf gesunde Distanz zu halten.

Doch als er so dastand, konnte er weder wegsehen noch sie direkt ansehen. Sie war nur einen Kopf kleiner als er, was für eine Frau groß war. Ihre schlanken Finger glitten über seine Haut, tiefer, bis sie von seinem Arm rutschten. Er sehnte sich danach, sie wieder dorthin zu legen. *Lucy. Bartagame.* Wie groß war die Chance?

»Ich glaube, wir sollten uns einander noch einmal vorstellen«, hörte er sich sagen.

Nicht das, was er hätte sagen sollen. *Auf Wiedersehen. Bis irgendwann.* Solche Zurückweisungen wären klug gewesen. Dass sie Preisrichterin war, könnte seinen Plan beeinträchtigen, den Wettbewerb dieses Jahr zu gewinnen, und er war nicht sicher, ob Clementine aufrichtig war. Die Erklärung für den falschen

Namen hatte etwas für sich, aber sie schien Geheimnisse zu hüten. Das hatte er in ihrem Zögern an dem Tag, als sie sich zum ersten Mal begegnet waren, gespürt, an ihrem schnellen Verschwinden aus dem Diner gestern und jetzt an ihrer makellosen Namensgeschichte. Nach den Lügen seiner Ex-Freundin sollte er vorsichtig sein, aber gegen diese eigenartige Verbindung ließ sich nicht ankämpfen.

Er zwang sich, sie anzusehen, und atmete den Drang weg, den Blick sofort wieder zu senken. Dann streckte er seine Hand in die kleine Lücke zwischen ihnen aus.

Ihre Lippen teilten sich leicht, aber sie ergriff seine Hand nicht. Sie biss sich auf die Unterlippe und senkte den Kopf. Dasselbe Verhalten wie auf dem Highway. Er drehte seine Hand leicht nach oben, wie er es damals getan hatte. Ihre Schultern bebten. War sie Männern gegenüber misstrauisch? Oder speziell ihm gegenüber?

Schließlich legte sie ihre Hand in seine.

Bei der Berührung rauschte ihm der Magen in die Knie, wie ein Eisvogel im Sturzflug. Er konnte nicht sicher sein, ob sie dasselbe fühlte, aber er legte die Fingerkuppen an ihr Handgelenk, spürte das Hochschnellen ihres Pulsschlags. *Ja, Clementine. Ich fühle dasselbe.*

»Ich bin Jack«, sagte er leise, als könnte zu viel Lautstärke sie wegrennen lassen, »aber ich höre auch auf Maxwell, und ich habe eine Bartagame namens Ricky.«

Ihr Blick schnellte zu ihm, beinahe anklagend. »Ricky?«

»Ricky Ricardo.«

»Das ist nicht möglich.«

»Fürchte schon.«

»Aber ...« Ihr Atem zitterte.

»Ja?«

»Das verstehe ich nicht.«

»Vielleicht sollen wir das auch nicht.«

Es ergab wirklich keinen Sinn, völlig unerwartet diese geheimnisvolle Frau zu treffen. Und doch waren sie hier und schüttelten sich – nein, *hielten* die Hände, beide mit Bartagamen, benannt nach dem Pärchen aus *I Love Lucy*, das eine Generation von Fernsehzuschauern verzaubert hatte. In seinem Hinterkopf hielt sich immer noch Zweifel, aber weniger hartnäckig.

Clementine schüttelte den Kopf und riss ihre Hand zurück. »Das hab ich völlig vergessen, aber ich muss noch wo hin. Kann nicht glauben, dass mir das entfallen ist.« Noch während sie sprach, setzte sie sich rückwärts in Bewegung, von ihm fort.

Sie konnte nicht allzu weit kommen. Nicht in einer Stadt dieser Größe. Aber er hatte eine Möglichkeit, sie noch früher zu sehen. Er *wollte* sie früher sehen. »Ich kann Ihnen helfen.«

Sie ging weiter rückwärts, schnell genug, dass er befürchtete, sie könnte stolpern. »Wobei?«

»Bei allem.« Unsicher, wie sich das herausgeschlichen hatte, zuckte er zusammen. »Bei Ihrem Vater, meine ich. Allem, was Sie für sein Geburtstagsgeschenk brauchen.«

Sie stolperte leicht, als sie stehen blieb. »Wie können Sie mir denn dabei helfen?«

»Ich kenne da einen Tribute-Künstler. Treffen Sie sich heute Abend um neun mit mir im Diner, und dann besorgen wir dieses Foto für ihn.«

Eine Notlüge, wenn man bedachte, dass er der Tribute-Künstler war, aber seine Leidenschaft zu zeigen war einfacher, als sie zu erklären. Aufzutreten hatte sein Leben verändert. Es verband ihn mit seinem Granddad und hatte ihm erlaubt, jemand anderes zu sein als ein stotterndes Kind mit schlaksigen Gliedern. Es hatte ihn furchtlos gemacht, kühn, verführerisch. Er vergaß sich selbst auf der Bühne, sog den Bass und die Lichter und den Applaus in sich auf. Wenn er darüber sprach, dann murmelte er oft und wartete darauf, verspottet zu werden.

Nein. Er würde nicht versuchen, es Clementine zu erklären, aber sie schien nicht wild darauf zu sein, sein Angebot anzunehmen.

Marvins Rasenmäher dröhnte in der Ferne. Imeldas Hundemenagerie kläffte und japste. Ein anderer Mann spazierte um den Teich herum und genoss die Aussicht. Er war kein Ortsansässiger, aber sein dichter Bart kam ihm bekannt vor, seine dunkle Hautfarbe – es war der Mann, der im Diner unhöflich zu ihm gewesen war. Nicht von der Sorte, die er gern in Whichway einfallen sah, aber Elvisfans unterstützten die Geschäfte und füllten die Motels.

Das aggressive Messertattoo des Besuchers war nicht zu sehen, und jetzt wirkte er ganz freundlich, wie er damit beschäftigt war, den Enten zuzusehen, während Clementine damit beschäftigt war, nicht zu antworten.

»Okay«, sagte sie schließlich, aber sie war schon wieder dazu zurückgekehrt, die Flucht zu ergreifen. Im Laufen drehte sie sich noch einmal um. »Wir sehen uns um neun.« Dann rannte sie leichten Fußes davon.

Ihm war ein wenig schwindelig, als er dastand und ihr hinterherschaute.

Nach der Niederlage im letzten Jahr und seiner Trennung von Ava hatte er sich geschworen, Alistair Murphy in diesem Jahr zu schlagen, dieses eingebildete Wiesel auf seinen Platz zu verweisen. Ein kleiner Teil von ihm wollte es auch seiner Ex zeigen. Sie hatten sich gegenseitig benutzt – Jack, um eine Atempause von der Arbeit zu haben, Ava, um ihre noch junge Gesangskarriere voranzutreiben. Er wollte Ava nicht zurückhaben, aber wie sie ihn manipuliert hatte, hatte einen bitteren Geschmack in seinem Mund hinterlassen. Es hatte ihm das

Gefühl gegeben, unfähig und naiv zu sein. Er wollte, dass sie im Publikum war, mit Reue auf dem Gesicht, während er die Menge begeisterte. Kleinlich, aber der Hauch von Rache würde sich gut anfühlen. Solange der Sieg hieb- und stichfest war.

Nachdem ein Teilnehmer eine Jurorin verführt hatte, um seine Punktewertung zu verbessern, war ein »Verbrüderungsverbot« eingeführt worden. Freundschaften waren akzeptabel. Intime Beziehungen waren es nicht. Wenn Jack den Titel gewann, während er zugleich eine Jurorin datete, könnte er disqualifiziert werden.

Dann war da auch noch sein Vater, der wichtigere Grund, dieses Jahr zum Tribute King gekrönt zu werden.

Jedes Jahr strahlte Maxwell David der Zweite übers ganze Gesicht, wenn er Jacks Auftritt zusah. Zu gewinnen war etwas Konkretes, das Jack für seinen kranken Vater tun konnte. Die Stadt hingegen glaubte, Maxwell würde durchs Ausland tingeln, anstatt zu Hause um sein Leben zu kämpfen. Jack hatte in den letzten Monaten ausgiebig gelogen, um dafür zu sorgen, dass die Täuschung Erfolg hatte. Es war die Idee seines Vaters gewesen, aber Jack war derjenige, der Investoren, Mitarbeiter und Freunde getäuscht hatte. Ein weiteres Opfer, um David Industries über Wasser zu halten.

Falls Gunthers Sabotage ans Licht kam *und* die Investoren erfuhren, dass ihr CEO krank war, dann würden die Aktien der Firma in den Keller rauschen. Hunderte würden ihre Jobs verlieren. Außer sie konnten vorher einen technischen Durchbruch verkünden.

Das ließ Jack noch zwölf Tage, um sein Forschungshindernis zu überwinden, damit sie mit den Lügen aufhören und sein Vater das Festival besuchen konnte. Seinen Sohn ein letztes Mal auftreten sehen konnte, bevor er starb. Alles handfeste Gründe, um Clementine aus dem Weg zu gehen, aber sein Verstand war schon dreizehn Stunden weiter, mit ihr bei sich zu Hause, und fragte sich, was sie wohl von ihm in seiner Elvis-Montur halten würde.

Kapitel 6

CLEMENTINE KAM ZEHN Minuten zu früh zum *Whatnot Diner.* Sie hatte vor, die kurze Zeit zu nutzen, um sich zu sammeln, weil sie es dringend brauchte, sich zu sammeln. Ihr Plan hatte funktioniert. Jack hatte ihr seine Hilfe und seine Zeit angeboten. Sie sollte begeistert sein, bereit, den Aufenthaltsort des Van Goghs auszuschnüffeln. Stattdessen durchlebte sie immer wieder diesen Moment auf dem Joggingpfad, mit ihrer Hand in der von Jack, während ihre bizarren Gemeinsamkeiten einen Kloß in ihren Eingeweiden verursacht hatten.

Ricky und Lucy. Zusammenpassende Bartagamen.

Ihr Puls raste immer noch wegen dieses unmöglichen Zufalls.

Sie musste durchatmen und sich darauf vorbereiten, Jack wiederzusehen, aber er war auch zu früh da und lehnte an einem Tesla Model S. Nicht das Fahrzeug, das sie bei einem Elvis-Imitator erwartet hätte. Auch wenn der Tesla beeindruckend war, hatte er doch keine Nostalgie an sich. Dieses Baby war pure Innovation. Elektrisch. Modernste Technologie mit seinem Dualmotor und einer irrwitzigen Beschleunigung von null auf hundert in weniger als drei Sekunden.

Sexy auf seine eigene Weise, genau wie sein Besitzer.

Ins Licht des Diners gebadet sahen Jacks Hose und Hemd

leicht zerknittert aus, als käme er direkt von der Arbeit. Sein Haar war auch zerzaust, und die Wirkung ließ ihren Bauch Purzelbäume schlagen. *Konzentrier dich, Clementine. Vergiss nicht, warum du hier bist. Denk an die Kinder.*

Nisha war im Waisenhaus von Delhi ihr Liebling gewesen. Mit ihren großen, braunen Augen und schlaksigen Gliedern war sie Clementine aus dem Weg gegangen und hatte sich den größten Teil jenes Nachmittags versteckt. Bis Clementine ihr ein Stück Kaki angeboten hatte. Mit einer unglaublich schnellen Bewegung hatte sie sich die reife Frucht geschnappt. Aber nicht schnell genug, dass die Verbrennungen und Narben von Schnittwunden an ihren Armen zu übersehen gewesen wären. Nisha hatte sich in eine Ecke zurückgezogen, kleiner als klein zusammengekauert, und gegessen, als würde sie nie wieder etwas zu essen zu Gesicht bekommen.

Dieses Bild: ein Kind so wild wie ein streunender Hund – misstrauisch, hungrig, *verletzt* – verfolgte Clementine bis heute. Es brachte Erinnerungen an ihre eigene Zeit auf der Straße zurück. Umso mehr Grund, ihre Arbeit nicht von einem unerklärlichen Zufall und einem provozierenden Mann sabotieren zu lassen.

Sie kurbelte ihr Fenster runter. »Hey, Fremder.«

Jack nickte grüßend, was ein paar dunkle Strähnen in seine Stirn fallen ließ. »Wir sind keine Fremden. Wir sind uns schon begegnet. Drei Mal, um genau zu sein. Ich kenne beide Ihrer Namen.«

Damit kratzte er noch nicht mal an der Oberfläche ihrer Namen. »Gutes Argument.« Sich dumm stellend schaute sie sich um. »Wo ist dieser Tribute-Künstler?«

Sie war nicht sicher, warum er sein Hobby nicht offen zugegeben hatte, befand sich aber nicht in einer Position, ihn darauf anzusprechen.

»Da werden Sie mir folgen müssen. Zu mir nach Hause. Das …« Er zuckte zusammen, und sein Blick heftete sich fest auf den Asphalt zwischen ihnen. »Das klang dreist und womöglich nicht ungefährlich, in Anbetracht dessen, dass wir einander noch nicht so gut kennen. Aber ich kann Ihnen bei dem Geschenk für Ihren Vater helfen, nur nicht hier, und …«

»Jack.«

Jäh schaute er hoch, den Kopf leicht zwischen die Schultern gezogen.

Der schüchterne Jack war zurückgekehrt, und ihre Entschlossenheit geriet ins Schwanken.

Sie hatte sich in der Vergangenheit mit arroganten Männern eingelassen, hatte sich in deren distanzierter Eitelkeit vergessen können. Jacks Zurückhaltung war etwas völlig anderes. Auf dem Highway war er aufrichtig lieb gewesen, im Diner unbeholfen, beim Joggen kurz angebunden und dann unwiderstehlich, immer mit diesen ausweichenden blauen Augen. Sie wurde nicht ganz schlau aus ihm, aber sie wollte seine Geheimnisse entschlüsseln, ihm ein Stück Kaki anbieten, um den echten Jack herauszulocken.

Sie umklammerte das Lenkrad fester.

»Fahren Sie voraus«, sagte sie in der Hoffnung, dass er sie zum Anwesen seiner Familie führen und ihre Aufklärungsarbeit beschleunigen würde. Noch mehr Zeit mit dem schüchternen Jack würde wahrscheinlich ihr Getriebe ruinieren, was knirschendes Aneinanderreiben und andere unvorhersehbare Geräusche zur Folge hätte. Es durfte kein Aneinanderreiben mit Jack geben.

Er lotste sie aus der Stadt heraus und eine gewundene Straße entlang zu seinem Haus, nicht dem Anwesen seiner Eltern. Eine unglückliche Wendung der Ereignisse, aber die moderne, von Außenflutlichtern beleuchtete Architektur raubte ihr den Atem. Die eleganten Winkel und dunklen Holzflächen erstreckten sich bis zu den sie umgebenden Bäumen, wie um mit der Natur zu verschmelzen.

Sie parkte und schickte rasch Lucien eine Nachricht, um ihn wissen zu lassen, dass sie bei Jack zu Hause war. Nicht das Haus, zu dem sie Zugang brauchte, aber es war schon ein Schritt näher. Sie gewann Jacks Vertrauen. Lucien würde zufrieden sein.

Kaum war sie drinnen, fiel ihr die Kinnlade runter. Riesige Glaswände brachten das Draußen herein, hohe Decken verliehen dem ausgedehnten Raum zusätzliche Weite. Die Kombination aus offener Küche und Wohnraum glänzte in Edelstahl- und Schokoladentönen. Zimmerpflanzen verliehen dem Ganzen eine satte Üppigkeit.

Unvermittelt fühlte sie sich in ihrer Jeans und dem zu mädchenhaften pfirsichfarbenen T-Shirt underdressed.

»Das ist ja eine ziemlich schicke Hütte, die Sie da haben«, sagte sie mit einer Spur Bissigkeit im Tonfall. Sie hatte Verständnis für einfache Begehrlichkeiten, den Wunsch nach Dingen, aber so vieles von diesem Geld hätte den Bedürftigen helfen können.

Jack trat von einem Fuß auf den anderen. »Ich liebe Architektur.«

Er ging nicht weiter auf dieses Interesse ein oder prahlte mit seinem Reichtum.

Schüchtern. Schüchtern. Schüchtern.

»Ja, nun, es ist wirklich schnuckelig.« Sarkasmus half ihr, sich daran zu erinnern, warum sie hier war und wie rücksichtslos er seine Millionen ausgab. Schickes Elektroauto. (Das die Umwelt schonte.) Riesiges Haus. (Das Erfindungsreichtum und Stil zelebrierte.)

Konzentrier dich, Clementine.

Sie trat weiter in den Raum hinein, und ihre Aufmerksamkeit wurde von einer vergrößerten Fotografie angezogen, die sich lebensgroß über die Wohnzimmerwand erstreckte. Elvis mit seinem Arm um einen Mann gelegt. »Wer ist das?«

»Elvis.«

Sie warf ihm einen finsteren Blick zu, aber sein neckendes Lächeln besänftigte sie.

»Das ist mein Granddad«, erklärte er. »Er war ein Roadie dieses großartigen Mannes.«

Ehrfurcht lag in seiner Stimme, ob für Elvis oder seinen Großvater, konnte sie nicht sicher sagen. »Hat so das Festival hier angefangen?«

Er nickte. »Vor vierundzwanzig Jahren.« Wieder ging er nicht weiter darauf ein, aber er kam näher und trat neben sie, während sie das Foto betrachtete.

Jack hatte die scharf geschnittenen Wangenknochen, das stolze Kinn und die Nase seines Großvaters. Beide Männer waren elegant und gut aussehend. »Sie sehen ihm ähnlich.«

»Nicht so sehr wie andere. Aber ich …« Mit einem ungeduldigen Laut brach er ab. »Sie meinten meinen Granddad.«

»Wen haben *Sie* gemeint?«, zwang sie sich zu fragen. Sie war es gewohnt, eine Rolle zu spielen, sich als anständige Lehrerin, Verkäuferin oder Kellnerin auszugeben. Stets tugendhaft. Das war ihre Gabe, behauptete Lucien. Ihre sommersprossige Nase und das rotblonde Haar, das offene Lächeln und die sanfte Stimme charakterisierten sie als unschuldig. Als jemanden, dem ein Opfer mühelos vertrauen konnte und bei dem niemand Verdacht schöpfen würde. Bei Jack fühlte sich diese Rolle an, als hätte sie in Sandpapier gebadet.

»Elvis«, sagte er leise. »Ich sehe ihm nicht so ähnlich wie …«

Er mahlte mit den Kiefern und rieb sich den Nacken. Sein Blick zuckte zu ihrem. »Ich nehme am Festival teil.«

»Als Imitator?«

»Nein, nein …« Mehr Nackenreiben.

»Was dann?« Gott, war er zögerlich! Besorgt darüber, was sie denken würde? Was es nur noch schlimmer machte. Sie könnte ihn beruhigen, zugeben, dass sie wusste, dass er vor Publikum auftrat, und sie das überraschend anziehend fand. Sie wollte ihn unter diesen heißen Lichtern sehen, mit gekräuselter Lippe, säuselnder Stimme, enger Hose, die seine kräftigen Oberschenkel betonte. Stattdessen krümmte sie die Zehen.

»Imitatoren«, sagte er, den Blick auf das große Foto gerichtet, »geben vor, ein Sänger oder eine Berühmtheit zu sein. Sie wollen diese Person verkörpern. Ich bin ein Tribute-Künstler. Ich feiere Elvis und das Leben, mit dem er die Welt beeinflusst hat. Ich tue nicht so, als wäre ich er.«

Richtig. Sie hatte von diesem Unterschied gelesen. Jacks Nachdrücklichkeit machte diese Unterscheidung deutlich.

»Also werden Sie auf der Bühne auftreten, beim Festival?«

»Ja.« Er sah sie nicht an. Farbe stieg ihm in die Wangen.

»Machen Sie das gern?«

»Ja.«

»Bedeutet das, dass Sie für mich posieren werden?«

Eine Augenbraue hochziehend, drehte er sich zu ihr um und sah sie an. Jetzt wünschte sie sich, sie wäre die Schüchterne, denn ihre zweideutige Bemerkung war nicht weit von den Fantasien entfernt, die sie heraufbeschworen hatte.

Sie räusperte sich. »Ich meine, für das Foto für meinen Vater.«

Er schnippte den obersten Knopf seines Hemds auf, kühl und lässig, als würde ihr die Bewegung keinen Schauer über die Haut rieseln lassen. »Das werde ich.« Mit weniger zögerlichem Schritt ging er an ihr vorbei. »Sie können inzwischen mein Reptilienheim besuchen. Ich werde eine Weile brauchen, um mich umzuziehen.« Er zeigte einen schmalen Flur entlang, wo eine weitere Glaswand aufragte.

Nachdem er ihr gesagt hatte, wo das Bad war und dass sie sich wie zu Hause fühlen sollte, verschwand er durch eine Tür des langen Flurs in sein Schlafzimmer. Da der Van Gogh seinem Vater gehörte, gab es in Jacks Haus nicht viel zu erschnüffeln. Dieses Nicht-Date würde ihr helfen, sein Vertrauen zu gewinnen und eine Einladung auf das Anwesen seiner Familie zu bekommen. Sie sollte sich ein Glas Wein aus der Flasche auf seinem Küchentresen einschenken und selbst eine sexy Pose einnehmen, bevor er zurückkam, aber sie wurde von seinem Reptilienheim angezogen.

Auf Zehenspitzen schlich sie zur Glaswand, als könnte sie einen schlafenden Riesen stören. Je näher sie kam, desto schneller raste ihr Puls. Wenn Jack beim Entwurf seines Hauses schon keine Ausgaben gescheut hatte, dann hatte er für sein Reptilienheim ein wahres Vermögen ausgegeben. Es war zweimal so groß wie ihre Wohnung. Dunst hing in der Luft, Steine und Baumstämme erfüllten den Raum, und vereinzelte Bäume breiteten ihre Äste aus. Ein grüner Knopf trug die Aufschrift *open*. Sie drückte ihn und hielt den Atem an.

Ein leises Zischen und Surren erklang. Feuchte Luft schlug ihr entgegen und zog sie tiefer hinein. Obwohl der Raum von außen nicht unterteilt wirkte, wurden nun gläserne Trennwände sichtbar, ebenso wie das wertvolle Gut, das Jack beherbergte. Leguane. Steppenwarane. Chamäleons. Kleine grüne Anolis.

Eine Bartagame namens Ricky Ricardo.

Ihre Nackenhärchen kräuselten sich, und die salzigen, sumpfigen Gerüche füllten ihre Lunge. Sie ging vor jedem Gehege in die Hocke und bestaunte, dass manche Reptilien zwei Lebensräume hatten, wahrscheinlich mit unterschiedlichen Temperaturen, damit sie gut gediehen. Auch andere Dinge bemerkte sie: Einem Chamäleon fehlte ein Bein, der Schwanz des Warans war amputiert worden.

Asyl, hatte Jack gesagt. Er züchtete keine Reptilien oder kaufte sie sich als Haustiere.

Er rettete sie.

»Was denken Sie?«

Seine Stimme ließ sie erschrocken zusammenzucken. Sie war so fasziniert gewesen, dass sie die Tür über die Umgebungsgeräusche hinweg gar nicht gehört hatte. Als sie sich umdrehte, ließ ihr die schwüle Luft das Atmen schwerfallen.

»Ich denke, wow.«

Jack war in voller Elvis-Montur, das Haar an den Seiten zurückgekämmt, aber oben zerzaust. Seine schwarze Hose und das schwarze Hemd waren noch figurbetonter als sein Businessanzug. Die schmale weiße Krawatte erinnerte an die Fünfziger, aber das goldene Sakko machte die Zeitreise perfekt. An jedem anderen hätte der grelle Glanz geschmacklos gewirkt. An Maxwell Jack David als Elvis war er faszinierend.

Hochaufgerichtet und stolz stand er da, als fordere er sie heraus, ihn auszulachen.

Lachen war das Letzte, was ihr in den Sinn kam.

»Definitiv wow«, wiederholte sie. Diesmal hielt er ihren Blick. Der kühne Jack. Elvis-Jack. Ihr Bauch schlug Purzelbäume. »Der Raum, meine ich«, fügte sie hinzu, um seine Aufmerksamkeit auf seine Reptilien zu lenken. »Der Raum ist beeindruckend.«

»Nicht beeindruckend genug.«

Sagte der Typ, der Millionen für sein extravagantes Zuhause ausgegeben hatte. Das Reptiliengehege war erstaunlich, aber sein nüchterner Tonfall ließ ihr zu heißes Blut wieder abkühlen. »Ihnen ist schon bewusst, wie arrogant das klingt, oder?«

Er hatte sogar eine altägyptische Statue in der Ecke. Die steinerne Kobra war verwittert, und hier und da fehlten kleine Stücke, aber der aufgestellte Nackenschild, das auffälligste Merkmal der Giftschlange, war unverwechselbar. Wenn das Ding nicht fünfhundert Kilo wiegen würde, würde Lucien wollen, dass sie es sich schnappte.

Jack schob die Hände in die Hosentaschen und zog die Schultern hoch. Eine vertraute Haltung. »Hank, dem Steppenwaran, wurde der Schwanz verstümmelt. Er wurde seinem Besitzer gegenüber aggressiv, weil er schlecht gehalten und misshandelt wurde.« Mit dem Kinn zeigte er zum Chamäleon. »Ella durfte in einer schmuddeligen Wohnung frei herumlaufen und quetschte sich das Bein. Dem Leguan wurden von irgendeinem Arschloch zum Spaß die Augen ausgestochen. Also nein, es ist nicht beeindruckend genug. Ich hatte vor, es zu vergrößern, aber dabei bin ich an ... eine Art Hürde gestoßen. Ich bin maximal ausgelastet und kann keine weiteren misshandelten Tiere mehr aufnehmen.«

Etwas blitzte in seinen Augen auf, und ihre Selbstgerechtigkeit schrumpfte wie eine getrocknete Rosine. Sie war in letzter Zeit so verdammt schnell darin, zu verurteilen, zu kritisieren und zu verdammen, obwohl er einige seiner Millionen dafür verwendet hatte, Reptilien zu retten. Es war, als habe sie im Lauf all ihrer Jahre, ihrer Höhen und Tiefen, die Fähigkeit verloren, Mitgefühl zu empfinden, außer es befand sich jemand in genau derselben Lage wie sie. Die Verbitterung war ermüdend.

»Es tut mir leid, Jack. Ich kann manchmal ein bisschen ... voreingenommen sein.«

Er zog eine Augenbraue hoch. »Ein bisschen?«

Erwischt. »Na schön, sehr.«

»Witzig. Ist mir gar nicht aufgefallen.«

»Klugscheißer.«

Mit glühendem Blick sah er sie an. »Also, halten Sie mich jetzt für klug?«

Sie hielt ihn für klug und süß und einen gewaltigen Haufen Ärger. Diese neckende Seite an Jack war neu, und sie gefiel ihr sehr. »Lassen Sie sich das nicht zu Kopf steigen, aber was Sie getan haben, *ist* bemerkenswert. Ich bin einfach nur nicht an so viel«, sie nahm sein geniales Reptilienheim, sein elegantes Zuhause, sein offensichtlich mitfühlendes Herz in sich auf, »Zeug gewöhnt.«

»Zeug?«

Mit einer unbestimmten Geste zeigte sie um sich. »Das ist alles toll, aber auch überwältigend.«

Er betrachtete sie einen Moment lang. »Für all das müssen Sie hart gearbeitet haben.«

Das war eine offenkundige Beobachtung, keine Frage. Dabei hatte er den Kopf zur Seite geneigt, seine großen Hände immer noch in den Hosentaschen. Zu beobachtend für ihren Geschmack. Seine Augen lösten sich von ihren, schweiften aber nicht weit ab. Sein hitziger Blick glitt an ihrem Hals und ihrer Brust hinunter, bevor er wieder zu ihrem Gesicht zurückkehrte.

Ihr nächster Atemzug fühlte sich an, als würde sie Feuer einatmen.

Er wirkte auf sie, dieser Mann. Sie konnte es nicht leugnen, wollte nicht dagegen ankämpfen. Wogegen sie ankämpfte, war der Drang, den Mund aufzumachen und ihm davon zu erzählen, dass sie ihren Vater verloren hatte und dann ihrer Mutter weggenommen worden war. Von den Pflegefamilien. Dass sie weggerannt war. Um Essen gebettelt hatte. Einzelheiten, die sie törichterweise an jenem fürchterlichen Mädelsabend von sich preisgegeben hatte.

Dass sie Jennys Einladung gefolgt war, hatte sie aus ihrer Komfortzone herausgedrängt, aber Clementine hatte sich zu sehr auf einen geselligen Abend gefreut. Sie war nicht darauf gefasst gewesen, dass eine der Frauen selbst Pflegekinder bei sich aufgenommen hatte. Francesca hatte sich darüber ausgelassen, wie bewundernswert das System sei, dass es ihr Hoffnung für die Gesellschaft gegeben hätte. Sie hatte die Pflegeunterbringung Amerikas Antwort auf die steigende Verbrechensrate genannt.

Clementine hatte den Mund gehalten und den bitteren Geschmack hinuntergeschluckt. Sie hatte sich in die Wange gebissen, um ihre schmerzhafte Vergangenheit zu vergessen und sich stattdessen auf den akuten Schmerz zu konzentrieren. Wange. Biss. Blut. Ja, *Blut*. Aber das falsche Blut. Vergangenes Blut war in ihre Gedanken gedrungen. Ihre aufgeplatzte Wange. Der Schlag mit dem Handrücken, der sie ausgestreckt zu Boden geschickt hatte.

»Und was ist mit den Pflegefamilien, die das System für Geld ausnutzen? Ihre Kinder zu Sklaven und Prügelknaben machen?« Clementine hätte sich beinahe die Hand vor den Mund geschlagen, so wütend war sie auf sich, dass sie ihre Vergangenheit angesprochen hatte.

Francesca hatte die Augen verdreht. »Du siehst zu viele Filme.«

Da hätte es aufhören sollen. Clementine hätte erkennen sollen, dass diese Weltverbesserin die Welt durch eine rosarote Brille sehen *wollte,* ein Luxus, den Clementine nicht besaß. Stattdessen hatte Clementine all die Hässlichkeiten ausgekotzt, die in ihren Pflegefamilien passiert waren. Die Gemeinheiten. Die Missachtung menschlichen Anstands. Ihr darauffolgendes Leben auf der Straße.

Danach hatte sie die vier Frauen mit offenem Mund stehen

lassen und war aus der Wohnung gestürmt, gefolgt von Bitten und Entschuldigungen. Sie war nach draußen geflohen und hatte die Nacht und den Morgen damit verbracht, ziellos durch die Gegend zu laufen. Aber es war nicht ihre Vergangenheit gewesen, die sie in jenen trostlosen Stunden verfolgte. Es war ihre Gegenwart. Die Freunde und lächelnden Fotos, die sie nicht hatte. Die Tatsache, dass niemand sie kannte oder verstand.

Sie war so abgestumpft, dass sie nicht in der Lage gewesen war, Francesca für ihre Arbeit zu danken und diese Gutherzigkeit als das zu sehen, was sie wirklich war. Sie hatte sogar ihre einzige nette Pflegefamilie vergessen, in der sie Annie Ward kennenlernte. Annie war ein verlorenes Mädchen wie sie gewesen. Ein unglaublich redseliges Ding – Annie hatte ständig von *Batman*-Comics und Scrapbooking geplappert, immer mit einem Lächeln auf dem Gesicht.

Als es darauf ankam, hatte Clementine das Gute vergessen und sich an das Schlechte geklammert. Ihre wachsende Unzufriedenheit hatte dazu geführt, dass sie diesen Job vor sich herschob, indem sie mit dem Auto durch die reizvolle Landschaft hierherfuhr. Sie könnte der Grund sein, warum sie jetzt in Jacks Nähe ihre Wachsamkeit nachlassen spürte. Ein guter Mann. Ein gütiger Mann. Ein Mann, der Reptilien aufnahm, die von anderen verletzt worden waren, und der geduldig wartete, während sie seine zu aufmerksame Beobachtung verdaute. *Sie müssen hart für das gearbeitet haben, was Sie haben.*

»Ja«, sagte sie, unfähig, zu widerstehen. »Mein Leben war nicht einfach.«

»Ihre Kindheit?«

»Alles davon.«

»Aber Ihrem Vater müssen Sie nahestehen. Dieses Foto für ihn zu machen ist mehr als eine obligatorische Glückwunschkarte.«

»Er starb, als ich noch klein war.« Ihr Atem beschleunigte
sich, als habe jemand ihre PS-Leistung hochgeschraubt. Sie
sprach nie über ihre Vergangenheit. Niemals. Dennoch war
sie kürzlich bei der Freundin ihrer Nachbarin damit herausgeplatzt und machte jetzt schon wieder dasselbe, zu sehr mit
Geheimnissen vollgestopft, um sie drinnen zu behalten.

Jack kniff die Augen zusammen, als wäre die Antwort auf
ihre Täuschung in unleserlich kleiner Schrift gedruckt. »Das
verstehe ich nicht.«

»Ignorieren Sie mich einfach. Die Dämpfe hier drin steigen
mir zu Kopf.«

Er wartete, ohne etwas zu sagen.

»Ihr erstaunliches Refugium hat mich vorübergehend verwirrt. Ich habe etwas Unsinniges gesagt.«

Schmunzelnd verschränkte er die Arme, immer noch
schweigend.

»Sie sind irritierend, wenn Sie nicht reden«, sagte sie.

»Dasselbe könnte ich über Sie sagen. Irritierend und geheimniskrämerisch.«

»Erinnern Sie sich noch, wie ich Ihr Auto repariert und ge-
sagt habe, dass es mir nichts ausmacht, dass Sie ein Idiot sind?«
Sie zeigte mit dem Finger auf ihr nicht amüsiertes Gesicht.
»Das bin ich, wenn es mir etwas ausmacht.«

Er zeigte auf seine ausdruckslose Miene. »Das bin ich, wenn
mir das egal ist.«

Sie lachte. Sie sollte zurückrudern, einen weiteren Witz
machen. Weit von diesem Thema wegsteuern. Stattdessen ertappte sie sich dabei, das Gegenteil zu tun. »Ich mache meinem
Vater immer noch jedes Jahr ein Geburtstagsgeschenk über seinen E-Mail-Account, und ich schreibe ihm übers Jahr verteilt
kleine Nachrichten. Als eine Art Tagebuch.«

Dieses ungewöhnliche Ritual hatte nach ihrer ersten Pflegefamilie angefangen. Unglaublich einsam und verängstigt hatte sie Clinton Abernathy geschrieben. Aus einer Nachricht waren zwei geworden. Zwei wurden zu dreißig. Nun war sie eine achtundzwanzigjährige Frau, die ihrem verstorbenen Vater E-Mails schrieb.

»Das ist wunderschön«, sagte er. Sein Tonfall war mehr fasziniert als mitleidig.

»Oder einfach nur seltsam.« Als sie Lucien dieses Ritual gestanden hatte, hatte er gemeint, es wäre wunderbar therapeutisch, und sie ermutigt, es beizubehalten. Dennoch gab ihr diese Gewohnheit das Gefühl, seltsam zu sein.

Jack trat näher, und seine Stimme wurde leiser. »Wunderschön.«

Ein einziges Wort, mit glühendem Mitgefühl ausgesprochen. Die schwüle Luft legte sich um sie, zog sie zueinander hin. Oder vielleicht war es ihr Bedürfnis, sich zu ihm zu lehnen und ihn zu berühren. Seine schmale Krawatte und das goldene Sakko in Unordnung zu bringen und mit den Fingern durch sein dichtes Haar zu streichen. Seine vollen Lippen zu küssen.

Sie kämpfte gegen jedes dieser drängenden Bedürfnisse an. Mit Jack rumzumachen gehörte nicht zu ihrem Plan. Es würde ihrer Strategie allerdings an sich nicht schaden. Ihm näherzukommen bedeutete, dem Gemälde näherzukommen. Aber das hier war etwas anderes. Diese Art von Nähe war, als fahre man am Rand einer Klippe entlang.

Sie lehnte sich von ihm fort. »Kommen Sie oft hierher?«

Jetzt spuckte sie dumme Anmachsprüche aus. Natürlich kam er oft hierher. Sein Reptilienheim gehörte zu seinem verdammten Haus.

Entweder hatte er ihre Dämlichkeit nicht bemerkt oder freundlicherweise unter den Tisch fallen lassen. »Jeden Abend.«

»Um die Reptilien zu füttern?«

»Nein. Marvin kümmert sich um die Grundstücke unserer Familie und kommt tagsüber her, um ein paar Stunden mit Reinigung und Fütterung zu verbringen. Sicherzustellen, dass die Umweltbedingungen ideal sind.«

»Also dann tun Sie nur ... was? Hier sitzen und lesen? Mit ihnen reden? Solitaire spielen?«

Seine Mundwinkel hoben sich. »Ich singe.«

O Gott.

Sein neues Straßenschild würde lauten: *Vorsicht, traumhaft, Verlust der Selbstbeherrschung droht.*

»Ich würde Sie gern hören«, sagte sie. Sie wollte sich in seiner Stimme verlieren. Einen Moment lang vergessen, dass sie ihn benutzte, um an ein Gemälde zu kommen.

»Sie wollen mich singen hören?«

»Ja.«

»Jetzt?«

»Offensichtlich.«

Er nahm eine Hand aus der Hosentasche und lockerte seine Krawatte. Rosige Farbe stieg an seinem Hals empor. Ohne ein Wort legte er die Fingerspitzen auf ihre Lider und schloss ihr die Augen. »Lassen Sie sie zu«, murmelte er.

* * *

Jack hatte nicht vorgehabt, für Clementine zu singen oder so intime Details über ihre Vergangenheit zu erfahren. Er hatte sich Zeit mit ihr gewünscht, um diese Frau zu verstehen, die auch eine Bartagame besaß und zwischen mit ihm flirten und vor ihm wegrennen hin- und hergerissen zu sein schien.

Er hatte mehr bekommen, als er erwartet hatte.

Eine Frau, die ihrem verstorbenen Vater E-Mails schrieb, war so komplex, wie man nur sein konnte. Es ließ tief sitzende

Einsamkeit erahnen und erklärte ein wenig ihr Zögern bei ihm, wenn auch nur bruchstückhaft. Er wollte mehr, aber sein Wollen war mehr ein gieriges Bedürfnis, all ihre Geheimnisse zu erfahren. Dieses Verlangen verstörte ihn.

Einstweilen würde er singen. Er hatte ihr die Augen geschlossen, weil er nicht richtig atmen, geschweige denn singen konnte, wenn diese rötlich braunen Schönheiten ihn so intensiv ansahen. Bevor er das zu Tode dachte, stimmte er die erste Note von *Can't Help Falling in Love* an.

Warum gerade diesen Song, konnte er nicht sagen. Eine Möglichkeit, zu kommunizieren, was Clementine in ihm anregte, Dinge zu sagen, die laut auszusprechen er nie den Mut aufbringen würde. Zugegeben, was er für sie empfand, war nicht Liebe. Noch nicht so früh. Aber der Sturm in seiner Brust wollte sich nicht legen. Es war ein stärkeres Verlangen, als er es bei Ava und den wenigen Frauen vor ihr empfunden hatte.

Er legte seine Unsicherheit in den Song, beobachtete, wie sich ihre Brust schneller und tiefer hob und senkte, ihre Lippen sich teilten, als atme sie seine Worte ein.

Das hier könnte der Beginn von Liebe sein, hoffte er ihr damit zu sagen.

Narren stürzen sich wirklich Hals über Kopf hinein, flehte sein Tonfall. *Du machst im Moment einen Narren aus mir.*

Ich kann nicht anders.

Die letzten Worte schwebten zwischen ihnen, schienen in der feuchten Luft zu vergehen. Erdbeerblondes Haar kräuselte sich um Clementines Gesicht, und ihre schmalen Schultern bebten leicht. Ihre Nase hatte einen leichten Höcker in der Mitte. Eine beinahe unsichtbare Narbe zierte ihr Kinn. Er war ein detailorientierter Mensch, und ihre Details waren sehr fesselnd. Sie sorgten dafür, dass sich seine blauen Wildlederschuhe zu eng, seine Brust noch enger anfühlten.

Sie hielt die Augen geschlossen. Er wollte sie leidenschaftlich küssen.

»Ich kann nicht auf ein Date mit Ihnen gehen«, sagte er. Eine alberne Aussage, wenn man bedachte, dass sie ihn nicht um ein Date gebeten hatte. Oder in eines eingewilligt hatte. Wenn überhaupt, dann hatte sie ihm einen eindeutigen Korb gegeben.

Sie öffnete die Augen und flüsterte »Was?«, kaum hörbar.

»Ich möchte mit Ihnen ausgehen«, versuchte er es erneut, »aber ich habe schon das ganze Jahr für das Festival geprobt. Zu gewinnen ist wichtig für mich ... aus mehreren Gründen. Mit Ihnen als Preisrichterin wäre das ein Interessenskonflikt.«

Sie legte eine Hand auf ihr Herz und blinzelte schnell. »Richtig. Ja. Ich verstehe.«

»Heißt das, Sie hätten Ja gesagt?«

»Wozu?« Sie wirkte benommen, ihre Wangen waren gerötet, ihr Gleichgewicht zweifelhaft.

Stützend fasste er ihren Ellbogen. »Hätten Sie zu einem Date eingewilligt?«

Jäh spannte ihr Körper sich an. Bereit, wieder wegzurennen? Ebenso schnell entspannte sie sich wieder. »Ja. Ich hätte Ja gesagt.« Eine gewisse Steifheit kehrte in ihre Glieder zurück. »Nicht, dass das einen Unterschied machen würde, bei der Konkurrenz und so. Außerdem lebe ich nicht gerade in der Nähe, also hätte das keinen Sinn. Und wir haben ja schon festgestellt, dass Sie ein Idiot sind.«

Er lachte. »Und Sie irritierend und geheimniskrämerisch.« Eine Mischung aus Vergnügen und Enttäuschung nahm ihm den Atem. »Schade, dass wir uns nicht unter anderen Umständen kennengelernt haben.«

Sie streckte die Hand aus und berührte mit federleichten Fingern sein Kinn. Die sinnliche Berührung erinnerte ihn an sie auf diesem eintönigen Highway, flirtend in der einen Minute, davonbrausend in der nächsten. Sie spähte unter ihren Wimpern hervor zu ihm hoch. »Was würden Sie unter anderen Umständen tun?«

Sie küssen. Sie verschlingen. Die Fähigkeiten nutzen, die eine liebenswürdige Frau ihm so gut beigebracht hatte. Ja, all das und noch mehr, aber eine andere Möglichkeit nagte an ihm, zu verlockend, um sie für sich zu behalten. »Ich würde Sie zu meiner bevorstehenden Reise nach Indien einladen.«

Etwas Dunkles huschte über ihr Gesicht, und sie ließ ihre Hand fallen. »Indien?«

»Dort habe ich Investoren.« Potenzielle Investoren. Die Reise war geschäftlich, nicht zum Vergnügen, wie die meisten Facetten seines Lebens. Arbeit war sein Lebensblut. Seine Fabrik und Whichway florieren zu sehen war alles für ihn. Er konnte sich nicht erinnern, wann er zum letzten Mal ausgeschlafen oder einen Spaziergang gemacht hatte. Eine Urlaubsreise mit einer Frau? Das hatte er noch nie gemacht. Wie würde es wohl sein, sie dabeizuhaben? Sie mit Naan zu füttern, während sie die farbenfrohe Stadt erkundeten und die von Gewürzduft schwere Luft atmeten.

Sie hob das Haar und fächelte sich den Nacken. »Jetzt sind Sie einfach nur lächerlich. Nach Indien fahren«, murmelte sie lachend. »Aber wir können trotzdem Freunde sein. Zusammen Kaffee trinken und joggen gehen. Über Ricky und Lucy reden und was für ein großer Idiot Sie sind. Und ich würde gern das Anwesen sehen, in dem Sie aufgewachsen sind. Ich habe gehört, es ist ziemlich beeindruckend.« Sie ging an ihm vorbei zum Ausgang, Entschlossenheit in ihrem Schritt. »Besser, wir machen zuerst dieses Foto. Ich würde nur ungern den Geburtstag meines Vaters versäumen.«

Ihre Lockerheit konnte ihren Drang zu flüchten nicht verbergen. Eine Reaktion, die er ermutigen sollte. Ja, sie konnten zusammen Kaffee trinken und sich zum Joggen treffen. Sie konnten ihrem gemeinsamen Reptilieninteresse frönen und einander scherzhaft aufziehen. Aber sie konnte keine Besichtigungstour durch sein Anwesen machen. Nicht wenn sein Vater sich dort versteckte und rund um die Uhr von Krankenschwestern versorgt wurde. Ein weiterer Grund für Jack, Clementines Anziehungskraft aus dem Weg zu gehen: Sie deswegen anzulügen würde sich unglaublich falsch anfühlen.

Kapitel 7

CLEMENTINE HIELT MIT Jack Schritt, dessen Tempo sie nicht mehr so im Staub zurückließ wie gestern. »Aber ich dachte nicht, dass Chamäleons die Farbe ändern, um sich zu tarnen.«

»Tun sie auch nicht«, sagte er geduldig, als würde ihn ihr Bombardement mit Reptilienfragen nicht stören. »Sie werden je nach Emotion heller oder dunkler. Ella wird schillernd hell, wenn sie Angst hat, was oft passiert ist, als ich sie gerade erst gerettet hatte. Jetzt wechselt sie je nach Temperatur.«

»Es muss eine Weile gedauert haben, dir zu vertrauen.«

»Hat es.« Er warf einen verstohlenen Blick zu ihr. »Das Singen hat geholfen.«

Ganz sicher hatte es Clementine geholfen. Das war irgendeine Art Voodoo gewesen, mit der er sie in seinen Elvis-Bann geschlagen hatte. Sie war bereits anfällig dafür geworden, hatte ein wenig den Verstand verloren, als sie in seinem Refugium gestanden hatte, hypnotisiert von seiner Großzügigkeit und seiner Rock-'n'-Roll-Aufmachung.

Und dann dieses Lied.

Hinterher war er liebenswert und zuvorkommend gewesen. Sie waren zum Du übergegangen, er hatte für die Fotos posiert, sogar ein Blatt Papier hochgehalten, auf dem *Happy*

Birthday, Clinton! stand. Die ganze Zeit über hatte sie nicht aufhören können, an das Waisenhaus in Delhi zu denken, das Geld, das sie brauchten, wie wichtig es war, diesen unbezahlbaren Van Gogh zu bekommen. Ein weiterer Gedanke hatte sie ebenfalls unvorbereitet getroffen: die Aussicht, dass Jack ihren Betrug entdecken könnte.

Sein potenzieller Ausdruck von Abscheu hatte sie auf überraschende Weise fertiggemacht, und diese Möglichkeit wuchs zusammen mit ihrer merkwürdigen Verbindung. Was noch schlimmer war: Dieser Job strotzte vor Fehlern. Er wusste ihren richtigen Namen und dass sie eine Bartagame namens Lucy hatte. Sie hatte zugegeben, dass ihr Vater gestorben war. Vage Details, die schwierig zu verknüpfen waren, aber Paranoia sorgte dafür, dass sie sich bereits ein Leben hinter Gittern vorstellte.

Nach den Fotos hatte sie gesunde Distanz zu ihm gehalten und verlegen gewinkt, als sie zu ihrem Wagen gegangen war. Jetzt joggten sie zusammen durch Whichways Wherever Park, als ob ihre innere Warnleuchte nicht völlig durchdrehen würde: Vorsicht, drohende Herzbeschwerden.

Verlieb dich nicht in ihn. Lande nicht im Knast.

»Was ist mit den Namen?«, fragte sie, um die Unterhaltung locker zu halten. Locker konnte sie. Locker und leicht. »Hank, Ella, Ray? Ich rate mal, die sind musikalisch inspiriert.«

»Richtig geraten.«

Nicht überraschend für einen Mann, der Elvis vergötterte. Ihr Vater hatte auch alten Rock 'n' Roll geliebt. Hank Williams. Ella Fitzgerald. Ray Charles. Er hätte die Namen toll gefunden, die Jack ausgesucht hatte. »Und Ricky Ricardo?«, fragte sie.

»Warum den?«

Wolken flogen über den Himmel. Ein kräftiger Wind zerzauste ihr Haar. Während er ihre anderen elf Millionen Fragen blitzschnell beantwortet hatte, ließ er sich bei dieser Zeit. Jeder ihrer Schritte hallte in ihrem Kopf wider. Schweiß überzog feucht ihren Nacken.

Jack wischte sich die Stirn. »Mein Granddad hat *I Love Lucy* immer mit seinem Vater angesehen. Dann hat er sich die Wiederholungen mit meinem Dad angesehen, der die Tradition mit mir fortgeführt hat.« Er trabte um einen heruntergefallenen Ast herum. »Was ist mit dir? Warum hast du deine Bartagame Lucy genannt?«

»Auch wegen meinem Dad.« Mehr echte Details, die sie mit Jack teilte. Sie hatte es aufgegeben, auszuweichen, aber das änderte nichts an ihrem Plan. Zum Glück kämpfte Jack auch gegen ihre Verbindung. »Eine meiner stärksten Erinnerungen ist, wie sich mein Vater die Wiederholungen ansieht und dabei vor Lachen ausschüttet. Mir gefiel die Sendung nie, deshalb habe ich die Augen verdreht und sie langweilig genannt. Dann sagte er immer mit einem neckenden Augenzwinkern, dass ich einen beschissenen Geschmack habe.«

Diese liebevoll gehütete Erinnerung erfüllte sie. Sie hatte dazu geführt, dass sie sich diese einst gehasste Sendung bis ins Erwachsenenalter angesehen und ihre Bartagame nach der Hauptfigur benannt hatte, aber es war nicht ihre stärkste Erinnerung.

Die war weniger angenehm. Ein verriegeltes Auto. Clinton Abernathy, zusammengesunken über dem Lenkrad. Ohne sich zu bewegen. Ohne zu atmen. Ihr ohrenbetäubender Schrei.

Sie blinzelte das grauenhafte Bild fort. »Jetzt liebe ich die Sendung.«

»Wie bist du ins Musikgeschäft gekommen?«

Die plötzliche Frage fühlte sich irritierend an, aber das war eine normale Unterhaltung. Die Leute redeten über das Leben,

Haustiere, Berufliches. Aber sie war kein normaler Mensch. »Ehrlich gesagt, ist das hier die erste Pause von der Arbeit, die ich seit Ewigkeiten habe. Ich genieße sie irgendwie und würde lieber nicht über die Arbeit reden.« Ein gequälter Ausdruck huschte über sein Gesicht. »Das verstehe ich. Also, warum eine Bartagame?«

»Wie, warum ich mich für sie entschieden habe?«

Er nickte, während er lief. »Als Kind kam mal ein Zoo an meine Schule, so eine Präsentation in der Art von ›Spielt mit den Tieren‹. Die meisten Mädchen kreischten und wollten die Schlangen und Echsen nicht anfassen. Ich konnte gar nicht nah genug rankommen.« Sie war einen halben Schritt hinter ihn zurückgefallen und strengte sich an, wieder mit seinen längeren Beinen mitzuhalten. »Sie hatten eine streifenköpfige Bartagame dabei und erklärten, dass ihre Schuppen von weich zu stachlig werden könnten, wenn sie gestresst sind oder ihr Revier verteidigen. Die Vorstellung gefiel mir.«

»Dass sie sich anpassen?«

»Dass sie sich verändern, um sich zu schützen.« Eine lebhafte Verkörperung ihrer selbst. »Außerdem häuten sie sich nicht oder müssen Gassi geführt werden.«

»Also bist du faul.«

»Ich jogge doch, oder nicht? Idiot«, murmelte sie laut genug, dass er es hören konnte.

Er grinste.

Seine Belustigung machte sie eigenartig glücklich. »Lucy ist einfach hinreißend«, fuhr sie fort. »Sie hat einen roten Ball, den sie jagt, wenn sie in meiner Badewanne schwimmt. Mein Dad hätte sie geliebt.«

»Meiner ist kein Reptilienfan.«

»Wo ist dein Vater eigentlich?«

»Was meinst du?« Jack blieb so abrupt stehen, dass sie fünf Schritte gelaufen war, bevor sie es merkte.

Schwer atmend drehte sie sich zu ihm um. »Ist dein Vater nicht unterwegs?«

»Woher weißt du, dass er unterwegs ist?«

Scheiße. Hatte sie es von einem Einheimischen gehört oder in ihren Unterlagen gelesen? Bei jedem anderen Job würde sie die Antwort sofort wissen. Dieser Job allerdings war bisher nichts als ein verzögerter Start, abgelenkte Konzentration und lüsterne Träume. Aber nein, sie war sicher. Diese Einzelheit hatte sie öffentlich erfahren. »Im Diner an diesem ersten Tag sagte Jasmine irgendwas davon, dass er unterwegs sei und dass sie hoffe, er komme zum Festival zurück.«

Wie üblich huschte sein Blick von ihr fort, aber diesmal war es ein anderes Ausweichen. Sprunghaft. Nervös. Aufgewühlt fuhr er sich mit einer Hand durchs Haar. »Er ist auf Reisen, und mir ist gar nicht aufgefallen, wie spät es ist. Ich muss zur Arbeit.«

Sie hatte in ihrem Leben schon genug geschwindelt, um Lügen auf eine Meile zu wittern, und Nicht-Maxwell Jack David, der als Elvis auftrat, erzählte Unwahrheiten. Sie bohrte nicht nach. Sie wollte ihn nicht noch mehr von sich distanzieren, als sie es schon getan hatte. Über Bartagamen zu sprechen war etwas Neues, aber was sie wirklich brauchte, war, in seine Familienvilla zu kommen. »Wollen wir uns im Diner auf einen Kaffee treffen? Dann kann ich dir Fotos von Lucy zeigen.«

»Ein andermal. Ich liege mit meiner Arbeit zurück.« Er nickte ihr zu und trabte zu seinem Wagen.

Ihr Blick blieb fest auf ihn geheftet. Auf seine Waden, wie sie sich spannten und streckten, das Spiel seiner Rückenmuskeln und den reizenden Hintern. Einen Hintern, von dem sie die Finger lassen würde, reizend hin oder her. Sie hatte einen

Job zu erledigen. Für Nisha. Für Lucien. Für jedes Kind, das es sich nicht ausgesucht hatte, im Stich gelassen zu werden. Sie musste sich einfach nur stärker anstrengen und Jacks starke Anziehungskraft ignorieren.

Kapitel 8

JACK LIEBTE ES, in Whichway zu leben. Das gemächliche Tempo gefiel ihm. Es gab keinen ärgerlichen Verkehr. Die kleine Stadt bedeutete zwar, dass er seine unbeholfene Teenagervergangenheit nie vollständig abschütteln konnte, aber jeder Hügel und jeder Baum waren Teil seiner DNA.

Jeden Morgen fuhr er an dem Felsen vorbei, wo er sich zum ersten Mal das Knie aufgeschürft hatte. Er lächelte bei dem Feld, auf dem Whichways jährliches Frühlingsfest-Wochenende stattfand. Sein Vater hatte ihn dort beim Eierlaufen angefeuert. Er hatte ihn hoch in die Luft geschwungen, selbst wenn er seine Eier auf dem Weg zur Ziellinie verloren hatte. Sie waren zusammen beim Dreibeinrennen gestartet und dabei vor Lachen übereinandergepurzelt.

Sie gingen immer noch jedes Frühjahr hin und spielten dieselben Spiele mit Jacks kleiner Schwester – das überraschende Nesthäkchen, das seine Eltern in ihrem Alter nicht mehr geplant hatten, aber das ihnen unsägliche Freude brachte. Bei diesem letzten Frühlingsfest hatte sein Vater das Lächeln seiner zwölfjährigen Tochter versäumt. Wenn der Krebs ihn wie vorhergesagt besiegte, dann würde er kein weiteres Rennen mehr sehen.

Jack genoss es dieser Tage, an dem Feld vorbeizufahren, diese Momente so nah bei sich zu haben. Was ihm nicht gefiel, war, wie oft er Clementine über den Weg lief. *Wir können Freunde sein,* hatte sie gesagt. *Zusammen Kaffee trinken und joggen gehen.* Whichway fühlte sich plötzlich zu klein an. Sie war in den letzten zwei Tagen überall gewesen. Sie war mit ihm gejoggt. Auf den Barhocker neben ihm gerutscht. Er mochte zwar eines Morgens Kaffee und Gebäck ausgelassen haben, ein verzweifelter Zug, um Clementines Verlockung zu widerstehen, aber das Manöver konnte er nicht wiederholen. Der Status quo musste aufrechterhalten werden, was bedeutete, dass er sich durch eine manierliche Unterhaltung mit Clementine quälen musste, wenn er alles andere als manierlich sein wollte.

Nun war es elf Uhr abends, und er versteckte sich in seinem Forschungslabor und dachte an Clementine, obwohl er sich eigentlich auf seine Arbeit konzentrieren sollte.

Gewaltsam richtete er seine Aufmerksamkeit wieder auf sein Blatt Papier. Seine Angestellten waren schon vor Stunden gegangen. Die einzigen Geräusche waren das Brummen der Klimaanlage und das frustrierte Klopfen seines Stifts. Er war so kurz davor, die Formel zu lösen und die Geheimzutat zu finden, um ihre Kosten zu senken und die Produktion zu steigern. Wenn ihnen das gelang, würde es egal sein, dass ihre Technologie gestohlen worden war. Sie konnten um einen großen Brocken der Marktanteile konkurrieren.

»Mach nur so weiter, dann bist du bald genauso kahl wie ich.«

Erschrocken ließ Jack seinen Stift fallen. Er hatte gar nicht bemerkt, dass er sich die Haare raufte, und ganz sicher hatte er seinen Vater nicht hereinkommen hören. »Was machst du denn hier?«

»Soweit ich mich erinnere, gehört mir der Laden.«

»Soweit ich mich erinnere, solltest du zu Hause im Bett sein.«

Maxwell David zuckte mit den Achseln, und das langsame Herabsinken der gebrechlichen Schultern machte Jack fertig. »Die neue Behandlung fängt morgen an. War mir nicht sicher, wann ich wieder rauskomme. Irgendwelche Fortschritte?«

Er sollte darauf bestehen, dass sein Vater ging und sich für die Schrecken, welche der Morgen auch immer bringen würde, ausruhte, aber er verstand das Bedürfnis, sich lebendig zu fühlen. Nützlich angesichts einer Krankheit, die keiner von ihnen kontrollieren konnte. »Die Optik hält uns immer noch auf. Jedes Mal, wenn wir den Substraten die zusätzliche Beschichtung hinzufügen, zerfällt sie.«

Maxwell ließ den Blick durch den sterilen Raum schweifen; an den Mikroskopen und maßgefertigten Testkammern blieb er hängen. »Hast du versucht, den LCD-Prozess neu zu integrieren?«

»Eine Million Mal.«

»Die ITO-Elektroden zu justieren?«

»Natürlich.«

Sein Vater stützte sich schwerer auf seinen Gehstock und presste die Lippen zu einem grimmigen Strich zusammen. »Das darf keine Wiederholung des Ant-Man-Projekts werden.«

So amüsant dieser Projektname auch war, an dem Seitenhieb seines Vaters war nichts Witziges. Maxwell David der Zweite war der Inbegriff von konservativ. War er immer, würde er immer sein. Sein unerschütterlicher Fokus hatte ihre Firma und Fabrik für optische Linsen aufgebaut. Sicher, Jacks erster Versuch, sie voranzubringen und ihre Linsen zu verkleinern, war fehlgeschlagen. Das war mit ein Grund, warum sie jetzt in finanziellen Schwierigkeiten steckten, aber Jack hatte

nicht aufgegeben. Er war sicher gewesen, dass ihre Technologie zu teuer war, um mit der Zeit zu gehen, also hatte er sich
den Arsch aufgerissen, um ihre aktuellen Linsen zu schrump-
fen und zu optimieren, bis sie effizient und billig genug für
Handys waren. Jacks Anstrengungen waren Ingenieursarbeit
auf neuem Niveau gewesen und hatten David Industries global
gemacht. Es war berauschend gewesen. Ein Ego-Booster.
Dieses Projekt allerdings stellte seine Geduld auf die Probe.
Im Geschäft gab es keinen Stillstand, nur ständige Verbesserung. »Ich bin kurz davor«, sagte er. »Es fuchst mich, aber ich
kann es spüren.« Er konnte das Problem einfach noch nicht
aufdröseln.

»Falls es schiefgeht, bricht alles auseinander.«

»Es wird nicht schiefgehen.«

»Die Zeit läuft uns davon.«

»Wenn du das Haus verkaufen oder deine Geldanlagen
anzapfen würdest, dann könnte ich mehr Leute einstellen und
schneller arbeiten, und ...« Jack kniff den Mund zu. Er hatte
nicht vorgehabt, laut zu werden. »Tut mir leid. Es ist nur schon
spät, und ich bin gestresst.« Und seine jüngsten Bankkredite
würden nicht ewig halten. Kredite, die zurückgezahlt werden
mussten.

Sein Vater richtete sich zu voller Größe auf. Sogar kahlköp-
fig und mit welker Haut über seinen gebrechlichen Knochen
konnte er noch Respekt einflößend sein: der unüberwindliche
Maxwell David der Zweite. »Das ist das letzte Mal, dass du vor-
schlägst, mehr von meinem Geld zu benutzen. Das Anwesen
erbt deine Mutter. Meine Ersparnisse werden sie und deine
Schwester unterstützen, und die Kinder deiner Schwester und
deren gottverdammte Kinder, so Gott will. Davon werde ich
keinen Millimeter abweichen, Jack. Das ist der einzige Frieden,
den ich habe.«

Für seine Familie zu sorgen, wenn er nicht mehr da war. Schuldgefühl und Hilflosigkeit schnürten Jack die Kehle zu. Er verstand die Vehemenz seines Vaters, aber ihn verfolgte auch das größere Gesamtbild. Eine heruntergekommene Stadt mit zerbrochenen Fensterscheiben und räudigen Kötern, die Fabrik geschlossen, Arbeitslosigkeit, die Whichway das Leben aussaugte. »Ich werde es nicht mehr erwähnen«, murmelte er mit einem Gefühl des Eingeengtseins.

Er würde auch nicht vorschlagen, *sein* Vermögen zu verkaufen, eine Lösung, die er schon einmal angeboten hatte. Verärgert und mit rotem Gesicht hatte sein Vater auch dem einen Riegel vorgeschoben und Jack gesagt, dass Liquidation genauso gut war, wie den Untergang ihres Unternehmens mit einem riesengroßen Plakat zu verkünden.

Maxwell nickte und lächelte seinen Sohn an. »Wie läuft's mit dem Proben?«

Sein Vater mochte Respekt einflößend sein, aber er war ein Meister darin, Spannungen zu brechen. Jack wusste nicht, wie er ihm eines Tages Lebewohl sagen sollte. »Gut. Schwierig, die Zeit dafür zu finden, aber gut.«

»Ich habe das immer geliebt, weißt du? Dich auf der Bühne zu sehen. Tut mir leid, dass ich es dieses Jahr verpasse.« Seine trüben Augen wurden feucht.

Jacks Augen brannten. So verdammt unfair, wie diese Krankheit die Besten zu Fall brachte. Am liebsten würde er ein Loch in die Wand schlagen. »Dann verpass es nicht. Lass uns dem Vorstand sagen, dass du krank bist. Sie verdienen es, das zu erfahren und was Gunther getan hat. Sie werden es verstehen und dafür stimmen, mehr Geld in meine Forschung zu stecken.«

»Jack …« Sein Vater schluckte, und die langsame Bewegung sah aus, als würde sie ihm Schmerzen bereiten. »Du weißt, dass wir das nicht können. Wenn Gunther uns in den Rücken fallen konnte, dann könnte es jeder. Ich bin nicht bereit zu riskieren, dass noch mehr Betriebsgeheimnisse verkauft werden. Und wir wissen nicht, wann unsere Mitbewerber ihre neue Technologie öffentlich machen werden. Diese Nachricht allein wäre schon vernichtend. Diese Nachricht, gepaart mit meiner Krankheit, wäre eine Katastrophe.«

Die Leute würden in Panik geraten. Ihre Aktien könnten fallen, und jeder Mitarbeiter besaß Anteile. Jack bezweifelte, dass es so weit kommen würde, aber David Industries war immer noch die Firma seines Vaters, und der war stur wie eh und je.

»Ich werde härter arbeiten«, sagte Jack, seine einzige Möglichkeit. Wenn Ochsenfrösche monatelang ohne Schlaf auskommen konnten, sich nur ihre Augen ausruhten, dann konnte er es sicher auch. »Ich werde die Forschung bis zum nächsten Wochenende abgeschlossen haben. Wir werden den Durchbruch verkünden und die Wahrheit über deine Krankheit sagen, und dann wirst du bei der Show dabei sein.«

Gott möge ihm beistehen.

»Sicher, Sohn. Ich weiß, dass du das schaffst.« Es klang schön und gut, aber das war ein besänftigendes *sicher* gewesen. Kein hoffnungsvolles *sicher.*

Jack würde seinem Vater beweisen, dass er sich irrte, und dem Vorstand zeigen, dass er David Industries und Whichway zum Erfolg führen konnte. Sie vertrauten Jack nicht so sehr, wie sie seinem Vater vertrauten. Sie waren vom alten Schlag und zogen konservatives Management Projekten wie Ant Man vor, das ihrem Profit geschadet hatte. Jacks jüngere Erfolge hatten diesen Fehler nicht aus ihren Köpfen ausradiert. Sie würden nicht alle erfreut darüber sein, ihn am Steuer zu sehen, außer er bewies seinen Wert.

»Ich gehe ein Weilchen in mein Büro.« Sein Vater wandte

sich zum Gehen, hielt dann aber noch einmal inne. »Versprich mir, Jack, wenn das hier erledigt ist, dann nimmst du dir Zeit zu leben. So stolz ich auch darauf bin, was ich aufgebaut habe, ich wünschte mir, ich hätte mehr Abende zu Hause verbracht. Mehr Zeit mit euch allen.«

Maxwell schlurfte hinaus, und Jacks Gedanken kehrten zu Clementine zurück. Zeit mit ihr zu verbringen fühlte sich wie eine Art Atempause an. Wie der zaghafte Beginn eines Lebens. Wenn es doch nur so einfach wäre.

* * *

Am nächsten Abend stieg Marco gerade aus seinem Truck, als Jack bei ihrem regelmäßigen Treffpunkt ankam: der Whenever Bar. Bier mit Marco am Freitagabend war ein Ritual. Eines, das er hätte absagen sollen. Da er bis zum Morgengrauen gearbeitet hatte, war Jack noch ausgelaugter als sonst, aber er hatte die Worte seines Vaters vom Abend zuvor nicht aus dem Kopf bekommen. *Nimm dir Zeit zu leben.*

»Du siehst aus, als hättest du mehr als nur ein Bier nötig.« Marco schlug ihm auf den Rücken.

»Scharfsinnig wie immer.« Countrymusic ergoss sich über sie, als sie hineingingen.

Der beliebte Treffpunkt war mehr Saloon als Szenetreff, die hölzernen Wände und Tische so vernarbt wie eine knorrige Eiche. Der so gut wie volle Laden brummte vor feierabendlichem Geplauder und dem Klicken von aufeinanderprallenden Billardkugeln. Lichterketten hingen über der kleinen Bühne in der Ecke, die für Open-Mic-Nights oder Karaoke genutzt wurde. Aber nicht freitags. Die Freitage waren für Bier zum halben Preis, Darts und Billard. Zeit, nach der Arbeitswoche runterzukommen.

Marco ließ sich an ihrem üblichen Tisch auf einen Stuhl fallen. »Planst du die Weltherrschaft?«

»So was in der Art.« Die Weltherrschaft schien eine weniger einschüchternde Aufgabe zu sein, als David Industries zu retten und zu leben.

»Wenn ich dir mal einen Rat geben darf, du solltest dich zwischen deinen Weltherrschaftsplänen auch mal ausruhen. Du siehst aus, als hättest du seit Monaten nicht mehr geschlafen.«

»Wetten, dass ich mehr geschlafen habe als du.«

Marco lachte. »Lauralee sagt, wenn sie schon nicht schlafen kann, dann soll ich gefälligst mit ihr leiden.« Er stöhnte liebevoll über seine Frau, aber Jacks Aufmerksamkeit wanderte zu »nicht schlafen«. Genauer gesagt, zu »nicht mit Clementine zu schlafen«. Er hungerte danach, mit ihr nicht zu schlafen und während dieser Zeit im Dunkeln tausend Dinge mit ihr zu tun. Sie lieben. Sie erforschen. Lieder an ihrer Haut singen.

Tami, die schon seit einem Jahrzehnt hier bediente, stellte zwei Bier vor sie hin. Kein Bestellen nötig. Nur ein Winken und ein Lächeln. »Dass ihr mir bloß nicht zu ernst werdet.«

»Er ist derjenige, über den du dir Sorgen machen musst. Nicht ich.« Marco zeigte mit dem Daumen auf Jack.

Gleichgültigkeit vortäuschend, zuckte Jack mit einer Schulter. »Ist doch nicht schlimm, mal ernst zu sein.«

»Außer du siehst dabei aus, als hättest du Verstopfung.« Tami lachte gackernd über ihren Witz und schlenderte davon, um zu anderen Gästen frech zu sein.

Marco redete schon wieder über einen neuen Sponsor für ihre Every-Cent-Wohltätigkeitsorganisation, dass die Ausweitung ihres Tätigkeitsbereichs auf bezahlbare Wohnungen und mobile medizinische Versorgung das war, was dem Geldgeber an dem Projekt am besten gefiel. Jack nickte abwesend, zufrieden darüber, dass ihre Wohltätigkeitsarbeit wuchs, aber er bekam nur Stichpunkte mit.

Er starrte die leere Bühne an. Sie war der erste Ort gewesen, an dem er in der Öffentlichkeit gesungen hatte. Derselbe Abend, an dem Aaron Axelrods ältere Schwester Mitleid mit ihm gehabt und ihn durch die Hintertür rausgeschleppt hatte. Sie hatte ihm beigebracht, wie man mit Frauen umging, an jenem Tag und vielen danach. Er hatte seine Lektionen so hingebungsvoll gelernt wie ein Mann auf der Suche nach dem Heiligen Gral. *Das*, hatte er damals gedacht, *wenn ich das hier meistern kann, zu lernen, wie man eine Frau dazu bringt, zu beben und zu stöhnen, vor Lust den Verstand zu verlieren, dann wird sich der Rest von selbst finden.*

Das hatte er nicht wirklich. Nicht, wenn es um Frauen ging. Aber er hatte diese Lektionen aufgesogen, seine Fertigkeiten perfektioniert. Fertigkeiten, die er Clementine brennend zeigen wollte.

Marco ging vom Schwafeln über Lauralee und ihre ungeborenen Zwillinge zu den Burritos von gestern Abend über, die ihm nicht bekommen waren, und Jack stützte die Unterarme auf den Tisch. »Ich habe eine Frau kennengelernt.«

»Eine richtige, lebendige?«

Alte Freunde musste man einfach lieben. »Mit Puls und allem Drum und Dran.«

»Spricht sie unsere Sprache?«

»Tut sie.«

Marco schmunzelte. »Ist sie schwerhörig?«

Jack weigerte sich, zu lachen oder die Frotzelei zur Kenntnis zu nehmen. »Nicht dass ich wüsste.«

Marco lehnte sich auf seinem Stuhl zurück und blinzelte zur Decke. »Also willst du mir sagen, dass eine richtige, lebendige Frau, die dich hören und verstehen kann, deine grottenschlechten Flirtkünste tatsächlich attraktiv gefunden hat und nicht schreiend davongerannt ist?«

Jack runzelte die Stirn. »Nicht ganz.«

Marco zog eine Augenbraue hoch, aber Jack ging nicht näher darauf ein.

»Komm schon, Mann. Mach jetzt keinen Rückzieher.« Marco grinste breit genug, um seine Bierflasche quer schlucken zu können. »Dein qualvolles Liebesleben macht dich menschlich. Ansonsten wärst du dieser reiche, kluge, scharfe Typ, von dem sogar meine Frau schwärmt, und wir könnten keine Freunde sein.«

»Wir würden immer Freunde sein.«

»Hör auf, Zeit zu schinden.«

Jack nahm einen kräftigen Zug von seinem Bier und spuckte die ganze Geschichte aus: die Begegnung auf dem Highway … und dass Clementine davongelaufen war, das Wiedersehen im *Whatnot Diner* … und dass Clementine davongelaufen war, dann dass er mit ihr gejoggt und für sie gesungen hatte und dass sie beide Bartagamen hatten, die Ricky und Lucy hießen.

»Sie ist toll und faszinierend, aber ihr Job beim Festival bedeutet, dass ich sie nicht mal um ein Date bitten kann.«

»Dann tritt dieses Jahr eben nicht auf.«

Jack zuckte zusammen. »Was?«

»Mach ein Jahr Pause. Und hab stattdessen Spaß mit ihr.«

Jack sah seinen Vater vor sich, wie er mit feuchten Augen sagte, wie sehr er es liebte, seinen Sohn singen zu sehen. »Ich kann kein Jahr Pause machen.«

»Dann geh mit ihr aus und komm mit den Folgen klar, wenn das Arschloch Alistair dir die Sache unter die Nase reibt, denn du weißt, das wird er.«

Das war so sicher wie das Amen in der Kirche. Und ein Date oder eine Beziehung ließ sich in Whichway ungefähr genauso leicht verstecken wie der Mond. Wenn man in dieser Stadt nur nieste, dann brachten am nächsten Tag zehn Leute Hühnersuppe vorbei. »Zu gewinnen ist mir wichtig, außerdem lebt sie ohnehin nicht hier. Es hat keinen Sinn, mit ihr etwas anzufangen.«

Abwesend bewegte Marco sein Handgelenk. »Klingt so, als bräuchtest du meinen Rat dann gar nicht.«

»Stimmt, schätze ich.«

»Ja, du bist eh viel besser dran ohne eine Frau, die Bartagamen liebt, sich nicht an deinem rezessiven Verführer-Gen stört und anscheinend auf Elvis-Imitatoren abfährt.«

»Tribute-Künstler.«

»Ich sag ja nur, sie zu vergessen scheint eine prächtige Idee zu sein. Eine, die du überhaupt nicht bereuen wirst.« Marcos Sarkasmus war ärgerlich aufschlussreich.

Noch ärgerlicher war, dass Jack Marco, dem Klatschweib, nicht von seinem Vater erzählen und ihm erklären konnte, was das Festival dieses Jahr wirklich für ihn bedeutete. »Alles, was ich weiß, ist …«

Clementine.

Alles, was er wusste, war, dass Clementine *hier* war. Sie schlenderte zur Bar und drängte sich schon wieder in sein Leben, sein Umfeld, seine Gedanken. Es war, als wüsste sie seinen Tagesablauf, wie er seine Zeit außerhalb von Arbeit und Proben ausfüllte. Sie trug enge Jeans, sündig rote Cowboystiefel und ein weich aussehendes cremefarbenes Tanktop mit Knöpfen an der Vorderseite. Er sollte sich nicht freuen, sie zu sehen. Er sollte ihre unabschüttelbare Präsenz verfluchen. Stattdessen konnte er sich nichts anderes vorstellen als sie ohne ihre Jeans und mit diesen sündigen Stiefeln über seinen Schultern, während er sie vernaschte.

Marco wedelte mit der Hand vor Jacks Gesicht herum. »Bist

du noch da? Hat meine clevere umgekehrte Psychologie tatsächlich funktioniert?«

»Clementine ist hier.«

Marco fuhr herum und nahm sie sofort ins Visier. »Wow. Jepp. Du hast nicht gelogen. Sie ist verdammt schön.«

Und ob sie das war, und sie zu entdecken war nicht schwer, wenn Marc und er praktisch jeden in der Bar kannten. Bei Jacks Versuch, Clementine nicht anzustarren, nickte er den Smith-Brüdern zu, die beide drei Kinder auf dem College hatten. Eine Erinnerung daran, wie wichtig es war, die Firma zu retten. An Marco und wie sehr sein bester Freund von seinem Job abhing, durfte er nicht einmal denken.

Seine Aufmerksamkeit kehrte zurück zu der Frau, die seinen Verstand in den letzten Tagen viel zu oft in Beschlag genommen hatte. Schnell sah er wieder weg. Ein paar Touristen saßen an einem Tisch, und der Mann mit dem Messertattoo am Unterarm hockte in einer Ecke. Ihm schien es offenbar zu gefallen, Einheimische zu verspotten, Enten im Park zu füttern und Clementine anzuglotzen. Er war in dieser finsteren Nische in der Ecke kaum zu sehen, aber die Aufmerksamkeit, die er Clementine schenkte, ließ eine Welle von Eifersucht durch Jack hindurchrasen.

Marco trat gegen Jacks Stiefel. »Na los, Casanova. Red mit ihr.«

»Das hat doch keinen Sinn.«

»Sie weiß doch schon, dass du grottenschlecht darin bist, heiße Frauen anzuquatschen.«

»Das hat damit gar nichts zu tun.« Erstaunlicherweise war das wirklich so. In den letzten paar Tagen war es geradezu mühelos gewesen, mit ihr zu joggen und zusammen Kaffee zu trinken. Clementines endlose Fragen hatten dabei geholfen, weil er sich auf die konzentrieren konnte anstatt auf seine verflixte Schüchternheit. Sie hatten sogar ein bisschen miteinander gescherzt. Bei Freunden stolperte er nicht über seine Worte oder hatte Mühe, Augenkontakt zu halten. Bei ihr war es ein harter Kampf gewesen, der leichter zu werden schien. Weil sie allmählich zu einer Freundin wurde – was genau das war, was sie auch bleiben sollte.

Er suchte Tamis Blick und hob seine leere Flasche, um eine weitere Runde zu bestellen. Er würde bleiben, wo er war, sein Bier trinken und vergessen, wie sehr er das Mädchen mit den roten Stiefeln mochte.

Wenn es ihm nur gelang, den Blick von ihr loszureißen.

Kapitel 9

CLEMENTINE SPÜRTE JACKS Blick auf sich, ein kribbelndes Prickeln in ihrem Rücken. Sie hatte ihn sofort bemerkt, war aber cool geblieben. Sie hatte ihn nicht zur Kenntnis genommen oder angestarrt, wie sein ausgewaschenes T-Shirt seine muskulöse Figur betonte. Nein. Diesmal war er dran, zu ihr zu kommen.

Sie holte ihr Handy raus.

> **Clementine:** Ich bin in der Bar.
> Er ist hier, und ich habe beschlossen,
> die Gangart zu wechseln.

> **Lucien:** Warum?

> **Clementine:** Er ist vorsichtig.
> Könnte vielleicht nicht so einfach zu
> täuschen sein.
> Ich gebe der Sache ein paar Tage.
> Falls es nicht klappt, breche ich ein.

Nicht die ganze Wahrheit, aber genug. Wenn sie bis Sonntagabend nicht in Jacks Familienvilla kam, würde sie einen Gang höher schalten und einbrechen müssen. Nicht weiter mit dieser zu angenehmen Geschwindigkeit dahincruisen.

Sie legte die Finger auf ihren Bauch, über die Narbe, die Yevgen Liski ihr während des Monet-Jobs verpasst hatte. Der Psychopath hatte sich ein Messer auf den Unterarm tätowieren lassen – eine Kopie der Waffe, die er bei Clementine benutzt hatte –, so stolz war er auf seine Arbeit. Er war ihr eines Tages in die U-Bahn gefolgt und hatte das Tattoo auf dem Bahnsteig aufblitzen lassen. Als Einschüchterungstaktik wahrscheinlich. Oder für seinen geisteskranken Kitzel. Der Vorfall war eine Erinnerung daran, was passierte, wenn sie versagte.

Jack und sein Reptilienrefugium kennenzulernen war ein Luxus, den sie nicht übertreiben durfte. Fehler bei einem Job hatten Konsequenzen.

Lucien: Dein Coup, deine Regeln.
Ruf mich morgen mit einem Update an.

Das würde sie, aber irgendetwas daran, über Jack Bericht zu erstatten, fühlte sich schmutzig an.

»Was darf's denn sein, Schätzchen?«

Die vertraute Stimme ließ Clementine aufhorchen. »Imelda?«

»Soweit ich mich erinnere.«

»Ich dachte, du arbeitest im Diner und führst Hunde Gassi.«

Gott, diese Stadt war ja noch winziger als klein.

Imelda polierte sich die Fingerknöchel an ihrer Bluse. »Ich bin eine Frau mit vielen Talenten, der schnell langweilig wird und die sich gern beschäftigt.«

Imelda sah heute Abend weniger püppchenhaft aus. Sie hatte ihre pastellblaue Diner-Uniform gegen eine karierte Bluse ausgetauscht, die gezielt etwas Dekolleté andeutete. Es war derselbe Cowgirl-Look, den auch die anderen Kellnerinnen trugen.

Imelda pustete sich eine verirrte Locke aus der Stirn. »Außerdem kommt mein Mann rein und tut so, als würde er mich aufreißen. Das macht Spaß.«

»Da kann man nichts gegen sagen. Und ich nehme ein Stout, wenn ihr es vom Fass habt.« Irgendetwas Starkes und Dunkles mit einem Hauch Bitterkeit. Etwas, um ihre Zunge zu beschäftigen, damit sie aufhörte, sich zu fragen, wie Jack wohl schmeckte.

Imelda nickte und machte sich an die Arbeit.

Clementine sah einem Mann und einer Frau beim Billardspielen zu. Sie stupsten sich an den Schultern an, kicherten und lächelten sich neckend zu. So entspannt und vertraut miteinander. Ohne sich darum zu kümmern, wer sie beobachtete, oder ihre Gefühle verstecken zu müssen. Vielleicht waren sie verheiratet oder flirteten zum ersten Mal miteinander. Nein. Verheiratet. Ihre Ringe fingen das Licht ein und funkelten einander heimlich zu. Was für ein Bündnis, sich jemandem zu versprechen. Zu oft nahmen die Leute es für selbstverständlich. Warfen mit Schwüren so bereitwillig um sich wie mit Grußformeln, spontan, aus einer Laune heraus, weil es sich *jetzt* gut anfühlte. Die Welt war zu einer Kultur des *Jetzt* geworden.

Doch das Bedürfnis nach sofortiger Befriedigung schien in Whichway weniger stark zu sein. Abgesehen von Jacks Luxusautos, schien niemand um das tollste Auto oder die trendigsten Klamotten wettzueifern, der Beweis dafür war die entspannte Stimmung dieser Bar. Alles lief langsamer, bedeutungsvoller. Das Lächeln war echt. Die Hallos aufrichtig. Clementine hatte nie darüber nachgedacht, New York zu verlassen. Jetzt ... wusste sie es nicht mehr.

Wie wäre es wohl, sich hier in Whichway ein Nest zu bauen,

seinen Kaffee im *Who's It Café* zu schlürfen, im *Wherever Park* zu joggen, Bier im *Whenever* zu trinken und zwischendurch Apfeltaschen im *Whatnot Diner* zu essen? Bei der Vorstellung verdrehte sie die Augen. Das war ein egoistischer Tagtraum. Lächerlich.

Imelda schob das Stout zu ihr hin. »Da hat jemand einen Bewunderer.«

»Bewunderer?«, spielte Clementine die Unschuldige. Aber, o ja, sie spürte diese aquamarinblauen Augen überall auf ihr. In dieses Kribbeln mischte sich jedoch auch ein Stich Selbstvorwurf. Jack war alles, worauf sie sich konzentriert hatte, seit sie hereingekommen war. Sie hatte die Ausgänge überprüft, einen halbherzigen Blick über die Gäste schweifen lassen und Lucien geschrieben, aber Jacks unablässiges Starren hatte ein kribbeliges Durcheinander aus ihr gemacht, während sie mit verklärtem Blick Pärchen beim Billardspielen beobachtete.

Imelda winkte spielerisch mit dem Finger. »Oh, na komm schon. Sag nicht, du hast die Aufmerksamkeit eines gewissen dunkelhaarigen Mannes nicht bemerkt. Er kann die Augen nicht von dir lassen, und ich seh euch zwei doch im Diner, einander nah und auch wieder nicht, wie ihr das Terrain sondiert wie zwei liebeskranke Teenager.«

»Imelda!«

»Was denn? Die Spannung ist so dick, dass man sie schneiden könnte.«

»Ich bin wegen des Festivals hier, nicht um mich zu verabreden.« Außerdem war sie hier, um allen ins Gesicht zu lügen und den Mann hinters Licht zu führen, der ihr zum ersten Mal im Leben das Gefühl gab, echt zu sein. Sie nippte an ihrem Bier, dessen Bitterkeit ausgeprägter als sonst war.

Imelda brummte laut genug, um über die Countrymusic

hinweg gehört zu werden: »Er ist trotzdem ein Prachtexemplar von einem Mann.«

»Das lässt sich nicht bestreiten.« Oder das, wie ihr Körper auf seine Nähe reagierte. Sich nicht umzudrehen erforderte übermenschliche Anstrengung.

»Schwer zu glauben, dass dieser scharfe Typ mal nichts als Knie und Ellbogen war.«

Clementine verschluckte sich beinahe an ihrem Bier. »Unmöglich.«

»Nichts als die reine Wahrheit.«

»Also, schlaksig, *aber* gut aussehend?«

Eine weitere Kellnerin mit einem Heiligenschein kleiner roter Locken und großen, grünen Augen streckte den Kopf über Imeldas Schulter. »Oh, Mädel. Nicht mal ansatzweise. So tollpatschig wie ein neugeborenes Fohlen. Der ist erst auf dem College zu diesem schnuckeligen Knackarsch geworden.« Sie zwinkerte Clementine zu. »Ich bin Tami.«

»Schön, dich kennenzulernen, Tami. Ich bin Clementine, und du willst mich wohl verarschen.«

Jack war nicht einfach nur schnuckelig. Er war auf klassische Weise männlich, fit und groß und mit diesen verdammten neckenden Grübchen. Er war ein Unsterblicher unter den Männern. Vielleicht ging das ein bisschen zu weit, aber der Mann war uneingeschränkt attraktiv.

Mit einem verschwörerischen Ausdruck in den Augen stützte sich Tami auf die Ellbogen. »Stell dir diesen Prachtkerl mit Zahnspange, Brille und Pickeln vor, dazu noch spießige Klamotten wie aus den Fünfzigern und das Ganze mit dem Selbstbewusstsein einer verschämten Schildkröte.«

»Das kann unmöglich sein.« Bis auf den Teil mit dem Selbstbewusstsein.

Tami seufzte. »Jede Frau in Whichway verflucht sich dafür,

dass sie den armen Kerl gehänselt hat. Aber wer hätte gedacht, dass er sich mal so entwickelt?« Sie machte eine missmutige Geste in seine Richtung, als ärgere sie sich über sein gutes Aussehen. »Und wenn das, was Melissa sagt, stimmt …«

»Nur Geschwätz, Tami Tratschtante.« Imelda stieß ihre Kollegin mit dem Ellbogen an. »Verbreite hier keine Lügen.«

»Willst du etwa sagen, du hast das nicht auch schon gehört?« Clementine hob die Hand. »Ich habe gar nichts gehört und sterbe hier buchstäblich vor Neugier.« Sie tat so, als würde sie vom Barhocker sinken.

Die Mädchen lachten.

Clementine lachte.

Ein richtiges Lachen. Frei und unbeschwert, als wäre es das Natürlichste auf der Welt, in dieser Bar zu lachen, wo Ehemänner mit ihren Frauen Billard spielten und sie mit Pseudo-Freundinnen tratschte. Anders als bei diesem schrecklichen Mädelsabend war diese mühelose Realität ihr *Jetzt*: ein unvorsichtiger Halt auf dem Highway, ein törichtes Ausplaudern ihres richtigen Namens, Lachen mit Frauen, die ihr irrigerweise vertrauten. Alles frivole Entscheidungen, jede davon, weil es sich in dem Moment gut anfühlte, ohne einen Gedanken an die Folgen.

Sie wollte nicht, dass ihr *Jetzt* aufhörte.

Ein Mann rief nach einem Bier. Ein anderer Tisch tat dasselbe. Tami funkelte sie finster an. »Immer schön langsam mit den jungen Pferden, Leute. Wir reden hier über lebenswichtigen Kram.« Die Aufmerksamkeit wieder auf Clementine gerichtet, senkte sie die Stimme. »Soweit ich gehört habe, ist dieser Spätzünder ein absoluter Hengst im Bett.«

Clementines Bauch spannte sich an.

Imelda schnalzte mit der Zunge. »Völliger Blödsinn.«

»Das weiß jeder, Imelda.«

»Wenn man bedenkt, dass er mit keiner aus der Stadt außer Melissa Axelrod zusammen war, die vor ein paar Jahren weggezogen ist, dann würde ich sagen, sind deine Quellen fragwürdig.«

Clementine spürte kaum noch ihre Lippen. Sie konnte nicht aufhören, sich Jacks Schlafzimmertalent vorzustellen, mit ihr als eifrige Mitwirkende. *Jetzt. Ich will das jetzt.* Sie legte eine Hand auf ihren Bauch. »Ihr wisst, mit wem in der Stadt er geschlafen hat?«

Lachend schlug Imelda mit der flachen Hand auf den Tresen. »Oh, Schätzchen. Wir wissen von jedem hier in der Stadt, mit wem er geschlafen hat.«

Immer noch darauf versessen, ihre Aussage zu beweisen, starrte Tami ihre Freundin nieder. »Das ist nicht bloß irgendein Geschwätz, Imelda. Ich hab's von Lori Maes Cousine gehört, die kennt Emma, und von deren Schwester die beste Freundin ist mit diesem Sahneschnittchen aufs College gegangen. Er war da mit einem Mädchen zusammen, die, und ich zitiere: ›sich immer noch nicht davon erholt hat, mit ihm geschlafen zu haben‹. Sie behauptet, er sei der Grund, warum sie keinen richtigen Mann finden könne. Also musst du, liebe Clementine, dir diesen Jack David schnappen, damit wir ersatzweise durch dich leben können.«

Imelda verdrehte die Augen. »Wirst du wohl still sein? Ich liebe meinen Mann, und du bist schon seit der zehnten Klasse in deinen vernarrt.«

»Hab ich was anderes behauptet? Und der Mann der Stunde ist scharf auf dich«, sagte sie zu Clementine.

Clementine war zu beschäftigt damit, die Vorstellung von Sexperte Jack zu verarbeiten, um auf Tami zu achten. *Hengst im Bett.* Als ob sie es gebrauchen könnte, ihn noch attraktiver zu finden.

Als der fragliche Hengst an ihrer Seite auftauchte, wurden ihre Wangen heiß.

»Was dagegen, wenn ich mich setze?«, fragte er, als er auf den Barhocker neben ihr rutschte.

Was dagegen, wenn ich dich mit nach Hause nehme? Clementine biss sich auf die Zunge, bevor sie das oder noch Schlimmeres sagte. »Nö. Nur zu. Mir gehört der Laden ja nicht.« Wenn sie sich nicht bald in den Griff bekam, würde sie noch den ganzen Job versauen. Und versaute Dinge mit Jack treiben. Ihr Gesicht glühte noch heißer.

Imelda und Tami machten sich geschäftig wieder an die Arbeit, während Jack die Ellbogen auf die Bar stützte. Er hielt sein Bier zwischen beiden Händen und fuhr mit dem Daumen an der Flasche auf und ab. Es war eine arglose Bewegung, die dank Tamis Klatsch alles andere als arglos geworden war. Dieser verdammte Daumen war unglaublich erotisch.

»Du scheinst ja überall zu sein«, sagte er.

»Das wäre physikalisch unmöglich.«

Sein verführerisches Daumen-Flaschen-Reiben ging weiter. »Lass mich das umformulieren: Du scheinst überall da zu sein, wo ich bin.«

Wieder einmal traf seine scharfsinnige Beobachtung zu dicht ins Schwarze. »Du weißt, wie groß diese Stadt ist, oder?«

Er schmunzelte. »Nicht groß.«

»So kann man es auch ausdrücken. Und vielleicht gefällt es mir ja, mit dir zu joggen und meinen Morgenkaffee mit dir zu trinken.«

Und den leicht singenden Tonfall zu hören, der die Enden seiner Worte färbte, und wie viel Leidenschaft er für sein Tierasyl empfand und wie befreiend es war, echte Einzelheiten über sich mit ihm zu teilen. Ihr gefiel eine ganze Menge an Jack David, Tamis Einmischung hatte seine Anziehungskraft nur verstärkt. Das hier war keine Rolle mehr. Sie spielte ihm nichts vor. Alle Grenzen verwischten, ihre Verpflichtung, diesen Job zu Ende zu bringen, war ebenso stark wie ihr Bedürfnis, das zu Ende zu bringen, was auch immer sie mit Jack begonnen hatte. Sie lehnte sich zu ihm, konnte Malz und Hopfen und Hitze in seinem Atem riechen. »Erzähl mir ein Geheimnis, Nicht-Maxwell Jack David.«

* * *

Das war eine gewagte Frage, eine, von der Jack nicht sicher war, wie er sie beantworten sollte. Ihr zu sagen, dass er sie wollte, wäre nichts Neues. Dieses Geheimnis hatte er ihr schon gestanden, als er ihr in seinem Reptilienheim ein Ständchen gesungen hatte. Außerdem wusste sie, dass er vorhatte, sich von ihr fernzuhalten. Und er gab sich Mühe, verdammt. Als er dort bei Marco gesessen hatte, war seine Bierflasche kurz davor gewesen, unter seinem unerbittlichen Griff zu zerspringen. Gequält hatte er sie beobachtet, wie sie mit Imelda und Tami scherzte, als gehöre sie auf diesen Barhocker, in diese Bar, in seine Stadt.

Es hatte ihm nicht besonders gefallen, dass Tami mit ihr redete. Diese Frau hatte eine noch schlimmere Angewohnheit, sich einzumischen, als Marco und wusste von der Abschlussballkatastrophe und der Verhaftung, die er lieber vergessen würde. Diese zwei Wochen seines Lebens waren etwas wie aus einer Anti-Drogen-Highschool-Kampagne. Sie waren zum Teil verantwortlich für Jacks Unbeholfenheit bei Frauen, aber er ritt nicht darauf herum oder sprach auch nur darüber. Kinder waren grausam. So was kam vor. Auf Rückschlägen herumzureiten machte nicht glücklich. Das hieß jedoch nicht, dass es ihm gefiel, wenn Tami Clementine vollquatschte.

Dass dieser bärtige Mann sie anglotzte, gefiel ihm noch weniger.

Der Fremde hatte auf seinem Handy getippt, während er sie gelegentlich beobachtete, allem Anschein nach unschuldig. Aber Jack stellte sich immer wieder vor, dass er zu ihr rüberging, ihr einen Drink ausgab, sie mit nach Hause nahm. Er war von seinem Stuhl aufgesprungen, noch bevor Marco fragen konnte, wo er hinwollte. Zu Clementine. Zu einer Frau, die ihm nicht gehörte, die aber auch keinem anderen gehören sollte.

Jetzt wollte sie, dass er mehr als nur Reptilienfakten und höfliche Konversation mit ihr teilte. Etwas in ihm drängte ihn, ihr von David Industries und der Krebserkrankung seines Vaters zu erzählen, Details, die er noch nicht mal Marco verraten hatte. Der Drang war verwirrend und schwer zu bekämpfen.

»Ich habe als Kind gestottert«, sagte er ihr. Nicht das, was er sagen wollte. Etwas Sicheres, wenn auch trotzdem schwierig. »In der Teenagerzeit wurde es schlimmer, und das hat diese Jahre hart für mich gemacht – was Tami dir schon erzählt hat, schätze ich.«

Clementine hatte den Anstand, schuldbewusst auszusehen. »Sie könnte da so was erwähnt haben.«

»Auf sie ist einfach immer Verlass.«

»Aber jetzt stotterst du nicht mehr.«

»Eine Sprachtherapie hat geholfen, aber letzten Endes hat mich das Singen geheilt. Mich auf die Noten und den Rhythmus zu konzentrieren hat irgendwas in meinem Gehirn gelockert. Ich habe meinen Vater noch nie so stolz gesehen wie an dem Tag, an dem ich einen Elvis-Song von Anfang bis Ende ohne das geringste Stottern gesungen habe.« *Hör nie auf zu singen, Sohn,* hatte er gesagt. *Deine Stimme zu hören bringt mir*

Freude. Jack hoffte, dass es ihm beim diesjährigen Festival das und noch mehr bringen würde, solange er seine Forschung abschloss.

Clementine drehte sich ihm vollständiger zu. »Erzähl mir noch eins.«

Ihre Augen schweiften immer wieder zu seinem Daumen, was ihn auf seine abwesende Bewegung aufmerksam machte. Sie machte ihn auf die Geschwindigkeit seiner Atemzüge aufmerksam – tiefer und schneller, seit er neben ihr saß. Er wurde sich der Reibung seiner Jeans an den Oberschenkeln bewusst, des Drucks seiner geschnürten Stiefel. Durch sie waren all seine Sinne geschärft.

Sein Daumen glitt an seiner Bierflasche auf und ab, beschrieb einen langsamen Kreis in der kondensierten Feuchtigkeit. War das ein leises Stöhnen von der lieben Clementine?

Er lächelte in sich hinein. »Ich verrate dir ein weiteres Geheimnis, wenn du mir eins von dir verrätst.«

Ein kaum merkliches Zusammenzucken verdunkelte ihr Gesicht. »Wer sagt, dass ich Geheimnisse habe?«

Eine heikle Frage von einer Frau, die bei ihrem Namen gelogen hatte. »Na, so was, da fange ich gerade an, dich zu mögen, und schon wirst du wieder nervig.«

Theatralisch schaute sie sich um. »Wer, *ich?*«

»Nein. Die andere geheimnisvolle Frau mit erdbeerblonden Haaren und einer Bartagame namens Lucy.«

»Kommst du mit dieser Art von Schmeichelei eigentlich weit bei den Ladys?«

»Wenn du Tami zugehört hast, dann kennst du die Antwort darauf.«

Ein verstohlenes Lächeln spielte um ihre Lippen. »Möchtest du einen Tipp?«

»Ich bin ganz Ohr.« Er war neugierig, worauf Clementine

mit diesem sinnlichen Gesichtsausdruck, dem intimen Senken ihrer Stimme hinauswollte.

Sie beugte sich dicht zu ihm, bis ihr warmer Atem seine Lippen streifte. »Von einem Idioten zum anderen: Wenn ein Mädchen einer Frage ausweicht, dann ist es deinen Absichten nicht dienlich, sie nervig zu nennen.«

Er nickte weise. »Wer sagt, dass ich Absichten habe?«

Sie zuckte mit einer Schulter und nahm einen langsamen Schluck von ihrem Bier.

Er spiegelte ihre der Bar zugewandte Haltung. Ihre Oberschenkel streiften sich leicht, und er fuhr weiter mit dem Daumen an seiner Flasche auf und ab. Sie schob ihr Bierglas zwischen den Händen hin und her, was einen feuchten Streifen auf der Bar hinterließ. Beide warfen einander zur gleichen Zeit einen verstohlenen Seitenblick zu. Er zog eine Augenbraue hoch.

Sie verdrehte die Augen, dann seufzte sie. »Ich bin der Grund, warum meine Mutter an einer Überdosis starb.«

Diesmal war er es, der zusammenzuckte. Sie hatte ihr erschreckendes Geheimnis pragmatisch ausgesprochen, mit nicht mehr Emotion, als hätte sie gesagt: *Ich trete nicht auf Risse im Gehweg* oder *Ich habe noch nie Austern gegessen.*

»Inwiefern war das deine Schuld?«

»Mein Vater starb im Jahr davor«, sagte sie immer noch sachlich. Emotionslos. »Meine Mutter hatte zwei Jobs gleichzeitig und kam kaum mit den Rechnungen hinterher. Wir waren in eine Wohnung umgezogen und mit der Miete im Rückstand. Ich war zehn und sorgte für mich selbst.«

»Hast du Geschwister?«

Sie schüttelte den Kopf. »Ein Einzelkind und kein besonders kluges. Ich hab sämtliche Idioten-Preise abgeräumt.«

»Das kann ich unmöglich glauben.« Er wollte sie in die

Arme nehmen, mit seiner Wärme den Schmerz der quälenden Erinnerungen lindern.

Ein trauriges Lächeln ließ ihre stoische Fassade bröckeln. »Ich hab's verbockt, Pastasoße aufzuwärmen, also ja – Idiot des Jahrhunderts. Ich hatte vergessen, dass ich den Topf zum Aufwärmen auf den Herd gestellt hatte, und in der Zwischenzeit in einer der alten Autozeitschriften meines Vaters geschmökert. Ich hatte ständig die Nase in diesen Dingern, genau wie er, weil ich unbedingt alles über klassische Oldtimer lernen wollte, was ich konnte, alles lernen wollte, was er wusste. Erst als der Rauch in mein Zimmer drang und der Feuermelder losging, fiel es mir wieder ein. Dann hat unsere Vermieterin an die Tür gehämmert. Als sie merkte, dass ich allein zu Hause war und beinahe ein Feuer verursacht hatte, rief sie das Jugendamt.«

»Sie haben dich deiner Mutter weggenommen?«

Sie starrte stur geradeaus. »Es war ihnen egal, dass sie die einzige Familie war, die ich hatte. Haben mich einfach rausgerissen und ins Pflegeunterbringungssystem geworfen. Ungefähr sechs Monate später bekam ich die Nachricht. Sie war an einer Überdosis gestorben. Kam mit einem Leben ohne mich nicht klar. Alles, weil ich Pastasoße hab anbrennen lassen.« Obwohl ihre Stimme teilnahmslos blieb, war alles an Clementine harte Ecken und Kanten, als bereite sie sich darauf vor, einem heftigen Windstoß standhalten zu müssen.

Er konnte sich gar nicht vorstellen, was sie durchgemacht hatte, aber ihre Widerstandskraft war so kämpferisch wie ihre Haltung, und Dankbarkeit überwältigte ihn. Ihm von diesem zerbrechlichen Teil von ihr zu erzählen hatte Vertrauen erfordert. »Ich könnte dir sagen, dass es nicht deine Schuld war, dass eine Zehnjährige nicht daran denken müssen sollte, ihre Pastasoße umzurühren, aber das würde die Vergangenheit nicht ändern.« Als sie weiter teilnahmslos blieb, beugte er sich zu ihrem Ohr vor. »Ich weiß nicht, wie du bei der Arbeit bist oder wie du dein Leben lebst, aber ich sehe eine starke Frau, die Autos repariert und mit meiner überragenden Jogging-Geschwindigkeit mithält und selbstlos ihre Bartagame liebt, auch wenn sie manchmal nervig geheimniskrämerisch ist. Wenn ich raten müsste, würde ich sagen, du bist keine Frau, die über ihre Vergangenheit hinausgewachsen ist. Ich würde sagen, du bist *wegen* deiner Vergangenheit gewachsen.«

Sie schloss die Augen und stieß langsam den Atem aus.

Er runzelte die Stirn. Hatte er das Falsche gesagt? Natürlich hatte er das Falsche gesagt. Es lag in seiner DNA, zu Frauen das Falsche zu sagen. Aber als sie sich zu ihm umdrehte und die Augen öffnete, sagten ihm das glänzende Schimmern und die erhobenen Brauen, dass er *nur vielleicht* diesmal etwas Richtiges gesagt hatte.

»Erzähl mir noch ein Geheimnis«, flüsterte sie.

Dieses kam raus, bevor er es zurückhalten konnte. »Ich möchte dich küssen.«

Kapitel 10

CLEMENTINE RUTSCHTE FAST von ihrem Barhocker. Kraftlos. Er hatte sie mit nichts als vier Worten schwach gemacht. Nein, nicht vier. Jedes Wort, das er gerade gesagt hatte, hatte den verbitterten Griff gelockert, mit dem sie ihre Vergangenheit festhielt. Lucien, der einzige andere Mensch, der ihre Geschichte kannte, hatte ihr nie diese Art von Linderung geschenkt. Er hatte ihr gesagt, sie solle es vergessen, dass es nicht ihre Schuld gewesen sei. Dass das System schuld sei. Doch hier war Jack und sagte ihr, sie solle das Schreckliche annehmen, nicht es begraben. Akzeptieren, was passiert war, ob ihre Schuld oder nicht, ob die Schuld des Systems oder nicht. Es akzeptieren und damit leben und sich davon formen lassen.

Und jetzt wollte er sie küssen.

Gott, sie wollte das auch und so viel mehr. Sex mit jemandem erleben, der Teile ihres Puzzles kannte, der nicht Mitleid mit ihr hatte, sondern sie aufbaute. Falls er sie in seine geschickten Hände bekam, machte es sie ängstlich und erregt zugleich, was dann passieren könnte.

Das brennende Verlangen katapultierte sie in der Zeit zurück, zu ihnen beiden vor seinem liegen gebliebenen Jaguar.

Sie sind jedenfalls gut mit Ihren Händen, hatte er gesagt.

Gut, dass wenigstens einer von uns das ist, sonst müssten Sie auf einen Abschleppwagen warten.

Ich habe nicht gesagt, dass ich nicht gut mit meinen Händen bin.

Sie können Ihr Auto nicht selbst reparieren.

Ich bin gut in anderen Dingen.

Anderen Dingen. Welchen Dingen? Allen Dingen? Manchen Dingen? Welchen verdammten Dingen? »Du hast gesagt, du könntest mich nicht um ein Date bitten«, sagte sie mit zitternder Stimme. Ein jämmerlicher Versuch, Distanz zwischen ihnen zu erzwingen.

Sie hatte schon öfter ihre Opfer bei einem Job geküsst. Sie spielte die prüde Unschuld, und es passierte nichts weiter. Reiche Männer, das hatte sie gelernt, fanden eine Frau, die schwer zu kriegen war, verlockend. Eine Abwechslung zu den Frauen, die nur aufs Geld aus waren. Nachdem sie ihre Beute lokalisiert hatte, schützte sie Krankheit vor und bedankte sich bei ihren Dates, ohne ihre Anrufe je zu erwidern. Eine Woche oder ein, zwei Monate später schlich sie sich rein und holte sich ihre Beute.

Keine zurückbleibenden Schuldgefühle. Keine Sehnsucht nach etwas, das hätte sein können.

Nicht-Maxwell Elvis Jack David zu küssen würde sie vernichten. Das wusste sie. Sie war nicht sicher, ob sie es vermeiden konnte, oder, schlimmer noch, dagegen ankämpfen konnte.

»Das hab ich gesagt, nicht wahr?«, sinnierte Jack, ohne etwas von ihrem inneren Aufruhr zu bemerken. Oder vielleicht bemerkte er es. Es war unmöglich, das Beben ihrer Gliedmaßen zu verbergen. »Aber Küssen ist nicht Daten, nicht wahr?«

»Du bist plötzlich ganz schön forsch.« So schwer es war, dem schüchternen Jack zu widerstehen, desto herausfordernder stellte sich der kühne Jack heraus.

»Die Sache ist die«, sagte er und zeichnete wieder sexy Flaschenkreise, ohne ihr in die Augen zu sehen. »Ich bin quälend unbeholfen in Gegenwart schöner Frauen, weshalb ich dir gegenüber manchmal kurz angebunden und allgemein ohne Finesse war. Aber wenn ich mit jemandem warm werde, wenn das Vertrauen die Nervosität überwiegt«, nun sah er sie an, direkt in ihre Augen, »wenn das passiert, dann färbt das Selbstbewusstsein, das ich als Elvis auf der Bühne spüre, auf mein Leben ab.«

Er sah sie weiter an, unerschrocken, ohne Unsicherheit oder Nervosität in Sicht. Schauer liefen ihr über die Arme.

Das ist, wer ich bin, sagten seine durchdringenden blauen Augen.

Ich mag dich. Ich vertraue dir. Ich möchte dich küssen.

Genau, wie sie sich fühlte – akzeptiert. Vielleicht, weil sie ihm mehr Details von sich erzählt hatte als jedem anderen Mann. Vielleicht waren es Tamis und Imeldas Einmischung und das Verlangen, das sie geweckt hatten. Oder vielleicht war es die Erkenntnis, dass Jack nicht leichtfertig mit Attraktivität gesegnet worden war wie diese Kinder, die auf ein Podest gehoben werden und immer wieder gesagt bekommen: *Der wird mal reihenweise Herzen brechen.* Jacks umwerfendes Aussehen war durch Bescheidenheit verdient, sein starker Körper wahrscheinlich hart erarbeitet worden, um zu vergessen, dass seine dürren Glieder ihn einst enttäuscht hatten.

Sie konnte sich beim besten Willen nicht vorstellen, ihn zu enttäuschen. »Ich denke, das kommt auf den Kuss an«, sagte sie atemlos.

»Ausgezeichnetes Argument.« Immer noch auf sie konzentriert, summte er leise.

Und sie hatte Mühe, Atem zu holen.

Er schmunzelte wissend. »Sagen wir, nur so spaßeshalber,

dass ich dich auf die Wange küsse. Würde man das für akzeptabel halten? Ein Nicht-Date-Kuss?«

Die erwähnte Stelle kribbelte vor Erwartung. »Ich glaube, das wäre erlaubt.«

»Und die halbmondförmige Narbe auf deiner Schulter?«

Ein zittriges »Ja« war alles, was sie herausbrachte.

»Und die drei Sommersprossen auf deiner Nase und das Muttermal direkt unter deinem rechten Schlüsselbein und das in deinem Nacken, auf deiner Wirbelsäule?« All das sagte er, während er ihr in die Augen sah, sich seiner Verführungskunst sicher. Er hatte ihren Körper studiert, ohne dabei offensichtlich zu sein. Nicht anders als sie, wenn sie beim Joggen verstohlen seinen strammen Körperbau gemustert hatte oder wenn er durch seine Maßanzüge betont wurde. Sie beide hatten sich heimlich von der Seite angeschmachtet.

Sie rückte näher zu ihm. »Nur wenn ich deinen Kiefer küssen darf, und die weiche Stelle am Haaransatz unter deinem Ohr.«

Er stöhnte, rau und tief. Der Wettkampf ihrer Blicke ging weiter, bis er die Augen von ihr losriss und seine Brieftasche herausholte. Nachdem er Geldscheine auf die Bar geklatscht hatte, schnappte er Clementines Hand und zog sie von ihrem Barhocker. Sie hörte eine anzügliche Bemerkung von Tami oder Imelda, aber das war ihr egal. Sie folgte Jack bereitwillig, zwischen den Tischen hindurch und zur Tür hinaus, in die unerwartet aufregende Nacht.

Kies knirschte unter ihren hastigen Schritten. Ein Auto fuhr vom Parkplatz, der Bass eines Rocksongs verklang, als es verschwand. Jack führte sie zur Seite des Gebäudes und blieb an einer dunklen Stelle stehen. Eine Außenleuchte warf einen schmalen Lichtstrahl. Clementine atmete holzige Aromen vom angrenzenden Wald her ein.

Sie atmete alles an Jack ein. Kalt, würzig, Eiszapfen. »Du riechst immer so frisch«, sagte sie, als er sie mit dem Rücken an die hölzerne Fassade des *Whenever* drückte.

Er ließ ihre Hand los, um ihr Gesicht in die Hände zu nehmen und mit den Daumen ihre Wangen zu streicheln. »Nicht, wenn wir joggen.«

»Da sogar noch besser. Frisch und schmutzig zugleich.« Das ließ seine Augen dunkler werden. Er zeichnete eine Stelle unter ihrem Schlüsselbein nach. »Hier«, murmelte er wie verloren im Nebel. Er senkte den Kopf und strich mit der Nase über die Stelle, wo seine Finger sie federleicht berührt hatten. Seine Lippen folgten, der erotische Druck seines Mundes auf ihrer Haut.

Ihre Brüste fühlten sich schwer und voll an, und das schmerzende Sehnen breitete sich weiter nach Süden aus.

»Hier«, wiederholte er zu ihrer Schulter wandernd. Diesmal kam seine Zunge zum Spielen raus und zeichnete ihre halbmondförmige Narbe nach. Eine unangenehme Erinnerung stieg in ihr hoch: der Rand eines Zigarettenanzünders, der ihr auf die Haut gedrückt wurde. Aber seine Lippen zogen ihre Narbe mit Zärtlichkeit nach. Ein Kuss auf ihren Hals. Ein Kuss auf den Ansatz ihrer Brust. Einen auf ihren Nasenrücken, dabei streifte sein warmer Atem quälend ihre Lippen. Sie musste seinen Atem atmen. Ihn und seine Güte in sich einsaugen. Sein ganzes Herz. Sie musste ihn einatmen und nie wieder ausatmen.

Er drehte sie um und drückte ihre Vorderseite gegen das raue Holz, seine Brust fest an ihrem Rücken. Das Gefühl seiner harten Erektion an ihrem Po ließ sie Sterne sehen.

»Jack.« Sein Name war ein Flehen. Wonach, war sie nicht sicher. *Jetzt. Ich will dieses Jetzt für immer.*

»Psst, meine liebe Clementine.« Er strich ihr das Haar zur

Seite und fand das Muttermal, das er erwähnt hatte und das jetzt unter seiner leichten Berührung kribbelte.

Tränen traten ihr in die Augen. Sie war traurig, glücklich, erregt, überwältigt, von diesem fürsorglichen Mann mit solcher Ehrfurcht behandelt zu werden. Emotion schnürte ihr die Kehle zu. Ihre Haut stand in Flammen. Als er schließlich den Ansatz ihrer Wirbelsäule küsste, zog sich der Rest seines Körpers von ihr zurück, damit sein Mund ihre Haut erreichen konnte, und eine Träne entschlüpfte ihr, weil der Verlust seines Körpers und das Gefühl seiner feuchten Lippen zu widersprüchlich waren. *Ich verliere ihn. Ich gewinne ihn. Ich lüge ihn an.*

Er drehte sie wieder zu sich herum und wischte die Träne fort, um das Salz auf ihren Lippen zu verteilen. »Ich glaube, hier brauchst du auch einen.«

Sie nickte, zu ängstlich, um zu sprechen und diesen Zauber zu brechen.

Sein Atem stockte, als er näher kam. Er schob eine Hand in ihren Nacken und in ihr Haar und ergriff rasch von ihr Besitz, Lippen auf Lippen, Zunge an Zunge. Ein süßer Kuss, der schnell respektlos wurde. Sie hatte nicht mit seiner aggressiven Übernahme gerechnet oder wie seine Hände und sein Körper sich bewegten, als würden sie von ihren Lippen kontrolliert. Er wiegte sich ihr entgegen, seine Hände waren überall, knetend und tastend, dann zu ihrem Hals emporgleitend, zu allem, was er erreichen konnte. Sie war nicht weniger fordernd. Sie grub die Finger in die kräftigen Muskeln in seinem Rücken und zerrte regelrecht an seinem weichen T-Shirt.

Jack zu küssen war eine neue Art von Adrenalinrausch, besser als der Kitzel, eine Alarmanlage auszuschalten oder an Security vorbeizuschlüpfen oder einen Picasso oder Rembrandt oder Jackson Pollock zu stehlen.

Er schob seinen Oberschenkel zwischen ihre und hob sie

leicht an, ein Anker der Lust, der sie an die Wand nagelte. *Nagle mich. Nimm mich. Behalt mich.*

Eine weitere überraschende Träne entschlüpfte ihr.

Da wurde er langsamer und ließ seinen Oberschenkel und seine Hände sinken. Er gab ihr noch einen weiteren verschwenderischen Kuss, dann trat er zurück. »Ich habe mich mitreißen lassen.«

Dem scharfen Winkel hinter seinem Reißverschluss nach zu urteilen, war er genauso mitgenommen wie sie. »Ich wollte, dass du dich mitreißen lässt.« Verlegen trocknete sie sich die nassen Wangen. »Ich bin übrigens keine von diesen Frauen. Ich werde nie so emotional und weine.«

Er neigte den Kopf zur Seite. »Bei der richtigen Person fühlt es sich gut an, loszulassen.«

Es fühlte sich besser als gut an, besonders, da er immer das Richtige zu sagen wusste. »Das war kein Nicht-Date-Kuss.«

Ihre Lippen würden die ganze Nacht lang kribbeln.

»Nein, das war es nicht.«

Mehr bot er ihr nicht an, und sie ebenfalls nicht. Wie könnte sie auch, wenn sie ihn ausspioniert hatte und Lucien davon berichtete, weil sie die Absicht hatte, seine Familie zu bestehlen? Eine Tatsache, die sie überdenken musste. Von Armut geplagte Waisenkinder und Wohltätigkeitsorganisationen zu unterstützen fühlte sich nicht länger so an, als entschuldigten sie ihre gesetzeswidrigen Aktivitäten. Alles, was einmal sicher war, fühlte sich nun sehr unsicher an. Jack wirkte ebenfalls zögerlich. Dieser Festivalauftritt war offensichtlich eine wichtige Sache für ihn. Auf einer Bühne aufzutreten, stotterfrei, musste ein jährlicher Meilenstein für ihn sein. Das ließ sie gründlich geküsst und erregt zurück, ohne Erlösung in Sicht.

Die einschüchternde Aufgabe, Lucien ihre Unentschlossenheit zu erklären – dass sie vielleicht nicht in der Lage sein würde, diesen Job zu erledigen –, dämpfte ihr Verlangen noch weiter.

»Ich sollte nach Hause fahren«, sagte sie. »Zurück in mein Motel.«

Jack bewegte sich nicht, sondern leckte sich nur die Lippen. »Samstags jogge ich nicht, aber sonntags schon. Später, um zehn.«

Das wusste sie bereits. Sie hatte seinen wöchentlichen Terminplan genau studiert. Dieses Wissen war ein weiterer heftiger Schlag. »Willst du immer noch meine Gesellschaft?« *Sag Nein. Bitte sag Nein.*

»Mehr, als ich sollte.«

Genau ihr Dilemma. »Ich werde versuchen, dich zu treffen.«

Sie strich ihr Shirt glatt und ging zu ihrem Auto, dabei beschleunigte Unbehagen ihre Schritte. Sonntagvormittag war in eineinhalb Tagen. Nicht lange, um sich ihren nächsten Zug zu überlegen. Um ihre Verwirrung loszuwerden, denn diese Ablenkung war eine brutale Erinnerung daran, wie schief ein Job gehen konnte. Als sie beim letzten Mal bei einem Raubzug so hin- und hergerissen gewesen war, war ein Mann getötet worden, und sie wäre beinahe gestorben.

Kapitel 11

VOR FÜNF JAHREN hatte Clementine an einem sprichwörtlichen Scheideweg gestanden. Die Kriminalität ihrer Arbeit hatte sie belastet, die Isolation ihres Lebens hatte sie in Mrs Grinch verwandelt. An ihrem schlimmsten Tag war sie durch den Central Park gewandert, während Familien picknickten und Pärchen spazieren gingen, und Neid hatte ihrem Herzen einen heftigen Stich versetzt. Es war, als wäre die Welt nur von Pärchen und Summen bevölkert. Lösungen auf Gleichungen. *Eins plus eins gleich glücklich.*

Sie hatte an jenem Tag ihre Zielperson ausspionieren sollen, um Luciens Plan für einen hiesigen Raubzug auszuführen – von der Inkognito-Sorte, bei der sie eine Nasenprothese, Make-up und eine Perücke trug. Ihr Auftrag war, Eddie Cohen zu umgarnen und seinen atemberaubenden Monet zu stehlen. Doch anstatt sich ins Leben des reichen Staatsanwalts zu schleichen, hatte sie ihre finstere Grinch-Miene perfektioniert.

Lucien, mit seiner üblichen feinen Antenne für ihr Verhalten, hatte sie zum Abendessen eingeladen. »Ich mache Lasagne und Knoblauchbrot.« Zu Lasagne sagte sie niemals Nein.

Seine Wohnung war klein, aber schön. Sinatra erklang aus der Stereoanlage, während er ihr Wein einschenkte und das Essen servierte. Er fragte sie über den Motorumbau ihres Chargers aus, so wie er sie früher über Mathe und Geschichte ausgequetscht hatte, aber nun trug er eine Lesebrille, als er die Fotos auf ihrem Handy betrachtete. Seine Sehkraft war in letzter Zeit schlechter geworden, sein kurz geschnittenes Haar mehr silbern als kastanienbraun, am Oberkopf schütterer denn je. Er war immer noch schlank und fit, da er seine strenge Diät und Fitnessroutine mit militärischer Präzision beibehielt, wenn er Clementine nicht gerade mit leckerem italienischem Essen verwöhnte, aber sein Alter war ihm anzusehen.

Lucien würde irgendwann sterben. Dann würde sie noch weniger als eine Ganzzahl sein. Nur noch ein Bruch eines Bruchs.

Lucien nahm seine Brille ab und stützte die Ellbogen auf seine Oberschenkel. »Was quält dich, Kumquat?«

»Die Tatsache, dass du mich Kumquat nennst.«

»Besser als Pomeranze. Und du weichst aus. Was ist los?«

Sie kuschelte sich in die Ecke seines weichen Sofas und seufzte. »Ich weiß es nicht.«

»Ich denke schon.«

Er kannte sie zu gut, und sie benahm sich wie ein Feigling. Sie setzte sich aufrechter und holte Luft, um sich zu wappnen. »Macht das, was wir tun, die Welt wirklich besser? Wir nähren die kriminelle Schattenseite Amerikas. Die Hehler, die unsere Kunstwerke verhökern, machen durch uns Kohle. Das hält sie im Geschäft, was bedeutet, dass auch solche Kriminelle ihre Dienste nutzen, die nicht zweimal darüber nachdenken würden, jemanden umzubringen, um Profit zu machen. Wir halten das System am Laufen. Und wir stehlen, um Gottes willen. Das kannst du dir so schönmalen, wie du willst, unsere Opfer als dekadente, millionenschwere Arschlöcher hinstellen – aber trotzdem stehlen wir.«

Ihre letzten Worte hallten in dem luftigen Raum, klangen

wider mit ihrem Bedürfnis, sich von der Belastung zu befreien, die in letzter Zeit ihre schlaflosen Nächte heimsuchte.

Lucien zuckte nicht mit der Wimper, er neigte nur leicht den Kopf. »Was würde aus Nisha werden, wenn wir damit aufhören, dieses Waisenhaus zu unterstützen?«

Sie sah Nishas vernarbte Arme vor sich, das überfüllte Gebäude, das das kleine Mädchen ihr Zuhause genannt hatte. »Sie würde wieder auf der Straße landen.«

»Und wo ist sie jetzt?«

Clementine warf einen Blick zum Kaminsims und den gerahmten Fotos, die ihre Erfolge zeigten. Auf einer Aufnahme hielt Nisha eine fette Tomate in der Hand, ein breites Lächeln auf dem Gesicht. »Sie arbeitet im Gewächshaus des Waisenhauses.«

»Und wodurch konnte dieses Gewächshaus gebaut werden?«

»Durch unser Geld.«

»Und du denkst immer noch, unsere Arbeit wäre bedeutungslos?«

»Wir könnten es legal machen. Eine Wohltätigkeitsorganisation gründen, Spenden sammeln.«

Er winkte ab, als verscheuche er lästige Fliegen. »Du weißt sehr gut, dass ich das schon versucht habe.«

Er erklärte es nicht noch mal. Er hatte das schon tausendmal durchgekaut. Lucien hatte Wohltätigkeitsabteilungen von Firmen geleitet und dabei für die Fortune-500-Unternehmen Millionen eingenommen, damit sie sagen konnten, sie leisteten einen Beitrag für die Gesellschaft. Damals hatte Lucien gelernt, dass Geld oftmals spurlos verschwand. Selbst wenn die Wohltätigkeitsorganisationen grundsolide agierten, ging ein großer Prozentsatz für Mitarbeiter und Betriebskosten drauf, bevor ein Cent bei den Bedürftigen ankam. Bürokratie bedeutet, dass der Fortschritt verlangsamt und oftmals zunichtegemacht wurde. Die Verärgerung darüber hatte ihn dazu gedrängt, die Sache selbst in die Hand zu nehmen. Sie kannte die Geschichte. Deswegen frustrierte es sie nicht weniger.

»Ich bin es einfach so müde«, sagte sie.

»Das verstehe ich, aber da gibt es auch noch ein anderes Problem zu berücksichtigen. Yevgen Liski ist in der Stadt.«

O nein, verdammt. »Bist du sicher?«

Lucien rieb sich den Nasenrücken. »Man hört es auf der Straße munkeln. Wenn er auch wegen diesem Monet hier ist, dann weißt du, wie das laufen wird.«

Blutig, so würde es laufen. Yevgen Liski mochte zwar zehn Jahre älter als Clementine sein, aber seine Reife schwankte irgendwo bei zwölfjährigem Psychopathen. Für ihn war das Foltern seiner Opfer genauso aufregend wie ein kostenloser All-inclusive-Urlaub. Haustiere wurden nur zum Spaß verstümmelt. Zehen und Finger in Schmuckschatullen hinterlassen. Er trug eine Kette aus Zähnen um den Hals. *Verdammten Menschenzähnen.* Schon zweimal hatte Yevgen eine Beute an Clementine verloren, und Gerüchte sagten, dass er stinksauer war.

Alles, wofür Yevgen stand, ließ Clementine die Knie fester an die Brust drücken.

»Du bist perfekt in dem, was du tust, Mandarine.«

Sie antwortete nicht.

»Durch deine Finesse wird niemand verletzt. Das Geld wird Leben retten.«

Flache Atemzüge ließen ihre Brust enger werden.

Als ihr Schweigen anhielt, rückte Lucien näher und nahm ihre Hände. »Wenn es wirklich zu viel für dich ist, wenn du nicht mehr weitermachen kannst, dann ist das okay. Ich werde einen anderen Schützling finden, mit dem ich arbeite, den ich ausbilden kann.«

Die flachen Atemzüge wurden rauer. Ihre Aufmerksamkeit

zuckte zwischen seinem dünner werdenden Haar und seiner Lesebrille auf dem Tisch hin und her. Wenn er sie freigab und jemand anderen fand, würden ihre gemeinsamen Abendessen weniger werden. Seine Anrufe würden seltener werden. Sie würden sich nicht völlig aus den Augen verlieren, aber wie bei jeder Familie, ob blutsverwandt oder nicht, würde das Leben dazwischenkommen. Die arbeitsbedingten Kontakte würden aufhören. Er würde mit einem neuen Partner und neuen Coups beschäftigt sein, und er würde keine illegalen Machenschaften mehr mit Clementine besprechen. Ihre tägliche Kommunikation würde zu einer wöchentlichen oder weniger werden. Was würde dann aus ihr?

»Ja«, sagte sie rasch. »Ich fühle mich in letzter Zeit nur ein bisschen daneben – nicht wie ich selbst. Natürlich werde ich es tun.«

Er lächelte und tätschelte ihre Hand. »So ist's recht, mein Mädchen.«

An dem Punkt war ihr Zeitfenster, das Opfer zu verführen, bereits verstrichen. Blieb nur noch, einzubrechen. Eddie Cohen würde an dem Abend nicht in der Stadt sein. Ein einziger Abend, um den Raub durchzuführen. Sie wussten nicht, in welchem der drei Stockwerke der Monet hing, deshalb würde sie improvisieren müssen.

Unbehagen durchzog ihre Bewegungen, als sie ihre Einbrecheruniform anzog: schwarze Kleidung, die sich an nichts verfangen würde, das Haar zu einem straffen Knoten gesteckt. Ein ganz normaler Arbeitstag. Weil sie sich nervös fühlte, machte sie ein wenig Schattenboxen, aber ihren Schlägen fehlte Überzeugung, und ihre Nerven vibrierten weiter. Sie war nicht sicher, ob ihr latentes Zwiegespaltensein diese Nervosität entfacht hatten oder ob es das Gerede über Yevgen und seine grausamen Methoden war, was ihr zusetzte.

Sie wartete noch ein bisschen länger, in der Hoffnung, es würde vorbeigehen.

Das tat es nicht.

Größtenteils konzentriert, fuhr sie zu dem Gebäude aus braunem Sandstein und überprüfte es auf Anzeichen von Leben. Eddie Cohens Auto war fort. Es gab nicht die flüchtigste Bewegung zu dieser späten Nachtzeit. Sie knackte sein Schloss und schlüpfte hinein, das Werkzeug zum Ausschalten der Alarmanlage bereit, ihren Betäubungspfeil für seinen Hund an der Hüfte. Aber der Alarm ging nicht los. Etwas Scharfes und Kupfriges stach ihr in die Nase. Sie suchte den Raum ab und schlug sich die Hand vor den Mund.

Eddies Pudel lag auf dem Boden und blutete das teure Eichenparkett voll.

Gottverdammter Yevgen.

Der Mistkerl war ihr zuvorgekommen und hatte den Hund *einfach so* geopfert. Sie hätte, falls nötig, den Betäubungspfeil benutzt, schnell, effizient, sicher. Aber sie hatte den ganzen Plan und die heutige Arbeit vor sich hergeschoben. Jetzt war da ein toter Hund, und das Gemälde war vermutlich fort.

Angewidert von sich selbst und ihrem Versagen wandte sie sich zum Gehen, doch dann hörte sie einen Schrei.

Der Besitzer des Monets?

Eddie Cohen sollte unterwegs sein. Sie hatte sich zwei Mal versichert, dass sein Wagen fort war, oder nicht? Ja. Verdammt, *ja.* Sie war sicher, dass sie das hatte, aber dieser entsetzte Schrei war nicht zu überhören. Bevor sie es sich anders überlegen konnte, rannte sie die Treppe hoch … um was zu tun? Dem Mann zu helfen, den sie hatte ausrauben wollen? Yevgen abzuwehren, der dreimal so groß war wie sie? Ihr Herz raste, als sie rannte.

Dann fiel sie.

Etwas hatte ihren Kopf getroffen. Hart. Knirschend. Ein niederschmetternder Schlag. Die Treppe rutschte unter ihr davon, und die Welt überschlug sich. Ihr Knöchel knirschte. Ihre Schulter sprang aus dem Gelenk. Mit einem ohrenbetäubenden Knall prallte sie auf den Holzboden, dass ihr die Luft wegblieb. Sie konnte sich nicht bewegen. Schwarze Punkte tanzten vor ihren Augen.

»Dummes, kleines Mädchen.« Die mit Akzent ausgesprochenen Worte klangen undeutlich.

Sie versuchte zu atmen und fuhr sich mit den Händen an die Kehle. Hatte etwas ihre Lunge durchbohrt? *Lauf,* schrie sie innerlich. *Lauf, lauf, lauf.* Sie zuckte kaum, und schon schoss Schmerz durch sie hindurch.

Yevgen ging neben ihr in die Hocke, sein fauliger Atem streifte heiß ihre Wange. Sie versuchte sich zu entspannen und auf ihr Selbstverteidigungstraining zuzugreifen. Sie stellte sich vor, wie ihre Hand vorschnellte und Yevgen die Finger in die Augen stieß. Alles, was sie fertigbrachte, war, sich in sein Hemd zu krallen. Wenigstens hörte sie ein Reißen. Ihre Nägel gruben sich in Fleisch.

Er knurrte. »Immer noch so viel Kampfgeist, aber nicht genug. Das passiert, wenn man versucht, etwas zu stehlen, das mir gehört.«

Ein scharfer Schmerz – neu und tiefer – durchschnitt ihren Bauch, und ein wilder Laut kam ihr über die Lippen. Gott im Himmel! Das Arschloch hatte ihr ein Messer in den Bauch gerammt, sie gedankenlos niedergestochen, und sie konnte nicht atmen oder sich wehren. Speichel gurgelte in ihrer Kehle.

Yevgen beugte sich sehr dicht zu ihr herunter. »Das nächste Mal erledige ich dich … und deinen Boss auch. Lucien? So heißt er doch, oder?« Bei ihrem Wimmern grinste er. »Keiner, den du liebst, wird je sicher sein.«

Da verlor sie das Bewusstsein und kam erst viel später wieder zu sich, bei Lucien zu Hause, wo sie von seinem privaten Arzt versorgt wurde. »Mach mir nie wieder solche Angst, Grapefruit«, sagte er mit schwankender Stimme.

Lucien schwankte nie. Er war ihr Fels in der Brandung.

»Wie?«, krächzte sie mit Tränen in den Augen. *Hast du mich gefunden,* versuchte sie den Satz zu Ende zu bringen, aber der Schmerz raubte ihr die Worte.

Er streichelte ihr Haar. »Ich bin dir gefolgt. Du hast immer noch daneben gewirkt, und ich habe mir Sorgen gemacht. Wegen der Gerüchte über Yevgen und deinen Gemütszustand musste ich vorsichtig sein.«

Sie zwang sich zu schlucken. Es fühlte sich an, als wäre ihr Speichel Batteriesäure. »Der Mann? Eddie?«

Lucien senkte den Blick. »Eddie Cohen ist tot.«

Wegen ihr. Weil sie sich hatte ablenken lassen und getrödelt hatte.

Angeschlagen und mit pochenden Schmerzen schloss sie die Augen und weinte um einen Mann, den sie nicht kannte. Sie weinte um das Mädchen, das erwachsen werden und Autos reparieren wollte, um seinen Dad zu beeindrucken.

Clementine hatte sich an jenem Tag geschworen, ihre Arbeit nie wieder von persönlichen Problemen beeinträchtigen zu lassen. Sie war eine Einbrecherin. Das war es, wozu sie geworden war. Sie machte das sicherer als die meisten und half mit ihren Einkünften, die Welt besser zu machen. Ein kleines kariertes Stück Stoff war ihr Andenken daran – von Yevgens zerrissenem, mit ihrer beider Blut beschmutztem Hemd. Eine Erinnerung, Lucien nie wieder zu enttäuschen oder das Blut eines anderen Menschen an den Händen zu haben.

Und doch war sie nun hier, in Whichway, fünf Jahre später, und ihr persönliches Leben überschattete ihren Job.

Nachdem sie Jack geküsst hatte, war sie wieder in den Status eines kichernden Teenagers zurückgefallen. Sie hatte die halbe Nacht wach gelegen und abwechselnd lächelnd ihre Lippen berührt und sich dafür verflucht, weich geworden zu sein. Einmal war sie aufgewacht, heiß und verschwitzt, und überzeugt gewesen, dass Jacks harter Körper auf ihr lag. Sie hatte sogar davon geträumt, ihren Job aufzugeben und nach Whichway zu ziehen, um mit Jack und ihren Reptilien zusammenzuleben. Clementine *David* hatte einen guten Klang.

Nun betrachtete sie den Radiowecker auf ihrem Nachttisch, unsicher, wie sie es überstehen sollte, bis sie Jack morgen Vormittag wiedersah, unfähig, das Verlangen zu zügeln. *Nur noch dreißig Stunden!*

Rastlos machte sie Sit-ups und Push-ups und Yoga. Konnte sein, dass sie auch noch Flashdance-mäßig auf der Stelle rannte. Sie schrieb ihrem Dad eine erbärmlich schwärmerische E-Mail, in der sie Jacks Singstimme, seine Flüsterstimme, seine schüchterne Stimme, seine neckende Stimme, seine kühne Stimme beschrieb. Jacks offensichtliche Zuneigung für sie.

Sie faltete all ihre Klamotten neu, dabei nahm sie sich extra viel Zeit für das Tanktop, das sie am Abend zuvor getragen hatte. Sie vergrub das Gesicht darin. *Kichernder Teenagerstatus.* Es roch schwach nach Jack, frisch und doch holzig von der Wand, an die er sie gedrückt hatte.

Sie musste sich zusammenreißen. Er war ihr Opfer, nicht ihr Teenagerschwarm. Sie war sich sehr wohl der Konsequenzen bewusst, wenn man bei einem Job abgelenkt wurde. Und sie hatte Lucien versprochen, ihn anzurufen.

Es sei denn, sie meldete sich nicht. Es sei denn, sie kehrte allem den Rücken.

Wenn sie Lucien sagte, dass sie aussteigen wollte, dass sie mit ihrem kriminellen Leben durch war, dann würde er ihr alles Gute wünschen. Er würde weitermachen, das hatte er ihr vor fünf Jahren versprochen. Sie war jetzt stärker, aber das würde bedeuten, Mädchen wie Nisha im Stich zu lassen, und die Vorstellung, Lucien zu verlieren, schmerzte sie immer noch. Besonders bei so vielen Unsicherheiten. Falls sie es mit Jack versuchte und ihre aufkeimenden Gefühle versiegten oder er merkte, dass sie kaputter war als ein ganzer Schrottplatz voller Autowracks, oder falls er erfuhr, dass sie *die letzten zehn Jahre lang* eine Kriminelle gewesen war, dann würde er wahrscheinlich die Flucht ergreifen oder sie anzeigen.

Falls sich ihre gegenseitige Verbindung und Anziehungskraft in Liebe verwandelte und er nichts von ihrer Vergangenheit ahnte, konnte sie dann guten Gewissens weiterlügen? Ihm nie verraten, was sie war?

Das Durcheinander ihrer Gedanken verknotete sich noch mehr.

Bis sie alles entwirrt hatte, würde sie sich ihre Möglichkeiten offenhalten. Sie würde Lucien von ihrer morgigen Verabredung zum Joggen erzählen und ihm sagen, dass es mit dem Plan vorwärtsging. Sie würde Zeit mit Jack verbringen und ihn kennenlernen und vielleicht seine verlockenden Lippen küssen. Und sie würde den schwer zu fassenden Van Gogh finden, nur um sicher zu sein. Irgendwie würde sie herausfinden, was sie tun sollte.

Kapitel 12

CLEMENTINE ZOG IHRE Socken und Laufschuhe an, als wäre es ein ganz normaler Morgen. Sie löschte den Browserverlauf auf ihrem Laptop und steckte ihn in ihre Tasche, dann legte sie einen feinen Faden darüber – eine Vorsichtsmaßnahme, die Lucien ihr eingetrichtert hatte. Sie mochte zwar bei diesem Job bisher unkonzentriert gewesen sein, aber manche Gewohnheiten waren ihr in Fleisch und Blut übergegangen: einen Stift herausragen lassen, eine Visitenkarte zwischen das Leder klemmen. Irgendetwas, das anzeigte, ob jemand ihre Sachen angefasst hatte.

Ihre belastenden Akten waren versteckt in ihrem Wagen eingeschlossen. Nichts hier drinnen würde Verdacht erregen, aber sie hatte trotzdem stets das *Bitte nicht stören*-Schild benutzt. Sie hatte sich ihre Handtücher und ihr Toilettenpapier selbst geholt. Falls jemand hier herumschnüffelte, würde sie es merken.

Nachdem alle Vorkehrungen getroffen waren, fuhr sie los, um sich mit ihrem Laufpartner zu treffen, und versuchte, nicht zu aufgeregt zu sein. Sie versagte kläglich.

An der Brücke im Wherever Park dehnte sie ihre Oberschenkelmuskeln und rückte ihren Sport-BH und das rosa Tanktop zurecht. Zehn Uhr kam und ging. Wolken verdunkelten den

Himmel, während sie sich noch etwas mehr dehnte. Sie ließ Jacks letzte Worte, dass er ihre Gesellschaft mehr wollte, als er sollte, noch einmal Revue passieren. Das war die Empfindung eines Mannes, der ihre Verabredung einhalten würde. Nervosität schmälerte ihre Freude ein wenig. Er könnte kalte Füße bekommen und entschieden haben, dass er nicht mit einer Festival-Jurorin joggen konnte. Er könnte herausgefunden haben, wer sie wirklich war. Er könnte jetzt gerade mit den Cops reden, und Orange stand ihr überhaupt nicht. Oder irgendetwas Wichtiges könnte dazwischengekommen sein – das überhaupt nichts mit ihr zu tun hatte, weil sie eindeutig narzisstisch war –, und er hatte keine andere Wahl gehabt, als sie zu versetzen. Sie hatten nicht einmal Telefonnummern ausgetauscht, damit er sie anrufen konnte. Das war nicht nötig gewesen, da sie ja praktischerweise überall auftauchte, wo er war, um mit ihm abzuhängen.

»Clementine!« Imelda winkte ihr zu, heute mit nur einem einzigen Hund an der Leine. Der uralte Labrador, dessen Fell mehr grau als schwarz war, schlurfte müde dahin. Seine füllige Mitte ließ erahnen, dass Imelda nicht oft genug mit ihm Gassi ging. »Du, Schätzchen, bist mir gewaltig was schuldig«, sagte Imelda, als sie in ihre Richtung kam.

»Wie das?«

»Tami wäre fast gestorben, als Jack dich Freitagabend aus der Bar geschleppt hat. Mir ist bei ihrem Kreischen beinah das Trommelfell geplatzt. Bitte sag mir, dass mein Hörverlust das wert war.«

Wenn man bedachte, dass Jack nicht zu ihrer morgendlichen Joggingrunde aufgekreuzt war, dann war sie da nicht so sicher. »Eine Lady genießt und schweigt.«

»Heißt das, es gab da was zu genießen?«

Verdammt. Der dumme Spruch war ihr einfach über die

Lippen gerutscht. Jetzt hatte Imelda Blut gewittert, denn Tami und sie waren eine spezielle Sorte Spürnasen: Klatschhunde. »Da gibt es nichts zu erzählen. Er ist süß, das ist alles.« »Und so scharf wie Lou Anne Bakers preisgekröntes Chili.« Clementine schnaubte spöttisch. »Ich glaube, das haben wir Freitagabend schon geklärt.«

Imelda hakte die Leine des Hundes los und schnalzte mit der Zunge. »Na komm, Colonel Blue. Geh aus dem Teich trinken.« Colonel Blue tat wie gebeten und schleppte seinen trägen Körper zum Wasser. Enten quakten und wühlten klatschend die Oberfläche auf, als sie die Flucht ergriffen. Imelda zog den Reißverschluss ihrer Windjacke zu. »Wird gleich regnen.«

So viel war sicher, angesichts der fallenden Temperatur. Clementine hatte erwartet, inzwischen bereits zu joggen und ins Schwitzen zu kommen. Stattdessen fröstelte sie in ihren Shorts und Tanktop und fragte sich, wo Jack blieb. Sie hatte vorgehabt, ihn beim Joggen zu bearbeiten und eine Einladung in die Villa aus ihm herauszukitzeln. Sich ihre Möglichkeiten offenzuhalten bedeutete, mit ihrem Plan weiterzumachen. Sie zitterte stärker.

Imelda rief Colonel Blue wieder zu sich und warnte ihn, nicht die Enten zu terrorisieren. Mit schmalen Augen starrte Clementine den Hund an, denn irgendetwas an seinem Namen kam ihr bekannt vor. *Blue. Blue. Colonel Blue.* Sie kannte diesen Namen. Sie hatte ihn irgendwo schon mal gehört …

Ihr Puls schlug schneller. »Ist das der Hund von Jacks Vater?«

Imelda nickte. »Ich gehe mit ihm Gassi, seit Mr David ins Ausland gefahren ist. Seine Frau ist mit ihrer jüngeren Tochter beschäftigt, und Blues Arthritis bedeutet, dass er langsamere Einzelspaziergänge braucht. Ich nehme ihn an drei Tagen in der Woche.«

Jack hatte eine Schwester? Er hatte sie noch nie erwähnt, ebenso wenig irgendwelche anderen Einzelheiten über seine Familienmitglieder. Merkwürdigerweise hatte Clementine mehr über ihre Familie erzählt, als er über seine preisgegeben hatte. Diese Tatsache gesellte sich zu der unangenehmen Erkenntnis, dass er sie irgendwie versetzt hatte. Wenigstens hatte sie nun eine Möglichkeit, auf das Anwesen seiner Familie zu kommen, ein Durchbruch in Gestalt eines arthritischen schwarzen Labradors.

Sie lächelte Imelda an. »Ich kann dich auf deiner Gassirunde begleiten, wenn du nichts gegen Gesellschaft hast.«

»Darf ich dich dann über Jack ausfragen?«

»Nö.« Sie tat so, als würde sie ihre Lippen zusperren und den Schlüssel wegwerfen.

»Du bist eine harte Nuss, Clementine. Muss wohl der Grund sein, warum ich dich mag.«

Wärme durchströmte sie. Zuerst die Scherze an der Bar, jetzt beiläufige Komplimente. Wenn Clementine es nicht besser wüsste, dann wurde Imelda zu einer richtigen Freundin.

»Mein Mann hat mich gestern Abend gezwungen, *Friedhof der Kuscheltiere* mit ihm zu gucken«, sagte Imelda, als sie weitergingen. »Jetzt kann ich Colonel Blue nicht mehr ansehen, ohne mir gelbe Augen und scharfe Zähne vorzustellen.«

»Der alte Hund ist doch harmlos.«

»Bis ihn jemand von den Toten zurückholt.«

Clementine lachte. »Ich halte mich an Sendungen über Autoreparaturen und -versteigerungen. Weniger albtraumträchtig.«

Außerdem erinnerten sie sie an ihren Vater. Als Einzelkind hatte Clementine die ganze Zuneigung ihres Vaters genossen, bevor seine Depression zugeschlagen hatte. Sie hatte im Schneidersitz auf dem sonnenverbrannten Asphalt ihrer Einfahrt gesessen, während er an seinem Auto gebastelt hatte. Drehmomentschlüssel. Ratschenverlängerung. Mutternsprenger. Sie hatte jedes Werkzeug gelernt, das er benutzte, und es ihm gereicht, ohne zu zögern oder sich um das Schmieröl an ihren Händen zu kümmern. Die Erinnerung brachte sie zum Lächeln.

»Erzähl bloß nicht meinem Mann, dass du dir solche Sendungen ansiehst«, sagte Imelda. »Das bringt ihn noch auf dumme Ideen, und Autoversteigerungen hört sich noch schlimmer an als halb tote Katzen.«

Sie spazierten und redeten und scherzten, dabei blieb Imelda regelmäßig stehen, um Colonel Blue die Ohren zu kraulen. Sie plauderten über Filme und Bücher, leichte, unpersönliche Themen. Das machte die Zeit nicht weniger bedeutsam.

Als ihr Spaziergang zu Ende ging, war der Himmel wahnsinnig dunkel, und Jack war nicht aufgetaucht. Clementine blieb nichts anderes übrig, als ihrem Plan zu folgen. »Ich fahre zum David-Anwesen. Ich könnte den Colonel für dich dort abliefern.«

Imelda winkte ab. »Das kann ich doch nicht von dir verlangen.«

»Tust du ja auch nicht, und mir macht es nichts aus.« Clementine Abernathy, Trickbetrügerin, war zurückgekehrt. Schließlich war sie nie weit weg, aber dieses unangenehme Schuldgefühl war neu. Trotzdem blieb sie hartnäckig. »Es ist Sonntag. Deine Familie ist sicher zu Hause und wartet auf dich.«

Eine große Eiche schwankte im zunehmenden Wind. Ein paar Blätter wehten herunter, als Imelda zu ihrem Wagen sah. »Bist du sicher, dass es keine Umstände macht?«

»Überhaupt keine. Solange es den Davids nichts ausmachen würde.«

»Die ganze Familie ist unglaublich nett. Ich will dir einfach nur keine Mühe machen. Es sei denn ...« Schmunzelnd stemmte sie die Faust in die Hüfte. »Hoffst du vielleicht, dem hübschen Jack über den Weg zu laufen?«

Clementine verdrehte die Augen. »Du bist unverbesserlich.« Und auf der richtigen Fährte. Jack David. Van Gogh. Sie hatte zwei Kunstwerke im Sinn.

Imelda lächelte jetzt von einem Ohr zum anderen und drückte Clementine die Leine in die Hand. »Na dann, nur zu. Bring Colonel Blue nach Hause, wo du nicht Ausschau nach seinem menschlichen Bruder halten wirst. Und diesmal erwarte ich Einzelheiten, Schätzchen. Nichts von diesem Meine-Lippen-sind-versiegelt-Quatsch.« Sie warf Clementine eine Kusshand zu und trabte zu ihrem Wagen. »Und mach es, bevor es zu schütten anfängt. Der Himmel reißt gleich die Schleusen auf.«

Ein Donnergrollen ertönte und bestätigte Imeldas Vorhersage.

Die Schultern gegen die Kälte hochgezogen, lockte Clementine den Colonel zu ihrem Prius und half dem alten Hund hinein. Es war so weit. Endlich hatte sie ihre Eintrittskarte zum David-Anwesen. Eigentlich sollte Aufregung sie durchströmen. Stattdessen strotzte sie vor Verwirrung. Sie war nicht sicher, was sie tun würde, sobald sie diesen Van Gogh gefunden hatte. Sie war nicht sicher, was sie tun würde, sobald sie Jack wiedersah.

Der Regen ließ noch auf sich warten, aber die Wolken hingen tiefer. Schatten lasteten schwer auf ihrem Wagen, als sie die gewundene Auffahrt zum Anwesen der Davids entlangfuhr und staunend seine bloße Größe anstarrte. Der weitläufige Rasen war makellos, regelmäßig gepflegt von Marvin, dem Rasenmähermann, der auch Jacks Reptilien fütterte. Es gefiel ihr, diese Details zu wissen, kleine Nichtigkeiten, die ihr das Gefühl gaben, sie wäre eine Insiderin: dass Imeldas Tochter Probleme mit Mathe hatte, dass Jacks Großvater ein Roadie von Elvis gewesen war, dass Tami ihren Mann schon seit der zehnten Klasse liebte. Für sie fühlten sich diese Nichtigkeiten an wie Wichtigkeiten.

Sie fuhr um einen zentral angelegten Springbrunnen herum und parkte vor den steinernen Stufen des Eingangs. Während das Design von Jacks umwerfendem Bungalow zurückhaltend war und mit der Landschaft verschmolz, war dieses Herrenhaus dazu entworfen, zu beeindrucken. Altertümlicher Stein und Ziegel beherrschten das Bild, die auffälligen Fenster verjüngten sich zu dreieckigen Oberlichtern. Die Hecken an der Vorderseite waren niedrig, um nicht von der Macht und dem Reichtum des Anwesens abzulenken. Das Gebäude selbst war breit genug, um ein Footballfeld zu beherbergen.

Sie hatte Jack nicht gefragt, warum David Industries vor Kurzem Mitarbeiter entlassen hatte. Dieses Wissen zuzugeben hätte Fragen aufwerfen können. Aber als sie nun hier saß und dieses obszöne Anwesen mit all seiner überladenen Pracht in sich aufnahm, konnte sie nicht verhindern, dass Missbilligung in ihr hochstieg. Wenn seine Familie diese Monstrosität verkauft hätte, dann hätten sie diese Jobs retten und die Löhne von allen vervierfachen können.

»Du lebst ein ziemlich verwöhntes Leben, nicht wahr, Blue?« Der stinkende Atem des alten Hundes wehte ihr vom Rücksitz entgegen. Der verwöhnte Köter wusste gar nicht, wie gut er es hatte. »Na, dann komm. Du bist meine Eintrittskarte da rein.«

Sie half ihm aus dem Wagen und verzog das Gesicht über die Hundehaare, die ihr an den Klamotten klebten. Es war ein Segen, dass Lucy nicht haarte. Keine Autos säumten die Auffahrt, jeder hier hatte wahrscheinlich in der riesigen, vier Autos fassenden Garage geparkt. Unsicher, wer sie begrüßen würde, führte sie den Colonel die Vordertreppe hoch. Ein Butler? Ein Hausmädchen? In diesem Laden arbeiteten wahrscheinlich zehn von jeder Sorte.

Vor der wuchtigen hölzernen Doppeltür angekommen, suchte sie nach einer Türklingel, und nachdem sie geläutet hatte, umklammerte sie Blues Leine. Der Himmel wechselte von dunkel zu unheilvoll. Ein weiterer Donner grollte aus den Wolken. Sie rieb sich die Arme und läutete noch einmal.

Schritte polterten auf der anderen Seite, gefolgt von einem »Komme schon«. Sie straffte die Schultern und setzte ein Lächeln auf. Die Tür öffnete sich einen Spalt. Jack füllte ihr Blickfeld aus und schickte ihr Herz ins Klopf-Klopf-Land, bis er die Stirn runzelte.

Ihr Lächeln geriet ins Rutschen.

Er machte die Tür nicht weiter auf. »Warum bist du hier?«

Ernsthaft? Er hatte sie versetzt, und das war alles, was ihm einfiel? »Auch schön, dich zu sehen.«

Er zuckte zusammen, und das zu Recht. »Tut mir leid. Ich hatte dich nicht erwartet.« Er kehrte wieder zu eingeschränktem Augenkontakt zurück, und sein unsteter Blick fiel auf ihre nicht ausreichend warme Laufkleidung. »Ich habe unsere Joggingrunde versäumt, nicht wahr?«

Sie zuckte mit den Schultern, um so zu tun, als schmerze es sie nicht, versetzt worden zu sein. »Kein Thema. Ich habe Imelda und Colonel Blue getroffen.« Sie hielt die Leine hoch. »Sie hatte heute Familienangelegenheiten zu erledigen, also hab ich ihr angeboten, ihn nach Hause zu bringen.« Ein Regentropfen klatschte auf die steinerne Stufe, um ihre Nicht-direkt-Lüge zu unterstreichen.

Jack antwortete nicht. Er erklärte weder seine Abwesenheit von heute Morgen, noch öffnete er die Tür, um sie reinzubitten. Wenn überhaupt, sah er gereizt darüber aus, dass sie hier war. Seine Zurückweisung sollte nicht wehtun. Sie sollte sich nicht nach einem Mann sehnen, der so nachlässig mit ihren Gefühlen umging. Schließlich hatten sie sich nur geküsst. Und sie hatte nichts anderes getan, als ihn anzulügen. Sie hatte kein Recht, sich verschmäht zu fühlen.

Und doch war sie hier, verletzt und verschmäht.

Nun, zum Teufel mit ihm und ihrer Dummheit. Sein Verhalten bewies, dass es klug von ihr gewesen war, sich ihre Möglichkeiten offenzuhalten, sich nicht von Fantasien mitreißen zu lassen, in denen sie sich ineinander verliebten und glücklich und zufrieden bis an ihr Lebensende in dieser bezaubernden Stadt lebten. Mädchen wie sie waren nicht für ein Happy End bestimmt.

Sie warf einen Blick zum düsteren Himmel, bereit, ihren Plan durchzuziehen. »Was dagegen, wenn ich reinkomme? Hier draußen wird es gleich ziemlich ungemütlich.«

Jack wich keinen Millimeter von der Stelle. »Jetzt ist grad kein guter Zeitpunkt.«

Mehr Regen fiel. Die Tür blieb fest an Ort und Stelle.

»Es ist grad kein guter Zeitpunkt, mich aus dem Regen zu holen?« Mit schmalen Augen sah sie ihn an und bemerkte erst jetzt die dunklen Ringe unter seinen Augen. Er hatte sich auch nicht rasiert. Das war das erste Mal, dass sie Bartstoppeln auf seinen normalerweise glatt rasierten Wangen sah. Es war unbestreitbar, dass diese Rauheit seinen Sex-Appeal verstärkte, aber seine offensichtliche Erschöpfung ließ ihre Gereiztheit in Sorge umschlagen. Seine unbewegliche Haltung war auch keine Hilfe. »Ist alles okay, Jack?«

Er schluckte und warf einen Blick hinter sich, ins Haus. Dann rieb er sich den Nacken. »Bestens. Hatte nur eine lange Nacht.« Er streckte die Hand aus. Einen Moment lang wurde ihr leicht ums Herz. Wurde er endlich weich und bat sie hinein? Dann sagte er: »Danke, dass du Blue nach Hause gebracht hast.«

Die Leine. Er wollte die Hundeleine, nicht ihre Hand.

Der nächste Donnerschlag fühlte sich an wie ein Schlag in den Magen. Sie versuchte nicht noch einmal, hineinzukommen. Er wollte sie dort eindeutig nicht haben. Er wollte sie nicht, Punkt.

Mehr Regen fiel. Die feuchte Kälte drang ihr in die Knochen. Er bot ihr nicht einmal eine Jacke an. Angewidert von sich selbst wegen ihrer lächerlichen Fantasien drückte sie ihm die Leine in die Hand und rannte zu ihrem Auto, aber der Himmel platzte bereits auf. Innerhalb von Sekunden durchnässte ihr der Wolkenbruch Haare und Kleidung. Sie glaubte ihn ihren Namen rufen zu hören, aber sie machte sich nicht die Mühe, nachzusehen.

Steig ins Auto.

Fahr zum Motel.

Plan den Einbruch.

Das war alles, was noch zu tun blieb.

Als sie in ihren Wagen sprang, war sie durchnässt und außer Atem. Alles fühlte sich nass und ruiniert an. Sie wischte sich übers Gesicht und wrang ihre Haare aus, aber das nützte nichts. Mit einer energischen Drehung des Handgelenks startete sie den Motor, doch ein Hämmern ließ sie zusammenzucken.

Jack war an ihrem Fenster und bedeutete ihr, es runterzukurbeln. Sie starrte ihn einfach nur an. Er wollte wahrscheinlich die Sache klarstellen, sie bitten, sich nicht mehr zum Joggen oder Kaffeetrinken mit ihm zu treffen. Sie überlegte, einfach mit ihrem beschissenen Prius loszufahren, aber er sah gequält aus, wie er vornübergebeugt im strömenden Regen stand. Masochistisch veranlagt, wie sie war, tat sie, worum er gebeten hatte.

Er beugte sich noch tiefer, damit sie auf Augenhöhe waren. Entschlossenheit strömte ebenso heftig von ihm aus wie der Regen vom Himmel. »Es tut mir leid. Ich bin ein Arschloch. Du hast mich einfach nur überrumpelt, und da gibt es Dinge, die ich dir nicht gesagt habe. Dinge, die niemand in der Stadt weiß. Aber ich denke, du solltest sie wissen, weil ich …« Regen prasselte gegen die Windschutzscheibe. Er hob die Stimme. »Du solltest sie einfach wissen. Wenn du mir noch eine Chance gibst, dann möchte ich gern, dass du reinkommst.«

Ihre nassen Kleider quietschten, als sie auf ihrem Sitz herumrutschte. Jack war nasser als ein begossener Pudel und machte sich nicht mal die Mühe, sich das Gesicht zu wischen oder sein Flehen zu verbergen. Der demütige Jack. Warum konnte er kein Arschloch bleiben? Sie streckte die Hand nach ihm aus, versuchte, ihm das Wasser von der Stirn zu wischen. Er ergriff ihr Handgelenk und küsste ihre Handfläche. »Bitte«, bat er. »Würdest du reinkommen?«

»Ja«, sagte sie. Nicht dazu, in seine Villa zu kommen. Nicht dazu, den Van Gogh zu finden. *Ja, ich werde dir helfen, diesen gequälten Ausdruck aus deinen Augen zu vertreiben.*

Kapitel 13

JACK TRUG CLEMENTINE praktisch ins Haus. Er gab sein Bestes, sie vor dem unerbittlichen Regen zu schützen, während er sich innerlich verfluchte. Er war so besorgt um seinen Vater gewesen, dass er ihre Verabredung zum Joggen vergessen hatte. Er war unruhig auf und ab marschiert und hatte die Krankenschwester immer wieder gefragt, was man tun könnte. Seine Verabredung zu vergessen war eine Sache, aber Clementine im Regen stehen zu lassen?

Das war unverzeihlich.

Er schlug die Haustür hinter ihnen zu und strich ihr das klatschnasse Haar aus dem Gesicht. »Bleib da. Ich bin gleich wieder zurück.«

Sie nickte zitternd. *Unverzeihlich.*

Eine Spur aus Pfützen hinterlassend, rannte er zum Wäscheschrank im Erdgeschoss. Seine Mutter würde ihm die Hölle heiß machen. Nichts davon war wichtig. Er kehrte zu Clementine zurück, deren Erdbeerlippen blau angelaufen waren. *Unverzeihlich.* Er wickelte sie in ein großes Handtuch und führte sie zum Badezimmer.

»Himmel«, sagte sie, als sie es betraten. »Wohnt hier drin jemand?«

Das Badezimmer mit seinen zwei Waschbecken, der verglasten Dusche, der Wanne auf Klauenfüßen und der aufeinandergestapelten Kombination aus Waschmaschine und Trockner war normal für ihn. Clementine war in Pflegefamilien aufgewachsen und von Haus zu Haus gereicht worden. Er konnte sich gar nicht vorstellen, wie übertrieben das alles für sie aussehen musste.

»Nimm eine heiße Dusche«, sagte er. »Du kannst deine Sachen in den Trockner stecken. Ich suche dir was zum Anziehen und leg es dir rein.« Er deutete auf die Bank.

Immer noch zitternd, nickte sie.

Jack rannte nach oben und machte kurzen Prozess damit, sich abzutrocknen und umzuziehen, dann durchwühlte er den Kleiderschrank seiner Mutter nach sauberen Sachen. Die Dusche lief noch, als er zurückkam. Vorsichtig schob er die Tür auf, gerade weit genug, um die Leinenhose und das T-Shirt, die er gebracht hatte, hineinzulegen. Musik ließ ihn innehalten. Summen. Clementine summte *Can't Help Falling in Love* – das Lied, das er ihr in seinem Reptilienrefugium vorgesungen hatte. Er schloss die Augen und stieß lautlos den Atem aus. Vielleicht hatte sie ihm sein Verhalten ja doch verziehen.

Gerade wollte er die Tür wieder schließen, da sagte sie: »Jack?«

»Hab nur deine Kleider reingelegt. Da ist eine Bibliothek am Ende des Flurs. Komm hin, wenn du fertig bist. Ich treffe dich dort, sobald ich kann.« Sobald er seiner Mutter erklärt hatte, warum er Clementine die Wahrheit sagen musste.

Er konnte Clementines Umriss durch die beschlagene Glasscheibe sehen. Kopf. Schultern. Hüften. Sie legte eine Hand an die Scheibe und ließ sie daran heruntergleiten. Die dampfende Hitze strömte durch seine Adern.

»Wir sehen uns in der Bibliothek«, sagte sie leise.

»In der Bibliothek«, murmelte er und floh, bevor er noch

damit herausplatzte, wie sehr er ihr unter der Dusche Gesellschaft leisten wollte.

Er fand seine Mutter dort, wo er sie zurückgelassen hatte, zusammengekauert in einem Sessel im Zimmer seines Vaters. Sie rieb sich die Augen. »War das Imelda?«

»Nein. Jemand Befreundetes.«

»Marco?«

Sein Vater stöhnte im Schlaf, und beide rissen den Kopf zu ihm herum. Eric, ihr Tagespfleger, ließ seine Zeitschrift sinken, unternahm aber nichts. »Sie müssen aufhören, sich ständig hier herumzudrücken. Die neue Behandlung ist heftig, aber er ist stark. Er wird sich durchkämpfen.«

Es hatte sich nicht so angefühlt, als Jacks Schwester ihn um drei Uhr morgens panisch angerufen und Dinge geflüstert hatte wie *Erbrechen* und *Krämpfe* und *ich hab solche Angst*. Er hatte seinen Tesla ausgereizt und war schneller gefahren, als er sollte, nur um von seiner Mutter dafür getadelt zu werden, dass er gekommen war. Die Nachtschwester hatte sie mit liebevoller Härte aus Maxwells Zimmer gescheucht. »Die Auswirkungen sind hässlich, aber notwendig«, hatte sie gesagt. »Das Gift in ihm muss raus.«

Nichts davon hatte dafür gesorgt, dass Jack sich besser fühlte.

Er hatte schon vor Monaten angeboten, hier einzuziehen, aber sein Vorschlag war auf zwei empörte Eltern gestoßen. Keiner von beiden wollte, dass er sein Leben änderte. Er musste ausgeschlafen sein, hatten sie behauptet. Sich auf die Arbeit konzentrieren. Das musste er tatsächlich, aber mitten in der Nacht panische Anrufe von seiner Schwester zu bekommen hatte ihn dazu veranlasst, seine Prioritäten zu überdenken.

Ebenso wie eine schöne Frau anzulügen, die im Regen stand.

Er sah seiner Mutter in die Augen. »Können wir uns unterhalten?«

Nach einem weiteren langen Blick zu ihrem Mann schob Sylvia David ihre Decke beiseite, streckte sich und ging mit Jack hinaus in den Flur.

Sie legte ihm eine Hand an die Wange. »Du siehst müde aus.«

Ganz egal, wie viel er blinzelte, er fühlte sich immer noch benebelt. »Ich bin müde, aber du bist es, die mir Sorgen macht.« Ihr schulterlanges lockiges Haar war normalerweise gestylt, ihre Outfits immer gebügelt und elegant. Heute war ihr dunkles Haar unordentlich und am Hinterkopf vom Schlafen im Sessel platt gedrückt. Sie schüttelte es auf, aber das half nicht viel. »Nur eine harte Nacht. Chloe hätte dich nicht anrufen sollen.«

»Doch, das sollte sie. Eigentlich, nein. Sie hätte es nicht sollen, weil ich hätte da sein sollen. Das ist zu viel für …«

»Genug davon, Maxwell Jack David.« Sie nannte ihn bei allen drei Namen, als wäre er immer noch sieben Jahre alt und käme gerade über und über voller Dreck und Gras von einer Erkundungstour mit Marco zurück. »Wir haben rund um die Uhr Krankenschwestern und die besten Ärzte, die man für Geld bekommen kann. Hier zu sein wird deinem Vater nicht helfen. Genau genommen wird es ihn nur noch mehr stressen. Es wird *mich* mehr stressen. Also genug von diesem Unsinn von wegen hierherziehen. Komm vorbei und besuch uns, bleib heute Abend zum Essen, aber bitte schaff dir ein eigenes Leben. Für deinen Vater. Für mich. Das alles …« Tränen traten ihr in die Augen. »Das alles geht so schnell.«

Hilflos und frustriert ließ er die Schultern sinken. Was konnte er darauf noch sagen? Er verstand ihre Wünsche. Metastasierender Bauchspeicheldrüsenkrebs war unheilbar, aber diese neue, aggressive Behandlungsmethode konnte Dads Leben verlängern. Vielleicht um Jahre. Jetzt an seiner Seite zu wachen würde Dads Kampf nur behindern, nicht unterstützen.

Alles, worum Maxwell David der Zweite bat, war, dass seine Kinder weiter ihr Leben lebten. Er wollte, dass sie ihn besuchten und ihre Sorgen mit ihm teilten, nicht so taten, als wäre alles bestens. »Nur weil ich sterbe, macht das eure Probleme nicht weniger real«, hatte er neulich gesagt. »Sprich mit mir über deine Schwierigkeiten, und such dir eine gute Frau.« Wieder dieser Ratschlag in Lebens- und Liebesangelegenheiten.

Ein Ratschlag, den Jack befolgen sollte. Wenn Jack sang, dann pulsierte Musik in seinen Füßen. Der Rhythmus erfüllte seine Brust, und die rohe Unverfälschtheit von Elvis – Mann, Mythos und Legende – brach aus seiner Lunge heraus. Clementine zu küssen hatte ihn mit ebensolcher Heftigkeit durchzuckt, lauter als ein Lied, wilder als der Nervenkitzel des Auftretens. Sie war mehr als nur *gut*.

»Ich werde jemandem von Dad erzählen«, sagte er seiner Mutter.

Sie rang die Hände. »Ist es Marco? Hat er es herausgefunden?«

»Nicht Marco.«

Sie straffte den Rücken. »Dann lautet die Antwort Nein. Du weißt, dass dein Vater nicht erfreut darüber wäre. Falls die Investoren es herausfinden ...«

»Die Investoren werden es nicht herausfinden.«

»Falls Gunther Dorights Verrat ans Licht kommt und unsere chinesischen Konkurrenten ihre Linsen für die Hälfte unseres Preises anbieten, dann sind wir so gut wie tot.« Sie zuckte zusammen. »Nicht gerade meine beste Wortwahl, aber du weißt, wie ernst es ist. Die Stadt ist von dieser Fabrik abhängig. Wir dürfen den Investoren keinen Grund geben, unsere Position infrage zu stellen, und die schlechte Gesundheit deines Vaters würde genau das tun. Es gefällt uns nicht, dass du lügen musst, aber es gibt keine andere Möglichkeit.«

Er brauchte diesen Vortrag nicht. Die Risiken, falls er versagte, ließen ihn nachts nicht schlafen. »Ich werde ja kein CNN-Interview geben. Da ist nur diese ... Frau. Sie ist diejenige, die vorbeigekommen ist.«

Seine Mutter lehnte sich zurück und bedachte ihn mit ihrem berühmten Seitenblick. »Eine Frau?«

Sein Hals wurde heiß. »Wir sind uns auf der Straße begegnet. Sie hat mir bei Granddads Jaguar geholfen, und sie ist für ein paar Wochen in der Stadt.« Eine Zeitspanne, die ihm ein flaues Gefühl im Magen verursachte. »Ich mag sie, und es ihr nicht zu erzählen verursacht Probleme.«

Sie seufzte, und alles an ihrer Haltung wurde weicher. »Du warst noch nie besonders gut im Lügen. Wir sind beeindruckt, dass du es bisher geschafft hast.«

»Ich hatte ja keine andere Wahl.«

»Du hast immer noch keine Wahl, aber diese Frau – ist sie dir wichtig?«

Er rieb sich die Brust und nickte.

Sylvia David, im Herzen eine Romantikerin, die, acht Wochen nachdem sie sich in seinen Vater verliebt hatte, geheiratet hatte, bekam erneut feuchte Augen. So emotional dieser Tage. »Dann sag es ihr, Liebling. Sorg dafür, dass sie weiß, dass sie kein Sterbenswörtchen verraten darf, aber sag es ihr, und lad sie ein, zum Abendessen zu bleiben.«

Er küsste sie auf die Wange. »Ich werde sie bitten zu bleiben.«

Jack fand Clementine in der Bibliothek. Sie strich mit dem Finger über eine Reihe von Buchrücken. Der Raum roch nach Bohnerwachs, vermischt mit ihrem frisch geduschten Geruch. Die Leinenhose seiner Mutter hing locker an ihr, das blaue

T-Shirt saß eng genug, um zu betonen, dass sie keinen BH trug. Er unterdrückte ein Stöhnen. »Was gefunden, das dir gefällt?«

Mit großen Augen wirbelte sie zu ihm herum. »Es ist ein bisschen überwältigend.«

»Das sagst du in meiner Gegenwart oft.«

»Du bist überwältigend.«

Dasselbe könnte er über sie sagen. »Der Raum wird nicht oft benutzt.«

Sie legte den Kopf in den Nacken und überflog die oberen Regale. »So etwas habe ich noch nie gesehen. Außer in Filmen.«

Wie bei dem Badezimmer versuchte er die Bibliothek aus ihrer Perspektive zu sehen: Tausende Bücher, die niemand las, ein Klavier, das Staub ansetzte, Samtsofas und prächtige Vorhänge, die durch ihre aufdringliche Extravaganz besser ins Barockzeitalter passen würden. »Mein Vater war als Kind nicht reich. Er hat David Industries aus dem Nichts aufgebaut, und alles, was er wollte, war, meiner Mutter einen Palast zu schenken. Es ist übertrieben, aber es kam von Herzen.«

Sie trat hinter eine Couch und zeichnete mit den Fingern die vergoldeten Verzierungen nach. »Richtig. Von Herzen.«

Ihr wertender Tonfall tat weh. Es hatte eine Zeit gegeben, in der ihm sein Reichtum peinlich gewesen war. Zusätzlich zu seinem Stottern und seiner Unbeholfenheit war er auch noch wegen seines vornehmen Elternhauses ausgegrenzt worden. Man hatte ihn Kaviar und Richie Rich und andere einfallsreiche Beleidigungen genannt. Aber das war damals. Nun war jetzt. Sein Selbstbewusstsein dem anderen Geschlecht gegenüber war nicht spitzenmäßig, außer im Bett, aber er würde sich nicht für sein Geld oder wie es ausgegeben wurde, entschuldigen. Oder wie es *nicht* ausgegeben wurde, was zurzeit der Fall war, weil er zu besorgt war, sein Vermögen irgendwann liquidieren zu müssen.

Diese Tatsachen änderten nichts an ihrem Urteil. »Mein Vater mag es, meine Mutter zu verwöhnen. Er mag schöne Dinge, genau wie ich. Das ist alles hart erarbeitet.«

»Spendest du an Wohltätigkeitsorganisationen?«

»An mehrere.« Er ging nicht näher auf Marcos Arbeit ein. Auf Jacks Drängen hin hatte sein bester Freund ihre Wohltätigkeitsarbeit in den letzten fünf Jahren um das Zehnfache gesteigert, immer auf der Suche nach neuen Möglichkeiten, auf lokaler und internationaler Ebene etwas zurückzugeben ... bevor David Industries mit einer wirtschaftlichen Katastrophe konfrontiert worden war. Falls Jack versagte, würde die Wohltätigkeitsarbeit darunter leiden. Marcos Job wäre nicht mehr sicher. Rasch brachte er diese Gedanken zum Verstummen. Zu versagen war keine Option, und falls Clementine ihn mochte, dann würde sie ihn so mögen müssen, wie er war. Die Highschool hatte ihn gelehrt, dass sich als etwas auszugeben, das man nicht war, auf direktem Weg ins Unglück führte ... und ins Gefängnis.

Sie bohrte nicht nach oder stellte weitere Fragen. Sie strich sich das feuchte Haar über die Schulter und wartete auf die Erklärung, die er versprochen hatte.

»Möchtest du dich setzen?«, fragte er.

»Ich glaube, ich stehe lieber, danke.«

Sie machte sich entweder Sorgen, das Sofa nass zu machen oder zu viel Zeit mit ihm zu verbringen. Wahrscheinlich Letzteres.

Er lehnte sich an den Mahagonischreibtisch und umklammerte die Kante. »Es tut mir leid, dass ich unsere Verabredung zum Joggen verpasst habe.«

Immer noch stumm, zuckte sie mit einer Schulter. Alles,

was er tun konnte, war, ihr in die Augen zu sehen und zu hoffen, dass sie Aufrichtigkeit in seiner Offenheit sah. »Mein Vater ist nicht auf Reisen. Er ist hier, und er ist sehr krank.«

Sie gab einen kleinen Laut von sich, ein erschrockenes Einatmen. »Das wusste ich nicht.«

»Das weiß niemand.«

»Wie, *niemand?*«

Er schüttelte den Kopf. »Du bist der erste Mensch, dem ich es erzählt habe. Unser ehemaliger Abteilungsleiter hat Firmengeheimnisse gestohlen. Ich habe keine Ahnung, ob er es von sich aus getan hat oder ob unsere Konkurrenten ihn mit Geld geködert haben. So oder so, durch unsere Formeln sind sie in der Lage, ihre Produktion bei gewaltig reduzierten Kosten zu steigern. Sobald ihre Produktionsanlagen das umgesetzt haben, werden sie uns so spektakulär unterbieten, dass unsere Kunden in Scharen zu ihnen wechseln werden. Zum Glück habe ich schon vor über einem Jahr, vor diesem ganzen Mist, damit angefangen, an einer neuen Technologie zu arbeiten.«

»Weil du wusstest, dass so etwas passieren würde?«

Er wünschte, er hätte gewusst, dass Gunther Doright ihm in den Rücken fallen würde. Aber er war völlig ahnungslos gewesen. »Weil ich immer danach strebe, unser Geschäft besser zu machen. Und ich bin kurz vor dem Durchbruch. Unglaublich kurz davor, aber vor einigen Jahren habe ich ein Projekt in den Sand gesetzt, weshalb unser Vorstand die Mittel für diese Forschung beschränkt hat. Die Vorstandsmitglieder sind konservativ, und damals war das Thema nicht dringend. Also habe ich Geld von Investoren aufgetrieben und kürzlich Bankkredite aufgenommen. Aber falls die Investoren auch nur das Geringste von der Krankheit meines Vaters erfahren *und* dass unsere gegenwärtige Technologie davorsteht, unterboten zu werden, dann wird sie das verängstigen. Sie könnten ihre Finanzierung zurückziehen. Falls wir die verlieren und es länger dauert, unsere Experimente abzuschließen, dann sind wir geliefert, und der Vorstand wird diese Verluste ausgleichen müssen.«

Er erklärte ihr, wie sehr die Stadt von ihnen abhängig war, um die Lebensbedingungen ihrer Bewohner aufrechtzuerhalten und ihre Familien zu ernähren, wie schwer es gewesen war, das geheim zu halten, und wie hilflos er sich gefühlt hatte, als seine viel jüngere Schwester ihn gestern Abend panisch vor Sorge angerufen hatte. »Das ist auch der Grund, warum das Festival diesmal eine größere Sache ist als sonst. Es gibt da einen Tribute-Künstler, den ich sehr gern vernichten würde, aber das könnte das letzte Jahr für meinen Vater sein, und mein Gesang hat ihm immer so viel bedeutet. Also habe ich mir diese Frist gesetzt, unsere Forschung bis zum letzten Auftritt des Festivals abzuschließen, damit wir aufhören können zu lügen und mein Vater bei der Show dabei sein kann. Ich kann seinen Krebs nicht heilen oder seine Behandlung weniger schrecklich machen, aber das kann ich tun. Diese eine alberne Sache kann ich kontrollieren.«

Er wusste nicht, wann Clementine vor ihn getreten war oder wann er den Blick zu Boden gesenkt hatte. Sie legte zwei Finger unter sein Kinn und hob seinen Kopf an. »Die ist nicht albern. Sie ist wunderschön.«

»Oder ich verhalte mich wie ein Kind, das hofft, seinen Vater zu beeindrucken.«

»Wunderschön«, wiederholte sie flüsternd, dasselbe Wort, das er benutzt hatte, als er erfahren hatte, dass sie ihrem verstorbenen Vater E-Mails schrieb. Ihm gefiel das Gefühl ihrer Finger an seinem Gesicht und die Tatsache, dass er sie nicht mehr anlügen musste. Dennoch, die Last mit ihr zu teilen fühlte sich sowohl leichter als auch schwerer an.

Ihre Finger glitten von seinem Kinn und fielen an ihre Seite.
»Warum erzählst du diese Geheimnisse mir und nicht einem
Freund?«

Das war eine ausgezeichnete Frage, eine, die er selbst nicht
ganz verstand. Alles, was er wusste, war, dass er es gehasst
hatte, sich am Freitagabend von ihr zu verabschieden, es verab-
scheut hatte, allein in seinem Bett zu schlafen. Er hatte sich auf
ihre Joggingrunde gefreut, bis zu dem besorgten Anruf seiner
Schwester. Er hatte angefangen, sich in Clementines Gegenwart wohler zu fühlen, und das Leben war kurz, und manche
Chancen waren es wert, ergriffen zu werden. »Da ist etwas an
dir, Clementine. Und ich kann dich nicht daten, wenn Lügen
zwischen uns sind. Deshalb bin ich vorhin völlig erstarrt, als du
hier aufgetaucht bist.«

Wieder war da dieser süße, kleine Laut, dieses zischende
Einatmen. »Jetzt bin ich wirklich überwältigt.«

»Warum?«

Sie wich ein wenig zurück, um Raum zwischen ihnen zu
schaffen. »Ich bin nur für kurze Zeit hier.«

»Ich weiß.«

»Und da ist die Festivaljury.«

»Wir werden eine Lösung finden.«

»Das sollte ein Kein-Date-Kuss sein.« Panik stand ihr ins
schöne Gesicht geschrieben, und ihre Sommersprossen leuchteten auf ihrer geröteten Haut.

Er wollte ihre Haut aus anderen Gründen gerötet haben.
»Das war er nie, und das weißt du. Also werde ich dich fragen,
was ich schon neulich Abend hätte fragen sollen. Möchtest du
mit mir ausgehen? Auf ein richtiges Date?«

»Ich kann nicht.«

»Du kannst was nicht?«

Sie ballte die Hände zu Fäusten, kniff die Lippen zusammen

und marschierte an ihm vorbei, in Richtung Tür. Um zu gehen? Wieder zu verschwinden? Sie war so schreckhaft wie ein Leopardgecko.

»Clementine.«

Sie blieb stehen und ließ die Schultern hängen. Leicht schüttelte sie den Kopf, dann drehte sie sich um, Trotz in ihren zimtfarbenen Augen. »Es gibt Dinge, die ich dir nicht gesagt habe, Dinge, bei denen ich nicht ehrlich war.«

»Was für Dinge?«

»Beängstigende Dinge. Schlimme Dinge. Dinge, die dir nicht gefallen werden.«

Das hatte er aufgrund ihres Verhaltens schon vermutet. Ihre Lüge in Bezug auf ihren Namen und ihr Vermeiden von beruflichen Themen waren beunruhigend, und ihre schwierige Kindheit deutete auf ein Trauma hin. Vielleicht war sie ebenso schlecht behandelt worden wie seine Reptilien, verschmäht, ignoriert, misshandelt.

»Sag sie mir«, bat er leise.

»Das kann ich nicht.«

»Dann sag mir das – magst du mich?«

Ihre Miene bröckelte. »So sehr.«

Sein Herz klopfte schmerzhaft. Dieses Geständnis war alles, was er brauchte. »Dann ist es entschieden.«

Sie schnappte nach Luft, wahrscheinlich, um weitere Ausflüchte von sich zu geben, aber er überbrückte den Abstand zwischen ihnen und legte ihr einen Finger auf die Lippen. »Ich mag dich auch so sehr. Also werden wir es langsam angehen. Einen Tag nach dem anderen. Uns einfach auf das Jetzt konzentrieren.«

»Das Jetzt?« Diese beiden Worte schienen sie zu entspannen.

»Ich werde dich nicht drängen, dich zu öffnen, bevor du

dazu bereit bist, oder mir über den Tag, an dem du gehst, Sorgen machen, unter einer Bedingung.«

Ihre Zuversicht kehrte zurück, und das Straffen ihrer Schultern betonte die weichen Kurven ihrer Brüste, die sich unter diesem leichten Baumwollshirt frei bewegen konnten. »Nur eine.«

»Hör auf, mich dafür zu verurteilen, wie ich mein Geld ausgebe.«

Sie wippte auf ihren Füßen, dann nickte sie. »Scheint ein fairer Handel zu sein.«

Er war dabei der Verlierer, so viel wusste er. Clementines Geheimnisse waren groß genug, um sie vor ihm wegrennen zu lassen, seit sie einander begegnet waren. Aber sie hatte sich ihm in der Bar geöffnet, mit nichts als bitterer Wahrheit in ihrer Familiengeschichte. Da hatte sie ihm vertraut. Sie würde ihm noch mehr vertrauen, wenn er daran arbeitete. Und die Verbindung zwischen ihnen machte die Arbeit mühelos.

Außerdem, diese Abmachung bedeutete, er konnte ihr Geschenke kaufen, und sie konnte sich nicht darüber beschweren. Damit würde er ein wenig Spaß haben.

»Hast du heute Abend schon was vor?«, fragte er.

Sie zwirbelte eine feuchte Haarsträhne um den Finger. »Nein.«

»Dann bleibst du zum Abendessen.«

Sie riss die Augen auf. »Wie bitte?«

Er drängte sie vor dem Barocksofa in die Enge. »Du hast gesagt, dass du zu einem Date einwilligst.«

»Das muss diese andere Frau gewesen sein, der du vorgegaukelt hast, du wärst ein netter Kerl.«

»Jetzt sind wir wieder nervig, was?«

»Was habe ich dir darüber gesagt, Frauen zu verführen, indem du sie beleidigst?«

»Dass es eine ausgezeichnete Weise ist, ihr meine Verehrung zu erklären?«

Sie schnaubte. »Du bedeutest Ärger, Elvis. Auf keinen Fall werde ich bei unserem ersten Date deine ganze Familie kennenlernen.«

Er fasste sie an den Hüften und hielt sie fest. »Ich habe es meiner Mutter schon gesagt. Jetzt abzulehnen wäre unhöflich.«

Sie legte ihm die Hände auf die Schultern. »Ich glaube, du hast mir besser gefallen, als du noch unbeholfen und schüchtern warst.«

»Oh, Clementine.« Er beugte sich vor und streifte mit den Lippen ihr Ohr. »Ich werde dir selbstbewusst ganz blendend gefallen.«

Ihr stockte der Atem, und er senkte den Kopf, um ihren Mund zu erobern.

»Jack? Bist du das?«

Er stöhnte. Seine kleine Schwester musste wirklich an ihrem Timing arbeiten.

* * *

Clementine schubste Jack fort, fest genug, um über die Armlehne des Sofas zu kippen und mit einem ungraziösen »Uff!« zu landen. Perfekt. Sie war nicht nur dabei erwischt worden, wie sie mit Jack auf Tuchfühlung ging, jetzt rieb sie auch noch ihre nassen Haare überall auf das zig Millionen teure Sofa. Sie rappelte sich in eine sitzende Position auf und schlug die Beine übereinander, als wäre sie nicht BH-los und Make-up-los und allgemein völlig durcheinander.

»Hi.« Sie winkte dem tough aussehenden Mädchen zu, das im Türrahmen lehnte.

»Das ist Clementine«, vervollständigte Jack die Vorstellung. »Eine Freundin von mir, die zum Abendessen bleibt.«

»Ich bin Chloe«, antwortete das coole Mädchen. Ihr Blick flog zwischen ihrem Bruder und seinem *Date* hin und her.

Clementine wusste immer noch nicht genau, wie das passiert war. Ein richtiges Date, mit diesem wunderbaren Mann (und seiner Familie!), der ihr seine tiefsten Geheimnisse anvertraut hatte, weil er nicht damit klarkam, sie anzulügen. Eine verdammte Betrügerin. Wenn ihre Schuldgefühle noch größer würden, würde sie darin ertrinken.

Er ging zu seiner Schwester und strich ihr übers Haar. »Wie kommst du klar? Hast du gut geschlafen?«

»Nicht schlecht.« Sie zupfte am Saum ihres T-Shirts. Ihr Outfit war hardcore. Zerrissene Jeans. *Game of Thrones*-T-Shirt. Zu warme Stiefel für das Wetter. Ihr gewelltes braunes Haar war lang und offen, heller als das von Jack, ihre Nase zierlich und feminin, aber sie hatte seine aquamarinblauen Augen.

Jack stupste Chloe mit der Schulter an. »Der Regen hat aufgehört. Was hältst du davon, wenn wir die Wälder erkunden?«

Sie verdrehte die Augen. Eine vergebliche Anstrengung, da ihre Lippen zuckten, um ein Lächeln zu unterdrücken. »Dafür bin ich schon zu alt.«

»Ja, da hast du recht. Zwölf ist uralt. Vielleicht gehen Clementine und ich allein. Sehen uns mal die neue Sprungschanze an, die ich letzte Woche gebaut habe.«

Chloe kratzte sich die von Teenagerakne entzündete Wange. Sie spielte mit ihren Fingern – um ihn warten zu lassen –, dann grinste sie. »Wer als Erster beim Baumhaus ist. Der Verlierer muss Moms verkochte Karotten essen.«

Jack schüttelte sich. »Die kommen mir nicht über die Lippen.« Mit einer hochgezogenen Augenbraue sah er zu Clementine. »Klingt ein Spaziergang im Wald gut für dich?«

Das klang prima, aber er war sich eindeutig ihrer unbequemen Aufmachung nicht bewusst. Sie zeigte mit dem Kinn nach unten, zu ihren BH-losen Brüsten. Ein bekleidungsloser Zustand, den sie seiner Schwester lieber nicht mitteilen wollte.

Der ahnungslose Mann flüsterte lautlos: *Was?*

Sie flüsterte lautlos: *BH.*

Er: *Was?*

Sie: *BH!!,* aber lautlos zu schreien funktionierte nicht. Schließlich deutete sie auf ihre Brüste.

Er zuckte zusammen und klopfte Chloe auf die Schulter. »Wir treffen dich am Waldrand, Käferchen.«

Chloe musterte die beiden mit einem schrägen Blick von der Seite, der sie älter wirken ließ, dann boxte sie ihren großen Bruder in den Arm. »Sei drauf gefasst, zu verlieren.«

Chloe flitzte aus dem Zimmer, und Clementine sackte auf dem Sofa zusammen. »Das war ja überhaupt nicht peinlich.«

»Keine Ahnung, wovon du redest.« Eindeutig hingerissen von ihrer spärlichen Garderobe, sanken seine Lider schwer herab.

»Hör auf, mich so anzusehen. Ich trage die Klamotten deiner Mutter.«

»Es ist egal, was du anhast. Du bist immer sexy.«

Ihr Herz flatterte. Sie hatte immer noch nicht die Absicht, den ganzen Nachmittag mit unkontrolliert herumschwingenden Brüsten durch die Gegend zu laufen. »Ich seh mal nach, ob mein Sport-BH schon trocken ist. Und ich habe Kleider zum Wechseln in meinem Auto.« Weil ihre Fluchttasche immer in der Nähe war. »Dann machen wir einen schönen Spaziergang im Wald und schauen uns diese Sprungschanze an, die du gebaut hast.« Das würde ihr Zeit geben, sich auf diese neuen »Dating«-Umstände einzustellen.

Sie wollte an ihm vorbeigehen, aber er hielt ihren Oberarm

fest. »Es macht dir nichts aus, den Tag mit uns zu verbringen?«

Sie war in seinem Anwesen, könnte die Zeit mühelos nutzen, um auf Erkundungstour zu gehen und den Van Gogh zu finden. Nichts könnte ihr ferner liegen. Besonders wenn sie so kurz davor gewesen war, ihm zu sagen, was genau sie nach Whichway geführt hatte. Stattdessen hatte ihr knochentiefe Angst die Kehle zugeschnürt. Wenn das hier noch weiterging, würde sie keine andere Wahl haben. Sie würde es riskieren müssen, dass er die Bullen rief und sie aus dem Haus warf. Aber er hatte ihr ein *Jetzt* angeboten, und jetzt klang ziemlich verdammt gut. »Ich würde sehr gern den Tag mit euch verbringen.«

Kapitel 14

DER GEMÜTLICHE SPAZIERGANG durch die Ländereien, den Clementine sich vorgestellt hatte, war alles andere als das. Jack und sein Vater hatten in dem Wald, der an das Grundstück grenzte, einen waschechten Hindernis-Parcours geschaffen: Baumstämme zum Draufspringen, Balken zum Drunterdurchkriechen, sichere Griffe zum Klettern. Clementine war nicht so geschickt wie Jack und Chloe, die den Parcours eindeutig genauso gut kannten wie Clementine den Motor ihres Chargers, aber sie rannte und rutschte und sprang, dass ihre Jeans innerhalb von Minuten voller Matsch war.

»Deine Freundin ist langsam«, rief Chloe Jack zu, während sie in die Knie ging, um auf ein gespanntes Netz zu springen. Das straff gespannte Geflecht wippte unter ihrem Gewicht, hielt aber stand. Sie rollte sich seitlich herunter, sprang über einen Stapel Baumstämme und rannte dann über einen schmalen Balken, der einen halben Meter über dem Boden verlief. Verdammt, war sie flink!

Clementine allerdings kam schlitternd zum Stehen. *Freundin.*

Jack bemerkte es nicht. Er blieb seiner Schwester dicht auf den Fersen, mit athletischen Schritten, fliegenden dunklen Haaren und einem Grinsen auf dem Gesicht, das einem die

Knie weich werden ließ. Sie verschwanden vor ihr, dabei vermischte sich Chloes Kichern mit seinem polternden Lachen. Alles, was Clementine denken konnte, war *Freundin*.

Von allen Rollen, die sie gespielt, allen Namen, die sie angenommen hatte, war sie das noch nie gewesen.

Sie lehnte sich an einen Baum und betrachtete ihr nun schmutziges T-Shirt, das hochgerutscht war. Ihre Fingerspitzen strichen über die wulstige Haut darunter. Wenn ein One-Night-Stand sie nach ihrer Narbe gefragt hatte, dann war ihre oberflächliche Antwort stets dieselbe gewesen: »Ich bin durch einen Couchtisch gefallen. Hab mich am Glas geschnitten.« Eine leichte Lüge, aber sie konnte sich nicht vorstellen, Jack darüber zu belügen. Er würde sie ohnehin sofort durchschauen, er war immer so verdammt scharfsichtig, wenn sie zusammen waren.

Ein lautes *Knack* ließ ihre Aufmerksamkeit nach rechts schnellen. Chloe kam auf sie zugerannt. Sie packte Clementine an der Hand und zog sie mit sich.

Clementine musste laufen, um mit ihr Schritt zu halten.

»Wo ist Jack?«

»Halt den Mund und lauf.«

Okay. Immer noch unsicher, woran sie bei Jacks kleiner Schwester war, tat sie wie geheißen. Hand in Hand stürmten sie zwischen den Bäumen hindurch und auf den gepflegten Teil des Rasens. Dann zog Chloe sie wieder in einen dichteren Teil des Waldes, wo sie schließlich schlitternd anhielt und im Schlamm auf die Knie fiel.

Sie zeigte auf etwas, das wie ein Biberdamm an Land aussah. »Da rein.«

Das konnte sie vergessen. Clementine hatte zwar kein Problem mit engen Räumen, aber sie bekam ein flaues Gefühl im Magen, als sie zusah, wie Chloe ihre Fußspuren verwischte und sich in eine kaum sichtbare Höhle zwängte. Mit Jacks kleiner Schwester herumzulaufen war eine Sache. Sich mit ihr in einen engen Raum zu quetschen, wo sie miteinander *reden* mussten, war eine völlig andere.

»Ich glaube nicht, dass ich da reinpasse«, sagte Clementine. Chloe zwängte sich noch tiefer hinein. »Mach's einfach. Er wird nicht weit hinter uns sein.«

Da reinzukriechen bedeutete Zeit allein mit Chloe. *Mädelszeit.* Minuten, um zu quatschen und zu tratschen. Zeit für Clementine, diesen lustigen Ausflug zu ruinieren.

Chloes wilde Miene wurde weicher. »Bitte. Komm schon, nur ... beeil dich.«

Verdammt. Wie konnte sie Nein sagen, wenn diese Augen, die denen von Jack so ähnlich sahen, sie anflehten? Sie holte tief Luft, dann faltete sie sich so klein wie möglich zusammen und zwängte sich in das Hobbit-Loch. Drinnen drückte sie sich Chloe gegenüber mit dem Rücken an die »Wand«.

Ein vermoderndes Blatt fiel Clementine aufs Gesicht. »Wo, sagtest du, ist Jack?«

Chloe grinste. »Er ist hingefallen. Und er weiß nicht, dass ich das hier gebaut hab. Der findet uns nie.«

Er sollte sie besser finden. »Ich halte es wahrscheinlich nicht unbegrenzt lange aus, mich so klein zusammenzufalten.«

Eine Notlüge. Sie war geübt darin, klein und reglos zu bleiben, aber über diese Talente konnte sie mit Chloe nicht reden. Sie machte den Mund auf, um über Allgemeinheiten wie Musik, Schule, Essen zu plaudern. Einfachen Small Talk, doch ihr wollte nichts einfallen, um das Gespräch in Gang zu bringen. Ihrer beider schwere Atemzüge wärmten die Höhle. Clementines Herzschlag hallte ihr in den Ohren. Je länger sie warteten, desto erstickender wurde das Schweigen. Was sagte man zu Teenagern?

»Spielt ihr oft hier draußen, dein Bruder und du?« Hoffentlich sagten die meisten Leute schlauere Dinge als das.

Chloe schien das nicht zu stören. »Nicht mehr so oft wie früher. Jack ist wirklich beschäftigt.« Sie zupfte an dem Riss in ihrer Jeans. »Aber sein Job ist echt wichtig. Viele Leute zählen auf ihn.«

Einschließlich eines kleinen Mädchens, das seine Enttäuschung nicht gut verbergen konnte, und diese Ehrlichkeit erleichterte Clementine ein wenig. »Er ist ein ziemlich toller Kerl.«

Chloes Jeansgezupfe wurde heftiger. Sie ging zu ihren Nägeln über. »Seine letzte Freundin hat nicht mit uns gespielt. Sie hat sich nicht gern schmutzig gemacht.«

Die Bezeichnung Freundin verschlug Clementine erneut die Sprache, aber die Erwähnung einer anderen Frau übertrumpfte diesen Schock. »Wer war seine Freundin?« Tami und Imelda hatten nur ein einziges Mädchen erwähnt, mit dem Jack vor Jahren geschlafen hatte.

Chloe rümpfte die Nase. »Ava. Nicht von hier. Hat ihn total verarscht. Ihn angelogen und so, glaub ich.«

Bei der Vorstellung, dass der schüchterne Jack ausgenutzt worden war, wollte sie dieser Ava die Augen auskratzen, aber dass die böse Ex unehrlich gewesen war, versetzte ihr einen empfindlichen Stich. Jack war so nachsichtig gewesen, als Clementine gestanden hatte, dass ihre Geheimnisse zu hässlich waren, um sie mit ihm zu teilen. Wenn seine Ex ihn ebenfalls durch Lügen verletzt hatte, dann würde er nicht so schnell vergeben. »Was ist aus ihr …«

»Chloe!« Jacks dröhnende Stimme ließ beide zusammenzucken. »Du kannst dich nicht ewig verstecken. Und sag Clementine, Abtrünnige werden bestraft.«

Chloe kicherte.

Clementine zwang sich zu einem Lächeln. »Er wird uns finden.«

»Mir gefällt dein Shirt.«

Die unerwartete Bemerkung ließ Clementines Lächeln aufrichtig werden. Sie sah auf ihr schmutziges Top hinunter. Da ihre Wechselkleidung aus ihrer Fluchttasche stammte, waren es wirklich Clementines Klamotten, keine Verkleidungsklamotten. Auf ihrem grauen T-Shirt stand: *Sei du selbst, außer du kannst eine Echse sein.* Jack hatte geschmunzelt, als er es gelesen hatte.

»Danke«, sagte sie. Vor Dankbarkeit fühlte sie sich leicht und beschwingt in diesem dunklen, engen Raum, in dem es nach vermodernder Rinde roch. »Mir gefallen deine Stiefel.«

Chloe murmelte: »Danke.« Es war ein verlegenes Danke, kein Mir-doch-egal-Danke.

Clementine hatte erwartet, dass eine Zwölfjährige mürrisch und launisch wäre. Emo mit einer Prise Verpiss dich. Chloe, ein Mädchen, dessen Vater todkrank war und das sich anzog wie ein harter Knochen, bezog sie mit ein und machte ihr Komplimente. Bat sie vielleicht auf ihre subtile Weise, ihren Bruder nicht zu verarschen? Hoffentlich war es nicht zu spät dafür. Plötzlich wollte Clementine nicht mehr gefunden werden. Sie wollte mit Chloe rumhängen und mehr über ihren hinreißenden Bruder erfahren.

»Ich sehe Fußspuren«, rief Jack, nun näher.

Clementine hielt den Atem an.

»Wo zum Kuckuck seid ihr zwei?« Noch näher.

Mit vor Aufregung glänzenden Augen packte Chloe Clementines Knie.

»Ich kann euch riechen«, flüsterte er. Seine schmutzigen Stiefel waren von ihrem Blickwinkel aus sichtbar. »Ich rieche Verräterblut.«

Angestrengt versuchte Clementine ihr Lachen zu unterdrücken. Der alberne Jack war zum Totlachen.

Chloe legte einen Finger an die Lippen, um sie zu warnen, leise zu bleiben, dann verdrehte sie sich, bis sie auf dem Bauch lag. Sie schlängelte sich zum Eingang, so verstohlen wie Clementine, wenn sie irgendwo zur Hintertür hineinschlich. Langsam kroch das raffinierte Mädchen vorwärts. Als Jacks Stiefel in Reichweite war, packte Chloe seinen Knöchel.

Jack schrie auf, stolperte und landete auf dem Hintern. »Heilige Scheiße.« Er lag ausgestreckt auf dem Boden und hielt sich die Brust. »Himmel noch mal.«

Freudig quietschend sprang Chloe aus ihrem genialen Versteck. Clementine kam hinter ihr herausgekrochen und auf die Füße, während Chloe sich auf Jacks Bauch setzte und siegreich die Faust in die Luft stieß. »Ich hab dich so was von gekriegt!«

»Ich hätte fast einen Herzschlag bekommen.«

Sie spielte auf seiner Brust wie auf einer Trommel. »Du hattest keine Ahnung, dass ich da war.«

»Weil du ein Wildling bist, der im Wald leben sollte.« Er versuchte sie abzuschütteln, aber Chloe wich nicht von der Stelle. Sie pikste und kitzelte Jack fester. Ein brüllendes Lachen kam tief aus seinem Bauch.

Schließlich rief er: »Okay – runter von mir, runter, runter!«

»Sieger und ungeschlagener Champion!«, krähte Chloe.

Keuchend lag Jack ausgestreckt auf dem Boden. »Die ist wirklich fies.« Er drehte den Kopf und fing Clementines Blick auf. »Erinnere mich daran, dich dafür zu bestrafen, dass du ihr geholfen hast.«

Eine Vision von Jack, der sie an einen Bettpfosten fesselte, ließ eine Hitzewelle südlich rauschen. Für eine Frau, die eine Zielperson bisher immer nur geküsst hatte, sollte der Gedanke, diese Grenze zu überschreiten, rote Warnsignale aufleuchten lassen. Das einzige rote Signal, das sie sehen konnte, war Jacks Gesicht, falls er all die Lügen herausfand, die sie ihm erzählt hatte.

Bevor sie Jack antworten konnte, schnappte sich Chloe Clementines Hand und zog sie mit sich fort. »Sie kommt eine Weile mit mir in mein Zimmer. Wir sehen dich später.«

Chloes aufgeregtes Grinsen war so ansteckend, dass sich Wärme in Clementines Brust ausbreitete und ihre Jack-Sorgen in den Hintergrund drängte. Da war nicht genug Platz für all diese neuen Gefühle.

Sie verbrachte die nächsten zwei Stunden auf dem Himmelbett einer Zwölfjährigen und unterhielt sich richtig mit ihr, ohne auch nur ein einziges Mal zu ihrem vorsichtigen Ich zurückzukehren. Sie blätterten durch Zeitschriften, hörten Musik, durchforsteten das Internet nach coolen Stiefeln, als wäre es Chloe wichtig, was Clementine dachte. Als hätte Clementine eine kleine Schwester und Wurzeln und Erde und genug Wasser, um zu wachsen.

* * *

Jack hatte sich ins Tonstudio im Souterrain der Villa zurückgezogen und sang, bis seine Kehle brannte. Das Festival startete diesen Mittwoch. Dadurch blieben ihm noch drei Tage, um seinen Auftritt zu perfektionieren, und sieben Tage, um sein Linsenproblem zu lösen. Dann würde er der Welt ihre Innovation verkünden, und sein Vater konnte beim Finale der Show dabei sein.

Er hatte Alistair seit dem Streit im Diner nicht mehr gesehen, aber er hatte zweifellos mehr geprobt als Jack. Sosehr ihn dieser Hochstapler auch ärgerte, Alistairs Stimme war gut. Jack war nicht begeistert von dem Gedanken, erneut gegen ihn zu verlieren oder seine Ex zu sehen, die im Publikum sein würde, um ihren Mann der Stunde anzufeuern.

Jack war froh, nicht dieser Mann zu sein. Mit Clementine Zeit zu verbringen verdeutlichte, wie falsch Ava für ihn gewesen war. Als er mit Ava zusammen gewesen war, hatte sie für seine Schwester kaum ein Lächeln, geschweige denn ihre Zeit erübrigt. Sich schmutzig zu machen und in Chloes verdrecktes Versteck zu kriechen? Nie im Leben. Allerdings war sie ganz vernarrt in das Tonstudio gewesen, hatte es geliebt, in der Bibliothek zu faulenzen und die Blumengestecke seiner Mutter und den Kronleuchter im Foyer zu bewundern.

Alles oberflächliche Interessen. Genau wie ihre Zuneigung. Lügen, um zu bekommen, was sie wollte. Er war nicht sicher, wie es sich anfühlen würde, sie wiederzusehen.

Es war viel erfreulicher, sich auf Clementine zu konzentrieren, eine Frau, die es vorzuziehen schien, sich im Wald schmutzig zu machen, anstatt seinen Reichtum zu bestaunen. Außer sie saß jetzt eingesperrt im Zimmer seiner Schwester und verfluchte ihn stumm dafür, zugelassen zu haben, dass Chloe sie kidnappte.

Nun stand er vor ihrer Tür und lauschte auf einen Hinweis auf Clementines Gemütsverfassung. Sie war seit zwei Stunden nicht mehr aufgetaucht. Nicht mal ein Pieps. Was machten Mädchen so lange eingesperrt in einem Zimmer? Frustriert legte er das Ohr an die Tür. Leise Stimmen wurden deutlicher. Sie waren zu leise, um die Worte zu verstehen, aber der Tonfall beunruhigte ihn. Er klopfte und öffnete im gleichen Moment schon die Tür.

Das Lachen und Reden verstummte. Die Mädchen starrten ihn an, als wäre er ein Eindringling.

»Denkst du, ich kann dir Clementine kurz entführen?« Er wollte sagen, *meine Freundin*. Er hatte es toll gefunden, zu hören, dass Chloe diese Bezeichnung benutzt hatte, aber es war noch zu früh, und Clementine sah gerade nicht erfreut darüber aus, ihn zu sehen. Er hätte schon früher einschreiten und sie vor Chloe retten sollen, aber seine Schwester hatte sich an Clementine geklammert, als wäre sie die ältere Schwester, die sie nie hatte.

Clementine hob einen Finger, um Jack zu bedeuten zu warten, und wandte sich wieder Chloe zu. »Hast du ihm eine Nachricht geschrieben?«

Chloes Wangen brannten rosig. »Jepp.«

»Wenn er antwortet, schreib mir. Sag mir genau, was er gesagt hat.«

Jacks Augen wurden schmal. »Wenn wer antwortet?«

Chloe ignorierte ihn kichernd. »Ich schreib's dir, wenn du dir die geblümten Schnürstiefel kaufst.«

Jack spürte ein Zucken in seinem Auge. »Wer schreibt dir?«

Keines der Mädchen sah in seine Richtung. »An dir werden sie besser aussehen«, sagte Clementine zu Chloe. »Zu diesem coolen Rock von dir.«

»Welchem Rock?«, fragte Chloe.

»Dem lilafarbenen.«

Chloe ließ den Zipfel ihrer Bettdecke durch ihre Finger gleiten. »Ich weiß nicht.«

»Ich aber. Schwarze Leggings dazu, dann wird das heiß aussehen.«

Jack verschluckte sich hustend und schlug sich mit der Faust auf die Brust, um das Brennen zu lindern. »Sie soll nicht heiß aussehen.«

Clementine lächelte ihn süß an. »Entschuldige, hast du was gesagt?«

War er in der *Twilight Zone* gelandet? »Sie ist zwölf. Da gibt es keine Jungs, und da wird nicht heiß ausgesehen.«

Clementine drückte Chloes Bein. »Schreib mir.«

Seine Schwester stieß einen verträumten Seufzer aus, Jack schäumte, und Clementine stand auf und nahm ihn im Vorbeigehen an der Hand. »Komm schon, Elvis. Zeig mir dein altes Zimmer.«

Chloe lachte gackernd.

Er hätte die beiden nie miteinander allein lassen dürfen. Sobald sie den Flur entlang waren, zog er Clementine an sich. »Bitte, sag mir, dass sie keine Dates hat.«

Sie tätschelte seinen Arm. »Sie hat keine Dates. Sie ist verknallt.«

»Verknallt ist noch schlimmer. Sie ist zu jung, um sich das Herz brechen zu lassen.« Er wusste, wie sich das anfühlte. Er hatte es auf einer Schultoilette erlebt, mit offener Hose, zerschmettertem Herzen, und seine Demütigung hatte in ganz Whichway die Runde gemacht.

»Kids verknallen sich nun mal, und du bist viel zu beschützerisch.«

Genau das sollte er sein. Er würde Chloe in der Villa verbarrikadieren müssen. Sie zu Hause unterrichten. Eine Ehe für sie arrangieren. »Sie ist zu jung.«

»Sie ist kein Baby mehr, Jack. Du kannst dich ebenso gut damit abfinden, sonst schließt sie dich aus. Und jetzt zeig mir dein unglaublich großes, übertriebenes, cooles Kinderzimmer.«

Ihre Beschreibung stimmte in einer Hinsicht: sein altes Zimmer war groß. Der Rest? Sie würde bald genug herausfinden, was für ein bemitleidenswertes Kind er gewesen war. Hatte keinen Sinn, dagegen anzukämpfen, genau wie es keinen Sinn hatte, dagegen anzukämpfen, wie schnell seine Schwester eine Frau wurde.

Über dieser unliebsamen Erkenntnis brütend, führte er Clementine in sein Teenagerzimmer. Sie wanderte durch den

Raum, dabei blieb sie immer wieder stehen und berührte seine Trophäen des Matheclubs, die Modellflugzeuge, die er gebaut hatte. Es gab keine Fotos von Freunden an Pinnwänden oder Football-Trikots im Schrank. Nichts an dem Zimmer war »cool«.

»Da ist ein Tonstudio im Keller«, sagte er. »Es hat eine komplette Bühne und Instrumente. Ich könnte es dir zeigen.« Das war definitiv cool. Erstaunlich, dass mit einunddreißig das Bedürfnis, eine Frau zu beeindrucken, noch nicht verschwunden war.

Sie schüttelte den Kopf. »Mir gefällt *das hier.* Mir gefällt, zu sehen, wer du warst.«

»Hier gibt es nichts Interessantes.«

»Alles an dir interessiert mich.«

Seine Ohren wurden heiß. »Was habt Chloe und du sonst noch zwei Stunden lang zusammen getuschelt?«

Sie nahm seine Echsenfan-Tasse und stellte sie wieder hin, dann spielte sie an seinem pinkfarbenen Jo-Jo herum. »Nichts.«

»Nichts füllt aber keine zwei Stunden.«

»Mädelskram.« Ein leichtes Lächeln spielte um ihre Lippen. Es war kaum wahrnehmbar, aber Sanftheit rundete ihre Wangen und machte ihre Augen weicher.

»Du magst sie.« Die Tatsache überraschte ihn. Seine viel jüngere Schwester schien den wenigen Frauen, die er gedatet hatte, immer lästig gewesen zu sein.

Clementine allerdings sah ihn an, als wäre ihm ein drittes Auge gewachsen. »Deine Schwester ist supercool, und sie bringt mich zum Lachen. Toller Sinn für Humor. Du solltest hören, wie sie dich nachmacht.«

Okay. *Nicht* cool. Chloe war zwar kein solches Plappermaul wie Tami und andere Klatsch-Junkies in Whichway, aber sie wusste von seinen schlimmsten Momenten. Einem ganz besonderen, dank der Miniaturgröße dieser Stadt. Aber Clementines offensichtliche Zuneigung für seine Schwester traf ihn mitten in die Brust.

Chloes Stimmung war in den letzten Monaten eher im Keller als oben gewesen. Aber heute war sie glücklich, weil sie mit einer Frau hatte abhängen können. Clementine wirkte ebenfalls entspannter. Sie mochte vielleicht Dinge aus ihrer Vergangenheit verbergen, aber es fühlte sich nicht verräterisch und persönlich an wie bei Ava. Nicht, wenn der Rest – Clementines Freude über ihn und seine Familie – unbestreitbar echt war.

Clementine war damit fertig, seine Sachen durchzusehen, und setzte sich auf sein Bett. »Mir gefällt dein Zimmer.«

Sie legte sich zurück und verschränkte die Hände über ihrem Bauch. Er setzte sich neben sie, nah genug, dass das Bett nachgab und ihre Oberschenkel sich berührten. Der minimale Kontakt ließ sein Blut dicker werden, aber sie war vom ersten Tag an vorsichtig ihm gegenüber gewesen. Wenn er zu schnell war, könnte sie wieder weglaufen. Also zwang er sich, reglos zu bleiben. Zu warten.

Sie ließ ihre Finger wie eine Spinne an seinem Oberschenkel hochkrabbeln, bis sie sie mit seinen verschränkte. Ein leichtes Ziehen später lag auch er auf dem Rücken, beide mit den Füßen immer noch auf dem Boden.

Er sehnte sich danach, sich zu ihr zu drehen und sie leidenschaftlich zu küssen. Auch wollte er ihr danken, dass sie seine Schwester zum Lächeln gebracht hatte, obwohl sie sich nie über Jungs oder Verknalltsein unterhalten sollten. Er wollte diese Frau verstehen, die *I Love Lucy* schaute und seine Reptilien schön fand. »Wie ist dein Vater gestorben?«

Sie versteifte sich, und ihre sanften Atemzüge versiegten. Hatte er sie zu sehr bedrängt? »Selbstmord«, antwortete sie schließlich. »Ich habe ihn in unserer Garage gefunden, in seinem Auto, mit laufendem Motor.«

Himmel! Nahm das Trauma, das sie erlitten hatte, denn kein Ende? Er hielt ihre Hand fester. »Als du neun warst?«

Sie verspannte sich noch mehr. »Woher weißt du das?«

»In der Bar – da hast du gesagt, du kamst mit zehn in eine Pflegefamilie, ein Jahr nachdem dein Dad starb.« Ihr Atem wurde wieder gleichmäßiger. Sie rutschte näher und legte ihren Kopf auf seine Schulter. Das gefiel ihm sehr. »Weißt du, warum er es getan hat? Hat er einen Abschiedsbrief hinterlassen?«

»Nein, und ich war damals noch so jung. Er hat es an meinem Geburtstag getan, was ziemlich furchtbar war. Ich wusste nicht, was psychische Probleme sind oder dass es so was überhaupt gab, aber er war ein Jahr zuvor gefeuert worden und könnte frustriert gewesen sein, dass er mir nichts kaufen konnte. Er hat den Großteil seiner letzten Tage vor dem Fernseher verbracht, und meine Mutter war hart zu ihm, denke ich. Wenn ich jetzt versuche, die Einzelteile zusammenzusetzen, dann sehe ich Anzeichen einer Depression: Er hatte Gewicht verloren, nicht gut geschlafen, wurde wütend über dummes Zeug. Zum Ende hin war er nur noch wie früher, wenn wir zusammen an seinem Auto gebastelt haben. Wegen ihm liebe ich die Klassiker und habe gelernt, wie man Motoren auseinandernimmt. Der Prius, den ich gemietet habe, tut mir in den Augen weh.«

»Das Auto passt nicht zu dir.«

Clementine zog eine Augenbraue hoch und schaute auf ihn herab. Etwas, das er nicht genau bestimmen konnte, nahm ihre Miene gefangen. »Was passt denn zu mir?«

»Schnell und gefährlich.« Er brauchte über seine Antwort nicht nachzudenken. Clementines Kleidung war genauso widersprüchlich wie ihr Auto. An diesem Nachmittag, in ihrem schmutzigen T-Shirt und ihrer Jeans, schien sie sich wie zu Hause zu fühlen, aber ihre üblichen prüden Röcke und Pastellfarben passten nicht zu der Frau, die sich die Hände unter der Motorhaube seines Jaguars mit Öl beschmiert hatte, die eine kühne, athletische Haltung an den Tag legte und ihn mit ihrem sarkastischen Humor herausforderte. Ihre Outfits wirkten oft genauso gemietet wie ihr Prius. Eine Persönlichkeit, die nachahmte, so wie seine Schwester verschiedene Modestile durchmachte – Hippie, Goth, Emo, Rocker –, als probiere sie verschiedene Persönlichkeiten an, in der Hoffnung, dass eine passte.

Clementine trug erneut die Kleider seiner Mutter, während sie darauf wartete, dass ihre aus dem Trockner kamen. Nur eine dünne Leinenhose über kräftigen Beinen. Ihre Oberschenkel pressten sich stärker aneinander, so viel Hitze, die sich entlang seines Oberschenkelmuskels konzentrierte.

Er richtete sich auf und beugte sich zu ihr, bis sie sich wieder zurücklegte. Sanft zeichnete er eine Linie von ihrem Schlüsselbein über ihre Schulter zu dem harten Knubbel ihres Handgelenkknochens. »Tut mir leid wegen deinem Vater.«

»Tut mir leid wegen deinem.«

Gegenseitiges Verständnis. Keine falschen Plattitüden. Sie wollte die Hand nach ihm ausstrecken, aber er hielt sie fest. »Ich hätte gern einen Moment mit deinem Körper.«

Sie biss sich auf die Lippe, sagte aber nicht Ja. Sie sagte auch nicht Nein. Sie lagen zu Dreivierteln auf seinem Bett, beide mit den Beinen über die Seite baumelnd, die Füße immer noch mit dem Fußboden verankert. Mit Sicherheit. Er wollte sie verletzlich und ungehemmt. Außerdem kannte er sich. Wenn er sie nackt bekam, dann würde er fordernder sein, und dafür war sie noch nicht bereit.

Langsam bewegte er die Hand zu dem Zugband an ihrer Taille, spreizte die flache Hand auf ihrem Bauch und schob zwei Finger unter ihr T-Shirt. Sie sog zischend den Atem ein, aber ihr Bauch blieb flach. Als könne sie nicht einatmen. Entweder machte es sie nervös, mit ihm rumzumachen, oder mit Männern im Allgemeinen.

Er könnte aufstehen, die Sache nicht weiter vorandrängen, aber er wollte sie wissen lassen, dass sie ihm vertrauen konnte. »Ganz egal, was ich tue oder wie ich mich verhalte, wenn du mich bittest, aufzuhören, werde ich es tun.«

Er mochte zwar im Bett gern die Kontrolle haben, aber diese Grenze verwischte nie. Seine Hand glitt einen Zentimeter höher. Sie zitterte, protestierte jedoch nicht. Ihre Lippen öffneten sich sehnsüchtig, und als sie lautlos *mehr* flüsterte, war es um seine Willenskraft geschehen. Er beugte sich vor und küsste sie wild. Mit der Zunge lockte er ihre Lippen, sich für ihn zu öffnen, während er seine Hand an ihren Hüftknochen presste und es genoss, wie weich sich ihre Haut anfühlte. Feuer schoss in seine Lenden, ein intensives Pulsieren, das seine Oberschenkel anspannte.

Sie hob das Kinn und öffnete den Mund weiter. Er küsste sie tiefer, verschlang ihr Stöhnen, während er die Finger um ihren Brustkorb legte, bereit, sie in die Mitte des Bettes zu heben, irgendwohin, wo er besseren Zugang bekam.

Seine Finger trafen auf harte, wulstige Haut.

Sie erstarrte.

Von Lust benebelt, schob er ihr Shirt hoch und strich mit dem Daumen über die böse Narbe an ihrem Bauch. »Wie ist das passiert?«

Ihr Bauch hob und senkte sich schneller. Mehr Farbe rötete ihr Gesicht. Sie starrte an die Decke, dann auf seine Brust, dann hinunter auf ihren steifen Körper. »Nur ein Unfall. Ein

Couchtisch, der …« Sie zuckte zusammen und wollte sich von ihm wegdrehen, doch dann nahm sie seine Hand und hielt sie fest, genau dort über ihrer Narbe. »Das war gelogen.« Flehende Augen blickten in seine, aber er hatte keine Ahnung, worum sie ihn bat. »Das sollte eine Lüge werden.«

Unbehagen ließ sein Verlangen langsam abkühlen. »Möchtest du mir die Wahrheit erzählen?«

»Ich wurde niedergestochen.«

Sein Kopf füllte sich mit dem Bild eines aufblitzenden Messers, das gegen ihre empfindsame Haut gedrückt wurde, in sie eindrang. Jack war nicht von der kampflustigen Sorte. Er hatte noch nie einen Mann geschlagen oder sich in einer Bar geprügelt. Jetzt wollte er jemanden bestrafen. »Wer hat dir wehgetan?«

Sie hielt seine Hand fest, ihren Mund jedoch geschlossen. Sie war noch nicht bereit, ihm zu vertrauen. Konnte er ihr das vorwerfen? Sie hatte ihren Vater tot aufgefunden und war dann von einer Pflegefamilie zur nächsten abgeschoben worden. Sie gab sich selbst die Schuld an der Überdosis ihrer Mutter. Dann, irgendwann dazwischen, war sie *niedergestochen* worden. Diese Erfahrungen förderten kein Vertrauen in andere. Wenn sie Jack ansah, dann sah sie wahrscheinlich nur eine Vergangenheit voll von Kronleuchtern und Bibliotheken und Badezimmern, die groß genug waren, um darin zu wohnen. Idyllische Perfektion.

Seine beschissenen Teenagerjahre waren alles andere als perfekt gewesen. Nichts im Vergleich zu dem, was sie durchgemacht hatte, aber er konnte ihr einen Teil von sich selbst anbieten, an dem er nie jemanden teilhaben ließ.

»Ich habe in der Highschool eine harte Zeit durchgemacht«, sagte er. Er würde seinen schlimmsten Augenblick nicht beschreiben, was er getan hatte, um dafür im Knast zu landen, aber seine Verletzlichkeit mit ihr zu teilen könnte ihr vielleicht dabei helfen, die ihre zu teilen.

Sie stieß ein geziertes Lachen aus und zog die Augenbrauen hoch. »Hab ich bei dieser Unterhaltung die Überleitung nicht mitgekriegt?«

Er schmunzelte. »Schöne Frauen zu küssen, bringt meinen Kopf durcheinander.«

Sie beäugte seinen Schritt. »Ach, das macht es also mit dir?«

»Ich verweigere die Aussage. Aber ich würde mich gerne unterhalten.«

Ihre Narbe war nun wieder von ihrem T-Shirt verdeckt, aber ihr Blick schnellte dorthin. Sie knabberte an ihrer Lippe. »Über die Situation in deiner Hose?«

Stets ausweichend. »Über mich, ja. Aber nicht über die *sehr große* Situation in meiner Hose.«

Belustigung funkelte in ihren Augen. »Wie bescheiden von dir, Jack.«

»Ich bin wirklich ein Muster an Bescheidenheit«, erwiderte er ihren Sarkasmus. »Aber dieses Thema ist peinlich, nicht ego-fördernd. Meine Modellflugzeuge und mein Lieblings-Jo-Jo mögen dir vielleicht was vorgemacht haben, aber ich war nicht der coolste Typ an der Highschool. Gewisse Erfahrungen haben mich verändert.«

Ihre Freude verblasste. »Du musst mir das nicht erzählen.«

Er lehnte sich ans Kopfteil des Bettes und bedeutete ihr, es ihm gleichzutun. Sie kroch herüber und kuschelte sich an seine Seite, das Gesicht an seinen Hals gelegt.

»Ich muss es dir nicht erzählen«, erwiderte er, »aber ich will es.«

Es war nicht so, als hätte sie ihn nicht schon unglaublich unbeholfen gesehen, und sie würde ihn selbstsicher und kühn zwischen den Laken erleben, wenn es nach ihm ging. Aber er wusste, wie er beim Sex war: beherrschend, fordernd. Es schien plötzlich wichtig zu sein, dass sie wusste, was ihn geformt hatte.

»Als ich fünfzehn war«, sagte er und schloss die Augen, als diese unangenehmen Erinnerungen wieder an die Oberfläche stiegen, »war ich eine Katastrophe, wenn es um Mädchen ging.«

Kapitel 15

JACK WAR MEHR ALS EINE Katastrophe bei Mädchen. Er war fünfzehn, mit Zahnspange, Akne, er stotterte, und er war verliebt in Charlotte Aaron. Sogar in Naturwissenschaft, einem von Jacks Lieblingsfächern, beobachtete er sie, anstatt mitzuschreiben, während Mrs Eschenbaum Samenkeimungsraten erklärte. Normalerweise ein faszinierendes Thema.

Alles, was Jack hören konnte, war das Klopfen seines Herzens, als Charlotte Stella einen Zettel zuschob und die beiden Mädchen Gelächter unterdrückten. Stella war wirklich hübsch. Wenn die Jungs in der Umkleide nicht gerade auf ihm rumhackten, dann machten sie oft unanständige Bemerkungen über ihre großen Brüste und vollen Lippen. Sie war Hochglanzmagazin-hübsch.

Charlotte war Märchen-hübsch.

Wenn Cinderella menschliche Gestalt annehmen würde, dann wäre sie Charlotte Aaron. Die Sonne brach sich in den Klassenzimmerfenstern und schimmerte auf ihrem blonden Haar. Ihre rosigen Wangen sahen aus wie reife Äpfel, ihre Augen waren so groß und blau, dass seine oft stotternde Zunge in ihrer Gegenwart völlig austrocknete.

Mrs Eschenbaum drehte sich um, um etwas an die Tafel zu

schreiben. Stella nutzte die Gelegenheit mangelnder Aufsicht, lehnte sich zu Charlotte hinüber und flüsterte ihr ins Ohr. Beide Mädchen kicherten. Dann sahen sie ihn an.

Mist.

Er war beim Anstarren ertappt worden. Schon wieder. Scham überwältigte ihn. Der Zustand seiner Erektion war noch schlimmer. Sein Körper führte in letzter Zeit ein Eigenleben, schon das Lachen oder Lächeln eines Mädchens wirkte wie sein persönliches Magnetfeld. Und wenn Charlotte ihn ansah? Dann richtete sich sein Penis auf, als wäre er mit Eisen vollgepumpt und strebe nach ihrer magnetischen Anziehungskraft. Er verschränkte die Hände über seinem Schoß.

Die Mädchen kicherten heftiger.

Marco stupste ihn von hinten. »Der Bogenschießstand ist fast fertig. Komm am Freitag vorbei. Dann hängen wir Fotos vom D-Team auf und schießen auf ihre Gesichter.«

Das D-Team, auch bekannt als Deppen-Team, umfasste die drei Ds: Derek, Darrin und Dale – alles Arschlöcher, die Jack und Marco in der Cafeteria ein Bein stellten, ihnen die Bücher aus den Händen schlugen, und einmal hatten sie Jack im Sportumkleideraum zu Boden gedrückt, und Derek hatte ihm ins Gesicht gefurzt. Ihre weibliche Gefolgschaft war auf andere Weise gemein. Sie tarnten Beleidigungen wie *Loser* oder *eklig* mit übertriebenem Hüsteln, wenn sie an Jacks Schließfach vorbeigingen, eine subtilere Art von Bosheit.

Alle außer Charlotte. Charlotte schaute zu ihm zurück, wenn Stella oder Meredith ihn beleidigt hatten, ein entschuldigendes Lächeln auf ihren schönen Lippen.

Charlotte, Charlotte, Charlotte. Verdammt. Er starrte sie schon wieder an. Sein Schritt pochte.

Ein weiteres Kichern von den Mädchen. Ein weiteres Stupsen von Marco.

»Ja, okay«, sagte Jack zu ihm. »Bogenschießen k-k-klingt cool.« Was auch immer ihn vom D-Team und Charlottes Penis-Gedankenkontrolle ablenkte.

Für den Rest des Unterrichts konzentrierte er sich und brachte seinen Körper in den Griff. Sorgfältig packte er seine Bücher ein, wobei er darauf achtete, die Elvis-Schallplatte nicht zu beschädigen, die sein Granddad ihm geschenkt hatte. Er hatte vor, den Musikraum der Schule zu benutzen, um die Songklassiker so aufzunehmen, wie sie gehört werden sollten. Kratzig. Roh. Sie auf seinen iPod zu laden, damit er beim Fahrradfahren mitsingen konnte. Er sang jetzt täglich, morgens und abends, und dazwischen summte er. Sein Stottern wurde schon besser, und er konnte nicht genug davon bekommen. Wenn er sang, war seine Zunge locker und geschmeidig, nicht ängstlich und unkooperativ.

Mit dem Rucksack auf dem Rücken schob er seine Brille höher auf die Nase. Marco holte ihn ein und lief neben ihm her. Er mochte zwar ein Werfer sein, um den sich die Talentsucher noch vor Ende der Highschool reißen würden, aber er kreiste in Jacks Umlaufbahn, ganz am äußersten Rand des Planeten Cool. Marcos Monobraue und Vokuhila zogen ebenfalls eine gehörige Menge Hüstel-Beleidigungen auf sich. Aber während Jack den Kopf einzog und versuchte, in der Nähe des D-Teams unsichtbar zu werden, reckte Marco das Kinn und sagte ihnen, dass sie sich ins Knie ficken sollten.

Sie schwammen mit dem Schülerstrom zur nächsten Unterrichtsstunde. Die Flure sahen aus, als wäre ein Bonbonladen explodiert, bunte Luftschlangen und Ballons drängten sich mit leeren Pralinenschachteln um die Wette – das Motto des Candyland-Balls nächste Woche prangte überall in voller Pracht. Die künstlerisch veranlagten Kids arbeiteten an übergroßen Kaubonbons und Schokoriegeln aus Pappmaschee. Mädchen bastelten Schmuck und Haarspangen aus Bonbonpapier. Jungs scherzten darüber, Krawatten aus Bonbons zu tragen. Wenn Jack zufällig mit anhörte, wie Jungs Mädchen fragten, ob sie mit ihnen zum Ball gehen wollten, dann brannte Neid in ihm, schlimmer als ein Schluck von Dads Scotch.

Jack ignorierte die Dekorationen und trottete weiter zur Mathestunde.

Marco hüpfte neben ihm her, immer mit beschwingtem Schritt. »Meine Mom hat mir eine neue Angel gekauft. Lust, dieses Wochenende mit dem Boot rauszufahren?«

»Ja.«

»Und es wär wieder ein *Star Wars*-Marathon fällig. Ich dachte da an den Abend vom Ball. Was Lustiges machen, während sich diese Arschgeigen gegenseitig auf die Füße trampeln.«

»Okay.« Allerdings hätte er nichts dagegen, wenn Charlotte ihm auf die Füße trampeln würde. Jack hielt seine Antworten kurz. Bei diesen Wörtern gab es kein Stottern. Marco verstand das und hackte nie auf ihm rum, mehr Begeisterung zu zeigen oder ganze Sätze zu benutzen. Das wollte er. Mann, wie sehr er ihm von dem Modell-X-Flügler erzählen wollte, den er gebaut hatte, und dass sie beim *Star Wars*-Schauen die Szenen nachspielen sollten. Total die Nerds rauslassen, aber egal. Es war etwas, worauf er sich, abgesehen davon, sich zu fragen, wie viel Spaß alle anderen auf dem Ball hatten, freuen konnte.

Charlotte war vor ihnen, ihre blonden Wellen wippten bei jedem ihrer Schritte. Eine komische Mischung aus Seufzen und Stöhnen entschlüpfte ihm. Marco kicherte. Als sie den Kopf in den Nacken warf und lachte, kribbelte Jacks Körper wie bei einem Zuckerschock, als hätte er all die Pralinen aus den leeren Schachteln verdrückt.

Marco plapperte munter weiter über seinen Bogenschieß-stand.

Jack ließ die Hände sinken. Erektionsbarrikade.

Charlotte trat zur Seite und winkte ihren Freuden zu, dass sie weitergehen sollten. Sie schwang ihren Rucksack nach vorne und öffnete ihn, um etwas herauszuholen. Jack wandte die Augen ab. Er versuchte an Mrs Eschenbaums haariges Muttermal und ihren Thunfischmundgeruch zu denken.

»Blöder Idiot«, platzte es aus Charlotte heraus.

Sofort schnellte Jacks Aufmerksamkeit wieder zu ihr. Ihre Tasche und die Bücher waren heruntergefallen, während einer der Football-Typen in die andere Richtung sprang, wahrscheinlich nachdem er mit ihr zusammengestoßen war. Sie murmelte gedämpft vor sich hin und bückte sich, um ihre Sachen aufzusammeln.

Jack hätte gehen sollen. Er hätte den Kopf unten, seine Füße weiterlaufen, seine Gedanken bei haarigen Muttermalen und Mundgeruch bleiben lassen sollen. Aber sein Granddad hatte ihm immer gesagt, dass man nett zu Mädchen sein und ihnen helfen sollte, wenn sie in Schwierigkeiten waren.

Er sagte Marco, dass er nachkommen würde, dann eilte er an Charlottes Seite und nahm ihre Tasche. Er hielt sie ihr hin, damit sie ihre Sachen hineinpacken konnte, brachte es aber nicht fertig, ihr in die Cinderella-Augen zu sehen.

»Danke«, sagte sie.

Er nickte.

»Nein, ernsthaft.« Sie legte ihre Hand auf sein Handgelenk und heiliges verdammtes Magnetfeld. Die Situation in seiner Jeans wurde zu einem Problem. Einem sehr großen Problem. Er blieb in der Hocke. Sie behielt ihre Hand auf seinem Arm.

»Ernsthaft, Maxwell. Es war nett von dir, mir zu helfen.«

Sie hatte noch nie seinen Namen gesagt, auch wenn sie nicht seinen bevorzugten Namen benutzt hatte. Er war sich nicht sicher gewesen, ob sie überhaupt gewusst hatte, dass es ihn gab. Mit einem flauen Gefühl im Magen, als säße er in einem X-Flügler, riskierte er es, zu ihr hochzuschauen. »'tschuldige.« Drei Silben waren leichter als vier.

»Warum entschuldigst *du* dich? Dieser Arsch«, sie nickte den Flur entlang, »ist derjenige, der zu breite Schultern für seinen Körper hat. Du bist derjenige, der stehen geblieben ist, um mir zu helfen.«

Er lächelte halb, um seine Zahnspange so gut wie möglich zu verbergen, und dankte stumm seinem Granddad für dessen spitzenmäßigen Rat. Sie packten den Rest ihrer Sachen ein, dabei streiften sich ein paarmal ihre Hände. Noch nie hatte er etwas so Weiches gespürt. Als sie fertig waren, stand sie auf, und er war gezwungen, dasselbe zu tun, mit mehr Schwierigkeiten. Er manövrierte seine Tasche vor seinen Schritt.

»Also«, sagte sie.

Er schenkte ihr ein schmallippiges Lächeln.

»Du redest nicht viel.«

Er schüttelte den Kopf.

»Wegen deinem Stottern?«

Er konnte seine Schweigekarte leider nicht unbegrenzt ausspielen. Seufzend antwortete er: »Ja.«

Charlottes große Augen wurden weich. »Ich hab als Kind gelispelt. Nicht so schlimm wie dein Stottern, aber es war peinlich. Andere Kinder haben sich über mich lustig gemacht.«

»Ich h-h-hätte das nicht.« Er wünschte sich, er hätte sie damals schon gekannt, aber sie war erst vor ein paar Jahren hergezogen. War mit ihren roten Apfelbäckchen und Cinderella-Augen dahergerauscht und hatte sein Leben auf den Kopf gestellt, ohne es überhaupt zu ahnen.

»Die Sache ist die«, sagte sie, »ich habe trotzdem geredet. Ich habe mich nicht davon abhalten lassen.«

Weil du nett und schön bist und deine Haare aussehen wie ein Bett aus Sonnenschein.

Der Flur leerte sich. Sie schob keck die Hüfte raus und zog eine Augenbraue hoch. Er richtete den Blick zu Boden. »Die Jungs sind A-A-Arschlöcher. Und du k-k-kannst mich Jack nennen.«

»Okay, *Jack*. Sie können Trottel sein, aber sie sind nicht alle schlecht. Und sie sind jetzt nicht hier.«

Nein, das waren sie nicht. Der Flur war fast leer. Jack sollte zur Mathestunde. Er hatte noch nie den Unterricht geschwänzt. Er wollte die heutige Geometriestunde nicht versäumen, aber er stand in einem Bonbonflur zusammen mit einem Sonnenscheinmädchen, das ihn nicht hüstelnd beleidigte.

Charlotte führte mit auftippenden Fersen und Zehenspitzen einen spontanen Tanz auf. »Ich hab Steppunterricht genommen, bis es nicht mehr cool war, aber ich hab es geliebt.«

»Du b-bist gut.«

»Wenn du meinst. Ich bin ganz okay. Jetzt erzähl mir was über dich, Jack David.« Er öffnete den Mund, aber sie hob die Hand. »Und du musst ganze Sätze benutzen. Ich werde dich auch nicht aufziehen.«

Vor fünf Minuten hätte er noch seine ganze Modellflugzeugsammlung dafür gegeben, mit Charlotte allein zu sein, zusehen zu dürfen, wie ihre rosa Lippen Vokale und Konsonanten formten. Jetzt wollte er unsichtbar werden. Er beäugte den Feueralarm. Könnte er ihn auslösen, ohne dass sie es merkte? »Die Uhr tickt, Jack. Erzähl mir was. Stell mir eine Frage. Ich gehe hier nicht weg, bis du es tust.«

Schweiß überzog seine Achselhöhlen. Die Neonleuchten fühlten sich an wie Heizstrahler. Warum interessierte sie das überhaupt? Sie hatte noch nie ein Wort zu ihm gesagt, geschweige denn zur Begrüßung gewunken. Und doch stand sie jetzt hier, breitbeinig, mit verschränkten Armen und starrte ihn nieder.

Seine Augen flogen wieder zum Feuermelder, zu dem Plakat, das daneben aufgeklebt war. Eine Werbung für den Ball in eineinhalb Wochen. Sie wollten alte Songs aus den Fünfzigern spielen, die Art von Musik, die Jack liebte. Elvis Presley. The Everly Brothers. Dean Martin. Er mochte es auch, zu tanzen, sich zu bewegen und zu singen, der Rhythmus machte seinen Körper und seine Zunge locker. Er würde Charlotte lieber durch die Turnhalle wirbeln, als drei Worte für sie aneinanderzureihen.

Sie wedelte mit der Hand vor seinem Gesicht herum. »Ich hab dich schon reden gehört, Jack. Stell mir einfach irgendeine dumme Frage.«

Eine Tür schlug zu. Seine Spucke war praktisch Klebstoff. Als sie schnaubte und sich zum Gehen wenden wollte, platzte es aus ihm heraus: »Möchtest du m-m-mit mir zum Ball gehen?«

Ihr blieb der Mund offen stehen. Beinahe hätte er die Hand nach diesem verdammten Alarm ausgestreckt. Mit ihm zum Ball gehen? Er konnte sie nicht mal ansehen, ohne dass sein Schwanz Warp-Geschwindigkeit annahm. Mit ihr tanzen? Ja, klar. Es war ohnehin nicht so, dass sie Ja sagen würde. Alles, was er getan hatte, war, sich Spott und Zurückweisung einzuhandeln, während sie einfach nur nett war.

»Sorry. Vergiss es.« Die Tasche immer noch schützend vor seinem Schritt, drehte er sich um und hastete zur Treppe, weil er weg und an die frische Luft musste. Er würde Mathe doch noch schwänzen. Sich die Aufzeichnungen von Marco holen. Mit der Schulter stieß er die Tür auf.

Ein leises »Ja« ließ ihn jäh innehalten.

Er schaute zurück. Charlotte hatte sich nicht bewegt. Sie

kaute auf ihrer Lippe und wippte mit dem Knie und verdrehte die Augen.»Ja«, sagte sie lauter.»Ich werde mit dir hingehen. Das wird Spaß machen. Aber zieh nicht diese spießigen Sachen an. Die tun dir keinen Gefallen.«

Sie marschierte in die entgegengesetzte Richtung, als hätte sie nicht gerade sein Leben verändert. Als hätte sie ihn nicht mit Begeisterung und Angst gleichermaßen erfüllt. Jack würde mit Charlotte Aaron zum Candyland-Ball gehen. Allein. Nur sie und er. Er würde außerdem nie wieder seine Khakihosen, Slipper und Polohemden tragen.

Es waren nicht nur seine Kleider, die sich an diesem Tag geändert hatten. Alles hatte sich geändert.

Die nächsten eineinhalb Wochen lang war Jack David cool. Das D-Team lud ihn ein, in der Mittagspause bei ihnen zu sitzen. Niemand hänselte ihn wegen seines Stotterns oder furzte ihm ins Gesicht. Die Hüstel-Beleidigungen hörten auf. Charlotte war in seiner Nähe angespannt und wirkte irgendwie bedrückt. Wahrscheinlich nachträgliche Reue, weil sie seine Einladung angenommen hatte. Jack versuchte es sich zu Herzen zu nehmen. Er versuchte es sich zu Herzen zu nehmen, dass er Marco am Wochenende versetzte, weil er lieber mit dem D-Team in einem geparkten Auto saß und sich die Seele aus dem Leib hustete, weil sie ihn zum Rauchen anstifteten. Er versuchte es sich *nicht zu Herzen* zu nehmen, dass Darrin Marco mit der Hüfte gegen die Schließfächer rempelte. Marcos Bücher fielen runter. Das Team lachte. Jack zwang sich zu einem Kichern, während Marco den Kopf schüttelte.

Bei Marcos Enttäuschung breitete sich ein klebriges Gefühl in ihm aus, aber als Darrin Jack auf den Rücken klopfte, verschwand es wieder. Er war angenommen. Cool. *So fühlte sich das also an.* An einem Tag noch ein Loser, und am nächsten war er *in.* Er hätte wissen sollen, dass irgendetwas nicht stimmte.

Ein Urinstinkt – sein *Selbsterhaltungstrieb* – hätte einsetzen sollen. Aber er war zu high davon, akzeptiert worden zu sein, um sich darum zu kümmern.

Als er also auf dem Ball war – die Mundwinkel rot vom Punch, in Anzughose und Hemd statt Khakis und einem Poloshirt – und Charlotte ihn bat, mit ihr rauszugehen, sagte er Ja. Sie hatten ein wenig getanzt. Seine Zunge hatte ihm irgendwie gehorcht, sein Stottern war weniger schlimm geworden, als er sich entspannt hatte. Er wollte mit Charlotte spazieren gehen und allein mit ihr sein und sie küssen. Aber kaum hatten sie die Turnhalle verlassen und war Elvis' *The Wonder of You* hinter ihnen verklungen, gehorchte ihm seine Zunge nicht länger. Seine Zahnspange fühlte sich noch lästiger an als sonst, seine Spucke war nicht existent. Seine lebenswichtigen Organe arbeiteten alle zu schnell.

»Lass uns auf die Toilette gehen.« Sie sah ihn nicht an. Ging einfach weiter.

»T-T-Toilette?«

»Für Privatsphäre.«

Ja. Richtig. Privatsphäre. Er wollte Privatsphäre, richtig? Mit der märchenhaften Charlotte und ihrem Sonnenscheinhaar allein sein.

Ihre Fingernägel und ihr Kleid waren bonbonrosa, ihre Lippen voll und glänzend. Sie leckte über sie. Je feuchter ihre Lippen aussahen, desto trockener wurde sein Mund. Einmal blieb er stehen, weil er sich danach sehnte, seine Hose zurechtzurücken. Sie würde sicher sehen, wie erregt er war, und an haarige Muttermale zu denken half nicht. Jede Bewegung seines Reißverschlusses über seiner Erektion machte es noch schlimmer. Ohne sein Unbehagen und die leichte Panik zu bemerken, nahm sie seine Hand und führte ihn aufs Mädchenklo, direkt in die Behindertentoilette.

Sie schloss die Tür und drehte sich zu ihm um. »Mach deine Hose auf.«

Hose? Sollte hier nicht geküsst werden? »W-w-was?«

Sie verdrehte ihr Handgelenk ebenso ungeduldig, wie sie oft die Augen verdrehte. »Ich will ihn sehen.«

»Meinen ...«

»Ja, Jack. Deinen Schwanz. Sei nicht so verklemmt.«

Er schluckte krampfhaft, ohne den Blick von ihren Lippen lösen zu können.

Sie konzentrierte sich auf die Kabinentür, als wollte sie ihn nicht ansehen. Ihr Kinn bebte. »Beeil dich schon. Ich will den letzten Tanz nicht verpassen.«

Irgendetwas fühlte sich komisch an – ihr zitterndes Kinn, ihre Eile. Er spürte ihr Unbehagen, wollte sie danach fragen, aber zu reden würde den Augenblick ruinieren, und es ströme so viel Blut nach Süden, fort von seinem Gehirn. Penis. Charlotte. Berühren. Das waren die einzigen Gewissheiten, die er fassen konnte, und er wollte, dass das Anfassen stattfand. Er hatte sich diesen Moment oft genug vorgestellt. Vorher wurde immer geküsst, aber da war auch Haut gewesen – ihre, seine, ihrer beider Haut. Er hatte bei der Vorstellung so manche Socke besudelt.

Jetzt war sie da. Es geschah wirklich.

Zu geschockt, um seine Hände koordinieren zu können, fummelte er an seinem Reißverschluss herum, zitternd wie jämmerliches Espenlaub.

Charlotte gab einen gereizten Laut von sich. »Hör einfach auf. Lass mich.«

Sie griff nach ihm, als ein Quietschen und Schlurfen von draußen in ihre Kabine drang, dann laufendes Wasser. Ein Mädchen musste hier drin sein, um sich das Make-up aufzufrischen oder die Hände zu waschen. Charlotte zögerte nicht, und er erschauderte. Er konnte nichts weiter denken, als wie gut sie sich anfühlte. Diese weichen Hände an seinen Boxershorts. Ihre kleinste streifende Berührung ließ seinen Penis zucken, als noch mehr Blut hineinrauschte. Sie zog den Baumwollbund herunter, dabei streifte sie ihn kaum, noch mehr Geräusche drangen herein ... dann hatte er einen Blackout.

Nein. *Scheiße.* Keinen Blackout. Schlimmer als einen Blackout. Er kam jäh und zuckend überall über Charlottes Hände und ihr Kleid. Das war der Moment, in dem er das Gelächter hörte, das »Heilige Scheiße«, das nicht einmal von einem Hüsteln getarnt wurde.

Dann fiel eine Ratte herunter.

Charlotte schrie auf und verschmierte das Sperma an ihren Händen überall auf seinem Hemd, als sie versuchte, von ihm und der Ratte wegzukommen. Sie sah genauso geschockt aus, wie er sich fühlte, nur dass ihr nicht der Schwanz aus der Hose hing, während irgendjemand über ihnen schallend lachte.

Kapitel 16

CHARLOTTE RANNTE SCHREIEND zum Ausgang«, sagte Jack mit harter und leiser Stimme. »Ich stand da, besudelt, mit offener Hose, während das D-Team sich johlend und pfeifend abklatschte. Ich war gedemütigt und so sauer, dass ich nicht von Anfang an gemerkt hatte, dass das Ganze ein Streich war. Ich hätte wissen müssen, dass Charlotte nicht auf einen Typ wie mich stehen würde.«

Jack blieb eine Weile stumm, während seine schreckliche Geschichte zwischen ihnen hing. Clementine war nicht sicher, was er dachte, aber sie sah sein Teenagerzimmer jetzt mit neuen Augen. Sie stellte sich einen dürren Jungen mit hochgezogenen Schultern und geschundenem Selbstwertgefühl vor, der sich unter der Bettdecke versteckte, weil er sich zu sehr schämte, sein Zimmer zu verlassen. Seine Modellflugzeugsammlung war vermutlich gewachsen. Er hatte wahrscheinlich jede Prüfung mit Bravour bestanden und gelernt, anstatt unter Leute zu gehen. Ihr Herz krampfte sich zusammen.

Sie verlagerte ihre Haltung, sodass sie ihm im Schneidersitz gegenübersaß. »Was sie getan haben, war mehr als schrecklich.«

Er stieß einen langen, langsamen Atemzug aus. »Das war es, und es tut weh, darüber zu reden, aber das ist jetzt sechzehn Jahre her. Ich bin darüber hinweg. Und wenn es ein Haufen Freunde gewesen wäre, dann wäre es keine so große Sache gewesen.«

Sie blinzelte, ging seine Worte noch einmal durch, aber nein … Er klang immer noch so, als nehme er seine Peiniger in Schutz. »Ich hoffe, du willst mich gerade verarschen.«

Er zuckte mit den Schultern. »Jungs spielen einander Streiche. Eine Ratte auf einen Freund fallen zu lassen, während ihm jemand einen runterholt, könnte lustig sein.«

»Aber sie waren nicht deine Freunde, Jack. Sie waren Arschlöcher, und diese Schlampe Charlotte sollte man auf den Mars schießen, um ihn zu kolonisieren.«

Um seine Lippen zuckte es. »Oder den Uranus.«

Sie stieß ein lautes Lachen aus.

Er runzelte die Stirn. »Das hat sich in meinem Kopf besser angehört.«

»So wie, als wir uns begegnet sind und du mich gefragt hast, ob ich dich auf *Snap that Chat* adden will?«

Sein Lächeln war selbstironisch. »Genau so.«

»Du bist so ein Nerd. Auf die beste Weise.« Eines seiner Lieblingsattribute. »Aber ernsthaft, was sie getan haben, war unentschuldbar.«

Tyrannen allgemein verdienten die Höchststrafe. Ihre letzte Pflegefamilie war eine Tyrannenhochburg gewesen. Der Mann des Hauses war der Anführer gewesen, aber er hatte auch noch Komplizen. Sie nahmen vier Pflegekinder auf. Zwei davon waren die Brut des Teufels gewesen. Clementine hatte ihr Terrorregime nie als harmlose Streiche weglachen können.

»Völlig unentschuldbar«, wiederholte sie.

Jack hatte die Beine ausgestreckt und an den Knöcheln lässig übereinandergeschlagen. Ein Widerspruch zu seiner erschütternden Geschichte. »Das streite ich gar nicht ab. Aber Charlotte ging wenige Wochen später fort, verschwand aus der Stadt. Sie hat mir einen Brief geschrieben, ungefähr vier oder fünf Monate später, und mir erklärt, dass ihr die Mädchen das Leben zur Hölle gemacht hatten, weil sie mit einem von deren Ex-Freunden rummachte. Sie behauptete, zum Ball Ja gesagt zu haben, weil sie es wollte, aber als die anderen es herausfanden, geriet alles außer Kontrolle.«

»Das rechtfertigt die Sache nicht, und ich schätze, die Jungs haben sich nicht entschuldigt.«

»Nicht förmlich. Ein paar Spitznamen sind eine Weile an mir hängen geblieben. Jack-off. Ratten-Jack. Schnellschuss-Jack war eine Weile lang beliebt und noch andere kreative Beleidigungen. Jeder in der Stadt wusste, was passiert war, aber irgendwann wuchs Gras darüber. Ich blieb einfach für mich, bettelte Marco an, mir zu verzeihen, dass ich ihn hatte hängen lassen, was er zum Glück getan hat. Dann kam das College und der Firmenaufbau meines Vaters. Dale und Darrin arbeiten jetzt sogar für mich.«

»Ernsthaft? Du hast sie eingestellt?« Sie hätte sie zum Teufel geschickt. Mit blutigen Nasen.

Jack streckte die Arme über den Kopf und umfasste lässig das Kopfteil des Bettes. Wenn Charlotte und ihre Clique sehen könnten, wie sein scharf modellierter Bizeps sein T-Shirt dehnte oder wie der schmale Haarstrich auf seinem Bauch unter dem hochgerutschten Baumwollstoff hervorlugte, würden sie sich verfluchen. Clementine unterdrückte ein atemloses Seufzen.

»Eine Sache, die ich aus diesem Schlamassel gelernt habe«, sagte er, »war, dass wir alle bereit sind, gemeine Dinge zu tun, um dazuzugehören.« Seine Stimmung verfinsterte sich zum ersten Mal, seit er von seiner Demütigung erzählt hatte. Als steckte da noch mehr in dieser Geschichte. Er veränderte seinen Griff. Die Muskeln in seinen Armen spannten sich an. »Ich verstehe das genug, um keinen Groll zu hegen. Aber sie haben sich nie entschuldigt, und das will ich auch nicht. Es ist ein Thema, über das ich nicht spreche und das ich lieber vergessen möchte.«

Clementine legte ihre Hand auf seinen Oberschenkel und spreizte die Finger auf seinem festen Muskel. Er war nicht annähernd so stark wie sein Einfühlungsvermögen. »Warum hast du dann mit mir darüber gesprochen?«

Er ließ das Kopfteil los und legte seine Hand auf ihre. »Weil ich es noch nie jemandem erzählt habe.«

»Aber du sagtest doch, alle in der Stadt wüssten davon.«

»Tun sie auch. Und ich meine *alle*. Ich musste mir von meiner Mutter anhören, dass vorzeitiger Samenerguss völlig normal ist.« Schnaubend unterdrückte Clementine ein Lachen. Er warf ihr einen gespielt finsteren Blick zu. »Was inzwischen kein Problem mehr ist. Aber ich habe nie über diesen Vorfall gesprochen. Kein einziges Mal. Mit niemandem. Außer dir.«

Nachdem er ihre Narbe spürte und sie sich geweigert hatte, ihm zu erklären, wie das passiert war.

Letztendlich war er es, der ihr ein saftiges Stück Kaki hinhielt, um die echte Clementine herauszulocken. Sie wollte sein Angebot annehmen. Es riskieren und zusehen, wie Jacks Gesicht sich veränderte, wenn er erfuhr, wer sie wirklich war. Friss oder stirb. Alles oder nichts. Mitgefühl oder Abscheu.

Aber sein träger Körper bewegte sich und richtete sich auf, bis er neben ihr kniete. Er streichelte ihre Wange. »Du musst mir nicht sagen, wer dir wehgetan hat, weder heute noch morgen, aber ich hoffe, dass du es mir irgendwann erzählst. Einstweilen würde ich gern dieses Nerd-Image auslöschen, das du von mir hast, indem ich dich um den Verstand küsse.«

»Aber ich mag dich nerdig. Und schüchtern. Und …«
Mit dem Know-how eines Mannes, der nicht mehr vorzeitig ejakulierte, überwältigte er sie, schluckte ihre Worte und wiegte sich ihr entgegen, als er sie aufs Bett zurücklegte. Seine weichen, feuchten Lippen streiften ihren Kiefer. Er knabberte an ihrem Ohr, nippte und kostete und nahm, nahm, *nahm,* aber gab auch ebenso gierig. Sie wölbte sich ihm entgegen, den Kopf in den Nacken gelegt, die Augen geschlossen, versunken in Jacks Herrlichkeit. Er presste einen hungrigen Kuss auf ihr Brustbein, über ihrem Sport-BH. Noch nie hatte sie Kleidung so sehr gehasst. »Ich will dich, Jack. Ich verbrenne.«

Er lachte, tief und raubtierhaft. »Ich werde hier nicht Sex mit dir haben. Wenn das geschieht, dann werden wir bei mir zu Hause sein, und ich werde mir dafür Zeit nehmen. Aber ich weiß genau, wie ich dich besänftigen kann.«

Er zog ihren V-Ausschnitt tiefer, versuchte ihren Sport-BH herunterzuzerren. Der dicke Stoff gab kaum nach, und er knurrte. Dann schob er stattdessen ihr T-Shirt hoch und manövrierte seine Hand unter das enge Band, das ihren Brustkorb umspannte. »Diese Dinger sind teuflisch.«

»Ich renke mir normalerweise die Schulter aus, wenn ich ihn ausziehe, aber er hält meine Mädels vom Herumhüpfen ab.«

»Er hält meinen Mund von deinen Mädels ab.« Zappelnd schob er seine Hand um einen Bruchteil höher. Seine Fingerspitzen streiften ihre Brust. »Womöglich stecke ich auch für den Rest meines Lebens so fest.«

Sie würde lachen, wenn ihr Körper sich nicht wie ein Feuerwerkskracher anfühlen würde, der gleich angezündet wurde. »Ich könnte mir Schlimmeres vorstellen. Warum mache ich nicht – *wow!*« Was auch immer er mit seinen Hüften anstellte, wenn er seine Erektion zwischen ihren Beinen rieb, er musste

mehr davon machen. Sie könnte schon allein davon kommen.
»Besser, du ...«

»Clementine, Liebes.« Ein Klopfen an der Tür ließ sie zu
(geilem) Stein erstarren. »Deine Kleider sind trocken.«

Jetzt hatte sie Kleidung noch nie so sehr gehasst. Sie würde
ihre sauberen Klamotten lieber verbrennen, als sich vom Fleck
zu rühren und Jacks Gewicht auf ihr zu verlieren. Sie dachte
unablässig an Tamis anzügliche Bemerkung, wie kompetent
Jack im Bett war.

Zum Teufel mit seiner höflichen Mutter. »Danke, Mrs David«, rief sie. »Ich komme gleich runter.«

»Bitte nenn mich Sylvia, und ich lasse den Stapel vor der
Tür.«

Jack brach auf ihr zusammen und lachte an ihrem Hals.

Clementine grub die Fäuste in sein dichtes Haar. »Was findest du so witzig?«

Sein versiegendes Lachen kitzelte ihr Schlüsselbein. »Ich
bin einunddreißig, und das ist das erste Mal, dass meine Mutter
mich beim Rummachen mit einem Mädchen gestört hat.«

Sie schnaubte, und dann lachten sie beide schallend. Jack
war absolut anbetungswürdig, doch dann verflog ihre Belustigung. Clementine war achtundzwanzig, und das hier war das
erste Mal, dass sie mit einem Jungen rummachte, der ihren
richtigen Namen kannte.

* * *

Clementine hatte angenommen, reiche Leute wären kalt und
schroff, hart zu ihren Kindern und voreingenommen. Leichter,
als zu glauben, dass sie Geld *und* Glück besaßen. Diese Überzeugung hatte es leichter gemacht, die Oberklasse zu bestehlen, und ihre Schuldgefühle zum Verstummen gebracht, wenn

sie sich anschlichen. Sie hätte nie mit so viel Zuneigung an Jacks Esstisch gerechnet.

»Du hättest ihn als Kind sehen sollen«, schwärmte Sylvia Clementine vor. »Der Rattenfänger von Whichway, ständig summend. Er hat jedes verletzte Tier im Umkreis von fünf Meilen angezogen, unsere halbe Küche in ein Krankenhaus verwandelt.«

Jack schob sich eine Gabelvoll Kartoffelbrei in den Mund. »Du übertreibst.«

»An einem Tag hattest du drei da drin, diesen Vogel mit dem kaputten Flügel, den blinden Frosch, der gegen die Wände gehüpft ist, und diese abscheuliche Echse.«

»Wenn ich sie nicht aufgenommen hätte, dann wären sie gestorben.«

»Dass du dieses schleimige Ding auf meiner Küchenzeile mit Würmern gefüttert hast, hätte *mich* fast umgebracht.« Zuneigung durchzog ihren Tadel.

»So dramatisch, Mutter. Und Salamander sind nicht schleimig. Sie sind wunderschön.« Jack legte Clementine eine Hand aufs Knie, beugte sich näher zu ihr und flüsterte so laut, dass alle es hören konnten: »Sie weigert sich, einen Fuß in mein Reptilienheim zu setzen.«

Sylvia rümpfte die Nase. »Ich hab's versucht. Wirklich, das habe ich. Aber schuppige Kreaturen sind einfach nichts für mich.«

»Ich liebe sie«, prahlte Chloe. »Mir machen sie keine Angst.«

Jack grinste seine Schwester über den Tisch hinweg an. »Solange sich keine davon als Clown verkleidet.«

Chloe warf ihm einen finsteren Blick zu, ihre Mutter lachte, und Clementine sog so viel von diesem normalen Familiengeplänkel in sich auf, wie sie nur konnte.

Maxwell David der Zweite hatte sich nicht gut genug gefühlt, ihnen beim Abendessen Gesellschaft zu leisten, aber alle schienen guter Dinge zu sein. Zumindest an die Karten gewöhnt, die ihnen das Schicksal ausgeteilt hatte. Clementine hatte sich noch nicht ganz mit den hohen Decken und dem eleganten Porzellan akklimatisiert, aber die Davids könnten nicht weiter von den geldgierigen Tyrannen entfernt sein, die sie sich vorgestellt hatte.

»Wie lange bist du in Whichway?«, fragte Sylvia sie.

Ein Kloß gekauter Karotten blieb Clementine im Hals stecken. Sie warf Jack einen Seitenblick zu. Es war ein Reflex. Ihn anzusehen. Ihn zu suchen. *Wie lange willst du mich hier haben?* So, wie seine Augen leuchteten, fragte sie sich, ob er ihre Gedanken lesen konnte. »Mindestens bis das Festival vorbei ist«, antwortete sie.

Sylvias Gesicht hellte sich auf. »Mindestens?«

»Die Sache ist noch in der Schwebe.«

»Ist dein Job flexibel?« Sylvia legte Messer und Gabel auf ihrem leeren Teller ab, die Griffe ordentlich nebeneinander. Lucien hatte Clementine das beigebracht. Ihr Besteck ordentlich zu halten. Große Gabel für den Hauptgang. Kleine Gabel für Salat. Alle anderen Löffel und Gabeln auswendig gelernt, für den Fall, dass ein Opfer sie in ein vornehmes Restaurant einlud.

Er hatte ihr jedoch nicht beigebracht, wie man mit der Zuneigung für einen Mann umging. Wie man sich mit den Eltern ihres Dates über ihren fiktiven Job unterhielt.

Colonel Blue würgte neben Jacks Füßen, wahrscheinlich weil Jack den alten Hund mit Hühnchen gefüttert hatte. Er schob seinen Stuhl zurück, um Blue zu beruhigen, während Chloe und Sylvia den Hund von ihren Plätzen aus mit mitfühlenden, tröstenden Babysprache-Lauten bedachten. Die Ablenkung erlaubte Clementine aufzuatmen und den Raum nach einer plausiblen Jobantwort abzusuchen, aber alles, was sie sah, waren Kunstwerke, die die braunen Wände säumten: ein Chagall, eine prähistorische Maske und etwas Modernes mit kühnen, gelben Streifen, das sie nicht erkannte. Kein Van Gogh, zum Glück.

Sie hatte ihn noch nicht gesehen, hoffte aber das Gemälde nicht zu finden, bevor sie sich entschieden hatte, was sie tun sollte. Jetzt gerade war sie glücklich. Jetzt gerade hatte sie Jack und die Erinnerung an seine Küsse.

Jetzt gerade wollte sie seine Mutter wegen ihres Jobs nicht anlügen.

Als sich der alte Blue neben Jacks Füßen wieder hingelegt hatte, richtete Sylvia ihre Aufmerksamkeit zurück auf Clementine. »Was sagtest du gerade über deine Arbeit?«

Das Hühnchen, das sie gegessen hatte, drehte sich ihr im Magen um. Sie ballte die Serviette in ihrem Schoß.

»Sie kann von unterwegs arbeiten«, sagte Jack, während er aufstand. »Und ich würde ihr gern das Tonstudio zeigen, wenn ihr uns bitte entschuldigt.«

»Kann ich mitkommen?«, sprudelten die Worte aus Chloe heraus, während sie ihre Serviette auf den Teller warf.

»Nicht diesmal, Käferchen.«

»Aber ich will Clementine die Goldene Schallplatte zeigen.«

»Und ich hätte gern eine Stunde allein mit meinem Date.«

Schmollend ließ seine Schwester die Schultern hängen und schnippte geräuschvoll gegen ihre Gabel.

»Lass sie in Ruhe, Chloe.« Sylvias bestimmter Tonfall deutete an, dass sie es gewohnt war, in ihrer Familie die Regeln aufzustellen. »Die freie Zeit deines Bruders ist kostbar.« Sie wandte sich an Jack. »Besser, du gehst heute früh schlafen. Wir brauchen dich morgen fit für die Arbeit. Dieser Durchbruch ist wichtig für deinen Vater.«

Anspannung durchzog Jacks Bewegungen. »Das ist mir bewusst.«

»Dann hättest du gestern Abend nicht herkommen sollen.«

»Ernsthaft? Du findest, ich hätte Chloe sagen sollen …« Er unterbrach seine Tirade.

Chloe wurde blass. Sylvia schürzte die Lippen.

»Ich muss mal nach meinem Handy sehen«, brach Clementine das angespannte Schweigen. Nicht nötig, an diesem Familien-Tête-à-Tête teilzunehmen.

»Es war reizend, dich kennenzulernen«, sagte Sylvia. »Jack wird gleich nachkommen.«

Er nickte. »Wir treffen uns in der Bibliothek.«

Sie ging hinaus, als ihr Butler Walter – der, wie sie erfahren hatte, kochte und sauber machte und die Familie herumchauffierte – hereingeschwebt kam, um den Tisch abzuräumen. Sie hatten wirklich einen Diener und ein Hausmädchen in einem Herrenhaus, das sich mit Wayne Manor messen konnte. Aber sie war keine Rachel Dawes in dieser *Batman*-Welt. Sie war Catwoman, und ihr Bruce Wayne hatte keine Ahnung von ihrer geheimen Identität.

Erleichtert, den Jobfragen entkommen zu sein, machte sie es sich in der Bibliothek bequem und holte ihr Handy heraus. Sie hatte seit heute Morgen nicht mehr nachgesehen, eine Ewigkeit für sie, aber offline zu sein war überraschend anregend gewesen. Sie hatte heute echte Augenblicke erlebt, mit echten, lebendigen Menschen, anstatt mit ihrer Bartagame zu reden oder Lucien zu schreiben.

Wie aufs Stichwort ließ eine Nachricht von Lucien das Display aufleuchten. Bei der ersten Zeile schlug ihr das Herz bis zum Hals. Als sie fertig gelesen hatte, biss sie sich beinahe die Lippe blutig.

Lucien: Wir haben ein Problem in Delhi.
Das Waisenhaus hat mich kontaktiert.
Sie werden von irgendwelchen Gaunern erpresst.
Wenn wir nicht noch diese Woche Geld schicken,
dann werden sie dichtgemacht.

Clementine: Unsere letzte Beute.
Das Geld von dem Diamantring?
Ist das fort?

Lucien: Du hast mich gebeten,
es lokal zu verteilen, so gut ich kann.
Der Rest ging an das
Kambodscha-Projekt.

Sie *hatte* in New York helfen wollen, nicht nur im Ausland, so viel wie möglich, ohne Aufmerksamkeit zu erregen. Und das Kambodscha-Projekt unterstützte Schulen. Alles gute Zwecke. Doch keine dieser Tatsachen dämpfte ihre Panik. Falls das Waisenhaus in Delhi geschlossen wurde, dann würden Nisha und die übrigen Kinder nicht wissen, wo sie hinsollten.

Lucien: Du hast erwähnt,
die Sache zu beschleunigen.
Erledige den Job, und ich sehe zu,
ob ich noch ein paar Tage
rausschlagen kann.

Sie warf einen Blick durchs Foyer, in Richtung des Esszimmers, wo sie eine reizende Mahlzeit mit einer reizenden Familie gehabt hatte, die ihr vertraute. Konnte sie sie wirklich bestehlen? Schon allein der Gedanke machte sie krank. Sie schloss die Augen und stellte sich Nishas vernarbten Arm vor, wie sie nach der Kaki von Clementine geschnappt hatte. Es standen keine anderen Jobs an. Clementine hatte keine Ersparnisse, die sie anzapfen konnte. Es hieß das hier oder nichts.

Clementine: Ich erledige es.

Sie schickte die Antwort ab, unsicher, wie sie die Sache durchziehen sollte oder ob sie hinterher damit würde leben können.

»Alles okay?« Jack tauchte auf und sah ruhiger aus als im Esszimmer.

Wenigstens einer von ihnen.

Sie steckte ihr Handy in die Handtasche. »Ja. Bestens. Danke.«

»Wollen wir?« Er wandte sich zum mit Marmor gepflasterten Foyer um, in der Erwartung, dass sie ihm folgte.

Sie könnte als Vorwand behaupten, sich nicht wohlzufühlen, und flüchten, um ihren Raubzug zu planen, aber sie wusste noch nicht, wo das Gemälde war, und sie wollte noch nicht gehen. Wenn sie das hier durchzog, dann könnte es das letzte Mal sein, dass sie Jack je sah. Ein scharfer Schmerz verknotete ihre Eingeweide.

Er führte sie die Wendeltreppe hinunter. Sie hielt Schritt mit ihm, während sie versuchte, ihren Job von ihrem Leben abzutrennen. Das hatte sie schon Hunderte Male gemacht, aber es fühlte sich an wie ihre erste Betrügerei. Sie kamen an einem riesigen Fernseh- und Spielebereich vorbei, einschließlich einer Tischtennisplatte und eines Billardtisches. Er blieb stumm und sah sie nicht an, sondern marschierte zügiger voran. Seine Familiendiskussion hatte ihn offenbar gestresst, aber er wirkte immer aufgewühlter, je weiter sie sich vom Erdgeschoss entfernten.

Konnte er ihren Betrug spüren? Hatte ihre Panik einen Geruch an sich?

Er ging weiter durch den großen Wohnbereich. »Du bist keine Musikproduzentin, oder?«

Wenn sie wirklich Catwoman wäre, dann würde sie diesen Moment nutzen, um in ihr Kostüm zu schlüpfen und sich an die Decke zu kleben. Konnte Catwoman wirklich an der Decke entlanglaufen? Konnte sie Wände hochklettern wie Spiderman? Dank Annie aus ihrer netten Pflegefamilie kannte Clementine die grundlegendsten Batman-Details, aber sie wusste nicht einmal, ob Catwoman eine Superheldin oder ein Bösewicht war oder warum sie solche lächerlichen Gedanken dachte, wenn ihr Opfer, in das sie sich verliebte – *und das sie wahrscheinlich bestehlen würde* –, ihre Deckung hatte auffliegen lassen.

Jacks Schritte wurden nicht langsamer.

Sie beeilte sich, mit ihm mitzuhalten. »Das ist kompliziert«, sagte sie. Die vage Antwort fiel leichter, wenn er ihr den Rücken zuwandte.

Er marschierte weiter geradeaus. »Warst du vorhin ehrlich, als meine Mutter gefragt hat, wie lange du in der Stadt sein wirst?«

»Bei welchem Teil?«

»Du hast gesagt, du bleibst mindestens bis nach dem Festival in der Stadt, was andeutet, dass du vielleicht noch länger bleibst. War das die Wahrheit?«

»Ja, das war es.« Vergangenheit. Es sei denn, sie fand eine Möglichkeit, beides zu haben. Gott, sie wollte Jack haben.

Er bog in einen langen Flur und blieb vor einer Tür stehen, dann drehte er sich zu ihr um. »Warum?«

Er hatte zum Glück mit den beruflichen Fragen aufgehört, aber dieser Themenwechsel war ebenso einschüchternd, wie ihr Herz auf einen Richtblock zu legen. Seine Miene war ausdruckslos, unleserlich. Auszuweichen war eine Möglichkeit, aber er hatte ihr heute schon zu viel anvertraut, um es mit einer weiteren Lüge zu vergelten.

»Wegen dir«, flüsterte sie.

Sein stoischer Gesichtsausdruck entspannte sich. »Gut.«

Sie schwankte und fühlte sich atemlos ... und verwirrt. Davon zu träumen, in Whichway zu bleiben, war ein dummes, hypothetisches Spiel. Es bedeutete, Lucien zu verlassen und ein völlig neues Leben anzufangen. Es bedeutete, Nisha dem Schicksal einer Bettlerin zu überlassen.

»Sieht so aus, als müsste ich dich noch ein bisschen überzeugen.« Jack beugte sich vor und streifte ihre Lippen mit seinen. Er küsste sie tiefer, bis sie stöhnte, dann zog er sich mit einem schelmischen Schmunzeln wieder zurück. »Möchtest du mein Spielzimmer sehen?«

»Sicher«, war die geistreichste Antwort, die ihr einfallen wollte. Es war schwer, sich zu konzentrieren, wenn ihre Zukunft mit alarmierender Geschwindigkeit auf sie zuraste.

Jack nahm ihre Hand und führte sie hinein.

Blinzelnd musterte sie ihre Umgebung. »Er ist lila.« Also, richtig lila. Lila Teppich. Lila Wände. Lila Decke. Ein filzähnlicher Stoff überzog das gesamte Tonstudio.

»Mein Granddad hat es von meinem Vater bauen lassen. Hat ein mordsmäßiges Soundsystem gekauft, alle Instrumente auf der Bühne aufgestellt. Er spielte in einer Band und jammte hier mit den Jungs. Das mit den Instrumenten habe ich nie angefangen, aber ich bin immer hierhergekommen, wenn ich aufgebracht oder frustriert war, und habe laut Musik gehört. Die Welt ausgeblendet.«

Sie löste die Finger aus seinem Griff und trat auf die Bühne. Die Decke war niedrig, was dem kuriosen Raum zusätzliche gemütliche Wärme verlieh. Sie strich mit der Hand über den Mikrofonständer, die Saiten der Bassgitarre, ließ eine Reihe von Glocken mit dem Zeigefinger klingeln.

Hinter dem Schlagzeug, an der Wand, hing eine gerahmte Goldene Schallplatte. »Ist das Elvis' Unterschrift?«

Jacks Schritte kamen gedämpft näher. Er legte die Hände an ihre Hüften und zog ihren Rücken an seine Brust. »Das war Granddads kostbarer Besitz – Elvis' letzte bekannte signierte Schallplatte. Er hat sie mir in seinem Testament vererbt. Ich habe sie letztes Jahr beim Festival ausgestellt. Du hättest den Trubel sehen sollen. Die Tribute-Künstler posierten damit und machten Fotos.«

»Ich habe noch nie eine richtige Goldene Schallplatte gesehen«, sagte sie.

Eine, die zweifellos einen Haufen Geld wert war. Lucien würde das Wasser im Mund zusammenlaufen, er könnte wahrscheinlich ein Vermögen damit machen, sie zu verhökern. Sofort biss sie sich auf die Zunge. Das hier war nichts, was man für Geld verkaufte. Das hier war eine kostbare Erinnerung, und sie war Gast in diesem Haus. *Einem Haus, das sie ausrauben wollte.*

Der Raum fühlte sich plötzlich zu klein an.

Jacks Hände wanderten um ihre Hüften herum und hielten sie sicher fest. »Ich möchte dir danken«, raunte er. »Chloe mag zwar geschmollt haben, als wir das Esszimmer verlassen haben, aber ich habe sie seit Ewigkeiten nicht mehr so glücklich gesehen.«

»Das war doch nichts.« Sie lehnte den Kopf an seine Schulter und versuchte ihren Hals lang zu machen, um mehr Sauerstoff in ihre Lunge zu bekommen.

»Das war nicht nichts. Sie hatte ein hartes Jahr.«

»Wegen deinem Vater?«

»Auch wegen meiner Mutter. Sie ist abgelenkter. Ich glaube, je älter Chloe wird, desto mehr fühlt sie sich allein. Durch unseren Altersunterschied und meinen Arbeitszeitplan ist sie praktisch ein Einzelkind. All unsere Onkel und Tanten, Cousins und Cousinen leben in anderen Bundesstaaten. Und unsere Mutter ist nicht mehr gerade jung und hip.« Jack rieb mit dem Daumen in einem trägen Muster über Clementines Bauch. Es beruhigte sie nicht besonders, aber es schien ihn zu besänftigen. »Chloe braucht eine Frau, zu der sie aufblicken kann«, sagte er.

Nein. Das Daumenreiben war definitiv nicht beruhigend. »Sie hat Lehrerinnen, und sie hat von Freundinnen gesprochen.«

»Sie hat vor Kurzem Ärger bekommen, weil sie in der Stadt Graffitis gesprüht hat. Nur um dazuzugehören, wie ein typischer Teenager, aber ich glaube, sie fühlt sich verloren. Ist sich nicht sicher, wer sie ist. Zeit mit einer Frau wie dir zu verbringen könnte ihr wirklich helfen.«

Nichts da mit den Hals lang machen, sie brauchte eine Sauerstoffmaske. »Da traust du mir zu viel zu.«

»Du traust dir zu wenig zu.«

Er hatte ja keine Ahnung. Clementine taugte so gut zum Vorbild wie Al Capone. Sie war eine Kriminelle. Sie hatte keine Freunde. Die Stunden, die sie plaudernd in Chloes Zimmer verbracht hatte, waren eine egoistische Zeit gewesen, um so zu tun, als wäre *sie* normal, um von Chloes Schwarm zu schwärmen und einfach ein verdammtes *Mädchen* zu sein. Keine Betrügerin. Ein weiterer Grund, die Sache nicht mehr vor sich herzuschieben.

Aufgewühlt schüttelte sie Jacks Griff ab und schlug auf eine Zimbel. Der Klang vibrierte in ihrer Brust. »Chloe ist schlau genug, um dich im Wald zu erschrecken. Sie kommt schon zurecht.«

Und noch besser, wenn sie nicht mit Clementine rumhing. Trotzdem machte Jacks Aussage sie nachdenklich: *Ich habe sie seit Ewigkeiten nicht mehr so glücklich gesehen.* Er musste es wissen. Sie hatten wirklich Spaß zusammen gehabt. Doch nichts davon änderte etwas an Luciens Nachricht.

Clementine musste sich zusammenreißen, Raum schaffen, um sich zu entscheiden, welche Möglichkeit weniger schrecklich war: den besten Mann zu bestehlen, den sie je gekannt hatte, oder Nisha im Stich zu lassen. Sie drehte sich zur Tür um, und ihr stockte der Atem. Dort, auf der anderen Seite des Raumes, war der ganze Grund, warum sie nach Whichway gereist war.

Der Grund, warum sie Jack kennengelernt hatte.

Da der Van Gogh ursprünglich Jacks Großvater gehörte, ergab es Sinn, dass er in einem Zimmer hing, das Maxwell der Erste geliebt hatte.

Schattierungen von Grün wirbelten verschlungen und erweckten die Landschaft zum Leben. Ein sonniger Tag. Felder. Gras. Bäume. Büsche. Einfach in seiner Heiterkeit. Nicht so stilisiert wie van Goghs bekannte Werke. Es handelte sich um eine Studie, eine von fünf, die nicht signiert worden war und genau deshalb unentdeckt blieb, verkauft und weiterverkauft wurde, ohne dass man ihren wahren Wert erkannte. Jetzt hing sie in einem Kellerraum an einer lila Wand und verspottete sie.

Die gegenseitige Anziehungskraft zwischen ihr und Jack ließ sich nicht leugnen, aber sich ihr Glücklich-bis-ans-Lebensende vorzustellen war nichts weiter als ein verlockendes Lotterielos gewesen, das man freirubbelte, nur um vorhersehbar enttäuscht zu werden. Clementine sehnte sich danach, Jack zu daten, vielleicht in Whichway zu bleiben, aber er hatte eine Familie zu versorgen, eine ganze Fabrik und eine Stadt, die von ihm abhingen. Er verdiente eine ehrliche Partnerin, die sein perfektes, schüchternes Wesen lieben konnte. Er verdiente Rachel Dawes, nicht Catwoman.

Der Van Gogh war Clementines Leben. Die kleine Nisha und die Waisenkinder in Indien – sie waren real. Ihnen zu helfen war das einzig Wahre, das sie in ihren achtundzwanzig Jahren erreicht hatte. Eine Tatsache, die sie nicht vergessen sollte.

»Deine Mutter hat recht«, sagte sie. »Ich sollte nach Hause fahren.«

Er runzelte die Stirn. »Meine Mutter hat wegen meiner Arbeit überreagiert. Ich habe das unter Kontrolle.«

»Du hast letzte Nacht kaum geschlafen, und du hast dir eine ausgefeilte Lüge darüber ausgedacht, dass dein Vater im Ausland ist, weil deine Firma in Schwierigkeiten steckt. Also nein, ich würde nicht sagen, dass sie überreagiert. Und ich bin auch müde.« Sie berührte seinen Arm, genoss das Gefühl seiner Beständigkeit ein letztes Mal. »Bleibst du heute Nacht wieder hier?«

Falls er Ja sagte, würde sie morgen Nacht einbrechen, das Gemälde stehlen und diese widerstreitenden Gefühle im Rückspiegel ihres Prius zurücklassen. Verschwinden, bevor sie noch jemandem außer ihr selbst wehtat. Falls er Nein sagte, würde sie es heute Nacht stehlen und es hinter sich bringen. Das Anwesen auszurauben, während Jack hier war, stand nicht zur Debatte. Das würde Fehler herbeibeschwören.

Sie grub die Nägel in ihre Handfläche und konzentrierte sich auf das scharfe Brennen.

»Ich wollte bleiben«, sagte er, »aber meine Eltern haben es verboten. Sie haben mir gesagt, ich soll nach Hause fahren und mich ausruhen.«

Das war es dann also. Sie würde den Van Gogh heute Nacht stehlen und diesen Job erledigen wie all die anderen. Sie würde das Waisenhaus in Delhi vor dem Untergang retten. Sie würde nach New York und in das Leben zurückkehren, das sie kannte. Vielleicht in eine neue Wohnung ziehen, fort von Jenny und ihren Freundinnen. Also, warum fühlte sich ihre Brust an, als würde ein Berg darauf lasten?

Die Falten auf Jacks Stirn gruben sich tiefer ein. Er strich mit dem Daumen über ihre Wange. »Alles okay bei dir?«

»Ja. Bestens.« Zumindest würde es das morgen sein. Nachdem sie den Coup erledigt hatte.

Kapitel 17

DIE LAKEN ZU EINEM KNÄUEL zu den Knien hinuntergeschoben, starrte Jack an die Zimmerdecke. *Heiß.* Im Haus seiner Eltern war es so verdammt heiß. Er hätte auf sie hören und bei sich zu Hause schlafen sollen, wie sie ihn gebeten hatten, aber Chloe, die ihn in den letzten Tagen oft aus ihrem Zimmer aussperrte, hatte ihn mit ihren großen, blauen Augen angesehen und gebeten zu bleiben. Sie behauptete, ihr Fenster wäre geöffnet worden, dass sie es nicht gewesen sei und dass sie Angst habe. Das hatte sie als Kind oft gemacht. Damals war es mehr ein schluchzendes Flehen gewesen, und der Schuldige war ein Monster, das drohte, sie aufzufressen. Diesmal roch es nach einer anderen Angst.

Sie hatte nicht zugegeben, dass sie sich Sorgen machte, Dad könnte wieder einen heftigen Anfall bekommen. Das brauchte sie auch nicht.

Jetzt war es zwei Uhr morgens, und Jack lag verschwitzt in nichts als seiner Unterhose in seinem Teenagerzimmer wach und wünschte sich, Clementine wäre immer noch in seinem Bett.

Er strampelte die Laken noch tiefer und rieb sich mit der Hand übers Gesicht. Clementine. Da gab es dieses alte Lied über ihren Namen: *Oh My Darling, Clementine.* Er schloss die

Augen und versuchte sich an den Text zu erinnern. Irgendetwas darüber, dass Clementine ertrank und ihr Mann nicht schwimmen und sie retten konnte. Eines dieser deprimierenden alten Lieder darüber, die Frau zu verlieren, die man liebt.

Es ließ eine Saite in ihm anklingen, da er sich genauso mit *seiner* Clementine im Tonstudio gefühlt hatte, als ihre Augen sich veränderten – irgendwie hart wurden – und ihn ausschlossen. Sie hatte ihn auf süße Weise geküsst, als sie gegangen war, nachdem sie sich für den nächsten Tag zum Joggen verabredet hatten, aber da war etwas Kühles in ihrem schmallippigen Lächeln gewesen. Als schlüpfe sie ihm durch die Finger. Es hätten das Abendessen und die bohrenden Fragen seiner Mutter gewesen sein können. Wahrscheinlicher war aber er es gewesen. Er hätte sie hinterher nicht in die Ecke drängen und rundheraus fragen sollen, ob ihr Job eine Lüge war, nachdem er versprochen hatte, keine Antworten zu verlangen. Sein Versprechen hatte nur einen halben Tag gehalten.

Oh My Darling, Clementine.
Wie wenig ich dich doch kenne.

Er war so offen zu ihr gewesen, wie er nur konnte. Er hatte ihr nicht gestanden, dass er damals in seiner Woche des »Coolseins« Mr Hawthorns Sauerstoffflasche gestohlen hatte. Der Ratten-Hand-Job war peinlich gewesen. Aber für seinen kurzen Ausflug ins Verbrechen und Aufenthalt im Gefängnis schämte er sich bis ins Mark. Es machte ihn immer noch fassungslos, dass es ihm so wichtig gewesen war, dazuzugehören, dass er seine Moralvorstellungen in den Wind geschlagen und einem alten Mann geschadet hatte, nur um sich als Teil einer Gruppe zu fühlen. Clementine hatte darüber gestaunt, dass er Darrin und Dale vergeben und sie eingestellt hatte. Wie konnte er andere verurteilen, wenn er genauso herzlos gewesen war?

Nein. Davon wollte er Clementine nichts erzählen. Aber er

wollte *sie,* heftiger, als er je eine Frau gewollt hatte. Eine normale, unverbindliche Affäre wäre schwierig mit seinem gnadenlosen Zeitplan zu vereinbaren. Und nichts an Clementine wäre unverbindlich. Sie berührte ihn tief. Jedes echte Detail, das sie ihm von ihrer Vergangenheit erzählte, hatte sich angefühlt wie eine hart erarbeitete Belohnung. Wenn er raten musste, würde er sagen, dass sie nicht oft etwas von sich preisgab, wenn überhaupt jemals.

Er schloss die Augen und versuchte sich zu entspannen. Doch dann erklang ein gedämpftes Klirren, und er verkrampfte sich erneut.

Die Krankenschwester? Sein Vater? Chloe, wach und ängstlich? Vor Beunruhigung zog sich sein Magen zusammen. Colonel Blue würde es nicht sein. Der alte Junge verließ nie sein Bett, da seine arthritischen Gelenke sich von den Kissen gestützt wohler fühlten. Jacks übermüdetes Gehirn könnte die Ursache sein, aber seine Aussichten, Schlaf zu finden, wären gleich null, wenn er nicht nach seinem Vater sah.

Zu verschwitzt, um sich die Mühe zu machen, ein Shirt oder Socken anzuziehen, tappte er barfuß aus seinem Zimmer und den Flur entlang. Chloes Zimmer war still, bis auf ein Lied, das leise herausdrang. Er hatte vorgeschlagen, dass sie mit Musik einschlief, ein Trick, den er als Teenager benutzte, um sich auf die Noten und den Text zu konzentrieren anstatt auf quälende Gedanken. Er hoffte, es hatte sie eingelullt wie ihn damals.

Das Zimmer ihrer Eltern lag ebenfalls still. Seine Mutter schlief immer noch oft hier, aber nach dem Drama der letzten Nacht, als die Schwester zu ihr gekommen war und Chloe geweckt hatte, hatte sie beschlossen, bei ihrem Mann in der alten Kindermädchen-Suite zu bleiben. Wenigstens lag sie im Erdgeschoss. Sein Vater musste keine Treppen steigen, aber sie befand sich abgesondert vom Rest des Hauses. Falls Chloe verängstigt aufwachte, wäre niemand in der Nähe. Wahrscheinlich hatte sie sich deshalb die Geschichte mit dem Fenster ausgedacht.

Er musste sich nur vergewissern, dass sein Vater okay war ... und sich vielleicht einen Fingerbreit Whiskey eingießen. Ein Schlückchen, um sich zu beruhigen und nicht mehr über zufällige Geräusche und das nagende Gefühl nachzudenken, dass er Clementine, die die Gewohnheit hatte, vor ihm wegzulaufen, heute vielleicht zum letzten Mal gesehen hatte.

Er hielt sich am Geländer fest, als er die Treppe hinabging. Mondlicht fiel durch die Fenster herein. Der Kronleuchter fing es auf und streute es als blauschwarze Diamanten durch das Foyer. Der kühle, glänzende Marmor fühlte sich erfrischend unter seinen nackten Füßen an. Mit angehaltenem Atem lauschte er auf Geräusche. Nichts. Er ging durch die Küche und das Wohnzimmer, den langen Flur entlang, der zu den ehemaligen Räumen des Kindermädchens führte.

Er streckte den Kopf ins Zimmer und atmete erleichtert auf. Sein Vater schlief tief und fest, ebenso wie seine Mutter, die auf dem Boden lag. Auf einer *Matratze* auf dem Boden, aber sie schlief neben Blue. Jack hatte ein zweites Bett für das Zimmer bestellt. Es würde jedoch erst in einer Woche geliefert werden.

Ihre Nachtschwester bemerkte ihn und presste sich erschrocken die Hand aufs Herz. Agatha murmelte etwas von Jesus und schlurfte auf ihn zu, um ihn aus dem Zimmer zu schleifen. »Hab mich fast zu Tode erschrocken.«

Sich unvermittelt wünschend, er hätte ein T-Shirt angezogen, verschränkte er die Arme vor der Brust. »Ich habe ein Geräusch gehört. Wollte mich vergewissern, dass es ihm gut geht.«

»Es geht ihm bestens, solange er Sie nicht hier erwischt. Sie wissen, dass er nicht wollte, dass Sie hierbleiben.« Selbst Agathas Flüsterton gebot Gehorsam. Trotz ihrer spindeldürren eins fünfzig konnte sie einschüchternd sein. Genau der Typ Krankenschwester, den er für die Pflege seines Vaters wollte. Er beugte sich tiefer herab und sprach noch leiser. »Also haben Sie nichts gehört?«

»Nichts, außer Sie zählen Ihr besorgtes Getue dazu. Ich glaube, das hat man noch in Kanada gehört.«

Er lachte leise. Sein Verstand spielte ihm wohl wirklich einen Streich. Schlafmangel war auch nicht hilfreich. Zu hören, wie sich sein Vater gestern Nacht die Seele aus dem Leib kotzte, hatte ebenfalls seinen Tribut gefordert. Heute Abend konnte er seinen Vater unmöglich aus diesem Teil des Hauses quer durch die ganze Villa gehört haben. Der Flügel des Kindermädchens war auf Privatsphäre ausgelegt worden.

Er kratzte sich die Brust. »Schätze, dann geh ich mal wieder.«

Agatha klopfte ihm auf die Schulter und nahm dann wieder ihre Leseposition neben Maxwells Bett ein. Jack betrachtete seinen Vater noch einen Moment lang, froh, ihn friedlich zu sehen. Dann schleppte er sich in Richtung Bibliothek, angezogen von dem Whiskey dort in der Bar.

*　*　*

Abgesehen von dem Monet-Desaster, hatte Clementine noch nie einen Job verpatzt. Nicht einmal ihren ersten Raubzug. Lucien war an jenem Tag bei ihr gewesen und passte auf, dass sie seine Anweisungen befolgte.

Gleiten, nicht gehen.

Bleib stehen und lausche.

Beweg dich so leise wie ein Flüstern.

Hätte der unglaubliche Hulk ins Haus der Davids eingebrochen, wäre er flüstermäßiger gewesen als Clementine. In die Villa einzubrechen war ein Kinderspiel gewesen. Sie hatte eine Meile entfernt in einer verlassenen Scheune geparkt und war zu Fuß zum Haus gelaufen. Dank Whichways nicht existenter Verbrechensrate hatten die Davids ihre Alarmanlage nicht eingeschaltet. Clementine hatte zuvor ihr riesiges Badezimmer benutzt und dafür gesorgt, dass das Fenster nur angelehnt war. Leider hatte sie es versäumt, die Waage aus dem Weg zu räumen, die in der Nähe stand.

Sie mochte zwar schwarz gekleidet sein und »Schleichsocken« über ihren Schuhen, Handschuhe und das Haar in einem sicheren Knoten tragen, aber diese Uniform hinderte sie nicht daran, auf eine Eckkante der Waage zu treten. Ein lautes Krachen ertönte, als sie wieder auf den Boden knallte. Lautlos wie der Hulk.

Sie wartete lange genug, um sich zu versichern, dass niemand sich regte, dann schlüpfte sie ins Foyer und die Wendeltreppe hinunter. Obwohl es dunkel war, leuchtete die Kopflampe ihr den Weg. Nicht nötig, anzuhalten, um sich zu orientieren. Genau deshalb brach sie nicht in Häuser ein, ohne sie vorher auszukundschaften. Sie wusste, wohin sie ging. Sie würde es nicht wieder vermasseln.

An der letzten Stufe angekommen, ging sie schnurstracks auf ihr Ziel zu. Dabei streifte ihr Lichtkegel ein Foto, das ihr zuvor, als sie Jack zum Tonstudio gefolgt war, nicht aufgefallen war. Da war sie viel zu beschäftigt damit gewesen, auszuflippen. Nun bewirkte dieses Bild, dass sie wie angewurzelt stehen blieb. Es handelte sich um ein harmloses Foto: von Jack, als Elvis verkleidet auf der Bühne. Er sah jünger aus, seine Schultern waren nicht so breit, die Kontur seines Kiefers weicher, aber der teuflische Ausdruck in seinen Augen ganz Jack.

Der kühne Jack. *Gut-mit-seinen-Händen*-Jack.

Untypische Tränen traten ihr in die Augen.

Raubzüge waren nie persönlich. Sie mochte zwar mit einem Mann ausgehen, mit ihm plaudern und ihn kennenlernen, aber da existierte immer eine Barriere. Die letzte Woche mit Jack: das Joggen, Reden, seine Reptilien in seinem herrlichen Refugium zu sehen, den heutigen Tag mit Küssen zu verbringen, sich mit seiner Schwester und seiner Mutter zu unterhalten und etwas über seine schwere Teenagerzeit zu erfahren ... all das war sehr persönlich geworden.

Diese Erkenntnis versetzte ihrem Herzen einen heftigen Stich. Zum Glück hatte sie sich vergewissert, dass Jack heute Nacht in seinem eigenen Haus war. Wenn er hier wäre, wäre sie versucht, in sein Zimmer zu schlüpfen, ihre Tarnkleidung abzustreifen und in sein Bett zu kriechen. Ihn kennenzulernen. Ihn zu berühren. Sich echt und gekannt zu fühlen.

Erbarmungsloses Verlangen schüttelte sie, und diese Tränen drohten zu fallen. So ziemlich der schlechteste Zeitpunkt, um zu weinen. Die Zähne zusammenbeißend, rückte sie die lange Röhre zurecht, die sie über der Schulter trug und in der sich zusammengerollt eine Fälschung des Gemäldes befand. Deshalb war sie hier. Nicht um von Dingen zu träumen, die unmöglich waren. Energisch wandte sie sich von dem Foto ab. Zu schnell.

Bumm knallte ihre Röhre gegen das Foto. Es fiel herunter.

Scheiße. Scheiße. Scheiße.

Der Teppich schluckte den meisten Lärm, aber mit einem Gefühl, als schneide die Luft wie ein Rasiermesser in ihre Kehle, starrte sie die gesprungene Glasscheibe an. Angestrengt spitzte sie die Ohren und lauschte. Kein Laut antwortete. Schwitzend wie ein Hase in einem Rudel Wölfe – *warum war es in diesem Haus so verdammt heiß?* – hängte sie das Bild wieder auf. Die zwei Sprünge im Glas würden auffallen. Dagegen konnte sie nichts machen. Aber es würde niemandem auffallen, dass sich im Rahmen des Van Goghs eine Fälschung befand, die sie gegen das Original auszutauschen beabsichtigte. Das Tonstudio war nicht weit entfernt. Sie musste hineinkommen und sich dabei Zeit lassen, die Gemälde auszutauschen. Eine halbe Stunde höchstens. Sie musste aufhören zu zittern und einfach *durchatmen*.

Diese Prozedur hatte sie schon Hunderte Male hinter sich. Es war nur ein Gemälde. Jack nur ein Mann.

Rasch eilte sie zu ihrer Beute.

* * *

Jack stand mit der Hüfte an den Schreibtisch in der Bibliothek gelehnt, genau wie am Nachmittag. Diesmal trug er jedoch nur seine Unterhose und hielt ein Glas Whiskey in der Hand, und Clementine saß nicht ihm gegenüber auf dem Sofa. Clementine ohne BH. Bei der Erinnerung regte sich sein Körper. Als er daran dachte, wie sie diesen Nachmittag in seinem Zimmer gewesen waren, er mit der Hand in ihrem Sport-BH gefangen, lachte er leise.

Er war es nicht gewohnt, im Bett zu scherzen. Wenn es heiß wurde, dann legte etwas in ihm stets einen Schalter um – ein Bedürfnis, die Regie zu übernehmen. Die Szene zu kontrollieren. Er stand nicht auf Schmerz und Rollenspiele, soweit er wusste, aber dass ihm als Teenager seine Würde genommen worden war, hatte ihn geprägt. Er hatte sich gegen den Drang, Clementine zu bezwingen, gewehrt und sich stattdessen von ihrem Humor leiten lassen. Er war nicht sicher, ob er das noch einmal schaffen würde, aber die Gedanken inspirierten Bilder von ihrer Haut und ihrem Körper. Sich wacher fühlend, als gut für ihn war, rückte er sich in seiner Unterhose zurecht.

Er sollte joggen gehen. Sich auspowern. Oder zur Arbeit fahren. Nächste Woche hatte er weiß Gott einen gewaltigen Berg zu erklimmen. Stattdessen hielt er sich an seinem Whiskey fest und ließ die bernsteinfarbene Flüssigkeit seine Kehle hinunterbrennen. Im Haus war es immer noch zu heiß. Sein Vater konnte sich in letzter Zeit nicht warm halten und fröstelte sogar unter Decken, obwohl die Klimaanlage nachts ausgeschaltet war. Schmerzliche Auswirkungen der Behandlung, die Jack nicht kontrollieren konnte. Er dehnte seinen Nacken, jeder Schluck Whiskey lockerte seine Muskeln. Schließlich zog Schläfrigkeit an seinen Lidern, doch ein dumpfer Laut ließ seine Augen wieder weit auffliegen.

Dieses Geräusch hatte er sich nicht eingebildet. Es war aus dem Souterrain gekommen, es sei denn, er wurde wirklich verrückt. Könnte der Heizungsraum gewesen sein. Vielleicht hatten seine Eltern zusätzlich zum Abschalten der Klimaanlage die Heizung angestellt. Oder das Ding war kaputt. Oder ein Tier könnte hereingeschlüpft sein. Chloes Angewohnheit, Türen angelehnt zu lassen, *hatte* schon einmal eine Fledermaus hereingelassen. Vielleicht hatte sie deshalb wegen ihres Fensters geflunkert. Sie wollte nicht zugeben, dass sie irgendetwas hatte hereinkommen lassen.

Er kippte den Rest Whiskey hinunter und ging zur Treppe. Die zu heiße Luft wurde kühler, als er hinunterstieg. Auf halber Höhe hielt er an, um zu warten, bis sich seine Augen an die Dunkelheit gewöhnten. Als die Umrisse des Sofas und des Billardtisches deutlicher wurden, ging er ganz hinunter. Alles schien ruhig.

Er ging zum Heizungsraum, schaltete das Licht ein und blinzelte, bis die Helligkeit aufhörte, seine Netzhaut zu versengen. Die Heizung war nicht eingeschaltet worden. Nichts war ungewöhnlich, bis auf Hinweise, dass sich eine Maus hier eingenistet hatte. Die Verrücktheits-Theorie fing an, stichhaltiger zu werden.

Er kehrte in den Wohnbereich des Untergeschosses zurück und rieb sich die Augen, da ihm das Licht für diese Uhrzeit noch zu hell war. Den Fernseher einzuschalten könnte helfen. Er könnte sich auf die riesige Couchgarnitur legen und bei einer Werbesendung oder einem alten Film einschlafen. Ja. Das hörte sich himmlisch an. Aber Chloe war im ersten Stock, der ganze Grund, warum er heute Nacht hiergeblieben war. Er musste wieder hinauf. Aber zuerst würde er noch im Tonstudio nachsehen, nur zur Sicherheit. Eine Fledermaus könnte dort drin einigen Schaden anrichten.

* * *

Clementine war wie zu Eis erstarrt. Nicht vor Kälte. Eher wie ein *Was-zum-Teufel-mache-ich-nur*. Sie kniete auf dem Boden, den gerahmten Van Gogh vorsichtig mit der Rückseite nach oben vor sich gelegt. Alle Systeme liefen volle Kraft voraus. Aber sie hatte ihr Werkzeug nicht angerührt oder versucht, den Rahmen zu öffnen. Sie hatte ein einziges Mal hochgeblickt, dabei war der Kegel ihrer Kopflampe über Jacks wertvolle Goldene Schallplatte geglitten ... und das war's.

Eiszeit.

Der Raum mit seinen Instrumenten und knalligen lila Wänden vibrierte regelrecht vor Jacks Familiengeschichte. Alles hier war kostbar für ihn. Sogar das Gemälde, das sie im Begriff war zu stehlen. Jack hatte nicht davon gesprochen oder darauf aufmerksam gemacht. Das bedeutete nicht, dass es keinen sentimentalen Wert besaß.

Wer war sie, seine Geschichte zu beschmutzen?

Robin Hood, das war sie. Von den Reichen stehlen und den Armen geben. Der alberne Name war in ihren frühen Jahren ein Ehrenabzeichen für sie gewesen, damals, als sie mit Lucien ihre erfolgreichen Raubzüge gefeiert hatte, die Champagnerbläschen ebenso überschäumend wie ihre Freude. Jetzt empfand sie keine Freude.

Der prickelnde Adrenalinrausch, der sie normalerweise bei einem Job durchströmte, war eher eine flaue Übelkeit. Viel schlimmer als bei dem Diamantring-Coup. Sie wollte nicht mehr diese Frau sein. Diesen Job machen. Jack im Rückspiegel zurücklassen. Sie hatte sich methodisch ihre Welt aufgebaut, ein Leben, in dem sie von dem einzigen Mann, der ihr je ein Zuhause gegeben hatte, eingekleidet, ernährt und geliebt wurde. Sie hatte ein Jahrzehnt damit verbracht, durch ihre Arbeit anderen zu helfen. Eine Selfmade-Heilige, hatte sie gedacht. Was für ein Haufen Scheiße. Die Richtigkeit dessen fühlte sich plötzlich so falsch an. Aber es war nicht plötzlich. Nicht wirklich.

Sie hatte schon vor fünf Jahren angefangen, ihre Entscheidungen infrage zu stellen. All ihre Schnitzer bei diesem Job waren der Beweis für ihre Zwiegespaltenheit, als wäre jeder Fehler ein Hilferuf ihres Unterbewusstseins.

Ihr hektischer Herzschlag verlangsamte sich, und Erleichterung erfasste sie. War es das? War es das, wonach sie sich sehnte? Dass das alles ein Ende hatte?

Was würde aus Nisha werden?

Ihr Magen rumorte weiter, aber sie kam wieder in Bewegung. Beine. Arme. Hände. Ihre Extremitäten schienen sich wie auf Autopilot zu bewegen, einfache Anweisungen, die aus ihrem Gehirn kamen. *Raus. Ich will raus.* Sie wollte mit einem Mann lachen, während sie mit ihm rummachte, klatschsüchtige Freundinnen haben und Abendessen genießen, bei denen sie über ihren *echten* Job sprechen konnte. Auf legale Weise etwas in der Welt bewirken. Sie wollte mit Mädchen wie Chloe abhängen, ohne sich darüber Sorgen zu machen, ein beschissenes Vorbild zu sein. Mit oder ohne Jack, sie wollte das alles. Aber sie sehnte sich danach, ihn in diesem Leben zu haben: ein Neuanfang in Whichway. Die Konsequenzen dieser Fantasie waren so hart wie der New Yorker Winter. Wenn sie ihm von ihrer Vergangenheit erzählte, könnte dieses Leben einen orangen Overall und rationierte Mahlzeiten beinhalten. Einstweilen würde sie den Van Gogh an seinen rechtmäßigen Platz zurückhängen und sich überlegen, wie sie Lucien sagen sollte, dass sie diesen Job oder irgendwelche anderen nicht mehr erledigen konnte. Sie würde eine Möglichkeit finden, mit dem Wissen leben zu lernen, dass sie Nisha im Stich gelassen hatte. Dann konnte die Neuerfindung von Clementine Abernathy, hoffentlich nichtinhaftierte Kriminelle, beginnen.

Doch ein leises Schlurfen ließ sie erneut erstarren.

* * *

Jack erreichte das Tonstudio und starrte blinzelnd die geschlossene Tür an. Er ließ sie normalerweise offen, weil er nicht wollte, dass der Raum muffig wurde. Er würde Walter und Marie noch einmal daran erinnern müssen. Wenigstens war dann keine Fledermaus oder andere Kreatur drin. Außer es war eine drin eingesperrt? Eine lächerliche Möglichkeit. Er wandte sich zur Treppe, um wieder nach oben zu gehen und jegliche Geräusche zu vergessen, die des Nachts herumpolterten, aber sein an Schlafentzug leidender Verstand ließ ihn nicht. Er würde wahrscheinlich im Bett wach liegen und seine Entscheidung anzweifeln.

Also stieß er die Tür auf, tastete an der Wand nach dem Lichtschalter und schaltete es ein.

Hier drinnen war die Beleuchtung nicht so hell und die lila-farbenen, sanfteren Farbtöne freundlicher zu seinen Augen. Er trat hinein und musterte den Raum. Alles war so, wie er es zurückgelassen hatte, bis auf das Landschaftsgemälde, das er noch nie gemocht hatte. Sein Großvater hatte es geliebt. Er hatte Jack gesagt, dass es ihm ein Gefühl von Ruhe schenke. Es hing leicht schief, wahrscheinlich vom Abstauben. Auf der Suche nach seiner eigenen Ruhe starrte Jack das Bild an. Er rieb sich die Augen, nicht ruhiger als zuvor.

Er musste endlich schlafen, also schaltete er das Licht aus und ging ins Bett.

* * *

Jack schloss die Tür hinter sich, als er ging, aber Clementine hielt immer noch den Atem an. Jack war hier. Jack, der bei sich zu Hause sein sollte, hatte sie beinahe auf frischer Tat ertappt. Wahrscheinlich war er geblieben, um sich um seine Familie zu kümmern, und wenn er auch nur einen weiteren Schritt ins Tonstudio gemacht oder sich leicht nach rechts gedreht hätte, dann hätte er Clementine entdeckt, die sich hinter die offene Tür gezwängt hatte.

Heftig ausatmend ging sie in die Hocke und stützte die Ellbogen auf die Knie. Sie machte tiefe, abgehackte Atemzüge und wartete lange genug, dass Jack wieder nach oben gehen konnte, angenommen, das tat er. Was, wenn nicht? Was, wenn er beschloss, sich auf die Couch zu legen? Fernzusehen? Dann würde sie an ihm vorbei- und die Treppe hochschleichen müssen, weil der Ausgang des Souterrains im Spielzimmer war, direkt neben dieser Couch.

Sie war wirklich nur eine einzige Ungeschicklichkeit davon entfernt, erwischt zu werden.

Diese Erkenntnis sollte den Schmerz in ihrer Brust eigentlich verstärken, doch Resignation ließ ihren Körper schwer wie Blei werden. Sie hatte ihre Entscheidung bereits getroffen, wusste, dass sie hiermit nicht weitermachen konnte. Wenn sie Jack und Whichway jetzt verließ, würde er nichts erfahren. Sie könnte Lucien die Nachricht trotzdem beibringen und müsste nicht mit ansehen, wie Jacks Gesicht sich verhärtete, wenn ihm bewusst wurde, was sie war. Sie könnte in einer anderen Kleinstadt neu anfangen. Vielleicht einer, in der ein Dracula-Festival stattfand. Damit könnte sie sich anfreunden.

Solange sie keinen Rückzieher machte wie vor fünf Jahren. Damals war sie kurz davor gewesen, zu gehen. So kurz davor, ihre alte Haut abzustreifen. Die Nachwirkungen des Monet-Jobs und die Vorstellung, Lucien zu verlieren, hatten diese Gedanken zum Schweigen gebracht. Dasselbe könnte wieder passieren. Sie war schwach, was Lucien betraf, und er war gut darin, ihr etwas auszureden. Aber wenn sie jetzt nach oben marschierte, Jack sagte, wer sie war und warum sie hier war, dann würde es kein Zurück mehr geben. Die Räder des Schicksals würden sie einholen.

Sie rollte den Nacken und warf einen letzten Blick auf den Van Gogh.

Zeit, den Dingen ihren Lauf zu lassen, was auch immer die Konsequenzen sein würden.

Kapitel 18

JACK MACHTE ES SICH wieder im Bett bequem. Er streckte sich gähnend und konzentrierte sich auf seinen Atem, langsame Züge ein und aus. Seine Lider wurden schwer, sein Verstand verschwommen. Schlaf, herrlicher Schlaf.

Tapp, tapp, tapp.

Was zum Teufel?

Das lästige Geräusch war gedämpft, aber rhythmisch. Schritte? Seine Mutter, die zurück in ihr Zimmer ging? Oder ein Eindringling. Er stand auf – *schon wieder* –, knipste sein Licht an und suchte in seinem Zimmer nach einer Waffe, nur für den Fall. Alles, was er sah, waren ein pinkfarbenes Jo-Jo und Modellflugzeuge. Er hatte nicht mal einen Baseballschläger. Die Modellflugzeuge waren wenigstens spitz. Er schnappte sich seinen B-25 J-Mitchell-Bomber und schlich zur offenen Tür. Die Schritte wurden lauter. Chloes Zimmer war zu weit weg, um es schnell zu erreichen. Falls *tatsächlich* jemand durch dieses Fenster eingedrungen war …

Scheiße. Sein Puls raste.

Er ging in den Flur. Eine Person kam näher, zu groß, um die Nachtschwester oder seine Mutter zu sein, zu weit weg, um sie deutlich erkennen zu können. Er hob den Bomber.

Clementine trat vorwärts und schrie auf.

Erschrocken unterdrückte er einen Fluch. »Was machst du denn hier?« Bei seiner Lautstärke zuckte er zusammen, aus Sorge, Chloe aufgeweckt zu haben.

Clementine griff sich an die Brust, dann warf sie einen Blick auf seinen Oberkörper. »Du trägst kein Shirt.« Ihr Blick fiel tiefer, zu seiner Unterhose. Sie gab ein leises Stöhnen von sich. »Du hast mir nicht geantwortet.« Und warum trug sie zu viel zu später Stunde im Haus seiner Eltern enge schwarze Kleider und schwarze Handschuhe und starrte auf seine gottverdammte Unterhose?

»Ist das eine Waffe?«, fragte sie.

»Wie bitte?« Ungläubigkeit schärfte seinen Tonfall, bis ihm bewusst wurde, dass sie von dem Plastikflugzeug in seiner Hand sprach, nicht von seinem Schritt. Das Modell als Schläger zu benutzen ergab viel mehr Sinn als Clementine in seinem Flur um diese Uhrzeit. »Was machst du hier?«, fragte er erneut, diesmal stärker auf der Hut.

Sie antwortete nicht.

Er fasste sie am Ellbogen, steuerte sie in sein Zimmer und schloss die Tür. Was auch immer sie hergeführt hatte, er würde nicht Chloe aufwecken, während er das herausfand. Immer noch das alberne Flugzeug umklammernd trat er einen Schritt zurück. »Also?«

Clementine malmte mit den Kiefern. »Ich war hier, um dich zu bestehlen, aber ich konnte es nicht.«

Blinzelnd neigte er den Kopf, weil er sicher war, sie falsch verstanden zu haben. »Mich bestehlen?«

»Den Van Gogh im Tonstudio.«

»Wir haben einen Van Gogh?«

Sie nickte, immer noch die Zähne zusammenbeißend. Sie verschränkte die Arme, aber ihre Finger bewegten sich weiter nervös an ihren Ellenbogen. »Ich bin eine Einbrecherin. Deshalb bin ich nach Whichway gekommen. Um dich zu finden und das Anwesen auszukundschaften und das Gemälde zu stehlen, aber dann habe ich dich und dein Reptilienheim kennengelernt, und deine Familie ist nicht so, wie ich dachte. Chloe ist toll, und ich wusste nicht, dass dein Dad krank ist, nicht, dass das einen Unterschied machen würde. Ich kann das einfach nicht mehr machen. Nicht mit dir. Mit niemandem. Aber wirklich nicht mit dir und …« Sehnsucht und Verzweiflung verzerrten ihre Züge. »Es tut mir so leid, Jack. Du kannst die Cops rufen oder was auch immer. Ich bin bereit, mich den Konsequenzen zu stellen.«

Clementine.

Einbrecherin.

Van Gogh?

Starr und ohne zu blinzeln sah er sie an. Mit wachsender Verwirrung öffnete und schloss er den Mund, während er versuchte, dieses unergründliche Puzzle zusammenzusetzen. Durch ihre Nervosität und alles, was sie verheimlicht hatte, hatte er gewusst, dass sie Leichen im Keller hatte. Dunkle Geheimnisse. Er hätte sich nie vorgestellt, dass sie so aussehen würden. »Hast du eine Waffe bei dir? Eine Pistole oder so was?«

Sie wich zurück. »Nein. Gott, *nein*. Ich habe bei Jobs ein Messer dabei seit«, sie schaute auf ihren Bauch, »der Stichverletzung. Aber ich würde nie irgendetwas Gefährliches in dein Haus mitbringen.«

Seine Schultern sanken herab. Er glaubte ihr. Er wusste nicht genau, warum, angesichts ihres Geständnisses, aber wenn Clementine ihm oder seiner Familie schaden wollte, dann würde sie nicht hier stehen und ihm sagen, dass er die Cops rufen konnte.

Clementine.

Einbrecherin.

Van Gogh.

Die Stichverletzung, über die sie vorhin nicht sprechen wollte.

Verwirrt blinzelte er weiter. Es half nicht. Er fühlte sich einfach ... betäubt. Er stellte das Modellflugzeug zurück ins Regal, durchquerte das Zimmer und setzte sich auf den Rand seines Bettes. »Warum?«

Sie kaute auf ihrer Lippe. »Warum was?«

»Warum machst du das?«

Mit einer Spur Stolz in der Bewegung hob sie das Kinn. »Das Geld finanziert Waisenhäuser und Schulen. Wir – *ich* kann den Großteil des Geldes nicht hier verwenden. Ich sorge dafür, dass man es nicht nachverfolgen kann, und verteile es im Ausland, wo es am meisten nützt, mit Schwerpunkten an einigen Orten. Ich versuche, für diese Kinder etwas zu bewirken.«

»Durch Stehlen?«

»Ja.«

»Behältst du irgendetwas davon?«

»Genug, um davon leben zu können und an meinem Auto zu arbeiten. Ich brauche nicht viel.«

Er ballte und öffnete die Hände. »Warum sollte ich dir glauben?«

Sie stieß ein bitteres Lachen aus. »Ich schätze, das solltest du nicht.«

»Und all das mit mir.« Er zeigte aufs Bett, nun aggressiv. Sauer. »War das auch alles gelogen? War das alles mit mir eine Möglichkeit, ins Haus meiner Eltern zu kommen?«

Wie Ava ihn wegen seiner Beziehungen benutzt hatte. Der Schock ließ langsam nach, und seine Betäubung machte Ärger Platz.

Tränen schimmerten in ihren Augen. »Nicht beim ersten

Mal, als wir uns begegnet sind, als ich dir mit deinem Wagen geholfen habe. Da wusste ich noch nicht, wer du bist. Dass ich mich zu dir hingezogen fühlte, war so echt, wie es nur sein kann. Deshalb habe ich dir meinen richtigen Namen gesagt, etwas, das ich normalerweise nie tue. Aber am nächsten Tag im Diner und die Begegnungen beim Joggen ... das war Absicht, um hierher eingeladen zu werden. Dann wurde es kompliziert.«

Die Hitze fühlte sich erneut erdrückend an, die Luft im Zimmer zäh und stickig. Sie konzentrierte sich auf ihre Füße. Er schloss die Augen.

»Ich bin dir ein bisschen verfallen, als du in deinem Reptilienheim für mich gesungen hast«, flüsterte sie. Ihr flehender Tonfall glitt über ihn und zwang ihn, die Augen zu öffnen. »Dann mit jedem Tag ein bisschen mehr. Oder vielleicht war das schon vorher, am ersten Tag, als wir uns begegnet sind. Ich konnte es mir damals nicht erklären, und ich kann es immer noch nicht. Es war so unerwartet. *Du* warst so unerwartet. Und ich habe noch nie jemandem von meiner Vergangenheit erzählt. Diese Geschichten waren wahr, jede einzelne – die über meine Eltern. Aber ich habe dich benutzt, also ...« Sie blinzelte, und eine Träne schlüpfte hervor. Mit einem aufgewühlten Ausdruck wischte sie sie fort. »Es ist okay, die Cops zu rufen. Ich bin bereit. Ich will einfach, dass es vorbei ist.«

Er griff nicht nach seinem Handy. Sie hatte gelogen und ihn benutzt, aber diese Tränen zerrten an seiner Brust. Ihr Geständnis machte dasselbe und Schlimmeres mit seinem Herzen.

Er stellte sie sich als Kind vor, wie sie ihren Vater tot im Auto gefunden hatte, ihrer Mutter fortgerissen und in eine Pflegefamilie gesteckt wurde. Clementine war eine starke Frau. Sie hatte überlebt, aber um welchen Preis? Sie war nicht von sich

aus zu einer Einbrecherin geworden. Jemand musste sie dazu
ausgebildet haben. »Du sagtest, wir.«

»Was?«

»Vorhin, als du es erklärt hast, da sagtest du *wir* und hast
dich dann korrigiert. Mit wem arbeitest du zusammen?«
Ihr nervöses Zappeln versiegte. »Niemandem. Ich arbeite
allein.«
Die harten Züge ihres Gesichts sagten etwas anderes.
»Wenn du willst, dass ich dir glaube, musst du aufhören zu
lügen.«
Sie zuckte zusammen, als wäre sie geschlagen worden, und
flüsterte lautlos *Scheiße*. Er wartete. Falls sie dichtmachte und
ihm nicht die ganze Geschichte erzählte, dann war er mit ihr
fertig. Er war nicht sicher, ob er sie ausliefern würde, aber er
würde dafür sorgen, dass sie Whichway verließ und nie wieder
zurückkam. Schon allein der Gedanke machte schmerzhafte
Dinge mit seinen Eingeweiden. Er hatte sich in sie verliebt,
heftiger, als ihm bewusst gewesen war, aber konnte er ihr verzeihen? Egal, ob bei Tieren oder Menschen, Jack glaubte an
Veränderung. Rehabilitation. Leichter gesagt als getan, wenn
der Verrat persönlich war.
»Mit meinem Ausbilder«, sagte Clementine schließlich. »Ich
arbeite mit meinem Ausbilder zusammen. Er hat mich aufgenommen, als ich vierzehn war, und für mich gesorgt, als ich
mich zwischen einem Leben auf der Straße und der Pflege-
familienhölle entscheiden musste. Er recherchiert und wählt
die Jobs aus und kümmert sich um die geschäftliche Seite. Ich
mache die Coups.«
Coups. Dieses Wort hörte er normalerweise nur in Filmen.
Ocean's Eleven. The Italian Job. Er konnte das alles gar nicht begreifen. »Ist er in der Stadt?«
Sie schüttelte den Kopf. »Aber frag mich nicht nach seinem

Namen. Ich liebe ihn wie einen Vater und werde ihn nicht mit hineinziehen.«

Jack fuhr sich mit der Hand durchs Haar und versuchte seine Gedanken zu entwirren. Alles wurde nur noch verworrener. Clementine hatte eine lange Röhre über die Schulter geschlungen. Erst jetzt bemerkte er sie.

»Wirst du die Cops rufen?«, fragte sie zögernd.

»Noch nicht.«

Sie trat näher und senkte die Stimme. »Warum nicht?«

Auf diese Frage gab es heute Nacht keine Antwort, nicht, solange sein Verstand reaktiver war als sein Vulkan-Bastelprojekt in der Mittelschule, aber er glaubte ihr, dass sie nicht gewusst hatte, wer er war, als sie sich auf der Straße zum ersten Mal begegnet waren. Sie hatte nach Maxwell gesucht, nicht nach Jack. Sie hatte am nächsten Morgen im *Whatnot Diner* in die Ecke gedrängt gewirkt, als ihr falscher Name aufgeflogen war. »Willst du dich wirklich ändern?«

Sie ließ die Röhre sinken und ging auf die Knie. Eine flehende Haltung? »So sehr. Das läuft schon zu lange. Und ich habe nicht zu hoffen gewagt, dass du mir verzeihst, aber falls du das tun würdest. Gott, Jack – *falls du das tun würdest?* Das will ich mehr als alles andere. Ich will dich.«

Ein weiterer Stich in seiner Brust, diesmal stärker. Es gefiel ihm nicht, sie so zu sehen, geschlagen und flehend. Er mochte sie selbstsicher und frech, mit schmutzigen Händen von einem liegen gebliebenen Auto. Er mochte sie auf seinem Körper, lachend und ihn küssend. »Ich werde nicht die Cops rufen«, sagte er. »Aber ich brauche Zeit. Ich bin mir nicht sicher, was ich fühle oder was ich will. Selbst ohne das hier habe ich im Moment viel am Hals.«

»Ich kann dir Zeit geben.« Ihre Worte sprudelten aus ihr heraus. »Was immer du brauchst.«

Er brauchte ein Heilmittel gegen Krebs, einen Zauberstab, um seine Firma in Ordnung zu bringen, und achtundvierzig Stunden Schlaf. Einstweilen würde er sich mit Abstand begnügen. »Wirst du in Whichway bleiben?«

Sie schien den Atem anzuhalten. »Willst du das?«

Das heftige Klopfen seines Herzens antwortete noch vor ihm. »Geh nicht weg. Lass mich das erst verarbeiten. Aber du musst deinen Platz in der Jury des Elvis-Festivals aufgeben. Sag ihnen, wir sind enge Freunde geworden, und du wärst nicht mehr unparteiisch. Ein Ersatz wird nicht schwer zu finden sein. Und ich verspreche nichts.«

»Ja, natürlich. Ich werde gleich morgen früh mit Jasmine reden.« Sie schaute auf die Röhre neben ihren Knien und schob sie in seine Richtung. »Das werde ich nicht mehr brauchen.«

Sie hastete aus seinem Zimmer und blickte nicht zurück. Besorgt, er könnte seine Meinung ändern? Das könnte er, falls sie blieb. Sein Ärger war zurückgekehrt und brannte in seiner Kehle. Er war nicht sicher, wie sie wieder gehen wollte, durch ein Fenster oder durch die Eingangstür. Clementine, die Einbrecherin. Eine Frau, die von den Reichen stahl und den Armen gab. Als Kind hatte er Robin Hood in Filmen zugejubelt. Er hatte sich selbst als Gesetzlosen mit einem Händchen für Diebstahl und Bogenschießen vorgestellt. Durch Marcos Liebe für diesen Sport hatten sie viele Wochenenden damit verbracht, auf Zielscheiben zu schießen und so zu tun, als ob.

Und nun war er hier, verstrickt in diese Realität.

Benommen öffnete er die Röhre, die Clementine mitgebracht hatte, und zog eine zusammengerollte Leinwand heraus. Es war eine Kopie des Gemäldes im Tonstudio, das, von dem sein Großvater gesagt hätte, es schenke ein Gefühl von Ruhe. Jack starrte es lange an. Er war immer noch alles andere als ruhig.

Kapitel 19

DREI TAGE. SEIT DREI quälenden Tagen hatte Clementine nichts von Jack gehört. Sie war in Whichway geblieben, wie er sie gebeten hatte. Sie hatte seine üblichen Lieblingsplätze gemieden. Sie gab ihm den Freiraum, den er verlangt hatte, während sie gleichzeitig ein Magengeschwür entwickelte und sich die Fingernägel bis auf die Knochen abkaute. Ständig rechnete sie damit, per Textnachricht abserviert zu werden oder Sirenen zu hören, die sie holen kamen. Die Tatsache, dass sie es vermieden hatte, mit Lucien zu reden, trug ihren Teil dazu bei.

Magengeschwürhausen.

Sie hatte ihrem Vater jeden Abend eine E-Mail geschrieben, in der sie über ihre Ängste klagte, völlig neu anzufangen. Sie hatte Lucien oder ihre illegale Arbeit nie ausdrücklich erwähnt. Nur vage Sorgen und Stress. Bei dem Gedanken, ihn wissen zu lassen, wie weit sie sich vom Gesetz entfernt hatte, wurde ihr übel. Sie wusste nicht genau, warum, wenn man bedachte, dass er nicht wütend werden oder sie tadeln konnte, aber ihre Scham bestärkte sie in ihrer Entscheidung, das Einbrechen aufzugeben.

Alles, was noch blieb, war, es Lucien zu sagen.

Im Schneidersitz saß sie auf ihrem Bett im Motel. Es war

Nachmittag, die Sonne schien, aber sie war nicht draußen. Sie hielt ihr Handy mit tödlichem Griff umklammert. Vor zehn Minuten hatte sie Luciens Nummer gewählt, um ihre Entscheidung endgültig zu machen. Aber sie hatte nicht den Mut gehabt, den Anruf zu tätigen.

Zeig endlich Rückgrat, Mädchen. Mit einem leichten Gefühl von Übelkeit drückte sie auf den Hörer.

Lucien ging sofort dran. »Dachte schon, du bist mir untergetaucht.«

»Du sagst mir doch immer, ich soll langsam und gründlich sein.«

»Und du hörst jedes Mal auf mich. Die Uhr tickt. Wie schlägst du dich?«

Furchtbar. Mit den Nerven am Ende. Sehnsüchtig nach einem Mann, der wahrscheinlich nichts mit ihr zu tun haben wollte. »Ach, du weißt schon, ich lass es mir hier am Arsch der Welt gut gehen.« Wenn sie Whichway langweilig und öde klingen ließ, würde sie vielleicht aufhören, sich ein Leben hier vorzustellen.

»Hab dir doch gesagt, dass es eine schlechte Idee war, da hinzufahren. Nie gut zu wissen, wie weit man tatsächlich von der Zivilisation entfernt ist.« Ein Rascheln knisterte in der Leitung. Es war noch früh. Lucien saß wahrscheinlich auf dem Sofa, die Füße auf seinem Hocker hochgelegt, während er mit seiner Lesebrille auf der Nase in der Zeitung blätterte. »Ich hab uns eine zusätzliche Woche erkauft. Wie sieht dein Zeitfenster aus?«

»Witzig, dass du danach fragst.« Die Worte, die sie während ihrer schlaflosen Nacht geprobt hatte, entfielen ihr. Alle Gehirnwellen versiegten. Na toll, verdammt. »Da gibt es eine Komplikation.«

Sie konnte praktisch hören, wie er sich kerzengerade aufrichtete. »Was für eine Komplikation?«

Einen Prinzen von einem Mann, der wie Elvis sang und wie ein verführerischer King küsste. Jack war eine gewaltige Komplikation, aber es war mehr als das. »Erinnerst du dich noch, während des Monet-Jobs, als ich getrödelt und alles vor mir hergeschoben und mich mit meiner Rolle in unserem Geschäft schwergetan habe?«

»Natürlich, Orange. Diesen Job werde ich nie vergessen.« Die Ernsthaftigkeit seiner Stimme hing zwischen ihnen. So hatte er geklungen, als er an ihrer Bettkante Wache gehalten hatte, während die frische Naht ihrer Stichverletzung heilte. Keiner von ihnen beiden würde das je vergessen.

»Die Sache ist die, ich glaube, ich will aussteigen.« Sie verfluchte sich dafür, dass sie gesagt hatte *ich glaube*. So unentschlossen. Feige.

Seine Pause fühlte sich gewichtig an. »Was hat das verursacht?«

Sie zog die Knie an die Brust. »Ich glaube nicht, dass ich nach jenem Job je wieder ganz in die Sache hineingefunden habe. Ich habe die Arbeit erledigt. Ich war konzentriert, aber das war, weil ich mich … in die Ecke gedrängt gefühlt habe? Als wäre diese Arbeit mein Rettungsring, ohne den ich untergehen würde.« Ohne jemanden, der sie über Wasser hielt oder ihr liebevolle Zitrus-Namen gab. »Dann ist da auch noch ein Typ.«

Ein kleines Lachen drang durch die Leitung. »Du hast dich in dein Opfer verguckt.«

Sie war zu einem Klischee geworden. »Ja.«

»Weiß er, wer du bist? Warum du dort bist?«

»Nein.« Diese Antwort hatte sie geprobt. Falls Jack sie zum Teufel schickte, würde sie es Lucien sagen müssen, für den Fall, dass sich ihr Geständnis eines Tages rächen würde. Falls Jack ihr eine zweite Chance gab – Gott, sie hoffte, dass er ihr eine zweite Chance gab –, dann brauchte Lucien es nie zu erfahren.

Er seufzte. »So was kommt vor, Schätzchen. Es wird wahrscheinlich nicht halten, und deswegen dein Leben zu ändern ist nicht klug. Überstürzte Entscheidungen werden schnell bereut.«

Das Einzige, was sie bereute, war, nicht schon früher ausgestiegen zu sein. »Selbst wenn das mit Jack und mir nicht klappt«, falls er entschied, dass er sie hasste, oder die Cops rief, »will ich trotzdem aussteigen.«

»Du bist bereit, unserer Arbeit den Rücken zu kehren? Das Waisenhaus in Delhi vor die Hunde gehen zu lassen?«

Ein Schlag unter die Gürtellinie. »Wenn ich es jetzt nicht tue, dann wird es immer irgendeinen anderen Notfall geben. Ein anderes Kind, das unsere Hilfe braucht. Es bricht mir das Herz, zu gehen, aber ich will ein Leben. Ich will Freunde und einen richtigen Job. Ich will Wurzeln schlagen.« In einem Wald, umgeben von allen möglichen Bäumen.

»Okay.«

Er hatte geantwortet, ohne zu stocken, aber dafür stockte ihr hämmerndes Herz. »Okay?«

»Was hab ich denn für eine Wahl, Mandarine? Dein Glück hatte schon immer oberste Priorität für mich. Zugegeben, mir wäre es lieber, wir würden unsere Arbeit fortsetzen, aber wir wissen beide, was passiert, wenn du nicht konzentriert bei der Sache bist.« Das Monet-Desaster war passiert. »Es wird eine Zeit dauern, dich zu ersetzen, aber das werde ich. Und es ist nicht so, als hätte ich nicht gespürt, dass sich das zusammenbraut. Weil ich egoistisch war, habe ich nichts gesagt. Was wir haben, funktioniert. Aber wenn es das ist, was du brauchst, dann unterstütze ich dich zu einhundert Prozent.«

Sie ließ sich auf den Rücken fallen, während das Adrenalin aus ihr wich. »Es tut mir leid.«

»Das muss es nicht, meine Kleine.«

»Ich werde trotzdem eine Möglichkeit finden, Wohltätigkeitsarbeit zu leisten. Vielleicht nicht sofort, aber ich werde mir etwas einfallen lassen.«

»Und ich auch. Ich werde mein Bestes tun, die Delhi-Erpressung zu regeln.«

»Werden wir uns immer noch zum Abendessen treffen?« Sie versuchte, nicht schwach zu werden, aber ihre Stimme klang so kleinlaut. »Und kannst du Lucy noch behalten, bis ich die Dinge hier geklärt habe?«

»Ja, natürlich, zu beidem.«

»Außerdem muss ich dich noch um einen weiteren Gefallen bitten. Einen großen.«

»Alles, was auch immer, für meine Clementine.«

Dass er ihren richtigen Namen benutzte, ließ ihre Augen brennen. »Stiehl nicht den Van Gogh. Ich weiß, du brauchst das Geld, aber er ist Jacks Familie wichtig. Wenn ihnen der oder etwas anderes weggenommen würde, wären er und ich am Boden zerstört.«

»Ich habe da noch Informationen über ein anderes Objekt. Betrachte die Angelegenheit als erledigt.«

»Und …« Sie schluckte schwer. »Ist noch jemand anderes hinter dem Teil her?«

Ein leiser, dumpfer Laut erklang, gefolgt von einem Zischen und einem Surren. Lucien liebte seine Kaffeemaschine. »Soweit ich weiß, ist dieser Van Gogh unter dem Radar geblieben. Ich habe Jahre gebraucht, um ihn zu finden. Aber du weißt ja, wie die Dinge liegen.«

Yevgen Liski war, wie die Dinge lagen. Der Mann war im letzten Jahr immer wieder mal aufgetaucht: eine Sichtung hier, eine Sichtung da, und immer hatte er aus der Ferne sein Messer-Tattoo aufblitzen lassen. Er hatte Lucien und ihr ein Rubincollier weggeschnappt, einen Tag bevor sie ihren geplanten Coup ausführen konnten. In der Vergangenheit hatte sie das angespornt, noch härter und schneller zu arbeiten, wenn sie eine Beute an einen anderen Einbrecher verlor. Konkurrenz entfachte ein Feuer in ihr. Dieses Mal war es eine Erleichterung gewesen, ein Job, den sie nicht zu Ende bringen musste.

Yevgen dagegen blühte bei riskanten, schlagzeilenträchtigen Diebstählen erst richtig auf. Das Rubincollier war berühmt gewesen und hatte jemandem aus Chicagos Elite gehört. Genau seine Kragenweite. Wenn Lucien sagte, dass der Van Gogh unter dem Radar geblieben war, dann würde ihn niemand sonst aufgespürt haben, und Yevgen würde ihn links liegen lassen. Trotzdem blieben Clementines Gedanken an einer ihrer schlimmsten Erinnerungen hängen, dem Augenblick, als Yevgen ihr das Messer in den Bauch gerammt hatte, gefolgt von seinen unheilvollen Worten: *Keiner, den du liebst, wird je sicher sein.*

Sie liebte Lucien, aber Lucien konnte auf sich selbst aufpassen. Was würde passieren, wenn sie sich vollständig in Jack verliebte? Halb war sie es bereits. Bedeutete das, Yevgen würde sie finden und Jack verletzen, um seinen psychotischen Kitzel zu befriedigen? Chloe oder Jacks Familie verletzen?

Ein kalter Schauer durchlief sie, und sie warf einen Blick zu ihrer Handtasche. Darin befand sich Yevgens blutiger Hemdfetzen. Sie hatte das Stück Stoff als Erinnerung behalten. Außerdem war es eine Absicherung – sie hatte seine DNA. Falls er sie bedrängte, würde sie den Einbrecher-Kodex brechen: Du sollst nicht verpfeifen. Die Wahrscheinlichkeit, es je zu brauchen, war minimal. Sie war in eine unscheinbare Stadt gefahren, so klein, dass man sie auf keiner Karte fand. Sie hatte ihre berufliche Beziehung zu Lucien beendet. Aber den Stofffetzen zu haben gab ihr ein besseres Gefühl.

Sie plauderte noch eine Weile mit Lucien, dann verabschiedete sie sich. Nicht für immer. Sondern auf ein *Bis bald.* Hinterher schnürte ihr Traurigkeit die Kehle zu, um ihn und die Kinder, die sie im Stich ließ, aber Nervosität und Aufregung zerrten sie in eine Million verschiedene Richtungen. Der Reiz des Unbekannten ließ ihren Körper vibrieren. Sie hatte sich losgesagt und das Gemälde gerettet. Mit oder ohne Jack, sie würde lernen, nicht unterzugehen, anders als in diesem alten Lied über ihren Namen ... nur dass sie nie schwimmen gelernt hatte. Eine unbedeutende Formalität.

Ihr fehlender Schulabschluss und mangelhafter Lebenslauf würden ein Problem sein, aber wenn Lucien sie etwas gelehrt hatte, dann wie sie ihre besten Eigenschaften nutzte. Sie lief unter Stress zu konzentrierter Höchstform auf und fand Schwachstellen, die sie ausnutzen konnte. In der Arbeitswelt bedeutete das, herauszufinden, wo ein Unternehmen Probleme hatte, und eine Lösung anzubieten. Sie konnte irgendwann eine Wohltätigkeitsorganisation finden, die ihre Fähigkeiten brauchte. Zuerst würde sie sich einen Job in einer Autowerkstatt suchen, ehrlich ihren Lebensunterhalt verdienen. Falls Jack sie nicht anzeigte.

Er trat diesen Abend beim Eröffnungskonzert des Festivals auf. Sie sollte nicht hingehen. Er würde sie dort nicht haben wollen. Trotzdem sprang sie eilig unter die Dusche.

* * *

Geplättet wie eine Flunder ging Clementine Whichways Hauptstraße entlang. Sie hatte den Ausdruck *geplättet wie eine*

Flunder noch nie benutzt, aber in dieser Situation war er gerechtfertigt. Tausende Menschen füllten die Straße und die gepflasterten Gehwege. Die Seitenstraßen waren vollgestopft mit Buden und Straßenverkäufern, die Limonade und Souflaki und Hotdogs verkauften. Kinder sprangen fröhlich herum, die Finger und Münder rosa von Zuckerwatte. Leute standen Schlange, um sich falsche Koteletten und Elvis-Perücken zu kaufen. Poster des Kings füllten andere Verkaufsstände. Mehrere Elvi mischten sich unter die Menge und blieben stehen, um für Fotos zu posieren und Autogramme zu geben.

Es war, als betrete man eine Elvis-Schneekugel.

Sie kaufte sich ein Erdnussbutter-Bananen-Sandwich – eine der Leibspeisen des Kings – und mampfte es genüsslich im Gehen. Es gab nichts, wo sie sein musste, kein Opfer, das sie verführen musste. Sie trug sogar Jeansshorts und ihr Muscle-Car-Tanktop mit der Aufschrift *I like it hard and fast.* Es gab keine Rolle, die sie spielen musste. Sie konnte nicht aufhören zu lächeln.

»Meine Tochter hat mich sitzen gelassen.« Imelda erschien wie aus dem Nichts und passte sich Clementines gemütlichem Tempo an. »Sie ist dreizehn und schon zu cool für ihre Mami.«

Clementine aß ihr Sandwich auf und leckte sich Erdnussbutter von den Fingern. »Wie kann es sein, dass deine Tochter schon dreizehn ist? Du siehst kaum älter als dreißig aus.«

»Wusste ich's doch, dass ich dich aus gutem Grund mag.« Sie stupste Clementine mit der Hüfte an. »Und ich hab sie jung bekommen, daran waren die Hormone schuld. Ich bin mit achtzehn schwanger geworden.«

Mit achtzehn hatte Clementine Penthousewohnungen ausgeraubt. »Hast du sofort geheiratet?«

Das war eine direkte Frage, aber Clementine hatte Imelda in den letzten Tagen dreimal getroffen, im Wherever Park (nach

Jacks Joggingstunde), im *Whatnot Diner* (nach Jacks Morgen-kaffee) und in der *Whenever Bar* (an Jacks barfreiem Abend). Sie hatten sich ausgiebig miteinander unterhalten, mehr über Filme und Musik, und Imelda hatte über den nervigen Hund eines Kunden oder den hässlichen Rasen eines Nachbarn ge-tratscht. Clementine hatte sogar von sich preisgegeben, dass sie in Pflegefamilien aufgewachsen war. Sie hatte nicht er-wähnt, wie ihre Eltern gestorben waren, so wie bei Jack, aber es hatte sich *gut* und *echt* angefühlt, einer Freundin gegenüber ehrlich zu sein. Imelda hatte mit einer heftigen Umarmung geantwortet.

»Lawson hat mir in der Sekunde einen Antrag gemacht, in der ich ihm gesagt habe, dass ich schwanger sei«, sagte Imelda. »Aber das war nicht aus Verpflichtung. Wir waren verrückt nach einander. Ich liebe den Idioten immer noch, selbst wenn er mich in den Wahnsinn treibt.«

Röte überzog ihre runden Wangen, und Clementine wurde von heftigem Neid erfasst. Sie wollte auch einen Idioten, den sie lieben konnte. Sie wollte, dass Jack sie in den Wahnsinn trieb. »Also wart ihr zwei damit zufrieden, nur ein Kind zu haben?«

Imelda legte eine Hand auf ihren Bauch. »Wir haben ver-sucht, mehr zu bekommen, aber das stand für uns nicht in den Karten. Wir sind mit dem gesegnet, was wir haben.«

Das waren sie ganz sicher.

Musik erklang von der Hauptbühne einen Block entfernt, und Clementine blieb stehen. Die Sonne würde erst in ein paar Stunden untergehen, und die Temperatur war frisch und win-dig. Trotzdem wurden ihre Hände schweißnass. Jack würde in Kürze auftreten, praktisch jeden Augenblick. Sie hätte nicht kommen sollen. Vage musterte sie die Menge, unsicher, ob sie weitergehen oder den Rückzug antreten sollte. Ein Kind mit falschen Koteletten machte den Elvis-Hüftschwung, was seine Eltern begeisterte. Ein junges Pärchen spazierte Arm in Arm, während ein Mann mit einem funkelnden Elvis-Hut hinter ihnen vorbeiging.

Plötzlich kribbelte Clementines Nacken. Als ob jemand sie beobachten würde. Sie wirbelte herum und musterte die Touristen, suchte nach irgendetwas Merkwürdigem. Lächerlich, wenn alles an einem Elvis-Festival merkwürdig war. Trotzdem schlug ihre Intuition Alarm.

»Jack ist bald dran!«, rief Imelda. Sie war ihr mehrere Schritte voraus und runzelte die Stirn, wahrscheinlich, weil sie sich fragte, warum Clementine ein zwanghaftes Erdmännchen imitierte.

Erneut ließ sie den Blick über die lächelnden Touristen schweifen und musterte Gesichter, Haltungen, Kleidung, fand jedoch nichts. Sie knirschte mit den Zähnen. Das war wegen ihres Lebens, der Entscheidungen, die sie getroffen hatte. Sie war verrückt, zu glauben, dass sie der Einbrecherei einfach unberührt den Rücken kehren konnte. Wahrscheinlich würde sie den Rest ihres Lebens damit verbringen, neurotisch über ihre Schulter zu blicken und darauf zu warten, dass ihr der Boden unter den Füßen weggezogen wurde. Trotzdem sollte sie Lucien später eine Nachricht schreiben und ihn noch einmal bitten, seine Fühler auszustrecken und sich zu vergewissern, dass niemand sonst in der Stadt war.

»Hast du mich gehört?«, fragte Imelda nun an ihrer Seite. »Jack ist bald dran.«

»Ja, tut mir leid. Ich weiß.« Clementine wusste genau, wann Jack dran war. Sie hatte seinen Terminplan auswendig gelernt. Ein unmittelbareres Dilemma als ihre übersteigerte Fantasie.

»Er wird wollen, dass du dabei bist.«

Sie lachte. »Wird er nicht.«

»Ist das nicht derselbe Mann, der dich lechzend aus der Bar geschleppt hat?«

Genau derselbe, der ihre Vergangenheit kannte und seit drei Tagen nicht angerufen hatte. Sie biss sich in die Wange.

Tami winkte hinter einem fülligen Elvis hervor. Ihr Heiligenschein aus roten Locken war wie ein Leuchtfeuer in der Menge. Sie bahnte sich ihren Weg zu ihnen. »Ihr seid ja langsamer als eine Schnecke auf Krücken. Jack schwingt gleich seine flotten Hüften.«

»Da gibt es irgendetwas, das sie uns verschweigt«, sagte Imelda und tat sich mit Tami zu einem spontanen Verhör zusammen.

Clementine blieb stumm.

Tami stemmte die Hände in die Hüften. »Wir rühren uns hier nicht vom Fleck, bis du den Mund aufmachst, und du willst nicht, dass ich Jacks Auftritt verpasse. Ich habe noch nie einen Auftritt verpasst.«

Auf gar keinen Fall würde sie diesen Frauen von ihrer kriminellen Vergangenheit erzählen, aber sie konnte einen Teil der Wahrheit anbieten. »Ich hab mich in ihn verliebt.«

Tami verdrehte die Augen. »Erzähl uns was Neues.«

»Okay – er ist nicht interessiert. Er sagte, er sei zu beschäftigt für eine Beziehung.« Diese letzte Aussage mochte zwar gelogen sein, aber der Schmerz in ihrem Herzen war so echt, wie er nur sein konnte.

Tamis Antwort: »Dann treib's einfach mit ihm.«

Imeldas: »Tu's für uns.«

Clementine schnaubte. Diese Ladys waren wirklich lustig ... bis sie Clementine in die Mitte nahmen, sich bei ihr unterhakten und sie zur Bühne schleiften.

Sie versuchte auf die Bremse zu treten, ohne eine Szene zu machen. »Ernsthaft, er will mich nicht dahaben.«

Tami riss sie vorwärts. »Dieser sündig scharfe Kerl hat einen
Stock in seinem knackigen Arsch. Er arbeitet zu viel und muss
mal Spaß haben. Das ist praktisch eine ärztliche Anordnung.
Jeder Mediziner würde ihm dasselbe sagen.«
»Er will dich genauso sehr wie du ihn«, sagte Imelda. »Er
zieht dich jedes Mal mit den Augen aus, wann immer er in der
Nähe ist. Er wird seine Meinung schon noch ändern.«
Sie verstanden das nicht. Wie könnten sie auch? Aber
Clementine war nicht stark genug, um sich gegen ihre Ein-
mischung zu wehren. Hartnäckig wie marschierende Ameisen
führten sie sie mit Ellbogen- und Schultereinsatz durch die
Menge. Die Musik wurde lauter, die Bühne kam näher.
Schweiß überzog Clementines Stirn und Achseln. Menschen
auf Reihen von Gartenstühlen klopften im Takt mit den Füßen und sangen lauthals mit. Auf der Bühne war ein Kind als
junger Elvis verkleidet, in einem glänzenden roten Hemd und
Lacklederschuhen. Seine Stimme war erstaunlich. Wenn sie
nicht kurz davor wäre zu hyperventilieren, würde sie die Show
genießen.

Am Rand der Menge hielten sie an, nah genug an der Bühne,
dass Jack sie vielleicht sehen konnte, und Imelda ließ ihren Ellbogen los.

Tami gab keinen Millimeter nach. »Er tritt jeden Augenblick
auf«, flüster-schrie sie Clementine ins Ohr. »Er singt immer
eine peppige Nummer bei der Eröffnungsshow. Jede Menge
Hüft-Akrobatik.«

Clementine könnte spontan in Flammen aufgehen.

Der junge Elvis schmetterte seinen letzten Refrain. Die
Mädchen hüpften im Takt, während Clementine Schwitzen in
eine olympische Disziplin verwandelte. Als die Musik aufhörte
und das Publikum in Beifall ausbrach, war sie kurz davor, in
Ohnmacht zu fallen. Für eine Frau, die über ein Jahrzehnt da-

mit verbracht hatte, den Behörden zu ent- und in Häuser hineinzukommen, sollte sie eigentlich gegen einen Anfall verschwitzter Nervosität gefeit sein. Aber dem hier war sie nicht gewachsen.

Jack schlenderte auf die Bühne.

Elvis Jack. Der kühne Jack. *Gut-mit-seinen-Händen*-Jack.

Sie stöhnte leise.

Tami warf den Kopf in den Nacken und lachte schallend. »Dich hat's so was von erwischt.«

Sie war absolut geliefert.

Jacks selbstbewusste Ausstrahlung hatte Klasse. Er trug dasselbe Kostüm wie an dem Abend, an dem er für sie in seinem Reptilienheim gesungen hatte: schwarze Hose, schwarzes Hemd, schmale Krawatte, goldenes Sakko. An jenem Abend hatte er *Can't Help Falling in Love* gewählt. Wenn sie jetzt in seinem Reptilienheim wären, nur sie beide allein, würde er dann *Heartbreak Hotel* oder *Love me Tender* singen?

Die Band spielte die ersten Töne von *All Shook Up* an, und die Menge drehte durch. Imelda johlte. Tami pfiff auf ihren Fingern und ließ Clementine endlich los, damit sie die Hüften schwingen konnte. Genau das, was Clementine tun wollte. Was sie tun sollte.

Sie war zum ersten Mal in ihrem Leben eine unabhängige Frau. Jeder Tag würde so aufregend oder langweilig werden, wie sie ihn machte.

Entschlossen, ihre Neurose von vorhin zu vergessen und damit aufzuhören, sich über Jacks Entscheidung den Kopf zu zerbrechen, schloss sie die Augen und fing an, sich zu bewegen. Fersen, Knie, Schultern – sie wippte und klopfte mit den Füßen. Allmählich wurden ihr Geist und Körper lockerer. Sie würde zwar nicht für *Let's Dance* gecastet werden, aber durch Jacks Stimme, die melodisch zu dem funky Beat auf- und abtanzte, fühlten sich die Bewegungen mühelos an, solange sie die Augen geschlossen hielt. Falls er sie entdeckte und finster oder ernst ansah, wusste sie nicht, was sie tun würde.

Kapitel 20

DER SCHLAGZEUGRHYTHMUS pulsierte in Jacks Adern, jeder Beat bewegte seine Glieder wie von selbst. Er performte wie immer, lächelnd und die Menge aufpeitschend, aber das Raunen in seiner Stimme war schwächer geworden. Die Freude auf der Bühne fühlte sich gedämpft an. Zum Teil war die Abwesenheit seines Vaters daran schuld, ebenso wie die Tatsache, dass seine Forschung heute einen Schritt zurück gemacht hatte, nicht vorwärts wie geplant. Sein Leben war alles andere als einfach, aber dass seine depressive Stimmung so tief war, hatte einen spezielleren Grund: Er vermisste Clementine.

Sie hatten keine lange Affäre miteinander gehabt. Eigentlich überhaupt keine Affäre, körperlich gesehen. Aber ihre Falschheit schmerzte. Er hatte in den letzten Tagen seinen Ärger gepflegt, aber das Vermissen war nie weniger geworden. Wenn überhaupt, hatte es sich noch verstärkt, wie eine an einen Verstärker angeschlossene Gitarre zu einem Echo anschwoll, das durch ihn hindurchhallte. *Komm drüber hinweg*, sagte er sich. *Eine Frau mit ihren Komplikationen macht nur Ärger. Sie ist genau wie Ava.*

Aber das war sie nicht. Tief drinnen wusste er das, und er konnte sie nicht loslassen.

Sie war immer noch in der Stadt. Er war auf dem Heimweg an ihrem Motel vorbeigefahren, um nachzusehen, ob ihr Wagen noch da war. Sie dort zu finden hatte ihn überrascht. Sie mochte zwar gesagt haben, dass sie sich ändern wollte, aber sich auf diese Weise selbst neu zu erfinden sah schnell weit weniger reizvoll aus, wenn die Realität zuschlug. Ein richtiger Job. Die Tretmühle eines geregelten Arbeitstags. Das mochte sich jetzt neu und aufregend anhören, aber was war in einem Tag, einer Woche, einem Monat? Trotzdem, sie war nicht gegangen.

Er hatte nicht an ihre Tür geklopft, und diese Übung in Zurückhaltung hatte ihn beinahe umgebracht. Nicht zu telefonieren oder zu schreiben war noch schlimmer gewesen. Er wollte mit ihr zusammen sein und ihr durch diese Zeit des Umbruchs hindurchhelfen. Sie war als Kind in dieses kriminelle Leben eingeführt worden. Es war nicht ihre Entscheidung gewesen. Nichts davon löschte sein Verletztsein aus, aber sie zu vermissen überschattete es.

Nun versuchte er sich auf den Song zu konzentrieren, auf das *Ba-da-Bum* des Backbeats. Nicht das triste Schlagen seines Herzens. Er nahm Augenkontakt mit einer älteren Frau in einem *I Love Elvis*-Shirt auf. Er zwinkerte ihr zu und kräuselte seine Lippe, schenkte ihr die volle Star-Behandlung. Sie errötete jubelnd. Das sollte ihm das Gefühl geben, der Größte zu sein. Dann fiel sein Blick auf Clementine, und beinahe hätte er seinen Text verpatzt.

Sie hatte die Augen geschlossen, wiegte sich aber zum Rhythmus, ein Lächeln auf den Lippen. Lippen, die er geküsst hatte. Lippen, die in seine Träume eindrangen. Er konnte den Blick nicht von ihr losreißen.

Sein Bariton wurde tiefer. Er zog noch stärker die Lippe hoch und legte eine Spur Aggressivität in seinen Tonfall. *Du hast Mist gebaut,* wollte er vermitteln. *Du hast mich verletzt, aber ich vermisse dich so verdammt sehr.*

Clementine riss die Augen auf und presste eine Hand auf ihr Herz. *Sein* Herz fühlte sich an, als schlüge es außerhalb seiner Brust. Ihre Verbindung war so stark wie immer, stärker, als er es je erlebt hatte. In ihrer Nähe war keine Verlegenheit mehr da. Nichts von seiner üblichen Unbeholfenheit in Beziehungen. Sie hatte in ihrem Leben dunkle Dinge getan. Dunklere als die meisten. Das bedeutete nicht, dass sie nicht neu anfangen konnte, mit ihm an ihrer Seite. *Nimm dir Zeit zu leben,* hatte sein Vater gesagt.

Konnte er es riskieren, diese Leere durch Clementine füllen zu lassen?

Er performte den Rest des Songs nur für sie, mit schwingenden Hüften und wilden Leg Shakes auf Zehenspitzen. Das Bühnenlicht brannte auf seine Kopfhaut, und seine Stirntolle flog, als er seine Seele in die Nummer legte. Einen Herzschlag lang gab es nichts als die Musik und seine nicht-stotternde Stimme und eine atemberaubende Erdbeerblondine, die nur Augen für ihn hatte. Einen Herzschlag lang wurde der Druck, der auf ihm lastete, leichter.

Er schmetterte die letzten Zeilen, und die Menge tobte. Tami und Imelda kreischten und pfiffen auf den Fingern. Die Bewunderung ließ stets sein Adrenalin in die Höhe schießen, aber es war die Art, wie Clementine sich auf die Lippe biss und ihn mit unterdrückter Sehnsucht ansah, was seinen Puls fiebrig werden ließ. Er wollte von dieser Bühne runter, mit ihr reden und eine Lösung finden. Sie war geblieben, wie er sie gebeten hatte, sie hatte ihn nicht in Zugzwang gebracht oder ihre Meinung geändert. Dass sie hier aufgetaucht war, bedeutete etwas.

Dieser Auftritt war nur eine Begrüßungsshow für die Menge. Es war nicht nötig, länger zu bleiben und die Preisrichter zu beeindrucken. Er ging von der Bühne ab, rannte die Stufen hinunter und in schnellem Tempo in Richtung Publikum. Beinahe pflügte er dabei Alistair und Ava über den Haufen. »Ach, du bist auch hier, na klasse.« Alistair legte schwungvoll den Arm um Avas Schultern. Jacks Ex schmiegte sich an die Seite des Blödmanns, wie sie sich früher an ihn gekuschelt hatte.

»Klasse ist doch etwas, woran es dir mangelt.« Jack wartete darauf, das bittere Gefühl im Magen zu spüren, das er in Gegenwart seiner Ex bekam, die Abscheu darüber, dass ihre Zuneigung nichts als Lüge gewesen war. Er wartete darauf, dass diese Erinnerung Clementines Täuschung schlimmer machte. Alles, was er empfand, war Rastlosigkeit.

Alistair trat dicht vor ihn. »Wenn dieser Auftritt irgendein Anhaltspunkt war, dann wirst du mühelos den letzten Platz belegen.«

Er konnte die Beleidigung nicht zurückweisen. Die ersten zwei Drittel seiner Nummer waren tatsächlich schwach gewesen. Aber er konnte sich auf nichts anderes konzentrieren, außer nach Clementine zu suchen. Wenn er von Angesicht zu Angesicht mit ihr reden konnte, dann würde er wissen, wie er empfand, entscheiden, ob er ihr verzeihen konnte. Etwas sagte ihm, wenn er ihr noch eine Chance gab, dann würde nichts mehr die Power in seiner Stimme zurückhalten. Außer sie war gekommen, um Lebwohl zu sagen. Einen Schlussstrich unter die Sache zu ziehen. Sie könnte ihre Meinung geändert haben, unfähig sein, ihr Leben aufzugeben. Diese Möglichkeit gefiel ihm gar nicht, und seine instinktive Reaktion bestätigte, was er bereits ahnte: Er war nicht bereit, sie zu verlieren.

»Whichway wirkt aufregend wie immer.« Avas Verachtung war so dick aufgetragen wie ihr Make-up. »Habt ihr hier überhaupt schon ein *Starbucks*?«

Der Stadtrat hatte vor einigen Jahren verhindert, dass sich einer hier breitmachte, ein Sieg, auf den Jack stolz war. Ava allerdings gab großen Ketten gegenüber einheimischen Geschäften den Vorzug. Er überlegte, was er sagen konnte, eine Abfuhr, die zeigen würde, dass er über Ava hinweg war, oder auch nur irgendeinen einfachen Gesprächseinstieg, aber ihm fiel nichts ein. Sich mit Ava zu unterhalten war oft mühsam gewesen. Er hatte angenommen, dass das nur an ihm gelegen hatte – an seinen Schwierigkeiten, sich Frauen gegenüber normal zu verhalten.

Clementine hatte bewiesen, dass der richtige Mensch sein Selbstbewusstsein stärken und dabei helfen konnte, die Worte mühelos fließen zu lassen.

»Ich hoffe, du bist glücklich«, sagte er zu Ava. Wahre Worte. Es war Zeit, seine Verbitterung loszulassen.

Ihre pinkfarbenen Mundwinkel sanken herunter.

Alistair warf sich in die Brust. »Seit sie mit mir zusammen ist, ist die Antwort darauf ja klar.«

Klar war nur, wie dringend Jack Clementine finden wollte. Außerdem hätte er nichts dagegen, Alistair eine zu verpassen.

* * *

»Geh und gratulier ihm.« Nicht gerade sanft stupste Imelda Clementine an.

»Er redet gerade mit jemandem. Und vielleicht will er mich gar nicht sehen.«

Tami packte Clementine an den Schultern und starrte ihr fest in die Augen. »Er redet nicht gerade mit jemandem. Er redet mit Alistair, seinem Elvis-Erzfeind, und seiner nuttigen Ex. Und er hat dich gerade von der Bühne aus mit den Augen vernascht, also hör auf, dir ins Hemd zu machen. Der Junge ist verrückt wie ein Mondkalb nach dir.«

Clementine war verrückt nach ihm wie eine ganze Mondkalbherde, und es gefiel ihr nicht, dass er mit seiner Ex redete, einer Frau, die ihn laut Chloe *total verarscht* hatte. Avas Kurven waren in ein pinkfarbenes Spaghettiträgerkleidchen gequetscht. Neben ihr hatte sich Jack von stolz und selbstbewusst zu steif und grüblerisch verwandelt, und Mitgefühl durchzuckte Clementine. Sie war ausgezeichnet darin, in verschiedenste Rolle zu schlüpfen, und sie wusste eine, die Jack dabei helfen würde, mit seiner Ex fertigzuwerden.

Sie setzte sich in Bewegung, bevor sie sich die Sache ausreden konnte. Heruntergefallenes Popcorn knirschte unter ihren Füßen, als sie tanzenden Leibern auswich. Die Band spielte *Jail House Rock*. Einen Song, den Jack Realität werden lassen konnte, wenn er wollte. Nicht, dass diese Aussicht sie abschreckte. Jacks Aufmerksamkeit war hauptsächlich auf seinen Erzfeind gerichtet, aber er verrenkte sich immer wieder den Hals, um die Menge abzusuchen. Nach ihr? Hoffnung stieg in ihrer Brust empor.

Sie nahm einen tiefen Atemzug voll Mut, dann schlich sie sich an seine Seite, stellte sich auf die Zehenspitzen und küsste ihn auf die Wange. Jack zuckte zusammen – eine Millisekunde lang –, dann legte er einen starken Arm um ihre Schultern. Als wollte er sie dort haben.

Sie schmiegte sich enger an ihn. Warum sich nicht nehmen, was sie kriegen konnte? »Du warst unglaublich, Schatz. Die Hälfte der Frauen im Publikum ist fast in Ohnmacht gefallen.«

Er neigte den Kopf zu ihr herunter, brennende Absicht in seinen blauen Augen. »Ich habe nur für dich gesungen.«

Ihr Puls schlug schneller. »Ich habe jedes Wort gehört.« Sie hoffte, sie deutete seine gebannte Aufmerksamkeit, als er gesungen hatte, den hungrigen Ausdruck nun in seinem Blick richtig. Außer er folgte ihrem Beispiel und legte eine Show für seine Ex hin. »Ich liebe es, wenn du für mich singst«, säuselte sie ihre Rolle spielend, dabei kreuzte sie innerlich die Finger, dass diese Rolle kein Verfallsdatum hatte. »Nichts ist mir lieber.«

»Dann werde ich noch öfter für dich singen müssen.«

»Von mir wirst du keine Klagen hören.«

Langsam und bewusst streichelte Jack mit dem Daumen an ihrem Oberarm auf und ab.

Ava räusperte sich und zog Alistair am Arm. »Geh mit mir zum Jahrmarkt. Ich möchte einen von diesen großen Teddy-bären.«

»Sicher, Baby«, antwortete er, dann wandte er sich an Jack. »Wir sehen uns morgen bei der Show. Oder vielleicht werde ich dich nicht sehen, weil du meinen Staub fressen wirst.«

»Ich nehme an der Hundeshow zwar nicht teil, aber ich hoffe wirklich, du gewinnst.«

»Was? Nein. Die *Show*-Show. Das Konzert.«

Jack ignorierte Alistairs empörte Antwort. »Colonel Blue ist in toller Form, also wirst du dich anstrengen müssen. Der alte Knabe neigt dazu, die Massen für sich einzunehmen.«

Wütend funkelte Alistair ihn an. Jack schmunzelte nur. Sein Rivale warf einen bösen Blick in Clementines Richtung, dann zerrte er seine Freundin davon, und Ava hatte Mühe, mit ihren zu hohen Absätzen Schritt zu halten.

Nachdem Clementines Auftritt leider vorbei war, wollte sie einen Schritt zurücktreten, um Jack Raum zu geben, doch er zog sie enger an sich. »Warum bist du in der Stadt geblieben?«

»Wegen dir, Jack. Weil ich hoffte, wir könnten es noch mal versuchen, noch mal neu anfangen. Irgendetwas …«

»Komm mit mir nach Hause.«

In ihrem Bauch wirbelte es so wild wie seine Hüften auf der

Bühne, aber sie war nicht sicher, ob er für diese Nacht oder länger meinte. »Ich weiß nicht.«

Nun war er an der Reihe, ihr Raum zu geben, aber er behielt seine Hand an ihrem Arm. Unschlüssigkeit grub eine Falte zwischen seine Augenbrauen. »Hast du deine Meinung über uns geändert?«

»Ganz im Gegenteil.« Sie würde für Jack sogar auf die Kronjuwelen verzichten, aber jemandem den Schlüssel zu ihrem Herzen anzubieten war um Lichtjahre schwieriger, als unbezahlbare Klunker zu stehlen. Sex mit Jack würde alles sein. Abgesehen von Lucien, hatten alle, die sie je geliebt hatte, sie immer nur verlassen. »Ich habe mich in dich verliebt, Jack. Heftiger, als mir bewusst war. Diese letzten paar Tage haben mir das wirklich klargemacht. Also muss ich wissen, dass du mir glaubst, dass ich mich ändern will, dass ich dir oder deiner Familie nicht schaden werde. Ich muss wissen, was du denkst … andernfalls ist dieses Risiko – sonst bin mir nicht sicher, dass ich es tun kann.«

Seine Finger gruben sich in ihre Oberarme. »Ich bin ein bisschen vorsichtig, um ehrlich zu sein, aber ich habe versucht, nicht mehr an dich zu denken, und dadurch fehlst du mir nur umso mehr. Da ist etwas Starkes zwischen uns, das ich nicht erklären kann, aber ich glaube, deshalb ist es etwas Besonderes. Deshalb bist *du* etwas Besonderes.« Er schlang beide Arme um sie. »Wir haben ein paar ernste Gespräche vor uns, aber ich bin bereit, mein Herz zu riskieren, wenn du es auch bist. Komm mit mir nach Hause.«

Er hielt ihren Blick fest, und sie schmolz ihm entgegen, unsicher, wie sie in Elvis' Armen gelandet war. »Mein Prius ist noch hier.«

»Den holen wir später.«

»Ich habe immer noch Angst.«

»Dann sind wir schon zwei.«

»Außerdem findest du mich nervig.«

»Stimmt.« Ein unglaublich süßes Lächeln ließ sein Gesicht weicher werden. »Und du findest, ich bin ein Idiot.«

Sie lachte. Er war so ein bekloppter Idiot. Jack verlagerte leicht seine Haltung, genug, um sie seine Absichten spüren zu lassen. Seine harte Länge ließ ihr Innerstes weich wie Pudding werden. »Okay«, flüsterte sie.

Mit einem besitzergreifenden Stöhnen führte er sie zu seinem Wagen.

Sie sprachen nicht während der Fahrt. Jack legte ihre Hand auf seinen Oberschenkel und hielt sie dort fest, seine Handfläche schwer auf ihrer. Bei seinem Haus angekommen öffnete er ihr die Autotür, verschränkte ihre Finger miteinander und hielt sie dicht an seiner Seite, als sie hineingingen. Sie fühlte sich, als hätte sie ein Kilo Sprungbohnen verschluckt.

In seinem Flur blieb er stehen und nahm ihr Gesicht in die Hände. »Ich brauche dich, Clementine.« In seiner Stimme war mehr raues Tremolo, als wenn er sang. »Wir können später reden, aber gerade jetzt brauche ich dich. Heute Nacht gehörst du mir.«

Gott, sie hoffte, es war für länger als nur heute Nacht. aber sie brauchte ihn zu sehr, um über das Ziehen in ihrem Bauch und das Verlangen zwischen ihren Schenkeln hinauszudenken. »Ich gehöre dir«, flüsterte sie.

Sein Kuss als Antwort war nicht langsam und süß. Da waren kein sanftes Streifen oder kleine knabbernde Bisse. Er verschlang sie, ein Verhungernder, der sein letztes Mahl genoss. Nein, nicht sein letztes. Das erste seit langer Zeit. Das erste von vielen, hoffentlich. Sie grub die Fäuste in sein Haar, fuhr mit den Nägeln über seine Kopfhaut, was ihm ein köstliches Stöhnen entlockte. Sie versuchte ihm zu zeigen, wie leid es ihr tat, dass sein Vertrauen zu missbrauchen das Schlimmste war, das sie je getan hatte. Ihre Zungen tanzten, seine Lippen waren kraftvoll und geschickt. Jede Empfindung steigerte sich, bis ein Schauer ihren Körper durchlief.

Er hob sie hoch, einen Arm unter ihren Beinen und einen in ihrem Rücken, und drückte sie an seine Brust, als wäre sie etwas Kostbares. Mit langen Schritten trug er sie zu seinem Schlafzimmer, dabei schlug sein Herz heftig an ihr. Sie schmiegte die Nase an seinen Hals, küsste die Ader, die daran entlanglief. Sie biss in sein Schlüsselbein. Ein tiefer, männlicher Laut grollte aus ihm empor.

Bei ihrem letzten Besuch hatte sie sein Schlafzimmer nicht gesehen. Nicht während sie damit beschäftigt gewesen war, sein Reptilienheim zu bestaunen. Der Raum war sinnlich und doch maskulin, in Grau-, Anthrazit- und warmen Brauntönen dekoriert. Groß und elegant. Vollkommen Jack.

Er legte sie aufs Bett, dann stand er auf und verschlang sie mit nichts als seinen verhangenen Augen. »Mein«, murmelte er.

Ja. Sein. Sie wollte nur die Seine sein. Solange er der Ihre war.

Sein dunkles Haar war von ihren Fingern zerzaust, sein Hals rot von ihren Zähnen und Lippen. Das war nicht genug. Sie musste ihn nackt sehen, jeden Zentimeter seines Körpers berühren. Sie krabbelte vom Bett und warf sich auf ihn. Schmunzelnd fing er sie auf und bremste sie, um besitzergreifend ihren Körper zu streicheln und zu kneten. Er zog eine Spur feuchter Küsse an ihrem Ohr und Hals entlang. Noch mehr ziehende Erregung in ihrem Bauch. Noch mehr Verlangen.

»Deine Kleider«, sagte sie. »Runter damit.« Sie brachte keine ganzen Sätze mehr zustande.

»Ich werde dich vernaschen«, stieß er hervor.

Er lockerte seine Krawatte und riss sie herunter. Verzweifelt fummelte sie an seinen Hemdknöpfen, während er sich aus seinem goldenen Sakko wand und seine Socken und blauen Wildlederschuhe auszog. Seine schwarze Hose landete hastig auf dem Boden, dann war Clementine auf den Knien und zerrte mit scharfen, abgehackten Atemzügen an seiner schwarzen Unterhose.

Er hielt ihre Hände fest. »Hör auf und komm hoch.«

Bei seiner Dominanz durchzuckte sie heftige Erregung. Der schüchterne Jack hatte das Gebäude verlassen, und das gefiel ihr. »Aber ich brauche es, dass du die ausziehst.«

»Das werde ich auch, aber zuerst werde ich dich schön langsam ausziehen. Mir für dich Zeit nehmen.«

. Sagte der Mann, der einst als Schnellschuss-Jack bekannt war. Sie musterte die Beule in seiner Unterhose und leckte sich die durstigen Lippen. »Langsam kann warten. Ich brauche dich hart und schnell.«

Er gab ein befriedigendes Stöhnen von sich. »Wir machen es auf meine Weise. Und ich will es langsam.«

Er zog sie hoch und trat außer Reichweite, dann streifte er völlig ungeniert die Unterhose von seinem modellierten Körper. Der Beweis seines Verlangens schnellte hervor, was sie sich vor Sehnsucht winden ließ. Mit den Augen verschlang sie seine breiten Schultern und die definierte Brust, die vereinzelten dunklen Brusthaare, die sich auf seiner olivfarbenen Haut ringelten. Gewölbte Bauchmuskeln lenkten ihren Blick hinunter zu seinen Hüftknochen und zu all der männlichen Perfektion, die sich ihr in Habachtstellung präsentierte. Seine kräftigen Oberschenkel spannten sich an.

»Du bist schön«, sagte sie. Worte für eine Frau, vielleicht, aber gut aussehend war nicht genug für Jack. Schön war größer. Schön war von innen und außen. »Aber du bist zu weit weg.«

Sie stand in Flammen. Sie wollte ihn in ihrem Mund, wollte, dass er ihren Körper ausfüllte. Sie presste die Schenkel zusammen, aber es half nicht. Das hier war neu für sie, dass sie die Bekleidete war und der Mann sich vor ihr entblößte. Die Männer, mit denen sie bisher zusammen gewesen war, hatten es eilig gehabt, ihr Shirt und BH auszuziehen, sich in ihr Höschen vorzuarbeiten. Jack bot ihr etwas anderes an, wie als er ihr seine schreckliche Teenagergeschichte erzählt hatte. Er gab ihr zuerst ein Stück von sich, damit sie sich dabei wohlfühlte, dasselbe zu tun.

Ein Kloß bildete sich in ihrer Kehle.

Er streichelte sich einmal, grob, dabei war sein Blick so eindringlich, dass sie sich ebenfalls nackt fühlte. »Berühr mich nicht«, sagte er. Ein Befehl.

Dann war er auf ihr, sein Mund und seine Hände liebkosten sie, während er ihre Arme hob und ihr das Shirt auszog. Ihr BH landete auf dem Boden. Er knetete ihre Brüste, seine Fingerknöchel streiften die Innenseite ihrer Schenkel, als ihre Shorts und der String fielen. Unter seinem heißen Atem strafften sich ihre Brustwarzen, als er ihren Körper erforschte. *Nicht berühren. Nicht berühren.* Sie ballte die Fäuste.

Ihn nicht zu berühren war das Schwerste, was sie je getan hatte, und er war überall, er glitt an ihrer Haut entlang, seine Zähne an ihrer Hüfte, seine Finger liebkosend an ihrem Po, sie tauchten in ihre Falte, neckend, reizend, *quälend*.

»Knie dich aufs Bett, mit dem Gesicht zum Kopfteil, und warte.«

Ihr war schwindlig vor Verlangen, ihr Körper stand so unter Strom, dass bei der kleinsten Berührung Funken sprühen würden. Sie wusste, Sex mit Jack würde lebensverändernd sein. Sie war nicht auf seine elektrisierende Kontrolle vorbereitet gewesen. »Bist du immer so bestimmend im Bett?«

»Ja.«

Tamis Klatsch wurde ihm nicht gerecht.

Bebend kletterte sie auf sein Bett, richtete sich auf die Knie auf und wartete. Ihr Körper pulsierte, kalt und heiß zugleich. Warum brauchte er so lange?

Schließlich gab das Bett nach, und Jack kniete sich dicht hinter sie, während er ein Kondom neben sie warf. Seine Erektion drängte sich heiß und hart und seidig an sie. Sie wiegte ihm ihre Hüften entgegen, um noch mehr von ihm zu spüren, aber er hielt sie fest … und erforschte. Mit einer Hand massierte er ihre Brust, mit der anderen glitt er zu der Stelle, wo sich ihre Schenkel trafen, und umschloss sie, während er mit geöffneten Lippen die empfindsamen Stellen ihres Halses küsste. Sie zuckte heftig mit den Hüften. Konnte sich nicht mehr beherrschen. Er war hinter ihr, aber sie war völlig offen für ihn. Verletzlich. Kehlig raunte er Liebkosungen an ihrem Rücken.

Mein. Herrlich. Perfekt.

Und seine *Finger*. Wiegend füllten sie sie aus, sein Daumen rieb mit genau richtigem Druck. Noch nie war sie so feucht gewesen, so bereit, so unter der Kontrolle von jemand anders.

»Hör nicht auf, Jack. Das ist so gut. Ich bin so kurz davor.«

»Du umklammerst meine Finger so verdammt eng. Kann es nicht erwarten, bis mein Schwanz in dir ist.«

Ihr innerer Winkel veränderte sich, oder vielleicht waren es seine schmutzigen Worte, aber Lust explodierte in ihr. Bebend schrie sie auf. Ihre Sicht verschwamm. Blind warf sie den Kopf in den Nacken und wölbte den Rücken, während die Nachbeben sie durchzuckten. »Was hast du mit mir gemacht?«

»Das war für mich, Liebling.«

Oh, dieser Mann! Sie war ruiniert. Sie würde sich nie wieder bei einem anderen so gut fühlen.

Langsam legte er sie auf den Bauch und drehte sie dann auf

den Rücken. Bei seinem Anblick sehnte sie sich verzweifelt nach mehr. Sein wildes Haar fiel ihm in die Stirn, als er sie hungrig ansah.

»Ich muss dich berühren«, sagte sie flehend.

»Noch nicht.« Die Worte schienen ihn zu schmerzen. Seine Brust weitete sich unter seinen schweren Atemzügen, als er sich über sie beugte, aber er machte keine Anstalten, sie zu küssen oder sie zu berühren. Sie war kurz davor, ihm zu sagen, wo er sich seine Kontrolle hinschieben konnte, als er flüsterte: »Du bist der erstaunlichste Mensch, der mir je begegnet ist.«

Mit der Zärtlichkeit eines Mannes, der mehr als nur Lust für eine Frau empfand, rutschte er langsam tiefer und küsste ihre Narbe.

Sie zuckte zusammen, Feuer schnürte ihr die Kehle zu. Sie wand sich leicht, in der Hoffnung, er würde tiefer wandern, höher – egal wohin, außer in die Nähe dieser Narbe –, doch er hielt sie fest und küsste erneut die wulstige Haut.

Ein Teil von ihr wollte aus dem Bett springen und zu Lucien und dem vertrauten Leben zurückrennen, das sie kannte. Eines, in dem ihr Herz nur für sie selbst schlug und in dem null Freunde und null Liebhaber auch null Schmerz bedeuteten. Aber Jacks Lippen, seine Zuneigung – sie erschauderte vor Freude darüber ... und ergab sich.

Sie schob die Finger in sein Haar und hielt ihn an ihrem Bauch fest. Wieder küsste er ihre Narbe, jeder Kuss war wie frische Stiche, die ihre Wunde heilen ließen. Seine Lippen wanderten hoch zu ihren Rippen, über ihre Brüste, zogen leicht an ihren empfindsamen Brustwarzen. Mehr Erforschen. Mehr Hingabe. »Berühr mich«, befahl er.

Das wurde auch höchste Zeit. Sie knetete die Muskeln in seinem Rücken, grub die Finger in die tiefen Täler. Sie wölbte sich ihm entgegen.

»Ja«, raunte er. »Bieg dich für mich, Liebling.«

Biegen, nicht brechen. *Mich in die Welt dieses Mannes winden.* Seine Erektion glitt an ihrem Oberschenkel entlang. Er wiegte die Hüften, seine schwere Länge war so nah und doch so weit weg. Sie versuchte, tiefer zu rutschen, ihn zwischen ihren Schenkeln zu verankern, aber er behielt die Kontrolle. Küssend. Huldigend. *Bieg dich für mich, Liebling.*

Als er endlich seine nackte Brust auf ihre herabsenkte, brach beinahe ein Schluchzen aus ihr heraus. Fest biss sie die Zähne zusammen. Spannte jeden Muskel ihres Körpers an.

Nicht weinen. Nicht weinen. Warum zum Teufel bin ich kurz davor zu weinen?

»Clementine«, sagte er leise. »Du musst loslassen. Ich werde nirgendwo hingehen.«

Verlassenheitsangst. Ihre Probleme standen ihr praktisch auf die Stirn geschrieben. Sie war nicht blind für sie. Das bedeutete nicht, dass sie sich mit ihnen auseinandergesetzt hatte oder sich je darum gekümmert hatte, es zu versuchen. Jack kümmerte sich. Sie wollte sich auch kümmern.

»Ich weiß nicht, wie«, flüsterte sie.

Er nahm ihren Kopf in seine großen Hände und sah sie an. Sein Mund war voll und sinnlich, was seine ernsten Züge weicher machte. »Sei hier bei mir. Nirgendwo sonst. Einfach nur hier, jetzt.«

Jetzt. Das beste *Jetzt,* das sie je gekannt hatte.

Sein Blick wich nicht von ihr, und diese Beständigkeit gab ihr ein Gefühl von Sicherheit.

Und, Gott, die Leidenschaft in seinen Augen! Er sah sie mit so viel – Wärme, Mitgefühl … *Liebe?* – so viel *etwas* an, dass es ihr den Atem raubte. Sie konnte weder ein- noch ausatmen. Aus würde Tränen bedeuten. Ein würde ihr Herz noch weiter öffnen. Beides könnte sie verletzen. Aber Sauerstoff war ebenso lebenswichtig wie Zuneigung. Ohne eines von beidem zu leben, machte Menschen hart und kalt.

Sie entschied sich fürs Ausatmen, ein Luftstrom, der dieses schreckliche Schluchzen mit sich brachte.

Jacks Brust schwoll breiter an, sein Blick blieb fest und sicher. »Ich hab dich. Ich werde nicht loslassen.«

Aber sie tat es – sie ließ los. Er war nackt auf ihr und stützte sich gerade genug ab, um sie nicht zu erdrücken und ihr mit seinem restlichen Gewicht Trost zu bieten. Eine Decke aus Haut und Knochen und Vertrauen und Hoffnung. Es war zu viel und nicht genug. Sie zog seinen Kopf tiefer, zwang seinen Mund auf ihren. Er schluckte ihre Ängste und gab ihr ein Versprechen von mehr. Ein weiteres Schluchzen. Feuchte, hungrige Lippen.

Seine Körperwärme wurde intensiver, überall, wo sich ihre Haut berührte, sengend heiß. »Ich muss in dir sein«, stieß er zwischen zusammengebissenen Zähnen hervor.

»Ja. Jetzt. Bitte.«

Sanft drängte er ihre Beine auseinander und kniete sich zwischen ihre Schenkel, um sie erneut mit den Fingern um den Verstand zu bringen. Um ihn bittend kippte sie ihm die Hüften entgegen, während sie sich eine weitere Träne fortwischte, die ihr entschlüpfte.

Seine Finger verharrten. »Berühr nicht dein Gesicht. Versteck dich nicht vor mir.«

Also das war es, was er von ihr brauchte, er musste ihre Verletzlichkeit sehen und ihr vertrauen, nach all den Lügen, die sie erzählt hatte. Clementine war normalerweise keine Heulsuse, außer sie war mit Jack intim, wie es schien. Sie gab nur selten ihren Emotionen nach. Weinen war Schwäche. In einer Pflegefamilie machte dich das zur Zielscheibe.

Jack verlangte ihre Unterwerfung.

Sie ließ die nächste Träne fallen und hasste es, wie sie nass über ihre Haut lief. Sie hasste die Person, zu der sie geworden war. Falsch und distanziert. Isoliert. Jack küsste ihren Kiefer, und der Hass wurde schwächer. Er küsste ihren Hals, und die Selbstvorwürfe verflogen. Die meisten davon, zumindest. Das Verlangen, sich ihm zu beweisen, flammte in ihr auf, damit er ihr ihre Lügen vollständig verzeihen konnte.

Er griff nach dem Kondom, aber sie nahm es ihm aus den Händen. »Benutz das nicht.«

Er verharrte, aber seine Erektion zuckte. »Was?«

»Ich nehme die Pille und habe mich testen lassen.«

»Du hast nicht gefragt, ob ich gesund bin.«

»Du würdest mir nicht schaden.«

»Woher willst du das wissen?«

»Ich kenne dich, Jack.« Sie hoffte, das schloss den Glauben mit ein, dass er sie nicht an die Cops ausliefern würde, aber das war nicht mehr wichtig, nicht jetzt, bei dem, was sie gleich tun würden. »Ich vertraue dir. Ich will, dass du in mir kommst.«

Spür das Vertrauen, das ich in dich lege.

Seine Augen leuchteten auf, wild und ursprünglich mit einer Prise Wagemut. »Bist du sicher?«

Sie spreizte die Beine.

Ein Grollen brach aus ihm heraus, aber er bewegte nicht die Hüften. Er glitt an ihr hinunter, dabei verschlang er sie mit Augen und Zunge und Lippen. »Brauche das.«

Nein. Nicht das. Sie sehnte sich danach, dass er in ihr war, dass er sie ausfüllte, damit kein Platz mehr für ihre Sorgen blieb. »Du hast gesagt, wir brauchen jetzt Sex.«

»Ich hab gelogen.« Er hielt kurz inne und zog eine dunkle Augenbraue hoch, um sie anzusehen. »Ich denke, mir steht die eine oder andere Notlüge bei dir zu.«

Sie lachte, ein Laut, der sich in ein Stöhnen verwandelte, als er die Innenseite ihres Oberschenkels erreichte. »Wir scherzen schon darüber, was?«

Er antwortete mit einem langen, langsamen Lecken seiner Zunge, genau neben der Stelle, wo sie sich nach ihm sehnte. Lächelnd schaute er hoch, mit vor Lust schweren Lidern. »Lachen ist die beste Medizin.«

»Ich habe gehört, Orgasmen wären das.«

»Ich habe gehört, fordernde Mädchen bekommen den Po versohlt.«

Wow, Moment mal. Sie war bisher nur aus Wut oder einfach aus Grausamkeit geschlagen worden. Aber Jacks Drohung war sündig und verspielt, und ihre Erregung erreichte Lichtgeschwindigkeit. Sie konnte nicht mehr sprechen. Nicht, wenn er sich so auf ihren Körper konzentrierte, leckend, saugend, streichelnd. Er beherrschte sie wie ein Formel-1-Champion, brachte ihren Motor auf Touren, ging wieder vom Gas, reagierte feinfühlig auf ihr Stöhnen und ihre Bewegungen. Geschmeidig und dennoch aggressiv. Er kannte sie. Brachte sie von null auf hundert, indem er ihre Bedürfnisse las. Sie vorausahnte.

Die Heftigkeit ihrer Erfüllung verblüffte sie so sehr, dass sie die Kontrolle über ihre zuckenden Hüften verlor. Sie hatte nicht beabsichtig, Jacks Kopf zwischen ihren Knien einzuquetschen. »Wenn du so weitermachst, kommen wir nie mehr aus diesem Zimmer raus.«

Er schaute zwischen ihren Beinen hoch, und sein lüsternes Grinsen ließ neue Wellen der Wonne durch sie hindurchrasen. »Führ mich nicht in Versuchung.«

Sie fühlte sich befriedigt und dennoch lebendig, immer noch an der Schwelle der Erfüllung, als sein großer Körper über ihr aufragte und seine Schenkel ihre weiter auseinanderschoben, während er sich an ihrem Eingang positionierte. »Bist du sicher?«, fragte er noch einmal.

Seine Zärtlichkeit bewies nur, wie recht sie hatte, ihm zu vertrauen.

»Ja.«

Mit einer einzigen geschmeidigen Bewegung versank er in ihr.

Sie keuchte auf. »Jack.«

Seine Schultern kippten vorwärts, und ein raues Stöhnen brach aus seiner Kehle. »Clementine. So gut. Du fühlst dich so verdammt gut an.«

Sie war nicht darauf vorbereitet gewesen, sich so ausgefüllt zu fühlen. Warum fühlte es sich dann so an, als schwanke sie am Rand eines Abgrunds? Als würde sie gleich so spektakulär zerspringen, dass sie nie wieder zusammengefügt werden könnte?

Kapitel 21

CLEMENTINES AUGEN schimmerten. »Es tut mir so leid«, flüsterte sie. Sie winkelte die Knie an und presste sie in seine Seiten, um ihn tiefer in sich aufzunehmen. Jacks Stöhnen war dunkel und wild. »Mit den Entschuldigungen sind wir fertig.« Sie würden reden müssen, aber nicht jetzt. Er brauchte nur ihre Augen auf ihm, in ihnen dasselbe Vertrauen, wie als sie ihn gebeten hatte, auf das Kondom zu verzichten. Wenn sie ihm nicht vertraute, würde sie wieder lügen. Er würde an ihr zweifeln. Der Teufelskreis würde ihren Fortschritt untergraben, und das hier: das feuchtheiße Verschmelzen ihrer Körper, die sich im Einklang bewegten. Er war nicht mehr der Junge, der Demütigung erlitten hatte. Er war nicht mehr das Kind, das seine Worte nur stottern konnte. Er war jetzt dieser Mann, dazu fähig, das Vertrauen seiner Frau zu gewinnen und ihr Vergnügen zu schenken, noch mehr Vergnügen. Sie darin zu ertränken.

Er nahm ihre Handgelenke, hielt sie über ihrem Kopf fest und verlagerte leicht die Haltung, sodass nur die Spitze von ihm über ihre Öffnung rieb. Rein und raus, um ihre Flamme zu entfachen. Sie stieß einen erstickten Fluch aus. »Schneller, Jack. Tiefer.«

»Mein Zimmer. Meine Regeln.«

»Wenn ich dich in mein Motelzimmer bekomme, dann wird der Spieß umgedreht.«

»Wird er nicht.« Zumindest war das in der Vergangenheit nie passiert. Bei Clementine fragte er sich, ob er loslassen konnte. Einstweilen genoss er jedes Stöhnen und Zucken von ihr. Er wollte gierig erneut dabei zusehen, wie sie durch ihn zerstob.

Sie versuchte, ihm entgegenzustoßen, aber er bewegte sich rechtzeitig, sodass weiterhin nur seine Spitze in ihr blieb. Folter. Für sie beide. Er veränderte seinen Winkel und glitt langsam über ihre Öffnung. »Willst du mir etwa sagen, dass es dir nicht gefällt, wenn ich das hier mache?«

Ihre Muskeln zogen sich um ihn zusammen. »Okay, ja. Das gefällt mir. Sehr. Dein Stehvermögen hat sich verbessert, Jack.«

Er lachte. *Lachte* über diese schreckliche Zeit in seinem Leben. Lachte, während er diese Frau mit erdbeerblonden Haaren und sommersprossiger Haut liebte. »Du kannst mich ab jetzt Marathon-Jack nennen.«

»Ich nenne dich Schwitzige-Hände-Jack.«

Immer noch sich in ihr bewegend. Immer noch lachend. »Erklär mir das.«

»Am ersten Tag, als wir uns begegnet sind – da habe ich mich in deine großen, schwitzigen Hände verliebt.«

Mit einem harten Stoß, der sie auf dem Bett nach oben schob, drang er tiefer in sie ein. Sie stöhnte laut auf. Geschmolzene Lava flutete seine Adern. »Ich habe mich in deine ölverschmierten Hände verliebt, also sind wir quitt.«

Wie sie sich über den Motor seines Jaguars gebeugt hatte, süß und doch kokett, voller Vertrauen in ihre Auto-Diagnose, hatte ihn von den Bankterminen abgelenkt, die ihn die Nacht zuvor wachgehalten hatten. Jetzt würden ihn andere Dinge wachhalten. Clementine-Dinge. Sich in ihren Dingen zu bewegen. Sein Herz fühlte sich zu groß für seine Brust-Dinge an. Verlangen zerrte an seinen Eingeweiden. Die sich brennend steigernde Anspannung durchströmte ihn heftiger als alles, was er je gekannt hatte. Ein stärkeres Ziehen. Ein Bedürfnis, sie für sich zu beanspruchen.

Er ließ ihre Handgelenke los. »Pack meinen Hintern. Zieh mich tief rein.«

Ihre Nägel gruben sich in sein Fleisch, und er hämmerte härter, schneller in sie. Sie näherte sich dem Orgasmus, bog den Rücken durch, drängte ihm ihre Brüste entgegen und versuchte sich an ihm zu reiben. Sein eigenes Verlangen kämpfte erbittert um Erlösung. Er reizte sie mit dem Daumen, in engen, kleinen Kreisen, die ihr einen herrlichen Aufschrei entlockten. In der Sekunde, in der sie seinen Namen schrie und sich heftig um ihn herum zusammenzog, explodierte er.

Feuer. Zittern. Ein endloser Sturm.

Die Realität kehrte nur langsam zurück. Die verschwommenen Ränder seines Zimmers wurden schärfer. Sie hakte die Knöchel um seinen Rücken und presste ihr Gesicht an seine schweißnasse Brust. Ein Kloß stieg ihm in den Hals. Er wusste nicht genau, warum.

»Ich hätte nicht das Geringste dagegen, uns für alle Ewigkeit hier drin einzusperren«, sagte er.

Sie antwortete weder, noch lachte sie. Sie erstarrte irgendwie unter ihm, und in seinem Kopf schrillten Alarmglocken los. Er stemmte sich leicht hoch, nicht weit genug, um aus ihr zu gleiten, aber er zwang sie, ihr Gesicht zu zeigen. Mehr Tränen. Sie trafen ihn wie ein Stich ins Herz. »Was ist los?«

Sie schüttelte den Kopf. »Ich weiß es nicht.«

»Rede mit mir.« Himmel! Er war in ihr und hatte gerade den besten Sex seines Lebens erlebt.

273

Das hier war nicht okay.

Er hatte in den letzten Tagen immer wieder ihre erste Begegnung ablaufen lassen, wie echt sie gewesen war. Ohne Hintergedanken. Ohne Schauspielerei. Nur sie beide auf einer staubigen Straße, zueinander hingezogen. Heute Nacht war genauso echt gewesen: das Zusammenziehen ihrer Muskeln um seine harte Erektion, die Offenheit ihres Blicks, ein Hauch von Angst, der sich in ihr Vertrauen mischte, als er in und aus ihr glitt.

Die Angst stand jetzt im Vordergrund, sowohl ihre als auch seine. Eine leichte Vorahnung, dass sie in Panik geraten und zu dem Schluss gekommen war, dass sie sich falsch entschieden hatte. Das Leben war schwer. Nach den Regeln zu leben machte es noch schwerer.

»Ich fühle … Dinge«, sagte sie. Mit stockendem Atem biss sie sich auf die Lippe.

Sie fühlten beide jede Menge *Dinge*. Angst-Dinge. *Zu große* Dinge. Aber ihre Zuneigung für ihn stand ihr überall in ihr gerötetes Gesicht geschrieben. Ihre steifen Glieder waren genauso leicht zu interpretieren. Nicht weit von der ängstlichen Nervosität entfernt, die auch er verspürte.

Er war ziemlich sicher, dass er in Clementine verliebt war, eine komplizierte Frau, die er seit weniger als zwei Wochen kannte. Die Zeit machte keinen Unterschied. Seine Eltern hatten nach zwei Monaten geheiratet. Es gab keine Regeln, wenn es um Liebe ging, und wenn sie auch nur einen Bruchteil des überwältigenden Drucks auf ihrem Herzen spürte, das Bedürfnis, sich mit ihm in diesem Haus, diesem Zimmer, diesem Bett einzusperren, aus Angst, die Welt draußen könnte diese Perfektion besudeln, dann würde alles gut gehen. Diese Art von Sorge war überwindbar.

Er drang ein wenig tiefer ein, ein Stupsen, das sie nach Luft schnappen ließ. »Ich hoffe, du fühlst Dinge«, sagte er. »Falls nicht, habe ich ein Problem.«

Ihr Lachen als Antwort darauf ließ ihn aus ihr herausgleiten, aber das war okay. Einstweilen. Das Lachen war es, worauf er es abgesehen hatte.

Sie kniff ihn in die Hüfte. »Du weißt, was ich meine.«

»Ja. Machen wir uns sauber und lass uns diese Unterhaltung führen.«

Ihr nächstes Schlucken dauerte so unendlich lang, dass es ihn schmerzte.

Er streckte sich neben ihr aus und legte seine Hand auf ihr hämmerndes Herz. Gott, diese Geschwindigkeit! Wie ein verängstigter Vogel. »Ich schlafe mich nicht durch die Betten, Clementine.«

Sie zuckte zusammen und machte Anstalten, sich aufzusetzen. »Das ist nicht, warum ich ... Es ist nicht, weil ...«

»Ich weiß.« Sanft drückte er sie wieder zurück und beugte sich über sie. »Du hast darauf vertraut, dass ich sauber bin, und das bedeutet mir mehr, als du ahnst, aber ich nehme Sex nicht auf die leichte Schulter, mit oder ohne Kondom. Das habe ich nie. Ich würde nicht als flüchtige Affäre mit dir schlafen oder um dich abzuhaken. Ich habe mit dir geschlafen, um dir näherzukommen. Um dir zu zeigen, wie viel du mir bedeutest. Aber wir müssen auch reden. Das ist die einzige Möglichkeit für uns, vorwärtszukommen – ein ehrliches, offenes Gespräch.«

Ihr rasender Herzschlag wurde nicht langsamer, aber sie drehte sich zu ihm und küsste seine Brust. »Okay. Aber lass uns für unser Gespräch weniger nackt sein.«

Zwanzig Minuten später waren sie wieder in seinem Bett, er in seiner Unterhose, Clementine viel zu sexy in einem seiner Hemden, die Ärmel hochgekrempelt, die meisten Knöpfe offen. Er hatte Ricky aus dem Terrarium geholt und ein paar

Blätter Endiviensalat, um ihn zu füttern. Seine Bartagame marschierte auf dem Bett herum, und das vertraute Reptil entspannte Clementine, wie er gehofft hatte. Sie legte die Hand in Rickys Nähe und wartete, bis er Interesse zeigte und näher kam. Sie wusste genau, wie viel Druck sie ausüben sollte, als sie seinen Rücken streichelte. Als Ricky nah genug war, hielt sie ihm ein Stück Salat hin und ließ ihn daran knabbern.

»Du kannst gut mit ihm umgehen«, sagte er.

»Mir fehlt Lucy.« Ihr Schmollmund war bezaubernd.

»Wer passt auf sie auf?«

Sie antwortete nicht. Ihr Mentor, nahm er an. Die Vaterfigur, deren Namen zu nennen sie sich weigerte. Jack beugte sich weiter über seine verschränkten Beine vor. »Erzähl mir, wie du zu deinem Geschäft gekommen bist.« Er wusste nicht, wie er es nennen sollte. Einbruchdiebstahl? Betrug? Kriminelle Philanthropie?

Sie fütterte Ricky weiter. »Eine Freundin brauchte ein Paar Schuhe.«

»Also hast du sie gestohlen?« Keine Verurteilung. Er wollte sie wirklich verstehen.

Ihre Aufmerksamkeit blieb auf seine Bartagame geheftet. »Meine zweite Pflegefamilie war eigentlich ganz nett. Da war ein Mädchen – Annie Ward, jünger als ich, aber sie wirkte immer älter. Sie bürstete mir die Haare und erzählte mir die lächerlichsten Geschichten, nur um mich zum Lächeln zu bringen, und sie war ein wandelndes Lexikon über alles, was mit *Batman* zu tun hat. So chaotisch, und ich habe sie irgendwie geliebt. Aber unsere Pflegemutter wurde schwanger, und sie beschlossen, ihre Pflegetätigkeit aufzugeben. Wir wurden getrennt und sahen uns nie wieder, und die nächste Familie war ... ungut.«

Sie verstummte kurz. Jack wartete mit zugeschnürter Kehle, dass sie fortfuhr.

»Sie hatten vier Kinder aufgenommen. Ein Mädchen war ein unglaublich liebes Ding. Ihr Name war Nyomi, und sie hat mit acht Jahren immer noch Daumen gelutscht und nicht viel gesprochen. Ihre letzte Pflegefamilie war schlimm gewesen. Ich versuchte mich um sie zu kümmern, wie Annie sich um mich gekümmert hatte, aber die anderen beiden Pflegekinder, ein Junge und ein Mädchen, hätten in *Nightmare on Elm Street* mitspielen können. Sie haben Nyomi terrorisiert.«

»Körperlich?«

»Ja.«

»Haben sie dir auch wehgetan?« Die Sehnen in seinem Hals waren zum Zerreißen gespannt. Er wusste nicht genau, wann er seine Hände zu Fäusten geballt hatte.

Sie zuckte mit den Schultern. »So oft ich sie dazu verleiten konnte. Alles, um ihre Aufmerksamkeit von Nyomi abzulenken.«

Kinder. Nur ein Haufen Kinder, die umsorgt hätten werden sollen, nicht sich selbst überlassen, um sich gegen gewalttätige Tyrannen zu verteidigen. Ja, er wollte auf irgendetwas einschlagen. »Und wo waren die Pflegeeltern in der ganzen Zeit?«

»Eileen hat uns herumkommandiert. Ließ uns rund um die Uhr Hausarbeiten erledigen – Putzen, Kochen, Gärtnern. Greg hat gern seine Ringe getragen, wenn er uns geohrfeigt hat.«

Sie zuckte nicht mit der Wimper oder erschauderte. Sie fütterte Ricky und erzählte von ihren geistigen und körperlichen Misshandlungen ohne ein Schwanken in der Stimme, doch Jacks Wut loderte hoch. Pflegekinder aufzunehmen war eine tausendmal größere Verantwortung, als misshandelten Reptilien Asyl zu geben. Und doch waren seine Gehege mehr ein sicherer Hafen, als Clementines Pflegefamilien es gewesen waren.

»Die Schuhe«, sagte er heiser. »Erzähl mir davon.«

»Eines Tages haben sie Nyomi in die Ecke gedrängt, als ich nicht zu Hause war. Als ich heimkam, blutete sie aus Schnitten an den Armen, als habe sie jemand mit einer Rasierklinge angegriffen. Ich habe versucht, es Eileen zu sagen, die nur sauer wurde, weil ich ein Handtuch schmutzig gemacht hatte, als ich Nyomi verarztete. Am nächsten Tag bemerkte ich, dass Nyomis Schuhe gestohlen worden waren. Beide Paare. Und es war nass und kalt draußen. Meine waren zu groß für sie, also hab ich was dagegen unternommen.«

»Du hast für sie gestohlen.« Um einer Freundin zu helfen und für sie einzutreten, als andere es nicht taten.

»Mein erster Tag im Job«, sagte sie. Ihr Sarkasmus konnte ihr Unbehagen nicht verbergen oder die Tatsache, dass sie ihn nicht ansehen wollte. »Nicht, dass ich viel Raffinesse hatte. Da war eine Auslage vor einem Schuhgeschäft für Kinder- und Damenschuhe. Ich habe die Verkäuferin in ein Gespräch verwickelt und die Sneaker, die ich wollte, dabei näher zum Rand geschoben, aber sie nicht genommen. Ich meine, ich hatte schreckliche Angst. Ich dachte wirklich, ich bekomme einen Herzinfarkt, aber ich ging nicht weg. Nyomi brauchte Schuhe. Also habe ich mich lange genug in der Nähe herumgedrückt, bis die Verkäuferin mich ignoriert hat, dann hab ich mir die Schuhe geschnappt und bin weggerannt. Konnte nicht glauben, dass ich damit davongekommen bin. Wenigstens dachte ich das.«

»Sie hat dich erwischt?«

»Nein. Aber Lucien, mein Mentor, hat die ganze Sache beobachtet. Er hat mich ein paar Straßen weiter abgefangen und mir eine Scheißangst eingejagt, aber er hat nicht die Cops gerufen. Er hat mich gefragt, ob bei mir alles okay sei und ob ich einen sicheren Ort habe, wo ich hinkann. Als ich dem Thema auswich, hat er meine Fähigkeiten gelobt und brach dann irgendwie ab. Er hat mir noch fünfzig Dollar gegeben, bevor er ging, und eine Visitenkarte. Hat mir gesagt, dass ich ihn anrufen solle, falls ich je Hilfe bräuchte.«

Sie ließ Ricky allein an seinem Salatblatt knabbern, während sie an ihren Nägeln herumknibbelte.»Ich habe die Visitenkarte behalten. Dachte mir, wenn er fünfzig Dollar in der Brieftasche hat, dann ist da auch noch mehr. Dass ich seine Anständigkeit ausnutzen könnte, falls ich mal auf Schwierigkeiten stoße. Nicht der nobelste Gedanke, aber ich war vierzehn und verängstigt. Dann wurden die Dinge im Haus schlimmer. Ich versuchte es der Sozialarbeiterin zu sagen, aber als die anderen rausfanden, dass ich gepetzt hatte, wurde es richtig schlimm.«

Ihr Gesicht wurde leicht blass, ihr erstes Anzeichen von emotionalem Trauma.»Ich wachte mitten in der Nacht mit einem Klappmesser an der Kehle auf und dem Versprechen, dass ich umgebracht werden würde, falls ich unsere reizenden Pflegegeschwister je wieder verpfeifen sollte. Am nächsten Morgen bin ich weggelaufen. Hab versucht, Nyomi mitzunehmen, aber sie wollte nicht weg. Hab versucht, auf der Straße zu leben, bis das noch Furcht einflößender wurde als die Pflegefamilien. Also …«, ihr nächstes Schlucken dauerte so lang, dass *seine* Kehle schmerzte,»rief ich schließlich Lucien an.«

»Und er hat dich aufgenommen, einfach so?«

»Nicht sofort. Er sagte, dass ich bei ihm bleiben könne, während er versuche, eine bessere Pflegefamilie für mich zu finden, aber ich bin ausgeflippt und habe ihm gesagt, dass ich die Polizei rufen und behaupten würde, er hätte mich gekidnappt. Das hat seine Versuche beendet, mit dem System zu arbeiten. Er hat sogar zugegeben, dass er eine Vorstrafe habe und sich einen Besuch von den Bullen nicht leisten könne. Diese Macht über ihn zu haben hat mein Selbstbewusstsein gestärkt, und er war so nett. Ich fühlte mich zum ersten Mal seit langer Zeit wieder sicher. Also habe ich mir den Arsch aufgerissen, um Dinge für ihn zu tun – alberne Dinge, wie ihm Kaffee zu holen, die Badezimmer und die Küche zu putzen, so leise wie möglich zu bleiben, wenn er las oder fernsah.«

Die Verzweiflung eines Kindes schlich sich in ihren Tonfall: geliebt und beschützt zu werden. Die einfachsten Bedürfnisse.

»Du hast versucht, ihn dazu zu bringen, dich zu mögen, damit er dich bleiben lässt.«

Endlich schaute sie hoch und richtete ihren unsicheren Blick auf ihn. »Erbärmlich, nicht?«

»Erbärmlich ist, mit seinem Jo-Jo zu spielen, anstatt sich mit anderen Kindern zu treffen.« Das Highlight seiner Teenagerjahre.

Ein Lachen mit Tränen in den Augen entschlüpfte ihr. »So ein Trottel. Aber mir gefällt die Farbe. Pink steht dir.«

»Du solltest mich in meinem pinken Elvis-Jackett sehen.«

Ihr Blick fiel auf seine nackte Brust und verweilte auf dem Bund seiner Unterhose. »Ohne bist du mir lieber.«

Er liebte sie nackt und um ihn geschlungen wie vorhin, aber er liebte sie auch so, offen und ehrlich. »Hat Lucien dich legal adoptiert?«

Sie schüttelte den Kopf, und ihre Belustigung verflog. »Das war bei seinem Metier nicht möglich, was ich anfangs nicht kapiert hatte. Ich habe ihn angebettelt, mich bleiben zu lassen. Er hat sich rundheraus geweigert und mir einen Monat gegeben, alles auf die Reihe zu kriegen. Als ich ihn fragte, warum ich gehen müsse, sagte er mir, ich würde nicht begreifen, womit er seinen Lebensunterhalt verdiene, und dass er es nicht für richtig halten würde, ein Kind in seine Welt hineinzuziehen. Ich war schon lange genug auf mich allein gestellt, um zu spüren, dass da was nicht stimmte, und meine Instinkte schlugen Alarm, also folgte ich ihm. Das habe ich drei Wochen lang gemacht. Ich habe ihn nie stehlen gesehen. Dafür war er zu gut. Aber einmal die Woche ging er zu Obdachlosenheimen oder Wohltätigkeitsorganisationen und gab dort anonym Geschenke ab.«

Sie beschrieb, wie sie die Leute dabei beobachtet hatte, wie sie Luciens Spenden aufmachten und sich von Freude überwältigt weinend in die Arme fielen, wie er schließlich zugegeben hatte, was er mache und wie er an das Geld dafür käme und dass sein Vater, von dem er sich entfremdet hätte, obdachlos und allein gestorben sei, und dass seine Arbeit eine Möglichkeit sei, dieses Versagen wiedergutzumachen. »Ich war geködert«, sagte sie mit Resignation in der Stimme. »Ich wollte auch so etwas bewirken. Ich war so fasziniert von den Endergebnissen, dass mir das Stehlen egal war.«

Einem fürsorglichen Mann zu begegnen, der bereit war, Clementine, allein und verängstigt, zu betreuen, war doch ein glücklicher Zufall gewesen, oder etwa nicht? Lucien mochte sie zu Hause unterrichtet und mit Nahrung und Kleidung versorgt haben, aber er hatte ihr auch die Tricks seines Metiers beigebracht: in fremde Häuser einzubrechen und Juwelen, Gemälde, unbezahlbare Artefakte zu stehlen. Nichts, was ein Kind lernen sollte. Als Clementine mit der Geschichte herausrückte, wie sie brutal niedergestochen worden war, wie ihre Zwiegespaltenheit in Bezug auf ihre Arbeit dazu geführt hatte, und dass sie hinterher noch *fünf Jahre* lang weitergestohlen hatte, war Jack außer sich vor Wut.

»Er hätte nicht zulassen dürfen, dass du dich in Gefahr bringst.«

»Er hat mir die Wahl gelassen, zu gehen, aber ich konnte es nicht ertragen.«

»Das hätte keine Wahl sein dürfen. Er hätte darauf bestehen sollen.«

»Er brauchte mich ebenso sehr, wie ich ihn brauchte. Wir waren beide auf unsere Weise egoistisch.«

Nicht gewillt, sich für ihre Entscheidungen zu entschuldigen, straffte sie die Schultern. Sein Oberkörper war vorgeneigt, als brenne er auf einen Streit. Er war wütend, das stimmte – *für* sie, nicht *auf* sie. Es machte ihn krank, was sie erduldet hatte. Aber er konnte das von seiner Position aus nicht erklären, in seinem luxuriösen Haus, mit nichts als Liebe und Unterstützung in seiner Kindheit. Mit Hohn und Spott durch Teenager fertigwerden zu müssen, ließ sich nicht damit vergleichen, um sein Überleben zu kämpfen.

Er hob Ricky zwischen ihnen hoch und setzte ihn auf sein Lieblingskissen. Dann legte er sich auf die Seite und zog Clementine mit dem Rücken an seine Brust. »Und jetzt? Was hat sich geändert, dass du neu anfangen willst?«

Sie entspannte sich nicht an ihm. »Das hat sich schon seit einer Weile in mir zusammengebraut. Ich habe keine echten Freunde. Ich hasse es, darüber zu lügen, was ich tue, und der Stolz, den ich früher empfunden habe, wird immer mehr ... vergiftet.«

»Stolz auf die Wohltätigkeitsarbeit?«

Sie nickte. »Wenn es ums Einbrechen ging, war ich eine Musterschülerin. Unsere Coups wurden größer. Ich arbeitete noch nicht solo, aber wir machten diesen verrückten Job in New Orleans. Ein Freund von Lucien erzählte ihm von einer Diamantensammlung. Riesig, zusammengetragen von einem wirklich zwielichtigen Kerl. Wir arbeiteten mit Luciens Freund zusammen, einem totalen Exzentriker – einem Magier namens der Fabelhafte Max Marlow. Und die Beute war gewaltig, sogar nachdem wir ihm seinen Anteil gegeben hatten.«

Ihr Körper schmiegte sich wieder an ihn, und er zog sie enger in seine Arme. »Was habt ihr mit dem Geld gemacht?«
»Wir unterstützten damals Heime in der Gegend, Kinderprogramme und solche Sachen, aber Lucien wurde nervös. Es war zu viel Geld, um es nur in den Vereinigten Staaten auszugeben, also hat er recherchiert und mich mit nach Indien genommen. Er hat mir gezeigt, was unser Diebesgut sonst noch finanzieren könnte. Und Gott, wenn du gesehen hättest, wie es dort war, wie schrecklich die Bedingungen waren, dann würdest du es vielleicht verstehen. Das hat mich angespornt und reichte eine Weile lang aus, aber mir fällt es immer schwerer, die Mittel für diesen Zweck zu rechtfertigen. Das Waisenhaus könnte vielleicht bald dichtmachen, weil ich diesen Coup nicht durchgezogen habe, aber ich konnte es einfach nicht«, sagte sie leiser.

Sie zeichnete kleine Kreise auf seine Hand. »Ich möchte die Person mögen, die ich sehe, wenn ich in den Spiegel blicke. Ich möchte Dinge legal machen, selbst wenn die Ergebnisse nicht so dramatisch sind. Ich möchte Wurzeln schlagen und wachsen.«

Jack war in Indien gewesen und hatte in nächster Zeit eine Geschäftsreise dorthin geplant. Er war in Afrika und Asien gewesen und hatte seinen Teil an Mangelernährung und Überlebenskampf gesehen. Durch Marco leistete David Industries erstaunliche Wohltätigkeitsarbeit, sowohl im Ausland als auch zu Hause. Aber er brauchte diese Dinge nicht gesehen zu haben, um Clementine zu verstehen. Er brauchte nur das schnelle Flattern ihres Pulses zu spüren, die Leidenschaft in ihrer Stimme zu hören, zu versuchen, sich ihre verheerende Kindheit vorzustellen. Er konnte ihr nicht die Schuld daran geben, was sie geworden war.

Er gab die Schuld dem Mann, der sie aufgenommen hatte,

der den Lauf ihres Lebens hätte ändern können. Einstweilen war alles, was er wollte, dieser faszinierenden Frau näherzukommen.

Er hakte ein Bein über ihres. »Können sich unsere Wurzeln verflechten?«

Sie wurde ganz starr. »Tu das nicht.«

»Was?«

»Vorgeben, das hier wäre leicht für dich. Bei Tageslicht betrachtet, wenn wir nicht miteinander im Bett sind, wird meine Vergangenheit nicht so leicht zu ignorieren sein.«

Leicht war nicht das Wort, das er benutzen würde. Er hatte die letzten paar Tage damit verbracht, vor sich hinzubrüten und nach Gründen zu suchen, Clementine aus seinem Leben zu verbannen, darauf zu hoffen, dass sie ihm einen Vorwand geben würde, sie zu vergessen. In der Sekunde, in der er sie auf dem Festival gesehen hatte, wollte er nur noch einen Grund, dass sie blieb. Ja, sie hatte ihn angelogen, hatte ihn und seine Familie ins Visier genommen, um ein Gemälde zu stehlen. Aber ihr Geständnis jetzt war erschütternd echt gewesen. Wenn es eine Sache gab, die Jack verstand, dann, wie wichtig es war, zu vergeben.

Er hielt sie fest an sich gedrückt und legte seine Lippen an ihr Ohr. »In der Woche bevor ich zum Schulball ging, als Derek, Darrin und Dale mit mir rumhingen, haben sie mich herausgefordert, etwas Schlimmes zu tun.«

»Hast du das Haus von jemandem mit Klopapier eingewickelt?«

»Viel schlimmer.«

»Einen Briefkasten umgeschlagen?«

Er würde lachen, wenn die Erinnerung nicht immer noch schmerzen würde. »Es war schlimm genug, dass ich eine Nacht im Gefängnis verbracht habe.«

Sie drehte sich auf den Rücken und sah ihn mit offenem Mund an. »Sag das noch mal.«

»Mit fünfzehn habe ich eine Nacht im Gefängnis verbracht.«

»Noch mal.«

Er konnte nicht anders, er musste einfach lachen, und sie lächelte. Ein staunendes Lächeln. Ein süßes Lächeln. Er küsste sie auf die Stirn, die Augenlider, die Nase. »Du bist mit einem Verbrecher zusammen.«

* * *

Clementine entspannte sich wieder, zu belustigt, um sich darüber Sorgen zu machen, dass diese Nacht nur ein flüchtiger Augenblick der Vollkommenheit war. Nicht-Maxwell Elvis Jack hatte eine dunkle Seite. »Ich brauche Einzelheiten.«

Er stützte sein Gewicht auf einen Ellbogen und streichelte ihr Haar. »Das ist keine schöne Geschichte, ein Teil meiner Vergangenheit, für den ich mich schäme.«

»Dann haben wir etwas gemeinsam.« Irgendwie.

Zustimmend nickte er. »Wie du weißt, war ich davon besessen, eine Minute lang cool zu sein, als dieser ganze Mist passiert ist. Marco im Stich zu lassen war schon eine furchtbare Sache, aber ich habe auch einmal in der Woche für einen Kriegsveteranen gearbeitet. Ich hatte mich freiwillig gemeldet, um mit ihm Zeit zu verbringen und Scrabble oder Kniffel zu spielen oder ihm etwas vorzulesen. Mr Hawthorn erzählte von seinen Frauengeschichten, als er noch bei der Marine war, von den Bands, die er liebte, und dass er besser tanzte als Fred Astaire. Wahrscheinlich war er ein großer Aufschneider, aber es hat mir immer Spaß gemacht, ihm zuzuhören, und er hat mich in der alten Corvette sitzen lassen, die er in der Garage stehen hatte.«

»Hört sich nach einem Kerl nach meinem Geschmack an.«

»Du hättest ihn gemocht.« Jack spielte mit ihrem Haar.

Sie schnurrte und schmiegte sich an seine Seite. »Was hast du gemacht?«

»Hawthorn hatte eine Sauerstoffmaske. Die Jungs haben mich gebeten, mich eines Nachts bei ihm reinzuschleichen und die Maske und die Sauerstoffflasche zu stehlen. Sie sagten, wir würden sie bis zum Morgen wieder zurückbringen, dass es Spaß machen würde, sie zu benutzen.«

»Arschlöcher.«

»Ich war das Arschloch, das Ja gesagt hat. Ich hatte einen Schlüssel, um reinzukommen, aber ich hatte nicht damit gerechnet, dass Hawthorn aufwachen würde. Er hatte immer einen so tiefen Schlaf. Ich dachte, ich könnte ungestört rein- und wieder rausschlüpfen und hinterher noch mal. Nichts passiert. Niemand würde es merken.«

Sie verzog das Gesicht. »Er hat dich erwischt und die Cops gerufen?«

Schatten verdunkelten seine Augen. »Er hat mich gesehen und geschrien. Es war mitten in der Nacht, und er hat mich nicht erkannt. Er stand zu schnell auf, stolperte und schlug sich beim Hinfallen den Kopf an der Kommode auf. Er war völlig weggetreten. Also hab ich den Notruf gewählt. Konnte nicht mal lügen, als die Cops kamen, bin sofort damit herausgeplatzt, dass ich eingebrochen war, um die Sauerstoffflasche und die Maske zu stehlen. Ich habe die anderen Jungs nicht mit reingezogen, aber mein Selbsterhaltungstrieb hat mich einfach im Stich gelassen.« Er schüttelte den Kopf, als wünschte er sich, er könnte die Zeit zurückdrehen und sein jüngeres Ich ausschimpfen. »Wie sich herausstellte, hatte sich Mr Hawthorn auch noch die Hüfte gebrochen. Und später, ungefähr sechs Monate oder so, starb er.« Beim letzten Teil zuckte er zusammen.

Sie hob die Hand und zeichnete die niedergeschlagene Kontur seines Wangenknochens nach. »Das war nicht deine Schuld, Jack.«

»Doch, irgendwie war es das schon. Die gebrochene Hüfte hat seinen Körper geschwächt. Sein Immunsystem wurde danach langsam schlechter. Das war die eigentliche Ursache.« Alles, weil ein paar dumme Kinder etwas Dummes getan hatten. »Das muss dich völlig fertiggemacht haben.« Einige Sekunden lang runzelte er die Stirn. »Die Sache ist die, er wollte mich nicht anzeigen. Die Cops haben ihn dazu gedrängt, sogar trotz meines Familiennamens, aber er hat sich geweigert. Er hat stattdessen dafür gesorgt, dass ich ihm im Krankenhaus Gesellschaft leistete, Spiele mitbrachte. Mir seine Geschichten anhörte, während ich fast an meiner Scham erstickte. Er hat nur ein einziges Mal erwähnt, was ich getan hatte. Er hat mir fest in die Augen gesehen und mir gesagt, dass jeder mal Mist baut, dass wir alle schlechte Entscheidungen treffen, um anderen zu gefallen oder dazuzugehören. Was uns definiert, ist, darüber hinauszuwachsen und uns selbst zu vergeben. Anderen zu vergeben.«

Der Kodex, nach dem Jack lebte. Mr Hawthorns Vermächtnis. Jack hatte dem D-Team verziehen, sogar zwei davon bei David Industries eingestellt. Er hatte Charlotte ihren bösen Streich verziehen. Jetzt verzieh er Clementine. Dieser Mann lebte und atmete Integrität.

»Ich bin nicht gut genug für dich, Jack.«

Er schien ihre leisen Worte nicht zu hören, aber er rutschte tiefer, sodass sie auf Augenhöhe waren. »Hast du deinem Mentor schon gesagt, dass du aussteigst? Dass du mit deiner Arbeit fertig bist?«

Ihr Magen fuhr immer noch Achterbahn, wenn sie an diese Unterhaltung dachte. »Heute Morgen.«

»Hat er versucht, dich zum Bleiben zu überreden?«

»Er sagte, dass er es schon eine Weile kommen gespürt hätte und dass er es verstehe.«

Seine Augenbrauen hoben sich vor … Ehrfurcht? »Du hast eine gewaltige Entscheidung getroffen, ohne mich oder irgendjemanden in deinem Leben, um dich bei dieser Veränderung zu unterstützen. Du wusstest nicht, wie ich empfinde, hast mich nie unter Druck gesetzt, mich zu entscheiden. Trotzdem hast du diesen Sprung gewagt und dich selbst herausgefordert, neu anzufangen. Mit …« Die Augen zusammenkneifend verstummte er kurz, und seine Mundwinkel hoben sich leicht. »Ich weiß gar nicht, wie alt du bist, Clementine. Und ich kenne deinen Nachnamen nicht.«

Sie sollte sich durch diese Frage nicht leicht und übersprudelnd vor Freude fühlen. Nicht, solange ihre Zukunft mit diesem Mann in der Waagschale lag. Doch da war sie, ein vor Freude übersprudelndes, aufgekratztes, normales Mädchen. »Ich bin achtundzwanzig, und mein Nachname ist Abernathy.«

Er ließ seinen glühenden Elvis-Blick auf sie los. »Ich habe mit einer jüngeren Frau geschlafen.«

»Eilmeldung: Das tun die meisten Männer.«

»Die meisten Männer haben nicht den Luxus, in deine umwerfenden Augen zu blicken. Aber wo waren wir?«

Sie näherten sich unbequemem Terrain. »Ich bin nicht gut genug für dich.«

»Ach.« Er streifte ihre Lippen mit seinen. »Mit achtundzwanzig hast du, Clementine Abernathy, einen Sprung ins Ungewisse gewagt. Den Kurs beizubehalten ist einfacher, als zuzugeben, dass man sich geirrt hat, oder sich zu verändern. Ich werde stolz sein, dich mein nennen zu dürfen.«

Da war er wieder mit dieser hypothetischen Kaki, um sie herauszulocken, indem er ihr die Wurzeln anbot, nach denen sie sich sehnte. »Du solltest außerdem wissen, dass ich Zeitungen verkehrt herum lese.«

»Über Kopf?«

»Das wäre cool, aber nein. Von hinten nach vorne.«

Seine Augen wurden schmal. »Ich wusste schon immer, dass du total schräg bist.«

Sie unterdrückte ein Lachen. »Außerdem lecke ich das Gewürz von den Kartoffelchips, bevor ich sie esse.«

»Jetzt bist du einfach nur eklig. Aber diesem Idioten hier ist das egal.«

»Du hast Probleme, Elvis.« Sie wollte ihn schütteln, all ihre seltsamen Angewohnheiten und Eigenarten aufzählen, bis er die Hände zum Himmel warf und aufgab. Zu glauben, dass er ihr tatsächlich verzeihen und das Ganze hinter ihnen lassen konnte, war die beängstigendere Option. »Wie kannst du dir bei uns – bei mir – sicher sein?«

»Ich bin es einfach.« Keine Spur von Zögern.

»Es könnte eine Weile dauern, bis ich Arbeit finde.«

»Gut, dass ich dich habe versprechen lassen, nicht zu verurteilen, wie ich mein Geld ausgebe.«

Oh, richtig, diese Vereinbarung. Hinterlistiger Teufel. »Niemand darf von meiner Vergangenheit erfahren.«

Er zuckte mit den Schultern, immer noch dicht an ihre Seite geschmiegt. »Dank meinem Vater bin ich geübt darin geworden, Fragen auszuweichen.«

»Ich bin mir nicht sicher, ob es klug ist, wenn ich in Chloes Nähe bin. Nicht gerade das beste Vorbild und so ...« Ihr schwaches Lachen schwankte vor Nervosität.

Jacks Verspieltheit verflog. »Das ist Blödsinn. Bei dir war sie glücklicher, als ich sie seit Ewigkeiten gesehen habe. Du hast nicht geschauspielert. Deine vergangenen Fehler sind nicht deine zukünftigen Entscheidungen. Also wenn du damit fertig bist, mich zu überreden, mit dir Schluss zu machen, dann würde ich gerne näher auf diesen schnellen und harten Sex eingehen, hinter dem du her warst.«

Schnell und hart hörte sich fantastisch an, aber der Teil mit dem Schlussmachen brachte sie dazu, sich weich und sentimental zu fühlen. Nur Paare konnten miteinander Schluss machen. Sie wollte, dass Jack und sie ein Paar waren, wie Imelda und Lawson, einander nerven, zanken, sich wieder versöhnen und dann alles wieder von vorne.

Damit das passierte, musste sie aufhören, darauf zu warten, dass ihr der Boden unter den Füßen weggezogen wurde. Sie hatte Lucien die Nachricht beigebracht. Jack hatte ihr verziehen. Es gab keinen Grund, weiter auf dieser Selbstzweifelschiene rumzureiten. Besonders nicht nach dem Sex des Jahrhunderts. Als Jack sich in ihr bewegt hatte, war es nicht einfach nur ein Stoßen, ein Streben nach Vergnügen gewesen. Diese Art von Sex kannte sie: finde die richtige Stelle, und jag deiner Erfüllung hinterher. Jack hatte sich mit dem ganzen Körper bewegt, als er sie geliebt hatte, eine Welle vom Scheitel bis zu den Zehenspitzen, was jede Stelle zu der richtigen gemacht hatte.

Clementine steckte den Kopf unter sein Kinn und küsste seinen Adamsapfel. Liebte es, wie sein grollendes Stöhnen an ihren Lippen vibrierte. »Hart und schnell klingt perfekt, aber wir haben einen Besucher im Bett.« Den reizenden Ricky, der auf einem Kissen döste.

Jack rollte sich mit seinem ganzen Gewicht auf sie, knabberte an ihrem Ohr und gab ihr einen Klaps auf die Hüfte. »Bin gleich wieder da.« Aber bevor er aufstand, hielt er inne und starrte stirnrunzelnd auf etwas über ihrer Schulter.

»Was ist los?« Alles, was sie sah, war eine schlanke Lampe und ein Radiowecker.

»Nichts. Ich lege das Kabel des Weckers nur immer so, dass

es hinter dem Nachttisch eingeklemmt ist. Ricky hat sich mal darin verheddert, und ich achte immer darauf. Meine Putzfrau auch.«

»Ich schätze, einer von euch hat es vergessen?« Sie hatten es besser vergessen. Kleine Details wie dieses könnten auf einen Eindringling hinweisen. Lucien war ständig auf Details herumgeritten. *Alles, was sich bewegt, kommt wieder hin, wo es war. Einen Staubfussel aufzuwühlen könnte Verdacht wecken.*

Jack war reich. Jeder könnte ihn ins Visier nehmen. Ihn bestehlen. Ihn verletzen. Oder vielleicht war sie wirklich auf diesem Konzert beschattet worden, und jemand war in dieses Haus eingebrochen ... oder sie verlor den Verstand. Ihr neues Leben war noch keine halbe Minute alt, und schon stellte sie sich Einbrüche und Pistolen schwingende Räuber vor, immer noch so verhaftet in diesem alten Leben. Wegen einem verschobenen Kabel. Weil sie sich auf einem Festival nervös gefühlt hatte, kurz nachdem sie ihr ganzes Leben umgekrempelt hatte. Natürlich war sie nervös gewesen!

Jack schüttelte missbilligend den Kopf und nahm Ricky hoch. »Wahrscheinlich war ich das. Mein Verstand war in den letzten paar Tagen mehr als nur ein bisschen beschäftigt.« Er zwinkerte Clementine zu.

Ihr Kopf würde länger als ein paar Tage brauchen, um damit aufzuhören, sie zu untergraben. Lucien bald zu schreiben würde helfen. »Beeil dich.«

»Wag es nicht, dich vom Fleck zu rühren.«

Sie hatte nicht die Absicht, sich aus seinem Bett wegzubewegen. Seinem Haus. Seinem Leben.

Solange ihre Vergangenheit keine Möglichkeit fand, sie wieder hineinzuziehen.

Kapitel 22

CLEMENTINE RECKTE SICH gähnend, während ihr Körper und ihre Sinne nur langsam wach wurden. Weiche Laken. Flauschiges Kissen. Kuschlige Decke. Schwache Gerüche nach Mann und Sex kitzelten ihre Nase. Das hier war definitiv nicht ihr nach Moder riechendes Motel, und sie war nicht mehr dieselbe Clementine Abernathy. Zum ersten Mal, seit sie sich erinnern konnte, fühlte sie pures Glück. Da war keine Beklommenheit wegen eines anstehenden Raubzugs, keine Zweifel an ihren Entscheidungen. Wie auch immer sich ihr Leben von nun an entwickeln würde, an diesen Frieden würde sie sich immer erinnern.

Sie öffnete ein Auge einen Spalt weit und streckte die Hand nach Jack aus, fand aber nur leere Laken. Anstelle seines Körpers lag dort eine Nachricht:

Such meine blauen Wildlederschuhe.

Wie bitte?

Hatte er sie wirklich allein in seinem Kingsize-Bett mit einer Nachricht zurückgelassen, nach seiner Pfeife zu tanzen? Zum Glück für ihn fühlte sich ihr Körper immer noch schwerelos und zufrieden und an den besten Stellen wund und gründlich beansprucht an. Trotzdem würde er von ihr ordentlich was zu hören bekommen, was die Morgen-danach-Etikette betraf.

Ihre Kleider lagen auf dem Boden verstreut, was herrliche Erinnerungen daran weckte, wie sie ausgezogen worden waren. Sie wühlte in seinen Schubladen und zog ein weißes T-Shirt heraus, das lang genug war, um ihren Hintern zu bedecken. Dann entdeckte sie seine blauen Wildlederschuhe neben ihren Jeansshorts und starrte sie an. Im Bett Anweisungen zu befolgen hatte sie angetörnt wie noch nichts zuvor. Wenn sie raten müsste, würde sie sagen, sein Bedürfnis, die Kontrolle zu haben, entsprang seiner schrecklichen Erfahrung als Teenager. Diese Forderung hier, wenn auch alltäglich, war nicht so leicht zu verstehen.

Die neue Clementine Abernathy war eine unabhängige Frau, die vor keinem Mann katzbuckeln würde, nicht mal vor Jack. Aber das hier war nur ein einziger Gefallen. Etwas für ihn zu holen würde nicht ändern, wer sie war, solange es nicht zur Gewohnheit wurde.

Sie nahm die Schuhe, spürte dann aber etwas im Innern des rechten. Ein weiteres Stück Papier. Mit weiteren Anweisungen. Ein träges Lächeln breitete sich auf ihrem Gesicht aus, als sie sie las:

Finde mein Shampoo.

Das waren keine Forderungen. Er spielte mit ihr.

Schnurstracks lief sie ins Badezimmer und erspähte ihren nächsten Hinweis:

Finde meine Autoschlüssel.

Letzte Nacht war sie so mit ihm beschäftigt gewesen, dass sie sich nicht erinnerte, wo er seine Schlüssel abgelegt hatte, aber die meisten Leute ließen sie neben der Eingangstür. Sie putzte sich die Zähne mit seiner Zahnbürste – um ihn nicht mit ihrem morgendlichen Mundgeruch umzubringen –, dann eilte sie mit über den Boden klatschenden nackten Füßen zu ihrem nächsten Ziel. Ihre Vermutung war goldrichtig gewesen. Sie schnappte sich den neuesten Zettel und las begierig:

Finde meine größte Sucht.

Darauf wusste sie nicht die Antwort, was sie ärgerte. Sie wollte alles über Jack wissen, seine Süchte und Abneigungen und Hobbys und welche Geräusche ihm als Kind Angst gemacht hatten. Ohne ihn in der Nähe, um ihn danach zu fragen, machte sie sich auf den Weg zur Küche und der Sucht, die die meisten Leute morgens umtrieb.

Jackpot.

Nicht-Maxwell Elvis Jack grinste sie an, eine Kaffeetasse an den Lippen. »Hast ja lang genug gebraucht.«

Gott, er war verdammt sexy, wie er in einer schwarzen Unterhose und einem blauen T-Shirt dastand. »Bist du der Preis am Ende dieser Schnitzeljagd?«

»Einer davon.«

»Was hat es mit diesem Spielchen auf sich?«

Sein Schulterzucken war alles andere als nonchalant. »Nur so zum Spaß.«

Lügner. »Gibt's noch Kaffee für mich?«

Er zeigte mit dem Kinn zur Kaffeemaschine. »Die Kapseln kommen oben rein.«

Okayyyyy. Er hätte ihr eine Tasse machen können, aber er trat einen Schritt zurück, dabei waren seine Wangenknochen rosiger, als sie sein sollten. Falls er diese Kapseln als Streich mit Dreck gefüllt hatte, dann war hier gleich der Teufel los. Argwöhnisch näherte sie sich den Kapseln mit schmalen Augen. Eine lag etwas höher als die anderen. Auf ihr klebte ein Post-it, auf dem stand:

Öffne mich.

Sie bemühte sich, nicht zu grinsen, sondern versuchte, eine ernste Miene aufzusetzen und so zu tun, als wäre dieses Spiel nicht der beste Morgen-danach-Spaß, den sie je gehabt hatte. Die Unterlippe zwischen die Zähne geklemmt, zog sie den Deckel auf und schnappte nach Luft. »Was ist das?«

»Ein Geschenk.« Jack war plötzlich hinter ihr und strich ihr das Haar über die Schulter.

»Das kann ich nicht annehmen.«

»Das kannst du, und das wirst du.«

»Das muss ein Vermögen gekostet haben.« Der tropfenförmige schokoladenbraune Diamant war keine Imitation. Sechs Karat, mindestens. Die Goldkette und die kleinen, klaren Diamanten, die den Stein umgaben, waren auch echt. Vermögen war noch untertrieben.

Jack langte an ihr vorbei und kippte die zarte Halskette aus der Kapsel. »Sie hat meiner Großmutter gehört und wurde mir vererbt, also hat sie mich gar nichts gekostet. Aber selbst wenn, hast du mir versprochen, meine Ausgaben nicht zu verurteilen.«

Sie hatte aber auch sich selbst versprochen, mit ihrem Geld nie gierig zu werden, sondern den Überschuss stets darauf zu verwenden, anderen zu helfen. »Wirklich, Jack. Ich kann nicht. Das ist zu viel.«

Ohne auf sie zu hören, legte er ihr die Kette um den Hals

und schloss sie in ihrem Nacken. Gänsehaut lief ihr über den Hals.

»Der schokoladenfarbene Diamant erinnert mich an die dunkleren Flecken in deinen Augen«, flüsterte er. »Ich hatte schon vor unserer Begegnung in der Villa beschlossen, sie dir zu schenken. Jetzt bedeutet es noch mehr, sie dir zu geben. Ich hoffe, die Kette erinnert dich an mich.«

Sie war in seinem T-Shirt, in seinem Haus, trug seine unschätzbaren Familienjuwelen über ihrem klopfenden Herzen, obwohl er all ihre Geheimnisse kannte. Sie brauchte keine Klunker, um an Jack zu denken, aber die Geste bedeutete ihm eindeutig etwas. Vielleicht war ein winzig kleines übertriebenes Geschenk nicht so schlimm.

Sie drehte sich um und legte die Hände auf seine Brust. »Es hat mir gar nicht gefallen, ohne dich neben mir aufzuwachen, aber dein Spiel fand ich wunderbar, und das hier«, sie legte die Finger auf den Diamanten, »ist wunderschön.«

Er küsste sie auf die Nase. »Du bist wunderschön. Wie wär's mit Frühstück?«

Sie brauchte definitiv etwas, um die rührseligen Gefühle in ihrem Bauch aufzusaugen.

Jack und Clementine bewegten sich in der Küche im Einklang wie ein richtiges Paar, während sie Obst zubereiteten und sie seine Wohnung kennenlernte. Er küsste und berührte sie bei jeder Gelegenheit. Sie betastete immer wieder ihre neue Halskette, weil sie nicht glauben konnte, dass Jack genug für sie empfand, um sie ihr zu schenken.

Sie hielt sein Küchenmesser und versuchte sich darauf zu konzentrieren, eine Melone für ihre Joghurt-Bowls klein zu schneiden. »Isst du immer so gesund?«

Er nippte an seinem Kaffee, eine Hand an der Tasse, mit der anderen zeichnete er kleine Kreise auf ihre Schulter. »So oft ich kann, aber ich nehme es nicht so genau. Du weißt, dass ich die Fruchttaschen im *Whatnot* liebe.«

»Apfel«, sagte sie. »Erdbeere, wenn du dich übermütig fühlst.« Sie lächelte vor sich hin, dann fiel ihr wieder ein, dass sie dieses Detail aus Luciens Akte über Maxwell David den Dritten erfahren hatte. Ihr Lächeln geriet ins Wanken.

»Was ist deine Lieblingsfarbe?« Der weiche Ton seiner Stimme machte die alltägliche Frage zu etwas Intimem.

»Grün.« Sie schaute zu ihm hoch. »Was war dein liebster Ort, an den du je gereist bist?« Sie brauchte neue Details. Neue Vorlieben. Dinge, die sie selbst herausgefunden hatte.

»Paris. Deiner?«

»Außerhalb der Vereinigten Staaten war ich bisher nur in Indien. Nur dieses eine Mal, um das Waisenhaus zu sehen, aber ich habe mich darin verliebt.«

Er neigte leicht den Kopf, und etwas blitzte in seinen Augen auf. »Das ist ein faszinierendes Land.«

»Warum Elvis?«, fragte sie neugierig auf mehr. »Hast du dich wegen deines Großvaters in seine Musik verliebt, oder war es mehr als das?«

Jack verließ sie kurz, um mit zwei Schalen Joghurt zurückzukehren. Er stellte sie auf die Arbeitsplatte. Sobald er die Hände wieder frei hatte, streichelte er ihr über den Rücken, was ihr ein zufriedenes Seufzen entlockte.

»Mein Granddad hat mich mit der Musik bekannt gemacht und mich zum Singen ermutigt, zusammen mit meinem Sprachtherapeuten. Außerdem hatte ich viel Freizeit, da ich keinen vollen gesellschaftlichen Terminkalender hatte. Ich habe viele Stunden damit verbracht, Modellflugzeuge zu basteln und draußen rumzuspielen und mit diesem supercoolen Jo-Jo zu üben, aber ich habe auch über Elvis im Internet recherchiert. Ich erfuhr, dass er nie Gitarrenunterricht hatte, nicht mal Noten lesen oder schreiben konnte, und ich glaube, das ist irgendwie bei mir hängen geblieben, dass ein Mann aus nichts etwas Großes machen kann. Er hat Rock 'n' Roll zu einer internationalen Sprache gemacht, die Menschen zusammengebracht. Er hat *mir* das Gefühl gegeben, vollständig und unbesiegbar zu sein, wenn ich seine Songs hörte und sang, nicht irgendein Loser, der keinen ganzen Satz zustande bringt.«

Elvis hatte ihn wiederhergestellt, so wie Jack sich danach sehnte, andere wiederherzustellen und zu rehabilitieren: Vögel und Frösche als Kind, seine wunderbaren Reptilien jetzt. Clementine. Vielleicht kam daher sein Mitgefühl, von dem Wunsch, dieses Gefühl des Beschädigtseins aus seiner Jugend zu verbannen. Anderen dabei zu helfen, das Beste in sich zu sehen.

»Du gibst einen wunderbaren Elvis ab«, sagte sie und hoffte, er sah ihr Verständnis und wie heftig sie sich in ihn verliebt hatte.

Er starrte sie so lange an, dass ihre Wangen heiß wurden. Dann runzelte er die Stirn. »Kannst du schwimmen?«

Sie prustete los. »Warum fragst du das?«

»Wegen diesem Lied über deinen Namen. Das macht mir Angst.«

Der plötzliche Druck auf Clementines Brust war es, was ihr Angst machte. »Ich hab's nie gelernt.«

»Dann werde ich es dir beibringen müssen. Wir benutzen den Pool meiner Eltern.«

Sie hatte den Pool nicht gesehen. Sie war nicht darauf vorbereitet, so früh schon so viel zu empfinden. Dieselben Ängste, die Jack gerade angesprochen hatte, wirbelten durch sie hindurch. Die Vorstellung, dass er auf irgendeine Weise verletzt werden könnte, war undenkbar. Ihre Gedanken zuckten zu Yevgen, dem Messer dieses Irren, das ihre Haut durchbohrte, seinem gruseligen Tattoo und der Drohung, allen, die sie liebte, etwas anzutun.

Jack durfte nichts passieren.

»Was für Sachen isst du überhaupt nicht gern?«, fragte sie, bevor sie in Panik geriet. *Albern. Ich bin einfach nur albern.* Die alltägliche Frage war auch leichter, als mit *Ich liebe dich* herauszuplatzen. Diese Worte waren da, sie lagen ihr auf der Zunge. *Dir passiert besser nichts. Dafür liebe ich dich zu sehr.*

Sie fing wieder an zu schneiden, ohne genau zu wissen, wann sie damit aufgehört hatte. Die gleichförmige Bewegung beruhigte sie und betonte, wie dringend sie damit aufhören musste, zu viel über alles nachzudenken.

Jack schmiegte die Nase in ihr Haar und atmete sie ein. »Ich bin kein Fan von Rosenkohl. Du?«

Sie rümpfte die Nase. »Krustentiere und Speck.«

Er erstarrte. »Jeder liebt Speck.«

»Nicht dieses Mädchen hier.«

»Aber Speck ist das Allerbeste.«

Sie drehte sich zu ihm um, dabei genoss sie es, wie ihre Hüfte an seiner rieb. »Willst du dich etwa mit einer mit einem Messer bewaffneten Frau, die im Nahkampf trainiert ist, streiten?«

Er stellte seinen Kaffee hin, nahm ihr das Messer aus der Hand und hielt sie zwischen sich und der Granitarbeitsplatte gefangen. »Ich streite mit einer sexy Einbrecherin.« Die Lippen an ihr Ohr gedrückt, summte er erst eine Melodie, dann sang er: »*Don't go stealing my heart.*«

Sie kannte die Melodie – Elton Johns *Don't Go Breaking My Heart*. Das Wortspiel war süß, aber Vorsicht untergrub ihre Stimmung. »Bist du sicher, dass du keine Zweifel hast?«, fragte sie zögernd.

Einbrecherin. Herzen stehlen. Witze enthielten oft ein Körnchen Wahrheit.

Er wiegte die Hüften vor, und seine Erektion verkündete sein Verlangen. »Fühlt es sich so an, als hätte ich Zweifel?«

Unartiger Schlingel. Sie strich mit den Händen um seine Schultern und an den harten Muskeln an seinem Rücken hinunter, um seinen knackigen Hintern zu drücken. »Bist du sicher?«

Er küsste ihre Lippen, einmal, zweimal, ein drittes Mal. »Ich weiß, wir können in der Öffentlichkeit nicht über deine Vergangenheit sprechen, aber ich will nicht, dass sie zu einem Tabuthema zwischen uns wird. Dadurch könnte sie zu etwas Größerem gemacht werden, als sie ist. Sie könnte uns schaden. Also wenn ich über deine Arbeit rede oder einen Witz darüber mache, dann deshalb.« Er senkte den Blick und kaute auf seiner Unterlippe. »Und ich möchte, dass du Geduld hast. Erwarte nicht, dass alles sofort klappt – Freunde, Arbeit, das Leben im Allgemeinen. Flipp nicht aus, wenn du Rückschläge erleidest.«

»Okay«, sagte sie, gerührt, dass er sich so sehr sorgte.

Sein glühender Blick kehrte zurück. »Okay heißt, ich kann es mit dir auf dieser Arbeitsplatte treiben?«

Das würde so was von passieren, aber sie wollte noch mehr Details. Jedes noch so kleine. »Zuerst erzähl mir etwas, das dir Angst macht.«

Er hielt sie weiter an die Arbeitsplatte gedrückt, während er nachdenklich die Stirn in Falten legte. Mit genug Ernsthaftigkeit, um sie den Atem anhalten zu lassen, sagte er: »Leute, die keinen Speck essen.«

Sie verdrehte die Augen. »Etwas, das dich wütend macht.«

»Leute, die keinen Speck essen.«

Sie kniff ihn in die Rippen. »Du spielst unfair.«

»Du hast mich gefragt, und ich hab geantwortet. Was macht dich wütend?«

»Männer, die wütend über Leute werden, weil sie keinen Speck essen. Was, wenn ich koscher essen würde?«

»Nicht dasselbe.«

»Deine Idioten-Leuchte blinkt schon wieder.«

Jetzt schmunzelte er so breit, dass seine Grübchen ihr zuzwinkerten. »So schlimm wie am ersten Tag, als wir uns begegnet sind?«

»Viel schlimmer.«

Sein aktuelles Straßenschild würde lauten: *Vorsicht, sexy Idiot, Lebensverändernde Worte wie* Liebe *in Sicht.* Konnte man sich überhaupt so schnell verlieben? Oder lag diese Intensität an ihrer Unerfahrenheit? An dem überwältigenden Gefühl, ganz in Jack einzutauchen, den ersten Mann, der ihren Namen wusste und ihr Alter und dass sie Speck hasste? Sie schüttelte leicht den Kopf und konzentrierte sich auf das, was real war. Was sie *jetzt* wollte. »Ich erinnere mich, dass du etwas davon sagtest, es hier mit mir auf der Arbeitsplatte zu treiben.«

»Das hab ich, nicht wahr? Außerdem bin ich gerade dabei, mein Frühstück noch mal zu überdenken. Da gibt es etwas, das ich lieber vernaschen würde.«

Sie vergaßen Obst und Joghurt. Sie vergaßen die Welt um sich herum, als sie ihre Kleider fallen ließen und Jack auf die Knie ging. Er spreizte ihre Beine und machte sie innerhalb von Minuten schwach und willenlos mit geschickten Händen und Zunge, die ihr die Sinne raubten. Dann war er in ihr, seine Hüften unerbittlich. Wieder übernahm er die Kontrolle und sagte ihr, wo und wie sie sich bewegen sollte, dabei war sein endgültiges Ziel immer sie. Ihre Lust. Ihre Erfüllung. Als wäre ihre Befriedigung sein Vorspiel.

* * *

Clementine schwebte durch den Rest des Morgens, bis sie in Jacks Wagen saßen und sich an den Händen hielten, während er sie zu ihrem Prius fuhr.

»Zieh bei mir ein«, ließ er unvermittelt die Atombombe fallen, als wäre das eine gewöhnliche Unterhaltung an irgendeinem gewöhnlichen Tag.

Der Mann hatte nicht mehr alle Tassen im Schrank. »Hast du dir beim Sex den Kopf gestoßen?«

»Hab ich nicht.«

»Hast du zu lange die Luft angehalten, als du diese Sache mit deiner Zunge gemacht hast, und ein paar Gehirnzellen zu viel verloren?«

Die Augen auf die Straße gerichtet, grinste er teuflisch. »Hat dir die Sache gefallen?«

»Das ist meine neue Lieblingssache.«

»Ist notiert.« Eine Nachricht vibrierte auf seinem Handy. Er ignorierte es und setzte summend den Blinker, um abzubiegen. »Also, wirst du bei mir einziehen?«

»Das wäre doch verrückt.«

Er zog rüber an den Straßenrand und stellte den Motor ab. Jemand hupte und winkte. Kleinste Stadt der Welt.

Jack beugte sich dicht zu ihr. »Verrückt ist, wie sehr ich gerade in dir sein will – *schon wieder* –, aber ich muss arbeiten, dann proben, dann auftreten, dann vielleicht noch mehr arbeiten. Wenn du nicht in meinem Bett schläfst, weiß ich nicht genau, wann ich dich sehen werde. Und ich muss dich sehen.«

Um sich zu versichern, dass er die richtige Entscheidung getroffen hatte? Ihre Unsicherheit kam wieder hoch, und sie schalt sich innerlich. Ihre Nacht und der Morgen waren fantastisch gewesen. Ob wegen ihres Gesprächs oder trotzdem, konnte sie nicht sagen. So oder so, jede Runde zwischen den

Laken und in der Küche war besser, intimer geworden. Sie wäre verrückt, Nein zu sagen.

»Okay, aber ich ...«

Er küsste sie, bevor sie verlangen konnte, für ihren Teil aufzukommen. Egal. Sie würde die umliegenden Werkstätten abklappern, sich einen Job besorgen und beitragen, wo sie konnte. Ihre geringen Ersparnisse benutzen, um Lebensmittel und so zu kaufen. In ein paar Wochen würde sie nach New York zurückkehren, Lucy holen und ihre Habseligkeiten ordnen, dann mit ihrem harten und schnellen Charger zurück nach Whichway fahren.

Ein weiteres Hupen und Winken. Ihre Wangen wurden heiß. »Weiß etwa schon die ganze Stadt über uns Bescheid?«

»Garantiert.« Sein Handy vibrierte erneut. Er ignorierte es.

»Das ist, wie in einem Goldfischglas zu leben.«

»Stört dich das?«

Der alten Clementine hätte das schreckliche Angst gemacht. Jetzt ... »Irgendwie liebe ich es.« *Und dich,* sagte sie nicht, dennoch lag es ihr auf der Zunge.

Das nächste Hupen erklang ein paar Sekunden lang, gefolgt von Imeldas Kopf, der aus dem Beifahrerfenster gestreckt wurde. »Schau auf dein Handy, Jack! Marco und Lauralee haben zwei Mädchen!«

Jack erstarrte, dann griff er hastig nach seinem Handy. Er lächelte, als er die Nachricht las, und seine aufleuchtende Miene ging Clementine zu Herzen. »Zwei perfekte Mädchen«, murmelte er und zeigte ihr das Foto.

Sie wollte nur Jack ansehen. Wie er über Babyfotos ins Schwärmen geriet, war ein wunderbarer Anblick.

Er tippte eine Antwort, dann bog er wieder auf die Straße, doch während er fuhr, trübte sich seine Stimmung zu einer wachsenden Niedergeschlagenheit, die sie nicht verstand. Sie hatten eine tolle Nacht gehabt. Sein bester Freund hatte gerade Zwillinge bekommen. Er war vor einer Sekunde noch selig gewesen. Nervös spielte sie an ihrer kostbaren Halskette.

Er hielt bei ihrem Wagen an und rieb sich den Kiefer. »Schlüssel«, sagte er abwesend. »Ich werde dir meinen geben und hole mir einen Ersatzschlüssel von Marvin.«

Er griff nach seinem Schlüsselbund im Becherhalter, aber sie hielt seine Hand fest und neigte sein Gesicht zu ihr. Die dunklen Ringe unter seinen Augen kamen zum Teil daher, dass sie kaum Schlaf bekommen hatten, aber sie war nicht der einzige Grund. Bei allem, worüber sie gesprochen hatten, hatte sie ihn nicht nach seiner Familie, nach seinem anstrengenden Job gefragt. So viele Belastungen. »Wie geht es deinem Dad?«

Er schluckte schwer. »Nicht besser, aber auch nicht schlechter. Er schlägt sich tapfer.«

»Und das Geschäft? Der Technikkram, an dem du arbeitest?«

»Gut. Alles wird gut werden.« Dieselben Plattitüden, die er zu seiner Mutter gesagt hatte. Gespielte Tapferkeit. Suchend betrachtete er ihr Gesicht, dann sank er leicht in sich zusammen. »Nicht gut, um genau zu sein. Ich bin gestern Vormittag auf ein Hindernis gestoßen. Ich dachte, wir würden einen Durchbruch erleben, aber es könnte ein Rückschlag sein.«

»Ich würde dich ja nach Details fragen, aber ich wäre keine große Hilfe.«

»Zu wissen, dass ich zu dir nach Hause kommen werde, ist eine Hilfe.« Trotzdem zuckte ein Muskel in seinem Kiefer.

»Mit wem kannst du über die Arbeit reden?«

Seine nächste Pause dauerte länger. »Ich bespreche das Projekt mit meinem Team, aber sie verstehen nicht, unter welchem Zeitdruck wir stehen, was es für Folgen haben wird, wenn wir versagen. Ich will meiner Familie nicht noch zusätzlich Sorgen machen, und ich war sicher, das bis zum Festival hinzukriegen, damit ich die neue Technologie bekannt machen und mit den Lügen in Bezug auf meinen Vater aufhören könnte. Ich war so sicher, dass es klappen würde.« Seine Frustration schien schwer auf seinen hängenden Schultern zu lasten. Sie war keine Ingenieurin, hatte keine Ahnung, wie sie das für ihn lösen könnte, aber seine Offenheit? Dass er diese Sorgen, die er oft verbarg, mit ihr teilte? Das bedeutete alles. »Du hast immer noch ein paar Tage.«

»Darum geht es nicht mal mehr. Versteh mich nicht falsch – nichts will ich mehr, als dass mein Vater rauskommt und die Show genießt, damit er mir ein letztes Mal zusehen kann, falls es das für ihn ist. Aber da steht mehr auf dem Spiel.«

Noch mehr Angestellte könnten gefeuert werden. Marcos gute Neuigkeit schoss ihr durch den Kopf, Jacks sinkende Stimmung. »Was macht Marco für dich?«

Er blinzelte ein paarmal, dann stieß er rau den Atem aus. »Er leitet unsere Wohltätigkeitsarbeit. Recherchiert, wo das Geld ausgegeben werden soll, organisiert Spendenaktionen und verteilt Mittel.«

Nicht-essenzielle Arbeit. Ihr Herz krampfte sich zusammen. »Er ist der Nächste auf der Kündigungsliste, nicht wahr?«

Jack krampfte die Hände ums Lenkrad. »Er hätte schon bei der letzten Runde dabei sein sollen, aber ich konnte es nicht tun. Ich meine, Herrgott – er hat gerade Zwillinge bekommen. Er braucht diesen Job. Wie kann ich meinem besten Freund ins Gesicht sehen und sein Leben ruinieren?«

Sie hatte genug gehört, um zu wissen, wie nah Marco und er sich standen. Der Druck musste ihn fertigmachen. Trotzdem hatte er ihr die letzte Nacht und diesen Morgen geschenkt, war entschlossen, sie in seine hektische Welt mit einzubeziehen. »Vielleicht sollte ich zurück nach New York fahren. Ein paar Wochen dort verbringen, um alles zu organisieren, bevor ich zurückkomme. Dir Zeit geben, dich zu konzentrieren.«

Er ließ das Lenkrad los und verschränkte ihre Finger miteinander. »Dich in den letzten drei Tagen nicht in meiner Nähe zu haben war schmerzhaft und ablenkend. Nach letzter Nacht wird es nur noch schlimmer sein. Das hier ist so frisch. Zu frisch.« Er zuckte leicht zusammen. »Ich will mehr Zeit mit dir, bevor du zurückfährst.«

Er strahlte Anspannung aus, mehr, als richtig schien. Er konnte doch nicht ernsthaft glauben, dass sie jetzt ihre Meinung ändern würde, oder? »Du machst dir Sorgen, ich würde nicht zurückkommen.«

»Natürlich.«

Seine Ehrlichkeit haute sie um, aber der Mann war ein Idiot. Ein sentimentaler, perfekter Idiot. Sie löste ihren Sicherheitsgurt und kroch zu ihm, um sich seitlich auf seinen Schoß zu zwängen. »Aber niemand sonst macht diese Sache, die du mit deiner Zunge machst.«

Er lächelte, Gott sei Dank, und umfasste ihren Hintern. »Niemand sonst hat so zimtfarbene Augen wie du. Oder beruhigt mich so wie du«, sagte er leiser.

Wenn sie nicht zwischen ihm und dem Lenkrad eingeklemmt wäre, dann würde sie wahrscheinlich davonschweben. »Schätze, dann bleibe ich besser. Zur Beruhigung. Und um dich anzufeuern, wenn du auftrittst, und um diesen komischen Alistair auszubuhen.«

Seine Miene wurde finster. »Alistair ist der Schlimmste.«

Das hier allerdings war das Beste: sich als Teil von Team Jack zu fühlen. Er hatte sich ihr anvertraut, seine Sorgen mit ihr geteilt, genau wie sie mit ihm.

Er setzte sie ab, und sie fuhr mit ihrem Wagen zum Motel, dabei kam ihr innerer kichernder Teenager wieder in ihr hoch.

Es juckte sie in den Fingern, ihren Laptop rauszuholen und ihrem Vater eine E-Mail zu schreiben. Rasch stürmte sie in ihr Zimmer und nahm ihre Aktentasche, doch dann hielt sie jäh inne. Da lag ein Faden auf dem Fußboden, der dünne Bindfaden, den sie über den Reißverschluss gelegt hatte, eine ihrer gewissenhaften Vorsichtsmaßnahmen, um einen Eindringling zu überführen.

Dass der Faden heruntergefallen war, würde bedeuten, dass jemand ihre Tasche angefasst hatte, aber sie wusste nicht, ob er heruntergefallen war, bevor oder nachdem sie ihre Tasche hochgehoben hatte. Sie war zu abgelenkt gewesen, um es zu bemerken.

Steif musterte sie das Zimmer. Die braune Tagesdecke lag immer noch zusammengeknüllt auf dem Teppich. Das Bett war ungemacht. Die Bibel lag immer noch im Neunzig-Grad-Winkel zur Nachttischkante. Das *Bitte nicht stören*-Schild hatte an ihrer Sperrholztür gehangen. Nichts war ungewöhnlich, und niemand sollte hier drinnen gewesen sein, aber sie ging trotzdem alles durch. Das Bad. Ihre Schubladen. Ihren Koffer.

Alles war okay, aber Paranoia kribbelte auf ihrer Haut wie vor Jacks Auftritt und als er sich über das verschobene Kabel gewundert hatte. Drei Mal schon.

Trotzdem, sonst war nichts angerührt worden. Der Faden war wahrscheinlich immer noch auf dem Reißverschluss gewesen, so wie sie ihn zurückgelassen hatte, und sie hatte ihn runterfallen lassen, als sie die Tasche aufgehoben hatte.

Nur um sicherzugehen, schrieb sie Lucien wie geplant.

Clementine: Irgendjemand in der Stadt, von dem ich wissen sollte?

Mit nervös wippendem Knie starrte sie auf ihr Handy, bis die Antwort kam.

Lucien: Soweit ich weiß, ist die Luft rein.
Irgendetwas los?

An der Innenseite ihrer Lippe kauend, betrachtete sie den heruntergefallenen Faden. Abgesehen davon, dass sie nervös gewesen war, hatte Clementine bei der Elvis-Show eigentlich nichts Beunruhigendes gesehen, und Jack hatte gemeint, dass er das Kabel wahrscheinlich selbst verschoben hatte. Den Faden konnte sie mühelos erklären. Trotzdem kribbelten ihre Instinkte, aber sie reagierte wahrscheinlich übertrieben.

Clementine: Nichts. Bin nur vorsichtig.
Falls du was hörst, sag Bescheid.

Beinahe hätte sie hinzugefügt, dass sie ihn vermisste und es nicht erwarten konnte, mit ihm abendessen zu gehen oder Kaffee zu trinken oder ihm dabei zuzusehen, wie er sich die Zähne putzte. Was war sie doch für eine Klammerliese! Wenigstens hatte er schnell geantwortet. Nicht, dass sie das überraschte. Er würde sie nicht wie eine heiße Kartoffel fallen lassen, nur weil sie keine Partner mehr waren. Etwas anderes, das sie akzeptieren sollte. Nicht jede Veränderung war ein Anzeichen der Apokalypse. Lucien würde immer in ihrem Leben sein.

Ihrem Vater zu mailen war die beste Möglichkeit, wieder einen klaren Verstand zu bekommen. Kaum hatten ihre Finger die Tastatur berührt, begannen ihre Sorgen auch schon zu verblassen. Ein Schwarm Schmetterlinge füllte die nervösen Risse in ihrem Nervenkostüm, die der heruntergefallene Faden hinterlassen hatte.

Sie schwärmte zwei Seiten lang von ihrem ganz eigenen Elvis Presley. Nichts fühlte sich real an, bis sie es ihrem Dad geschrieben hatte, selbst wenn er die Nachrichten nie lesen würde. Ein in den Wind geschickter Wunsch. Aber die Worte niederzuschreiben festigte diese neu entdeckte Beziehung. Sie würde so viel wie möglich für Jack da sein und jeden hassen, der ihm Ärger machte – Alistair und Ava würden einige verdammt böse Blicke ernten. Sie würde ihr Bestes geben, sich in sein Leben zu integrieren und Marco und Jacks Freunde kennenlernen.

Ihre Finger pausierten über der Tastatur, als eine andere Sorge aufkeimte. Seinen besten Freund zu feuern, der gerade Zwillinge bekommen hatte, könnte zu Reue und Verbitterung führen. Falls Clementine zu einer Ablenkung wurde, könnte sie in die Schusslinie geraten. Sie wäre ein leichtes Ziel. Verbliebene Nervosität blühte wieder auf und erinnerte sie daran, wie zerbrechlich ihr gemeinsamer Neubeginn war. Dann ließ sie ihre Nacht und den Morgen noch einmal Revue passieren, den hungrigen Ausdruck in seinen blauen Augen, als er in sie eingedrungen war.

Ich liebe ihn, schrieb sie ihrem Vater. *Ich liebe ihn schon so sehr, dass es wehtut. Falls ich ihn verliere, wird es mich vernichten.*

Kapitel 23

JACK SOLLTE NICHT glücklich sein. Er sollte sich nicht dabei ertappen, ohne Grund zu lächeln. Sein Vater kämpfte um sein Leben. Sein Familienunternehmen könnte in wenigen Wochen in sich zusammenbrechen, aber hier saß er, den Stift über seinen hingekritzelten Notizen und ein albernes Lächeln auf dem Gesicht, als wäre er dreizehn und nicht einunddreißig.

Daran war Clementine Abernathy schuld.

Und wenn er sie eine Woche lang in seinem Haus verstecken könnte, um Tag und Nacht zu reden und sie zu lieben, würde das sein sehnsüchtiges Verlangen nicht befriedigen. Er hatte mit seinen wenigen Freundinnen Spaß gehabt. Drei Frauen in seinem Leben waren genug, um zu wissen, wie sich Glück anfühlte. Clementine war Glück hoch zehn. Sie war Adrenalin. Sie war besser als eine bewundernde Menge, die ihn pfeifend und jubelnd anfeuerte. Er konnte es nicht erwarten, sie zu verwöhnen, ihr zu zeigen, wie voll das Leben sein konnte. Wie gut sie zusammen sein würden, und er wusste genau, wo er damit anfangen würde.

Ein weiteres perfektes Geschenk für seine kleine Einbrecherin.

Ein Klopfen erklang an der Tür, gefolgt von Marcos Kopf,

der hereinlugte. »Wie war deine Nacht? Irgendwas, das du mir mitteilen möchtest?«

»Warum bist du hier?« Marco sollte bei seinen Mädchen sein. Allen dreien. Nicht hier nach Klatsch herumschnüffeln.

»Hab noch ein paar Sachen für das Every-Cent-Projekt zu erledigen. Dachte, ich schleich mich rein, während Lauralee schläft.«

»Und um mich zu nerven?«

»Die ganze Stadt tuschelt schon, mein Freund. Ich hab gehört, du hast am Straßenrand rumgeknutscht.«

Jack lebte wirklich in einem Goldfischglas, aber das Rumknutschen war zu gut gewesen, um sich über den Klatsch zu ärgern. Ebenso wie das Vertrauen, das er zu Clementine aufbaute.

Ihm war nicht bewusst gewesen, wie dringend er es gebraucht hatte, über seine beruflichen Schwierigkeiten zu reden, bis sie es aus ihm herausgelockt hatte. Bei allen anderen musste er vorsichtig sein. Bei allen anderen gab es Gründe, Geheimnisse zu bewahren. Nicht bei ihr. Sie kannten die tiefsten und dunkelsten Seiten des anderen.

»Clementine bleibt in der Stadt«, sagte Jack. »Sie zieht bei mir ein.«

Marco gab einen komischen, zischenden Laut von sich und tat so, als würde er einen unsichtbaren Baseball werfen. »Ist das nicht ein bisschen schnell?«

»Hast du Lauralee nicht schon nach zwei Dates deine Liebe gestanden?«

»Gutes Argument, aber sie war die erste gute Sache, die mir passiert ist, nachdem ich mein Stipendium verloren hatte.« Er beugte das Handgelenk, als bringe die Erinnerung körperlichen Schmerz mit sich. »Ich verdanke ihr mein Leben.«

»Ziemlich sicher, dass ich derjenige war, der dich gezwungen hat, nüchtern zu werden, und dafür eine verpasst bekommen hat.«

»In deiner Schuld stehe ich auch, Mann. Für alles. Diesen Job eingeschlossen.«

Nicht die Erinnerung, die er brauchte. »Du hast ihn dir verdient.«

»Ich hab um diesen Job gebettelt, und das weißt du. Wer sonst hätte einen verletzten Pitcher ohne College-Abschluss eingestellt?«

»Du bist ausgezeichnet in dem, was du tust. Du hast etwas in der Welt bewirkt.« Wie Clementine, obwohl ihre Methoden fragwürdig gewesen waren. Er machte sich noch immer Sorgen, dass dieses Leben hinter sich zu lassen leichter gesagt als getan war. Sobald die Realität normaler Arbeit einsetzte, könnte sie es sich anders überlegen und so schnell aus seinem Leben verschwinden, wie sie gekommen war. Ein kluger Mann würde sein Herz schützen, aber wenn er wollte, dass sie sich öffnete und ehrlich zu ihm war, dann musste er dasselbe tun.

»Ich bin gut in meinem Job«, sagte Marco. »Leider schauen die meisten Leute nur auf den Lebenslauf und nicht weiter. Aber ich bin nicht vorbeigekommen, um deinem überbezahlten Arsch zu huldigen oder dich über dein Liebesleben auszuquetschen oder von meiner perfekten Frau und meinen perfekten Babys zu schwärmen, die übrigens absolut perfekt sind.«

Sie grinsten einander an. »Ich freue mich so für euch beide. Kann's kaum erwarten, sie kennenzulernen.«

»Wir freuen uns auch drauf, was mich zum Thema bringt.« Er setzte sich in den Sessel, der Jacks gläsernem Schreibtisch gegenüberstand.

Die Fenster des Eckbüros blickten hinaus auf einen Wald, verschlungene Wege und Bäche. Eine ständige Erinnerung an die Schönheit von Whichway, das Land und die Leute, zu deren Unterstützung er mit seinem Unternehmen beitrug, einschließlich des Mannes ihm gegenüber, der seinen Job und seinen Gehaltsscheck brauchte. Und Jack war so verdammt kurz davor, an der Schwelle ihres nächsten großen Fortschritts. Tagaus, tagein ging er seine Experimente durch und versuchte das Unlösbare zu lösen. Sogar im Bett ruhte sein Verstand nie. Außer letzte Nacht. Und heute Morgen.

»Wir möchten, dass du der Pate der Mädchen wirst«, sagte Marco.

Jäh kehrten Jacks Gedanken zurück. Zwillinge. Pate. Hinter seinen Augen brannte es. Er fuhr sich mit der Hand über den Mund, bis sich seine Gefühle beruhigt hatten. »Bist du sicher, dass ich die richtige Wahl bin?«

Marco lehnte sich zurück und zuckte mit den Schultern. »Es gab entweder dich oder einen des D-Teams. Dachte mir, du könntest ihnen wenigstens beibringen, wie man ein Jo-Jo benutzt.«

Lachend warf Jack seinen Stift nach Marco. Marco schlug ihn fort, und Jack lehnte sich entspannt in seinem Ledersessel zurück, zum gefühlt ersten Mal seit Monaten. Vielleicht Jahren. Er lächelte seinen besten Freund an, voller Liebe für ihn und seine neue Familie. Er lächelte über Clementine Abernathy, die ein Flugticket nach Indien bekommen würde, damit sie ihm auf seiner bevorstehenden Geschäftsreise Gesellschaft leisten konnte. Ein Luxus, wenn man bedachte, wie sparsam er sein Geld zurzeit ausgab. Aber Flugmeilen, die er durch seine Geschäftsreisen gesammelt hatte, sorgten dafür, dass der Großteil dieses Geschenks seiner Brieftasche nicht zur Last fiel.

Er lächelte breiter, als er sich Clementine vorstellte, wie sie mit aufgeregten Schritten aus dem Flugzeug stieg. Wie sie die Stadt zusammen erkundeten, gegenseitig ihre Reise-Marotten kennenlernten.

Seine Sicht verschwamm vor so viel Freude. Liebe für das Glück seines Freundes und diese fantastische Frau verdrängten seine Sorgen, bis etwas in seinem Kopf Gestalt annahm: das Linsen-Problem, mit dem er kämpfte. Eine Veränderung. Eine kleine Optimierung der zusätzlichen Substratschichten.

Die Möglichkeit neckte ihn. Zuerst verschwommen, aber nein ... nein. Sie war da. So verdammt da. Wie hatte er das monatelang übersehen können?

Er hatte gewusst, dass die Optik der Knackpunkt war, hatte das Problem verstanden, aber er war nicht in der Lage gewesen, die genaue Komplikation zu bestimmen. Jetzt sah er es deutlich vor sich, weil er seinem Gehirn eine Pause gegönnt hatte. Weil Clementine ihn gezwungen hatte, sich auf etwas anderes zu konzentrieren, wie wenn man sich an einen Filmtitel oder ein Wort erinnert, nachdem man aufgehört hat, krampfhaft darüber nachzudenken.

Er sprang auf die Füße. »Ich muss zum Forschungsteam, aber sag Lauralee, ich fühle mich mehr als geehrt. Ich werde morgen mal vorbeikommen. Vielleicht bringe ich ein Geschenk mit oder auch sieben.« Womöglich könnte er in der Lage sein, den Job zu retten, von dem Marco nicht wusste, dass er gefährdet war.

Marco stand auf und umarmte Jack. »Danke, Mann. Und bring dein Mädchen einfach mit. Wir würden sie liebend gern kennenlernen.«

Das würde ihm auch gefallen, Clementine dauerhafter in sein Leben zu integrieren. Außerdem konnte er es kaum erwarten, ihr dafür zu danken, dass sie indirekt bei seinem Durchbruch geholfen hatte.

Kapitel 24

OBWOHL JACKS LUXURIÖSES Zuhause für Clementine so fremd war, wie am Nordpol zu leben, konnte sie sich nicht vorstellen, irgendwo anders zu sein.

Sie hing in seinem Reptilienheim rum, eine Angewohnheit, die sie in den letzten zwei Tagen ihres Zusammenwohnens zu schätzen gelernt hatte. Das Einzige, was fehlte, war Lucy. Ihre Bartagame würde sich hier auch sofort zu Hause fühlen. Lucy *würde* in ein paar Wochen hier sein und sich mit Ricky das Gehege teilen, die Luftfeuchtigkeit und das üppige Blattwerk genießen. Ein Luxus im Vergleich zu ihrem kleinen Terrarium. Clementine würde sie oft besuchen, wie jetzt. Es war so leicht, hier drinnen das Zeitgefühl zu verlieren. Zu leicht, und Jack würde sich bald umziehen und losfahren, um sich auf den Auftritt heute Abend vorzubereiten. Sein vorletztes Elvis-Konzert.

Sie lag auf der Seite und sah Ella an. »Er verhält sich geheimnistuerisch«, sagte sie zu dem Chamäleon.

Jack hatte das süße Ding besonders ins Herz geschlossen und sang ihm manchmal leise vor. Dann kam Ella dicht an die Glasscheibe, in ihren natürlichen hellgrünen Farbschattierungen, was bewies, dass sie ruhig und entspannt war. »Ich glaube, er hat mir etwas gekauft«, fuhr Clementine fort. »Und er weiß, dass mich das sauer machen wird.«

Ella starrte stur geradeaus.

Clementine seufzte. »Falls es teuer war, reiße ich ihm den Arsch auf. Er hat mir schon ein Dach über dem Kopf gegeben, und ich habe noch nicht mal einen Job.«

Außer ihr Blatt war dabei, sich zum Besseren zu wenden. Das Vorstellungsgespräch heute Morgen war gut gelaufen. Ray's Karosseriewerkstatt war genauso ein Altherrenclub wie jede andere Werkstatt, aber man hatte ihre Diagnosefähigkeiten auf die Probe gestellt. Nachdem Ray ihr die Wehwehchen des Volkswagens beschrieben hatte – Motorkontrollleuchte an, rauchender Auspuff, pfeifendes Geräusch –, hatte sie ein Endoskop in die Turbine des Golfs geschoben, und *Bingo:* Turboladerschaden! Ray hatte ihre Diagnose widerwillig gelobt. Der Sieg bedeutete nicht, dass er ihr den Job angeboten hatte. »Aber vielleicht, oder?«, sagte sie zu Ella. »Vielleicht hat er Mitleid mit mir.«

Das Chamäleon starrte weiter.

Clementine ließ sich auf den Rücken fallen. Diese einseitige Unterhaltung war nicht viel anders, als ihrem Vater zu schreiben oder zu Hause mit Lucy zu reden. Nein, nicht zu Hause. New York war nicht mehr ihr Zuhause. Whichway war ihr Zuhause. Jack war ihr Zuhause.

Ein Klopfen erklang am Eingang – Jack, der ihr signalisierte, dass er aufbrach.

Sie hievte sich hoch und traf ihn im Flur. Kaum sah er sie, ließ er sein Handy auf den Beistelltisch fallen, als hätte er sich die Hand verbrannt.

»Du führst doch was im Schilde, Mister.« Der Supergeheimniskrämer. In den letzten zwei Tagen war er immer zusammengezuckt, wenn sie einen Raum betreten hatte, und hatte schnell sein Handy versteckt. »Hast du eine Affäre?«

Er sah sie gespielt finster an und kam auf sie zu. »Woher

sollte ich noch das Stehvermögen für eine Affäre nehmen? Du hältst mich die ganze Nacht wach.«

»Du bist doch Marathon-Jack, schon vergessen? Vielleicht ist deine ganze Zeit in der Arbeit nur eine List.«

»Keine Chance.« Mit geöffneten Lippen drückte er ihr einen Kuss auf den Hals und arbeitete sich dann tiefer. »Ich werde dich heute Nacht von hinten nehmen. So tief in dich eindringen. So heftig in dir kommen.«

Sie könnte schon allein durch seine Worte kommen, aber sie schob ihn von sich. »Du darfst mich nicht küssen und schmutzige Dinge sagen, wenn du so angezogen bist.«

Wie Elvis Presley. Er trug einen strassbesetzten hellblauen Overall mit riesigem Kragen, dessen V-Ausschnitt bis zur Mitte seiner Brust ging. Voller Tribute-Künstler-Modus. Sie hätte nie gedacht, dass sie einen Elvis-Fetisch hatte. Sie war zu angetörnt, um stillzustehen. »Ernsthaft. Du musst gehen, sonst falle ich über dich her, und dann kommst du zu spät und verlierst gegen Alistair, und dann kann ich nicht schadenfroh sein und Popcorn nach ihm werfen, wie ich es geplant habe.«

Seiner Rolle gemäß zwinkerte er ihr zu und kräuselte seine Lippe. »Nur weil du so lieb drum bittest, Püppchen. Aber verpass nicht meinen Auftritt. Ich hab hinterher eine Überraschung für dich.«

Sie beäugte die Beule in seiner engen Hose. »Kann ich diese Überraschung in den Mund nehmen?«

Er stöhnte. »Könntest du, aber ich würde es nicht empfehlen.«

Dieser Geheimniskrämer hatte definitiv etwas für sie ausgeheckt, und das war nicht cool. »Wenn du mir ein Geschenk gekauft hast, Jack, dann behalte ich mir das Recht vor, es abzulehnen.«

317

»Nicht möglich. Du hast mir versprochen, nicht zu verurteilen, wie ich mein Geld ausgebe.«

Sie hatte gewusst, dass sie dieses Versprechen noch bereuen würde. »Es ist besser nichts Übertriebenes.«

Er grinste breiter. »Ich schulde dir was. Du bist der Grund dafür, dass David Industries etwas Großes zu verkünden haben wird.«

»Ich habe gar nichts gemacht.«

»Unsinn. Ohne dich in meinem Leben hätte ich das Linsen-Problem nicht gelöst. Das Team ist begeistert. Alle Systeme sind bereit, und dieses neue Patent bedeutet, dass wir jeden Sturm überstehen werden, den Gunthers gestohlene Technologie entfacht. David Industries wird wachsen. Die Fabrik und die Stadt werden florieren. Du bist meine Muse.«

Sie tat das Kompliment mit einem Schulterzucken ab, fühlte sich jedoch wohlig und warm. Jeder Erfolg war allein Jack zuzuschreiben. Er war klug und kreativ und hätte sein Linsen-Problem mit der Zeit schon gelöst. Genau wie sie für die Hundertachtzig-Grad-Wende verantwortlich war, die ihr Leben genommen hatte. Jack war ein Katalysator gewesen, aber sie war diejenige gewesen, die den Abzug gedrückt hatte, ebenso wie sein genialer Verstand all die schwere Arbeit geleistet hatte.

Sie waren gut füreinander. Die Besten.

Sie folgte ihm zur Tür. »Wie bald könnt ihr es verkünden?«

»Erst in ein paar Tagen, wenn nicht noch länger. Dad ist extra vorsichtig und weigert sich noch, dem Vorstand von seiner Krankheit zu erzählen, aber der Druck ist weg.« Ein paar Strähnen seines Haars hingen ihm in die Stirn und verdeckten die Falte, die sich dort eingegraben hatte. Der Druck war weg, aber sein Vater würde Jack nicht auftreten sehen.

»Ich kann die Final-Show morgen für ihn filmen«, bot sie an.

»Ich weiß, das ist nicht dasselbe, aber wir können sie auf diesem riesigen Fernseher ansehen, oder Chloe kann ihre Imitation von dir machen, wie du *deine* Elvis-Imitation machst.« Er unterdrückte ein Lachen. »Ich mache keine Imitationen. Ich bin ein Tribute…«

»Künstler«, beendete sie den Satz für ihn. »Ich weiß, und du bist der beste. Und das sage ich nicht einfach nur so. Wenn du auftrittst, reißt es mich völlig mit. Und das Publikum auch. Du bist magisch auf der Bühne. Ich kann mir gar nicht vorstellen, wie stolz dein Vater auf dich sein muss. Wie stolz dein Großvater wäre. Du bist einfach …« Perfekt. Fantastisch. Der beste Mann, den sie je gekannt hatte.

Sie klappte den Mund zu, bevor sie ihr Herz ausplaudern konnte.

Jack sah sie so eindringlich an, dass ihr Gänsehaut über den Rücken lief. Er überbrückte den Abstand zwischen ihnen und zog sie an seinen funkelnden Overall. Er war so fest und warm, dass sie sich bei ihm klein und weiblich fühlte. Sie hätte nie damit gerechnet, einen Mann kennenzulernen, der sie so glücklich machen konnte, der dafür sorgte, dass sich ihre Welt so reich, der Boden unter ihren Füßen so fest und fruchtbar anfühlte.

Tiefe Gefühle leuchteten in seinen Augen auf, als er sich zu ihr herunterbeugte. »Ich liebe dich, Clementine.«

Der Raum drehte sich. Ihre Hände zitterten, als ein unerwarteter Schmerz sie durchzuckte. War ihr Herz gerade tatsächlich explodiert? Nur sie war nicht explodiert. Sie war erstarrt, so unglaublich steif, dass er wahrscheinlich dachte, sie empfinde nicht dasselbe.

Doch das tat sie. Das tat sie so sehr. Warum konnte sie diese dummen Worte nicht sagen?

Er küsste sie, bevor sie antworten oder weinen oder ohnmächtig werden konnte. Erneut verlor sie sich an seinen Lippen. *Ich liebe dich so sehr,* dachte sie. *Ich liebe dich bis zum Mond und wieder zurück.*

Jack löste sich von ihr und lehnte seine Stirn an ihre. »Sag es nicht. Nicht weil ich es gesagt habe. Sag es, wenn du bereit dazu bist, wenn es zu schwer wird, es zurückzuhalten.«

Es *war* zu schwer. Auf schmerzliche Weise. Diese Worte lagen ihr mit ihrer Lieblichkeit schon seit Tagen auf der Zunge, aber sie auszusprechen war beängstigender, als ein Schloss zu knacken und ein unbezahlbares Gemälde zu stehlen.

Er warf ihr einen weiteren bedeutungsvollen Blick zu, wieder in seiner Elvis-Rolle, dann schlenderte er selbstbewusst zu seinem Auto. Sie bewegte sich kaum. Mit wachsendem Unbehagen sah sie zu, wie sein Tesla die lange Straße entlang verschwand. Sie spielte an ihrer Halskette herum, während Reue sie überfiel. Sie hätte es erwidern sollen. Sie wollte die Zeit zurückdrehen und die Worte in seinen Mund hauchen, seine Brust mit ihnen ausfüllen. Sie hatte sich nicht neu erfunden, um ein Feigling zu werden.

Ihr Handy vibrierte, und sie riss es hervor, weil sie hoffte, dass er es war. Eine Chance, ihren Fehler wiedergutzumachen und sich wie eine Erwachsene zu verhalten. Der Anblick einer Nachricht von Rays Karosseriewerkstatt verstärkte ihre Nervosität nur noch. *Reiß dich zusammen, Mädchen.* Falls es mit diesem Job nicht klappte, würde es einen anderen geben. Aber es würde keinen anderen Jack geben. Sie würde ihm gleich als Erstes nach seiner Show sagen, was sie für ihn empfand, sie würde ihm in die Arme springen und ihre Liebe gestehen. Einstweilen wollte sie nicht allein sein, wenn sie ihre Jobnachricht erfuhr.

Sie ging zurück ins Reptilienheim und setzte sich im Schneidersitz vor Ella. »Falls ich ihn nicht bekomme, ist das keine große Sache, richtig?«

Ella starrte ausdruckslos. Clementine nickte bekräftigt. Sie las Rays kurze Nachricht und reckte eine Faust in die Luft. »Verdammt richtig, ich hab den Job! Ich schwöre, dieser Ort hier ist Schicksal. Ich bin dazu bestimmt, hier zu sein.« Alles fügte sich irgendwie auf magische Weise an seinen Platz. Sie würde an Autos arbeiten und auf ehrliche Weise ihren Lebensunterhalt verdienen. Sie würde kein einsamer Baum in einer kargen Landschaft sein. Sie konnte es nicht erwarten, es Jack zu erzählen.

* * *

Eine Stunde später stand sie vor der Hauptbühne der Stadt, eine aufgeregt auf- und abhüpfende Imelda an ihrer Seite. Imeldas Mann und ihre Tochter rockten rechts von ihnen. Alistair war auf der Bühne, und Clementine weigerte sich, zu tanzen. Sie starrte ihn finster an.

»Wenn du weiter so ein Gesicht machst«, rief Imelda lautstark, »dann bleibt es noch so.«

»Der Kerl ist ein …« Imeldas Tochter schaute in ihre Richtung, und Clementine war vernünftig genug, die Taktik zu ändern. »Er ist ein Loser.«

»Er hat letztes Jahr gewonnen. Und Lawson flucht jede Menge, Schätzchen. Du brauchst dir keine Sorgen zu machen, junge, empfindsame Gemüter zu beleidigen.«

Dank ihres Platzes in der Nähe der Bühne sah Alistair Clementine direkt an. Er ließ die Hüften kreisen und zwinkerte ihr zu. Jepp. Totales Arschloch. Seine Stimme war möglicherweise gar nicht mal so schlecht, und die jubelnde Menge war begeistert, aber während Alistair ein protziger Pfau war, hatte Jack Charisma und Klasse. Die beiden waren nicht miteinander zu vergleichen.

Wenn das Konzert draußen stattfinden würde, dann würde sie ihm den Mittelfinger zeigen und während seines zwei Songs umfassenden Imitatoren-, *nicht* Tribute-Künstler-Auftritts zwischen den Buden umherwandern und sich den Mund mit Süßigkeiten vollstopfen. Aber diese Show fand drinnen statt, was weniger Möglichkeiten bot.

Die Maxwell-David-Arena war von Jacks Vater gestiftet worden, und der Name war weniger erfinderisch als die anderer lokaler Geschäfte. Die Halle wurde ganzjährig zum Eishockeyspielen und Skaten genutzt und war Veranstaltungsort für gelegentliche Konzerte und dieses Festival. Ziemlich cool für eine Stadt von Whichways Größe, und ein weiterer Grund, warum die Familie David hoch geschätzt wurde. Der Laden war rappelvoll, sogar bei einem Eintrittspreis von sechzig Dollar.

Clementine griff nach ihrer Handtasche, um demonstrativ ihr Handy rauszuholen, in der Hoffnung, Alistair würde ihr mangelndes Interesse bemerken, doch dann fiel ihr ein, dass sie es zu Hause gelassen hatte. Sie würde es morgen brauchen, um Jacks finalen Auftritt zu filmen, aber dass sie es heute Abend zurückgelassen hatte, war eine bewusste Entscheidung gewesen. Sie brauchte ihre Verbindung zu Lucien nicht mehr. Nicht erreichbar zu sein war therapeutisch. Die einzige Verbindung, nach der sie sich sehnte, würde in Kürze auftreten.

Anstatt sich weiter durch Alistairs übertriebene Hüftschwünge zu quälen, stupste sie Imelda an. »Ich geh mir ein Bier holen. Willst du auch was?«

Imelda schüttelte den Kopf und wackelte mit den Schultern. »Mit Bier zu tanzen ist zu schwierig, aber danke fürs Fragen.«

Sie gab Clementine einen Schmatz auf die Wange. Der fröhliche Rhythmus erfüllte Clementines Brust. Liebe von Jack,

Zuneigung von Imelda. Sie fühlte sich schon beschwipst vor Glück, aber ein Bier wäre jetzt auch gut.

Sie drängte sich durch die Menge, die sich aus allen Altersklassen zusammensetzte, und zupfte an ihrem Tanktop, um sich abzukühlen. Der Stoff mochte zwar dünn und locker sein, aber die ausgelassen tanzenden Leiber erzeugten Hitze. Und Energie. Sie konnte sich nicht verkneifen, zu lächeln oder mit dem Kopf zu wippen. Sie sollte nicht wippen. Nicht, wenn Jacks Erzfeind auftrat, auch wenn er womöglich irgendwie toll war. Seine Version von *Blue Suede Shoes* war ansteckend, verdammt.

»Clementine!«

Sie suchte nach der Quelle ihres Namens und entdeckte Chloe. Fröhlich winkte sie Jacks Schwester zu und kämpfte sich zu ihr durch. »Was machst du denn hier hinten?«

Chloes verklärtes Grinsen galt einem Jungen in ihrem Alter. Mit seinem blonden Schopf, der seine Augen verdeckte, wirkte der Coolnessfaktor des Jungen eher kalkuliert als unangestrengt, aber er war süß und lächelte Chloe an, während er sich mit seinen Freunden unterhielt.

Gut gemacht, Mädchen. »Ist das der, der ich glaube?«

»Er hat mich heute Morgen gefragt, ob ich mit ihm ausgehe. Ich war zu aufgeregt und hab ewig überlegt, was ich anziehen soll, deshalb konnte ich dir nicht schreiben.«

Die geschnürten Boots, zerrissene schwarze Jeans und das Vintage-Tanktop von den Goo Goo Dolls waren perfekt. Kein Mikromini, der Jack in Panik geraten lassen würde. »Er mag dich eindeutig.«

»Wirklich?« Ihre Verzweiflung war reizend. »Woher willst du das wissen?«

»Als er vorhin rübergesehen hat, ist sein Blick länger hängen geblieben. Außerdem bist du witzig und klug und schön, und er wäre ein Idiot, wenn er das nicht bemerken würde.«

Chloes Wangen leuchteten rot. »Er ist so süß.«

»Du bist so süß. Du solltest zu uns nach vorne zur Bühne kommen, damit du deinen Bruder besser sehen kannst. Imelda hält mir einen Platz frei.«

Chloes Blick flog zu ihrem Schwarm der Stunde. Zweifellos würde es in den nächsten Jahren noch andere geben. »Nö. Wir bleiben hier hinten.«

Weg von ihrem übertrieben behütenden Bruder. Kluges Ding. »Hast du vielleicht Lust, morgen mit mir was zu machen? Ich habe Jack gesagt, dass ich seinen letzten Auftritt für deinen Dad filmen werde.«

»Ja, klar. Hört sich toll an!« Von neu entdeckten Hormonen angelockt, hatte sich Chloe bereits in Bewegung gesetzt, aber ihre unbeschwerte Zusage verwandelte Clementines Beschwipst-vor-Glück in ein Trunken-vor-Glück.

Zwei Schritte später fing Tami Clementines Blick in der Menge auf und brüllte: »Hab gehört, du hast deine Wohnsituation geändert. Ich will Details hören!«

Tami war *zum Glück* zu weit weg, um diese Details einzufordern, aber das Brüllen hatte dafür gesorgt, dass sich einige Köpfe umdrehten. Wenn die ganze Stadt bisher noch nicht gewusst hatte, dass sie mit Jack zusammenwohnte, dann wusste sie es jetzt. Clementine sollte verlegen sein, entsetzt darüber, dass diese Leute Einzelheiten ihres Lebens kannten. Stattdessen tendierte ihr Trunken-vor-Glück in Richtung besinnungslos.

Strahlend wie bei ihrem ersten Halloween mit Lucien, bevor sie ihm auf den Boden gekotzt hatte, weil sie all ihre Süßigkeiten auf einmal verdrückt hatte, ging sie weiter. Marvin, Jacks Gärtner und Pfleger seines Reptilienheims, klopfte ihr im Vorbeigehen auf die Schulter. Jasmine, die Elvis-Festival-Beauftragte der Stadt, hielt sie auf, als sie endlich die Bar erreichte.

»Tut mir leid, dass das mit der Jury nicht geklappt hat«, sagte sie. »Aber ich habe gehört, dass Sie in Whichway bleiben. Rufen Sie mich doch mal auf einen Kaffee an.«

Jasmine eilte davon, um sich mit Freunden zu treffen, und Clementine starrte mit offenem Mund auf ... alles.

Irgendwie hatte sie sich wahnsinnig verliebt. Sie hatte Freunde kennengelernt, von denen sich noch mehr am Horizont abzeichneten. Sie hatte ein Reptilienhaus, in dem sie rumhängen konnte, einen Job, bei dem sie tun konnte, was sie liebte. Sie hatte eine coole Zwölfjährige, die sie um Rat fragte und bereit war, mit ihr wie Schwestern abzuhängen. Das hier war nicht normal. Ihre neue Welt konnte nicht so schön und einladend und voller Elvis-Herrlichkeit sein.

Whichway musste wirklich aus einem Kinderbuch von Dr. Seuss entsprungen sein.

Die Menge hinter ihr tobte, und eine vertraute Stimme raunte durchs Soundsystem. Jack. Sie sollte vorne vor der Bühne sein und ihrem Mann zujubeln. Nicht, dass ihr dieser Ausflug an die Bar und das Plaudern mit ihren neuen Freunden etwas ausgemacht hatte. Aber alles, was sie jetzt wollte, war, nahe bei Jack zu sein.

Mit ihrem Plastikbecher Bier in der Hand begann sie sich ihren Weg zurück zu bahnen. Diesmal ohne Ablenkungen. Nicht, wenn der schärfste Elvis, den sie je gesehen hatte, in einem strassbesetzten Overall seine Show abzog.

Er sang die ersten Zeilen von *Are You Lonesome Tonight*, und ihre Füße versagten ihren Dienst. Seine Stimme war wie Samt. Schauer rieselten über ihre Haut. Vor ihrem inneren Auge sah Clementine sie beide heute Morgen im Bett und konnte nicht glauben, dass sie endlose Morgen und Tage und Nächte vor sich hatten. Er gehörte ihr. Er war zu weit weg, aber sie konnte sich nicht bewegen.

Liebe. Alles, woran sie denken konnte, war Liebe.

Ich liebe ihn so sehr.

Während er das Publikum mit seiner tief bewegenden Stimme verführte, warf er einen Blick zu der Stelle, wo sie eigentlich stehen sollte. Er runzelte die Stirn. Nur eine Sekunde lang, aber die Reaktion traf sie mitten ins Herz.

Sie beeilte sich, näher zur Bühne zu kommen, blieb jedoch hinter einem Berg von einem Biker stecken, dessen tätowierter Nacken so breit wie ihr Oberschenkel war. Grummelnd und ihr Bier umklammernd, um es nicht zu verschütten, manövrierte sie sich um ihn herum. Sie war auf halbem Weg zu ihrem Platz, aber Jack war auch schon halb durch seinen Song. Er schaute immer wieder zu Imelda, während dieses Stirnrunzeln immer tiefer wurde. Dachte er, sie wäre nicht gekommen? Dass sein *Ich liebe dich* sie vergrault hätte?

Sie hatte es wirklich verbockt, dass sie es nicht gesagt hatte, als sie die Gelegenheit dazu gehabt hatte. Ein Fehler, den sie sofort korrigieren konnte, weil sie trunken vor Glück und beschwipst von dem wunderbaren Whichway war. Die Band verstummte, und Jacks Stimme wurde seidig, als sich der Text in ein zartes Gedicht verwandelte, und sie pfiff auf den Fingern. Laut. Durchdringend. Lucien hatte ihr das beigebracht, sehr zu seinem Leidwesen.

Jacks Aufmerksamkeit schnellte in ihre Richtung. Er kam nicht aus dem Takt, aber sein Blick schweifte über die Menge und fand sie. Sein Stirnrunzeln verwandelte sich in ein Grinsen.

Ihr armes, kleines Herz kam ins Stolpern. Ihr Bier an die flatternde Brust gedrückt, formte sie mit den Lippen: *Ich liebe dich.*

Jack sang weiter, die Augen auf sie geheftet. Sie war nicht sicher, ob er ihre Lippen gelesen hatte, aber sein Tonfall wurde noch seidiger, seine Bewegungen noch gefühlvoller. Sie könnte in dieser Stimme ertrinken. Nach einem besseren Weg zu Imelda und näher zu Jack suchend, ließ sie den Blick über schunkelnde Köpfe schweifen und blieb an einem dieser Köpfe hängen, weil ihr etwas an dem bärtigen Mann bekannt vorkam. Sie blinzelte, lehnte sich vor ... und erstarrte.

Sie ließ ihr Bier fallen. Jemand verfluchte sie. Die Musik und die Menge verblassten zu weißem Rauschen.

Yevgen Liski hatte nie einen Bart getragen, aber die dunklen, buschigen Augenbrauen, seine bedrohlich finstere Miene waren unverkennbar. *Er konnte nicht hier sein.* Lucien hatte gesagt, der Van Gogh hätte keine Aufmerksamkeit erregt. Er hatte keine Bedenken geäußert, und das hier war nicht die Art von Coup, die Yevgen bevorzugte. Warum zum Teufel war er hier?

Die biergeschwängerte Luft blieb ihr im Hals stecken. Sie blinzelte, in der Hoffnung, er wäre nur ein Trugbild. Als sie wieder hinsah, war er nicht mehr da. Fort. Einfach fort. Eine Erscheinung? Ihre glückliche Trunkenheit, die ihrem Verstand einen Streich spielte?

Sie langte in ihre Handtasche, nur um sich wieder daran zu erinnern, dass sie ihr Handy zu Hause gelassen hatte. Scheiße. Sie pflügte sich zu Imelda durch und betete, dass ihre Freundin ein Handy dabeihatte. Sie würde Lucien anrufen. Er wüsste, ob es echt oder ein Trugbild gewesen war. Sie rempelte einen älteren Mann mit dem Ellbogen an und entschuldigte sich zusammenzuckend, während sie sich weiter vordrängte.

Beinahe hätte sie Imelda umgerissen, als sie sie am Arm packte. »Hast du dein Handy dabei?«

Imeldas Aufmerksamkeit war auf die Bühne geheftet, auf Jack, der gerade seine erste Nummer beendet hatte. »Ja.«

»Ich muss es mir kurz ausleihen.«

»Zuerst musst du deinen Mann anfeuern.«

Clementine konnte ihn nicht ansehen, nicht, wenn Yevgen hier war. Nicht, wenn sie diesen gefährlichen Kriminellen in seine Stadt gebracht hatte. »Ich kann nicht warten. Das ist ein Notfall. Eine Arbeitsangelegenheit in New York.«

Imelda fischte ihr Handy aus der Handtasche und bedachte Clementine mit einem spitzen Blick. »Ihr Stadtleute müsst lernen, mal abzuschalten.«

Das war das Problem. Clementine hatte abgeschaltet, schon lange vor heute Abend. Ihr Gehirn war schon auf ihrer ausgedehnten Fahrt von New York hierher in Stand-by-Betrieb gegangen. Es hatte einen Kurzschluss bekommen, als sie am Straßenrand die verschwitzten Hände eines attraktiven Mannes geschüttelt hatte. Es war davongeschwebt, als Jack ihr seine Liebe gestanden hatte. Jetzt könnte Yevgen in der Stadt sein.

Jacks nächster Song begann, schneller und vergnügter: *Burning Love.*

Sie musterte die Menge, entdeckte Yevgen aber nirgends. Zügig marschierte sie an den Rand der Arena, gefolgt von Jacks mächtiger Stimme. *Bitte sag mir, dass ich mir nur etwas eingebildet habe.* Sie wählte Luciens Nummer und wartete. Er ging nicht dran. Rasch schickte sie ihm eine Nachricht, aber es kam keine Antwort. Sein Akku könnte leer sein. Oder er könnte unterwegs sein. Er hatte keinen »Partner« mehr, über den er auf dem Laufenden bleiben musste, und das hier war keine Nummer, die er kannte, weil sie es für klug gehalten hatte, sich aus ihrem Leben auszuklinken. Dümmste Betrügerin aller Zeiten.

Erneut suchte sie die schwach beleuchtete Arena ab. Nichts. Sie tippte auf das Internet-Icon des Handys. Falls die Nummer das Problem war, dann würde Lucien wenigstens auf eine E-Mail von ihrem Account antworten. Hinterher würde sie durchatmen und sich überlegen, was zu tun war. Zuerst musste sie es Jack sagen. Sicherstellen, dass die Alarmanlage der Villa eingeschaltet wurde. Sie würde den Van Gogh und die Versuchung, die er darstellte, loswerden. Ja. Sie würden für die Sicherheit seiner Familie sorgen, sich vergewissern, dass nichts schiefging.

Dass sich das Monet-Desaster nicht wiederholte.

Ihre Daumen zitterten so heftig, dass sie sich beim Eingeben ihres E-Mail-Passwortes dreimal vertippte. Als sie endlich ihren Account öffnete, stieß sie einen kleinen Schrei aus.

Sie hatte eine einzige Nachricht. Von ihrem toten Vater.

Was zum Teufel?

Ganz gleich, wie viel sie blinzelte, die Nachricht war immer noch da. Von einem Verstorbenen. Mit flauem Magen öffnete sie sie. Ebenso schnell verwandelte sich ihre Verwirrung in blankes Entsetzen.

Daddy hat dich geliebt, Clementine.
Und er ist tot. Keiner, den du liebst,
wird je sicher sein.

Diesen letzten Satz. Sie kannte ihn. Yevgen hatte diese Worte ausgespuckt, als er die Klinge in ihrem Bauch umgedreht hatte, und all die seltsamen Ereignisse der letzten Woche kehrten ohrenbetäubend zurück: das Gefühl, beobachtet zu werden, das verschobene Kabel des Radioweckers, der heruntergefallene Faden in ihrem Motelzimmer. Es war doch nicht sie gewesen, die diesen Faden heruntergeworfen hatte. Yevgen hatte sie beschattet.

Er musste sich in ihre E-Mails gehackt und die Briefe an ihren Vater gefunden haben, Details über ihre Zuneigung für Jack und Whichway. Sie machte keine Technik-Jobs, aber Hacken war nicht so schwierig, und dieser unvergessliche Satz machte sein Eindringen persönlich.

Mit bis zum Hals klopfendem Herzen suchte sie das Publikum ab. Als sie Yevgen nicht fand, landeten ihre Augen auf Jack. So selbstbewusst. Kein Stottern zu hören. Er war attraktiv und liebenswert und hatte ihr ihre Täuschungen verziehen. Und so dankte sie es ihm? Indem sie Gefahr in seine Stadt, in seine Familie brachte?

Nein. Auf keinen Fall würde sie ihn in Gefahr bringen. Weder jetzt noch jemals. Hier ging es für Yevgen nicht einmal um das Gemälde. Er hasste sie seit der ersten Beute, die sie ihm vor der Nase weggeschnappt hatte, und er wollte sie treffen, wo es richtig wehtat. Sie konnte seine Besessenheit immer noch nicht begreifen, aber seine Motivationen zu sezieren würde ihr nicht helfen. Nur eine einzige Sache würde das. Die schwerste.

Sie musste Jack verlassen.

Sie erstickte ein Schluchzen, aber was hatte sie erwartet? Kriminelle ritten nicht in den Sonnenuntergang. Alles zu bekommen, was sie wollte, stand für sie nicht in den Karten. Wenn Yevgen keine Bedrohung war, würde es jemand anderes sein. Sie hatte Leute bestohlen. Solche Taten hatten Konsequenzen. Ihre war, Jack zu verlieren.

Panisch sah sie nach, ob Lucien auf ihre Nachricht geantwortet hatte. Nichts. Sie schickte ihm schnell eine E-Mail, dann tippte sie eine Antwort für Yevgen, bei der sie sich Luciens Lektion bediente, dass bei langfristig angelegten Coups die Nacharbeit ebenso wichtig war wie die ursprüngliche Vorarbeit. *Mach dich unschuldig,* hatte Lucien gesagt. *Gib ihnen, was sie brauchen. Fülle die emotionale Leere mit dem, wonach sie sich sehnen, und sie werden dich nie verdächtigen.*

Sie hatte das oft getan, nach einem Coup noch ein paar Wochen mit ihren Opfern verbracht, als Freundin oder Vertraute.

Das ein oder andere Date mit ihnen gehabt. Zu verschwinden, sobald ein Job erledigt war, erregte Verdacht, deshalb hatte sie gekonnt geflirtet, Intimität vermieden und sie so lange hingehalten, bis die Luft rein war. Sie kannte dieses Spiel. Sie musste Yevgen nur davon überzeugen, dass das hier ein lang angelegter Coup und sie nicht mit Herz und Seele in Jack verliebt war. Sobald sie und das Gemälde von hier fort waren, würde Yevgen keinen Grund mehr haben, hierzubleiben. Angestrengt brachte sie ihre Atemzüge unter Kontrolle, während sie ihre Antwort noch einmal durchlas.

Du bist genauso leichtgläubig wie mein Opfer, Yevgen. Nicht, dass mich das überraschen würde. Hab das Gemälde schon vor einer Woche ausgetauscht. Lucien hat es. Es gab eine Panne, und ich musste die Sache stichhaltiger machen, aber wenn ich diese E-Mails »zufällig« offen lasse, damit Jack liest, wie ich von meiner Liebe zu ihm schwärme, dann wird er mir meine Tränen abkaufen, wenn ich mit ihm Schluss mache, um einen Job im Ausland anzunehmen. Falls sie die Fälschung bemerken, wird er mich nie verdächtigen. Du dagegen wirst einen perfekten Verdächtigen abgeben. Ich könnte diesen Fetzen Stoff von deinem Hemd als Beweis im Haus platzieren. Einen anonymen Anruf tätigen. Hör auf, mich zu verfolgen, sonst werde ich singen.

Beim letzten Satz musste sie an Jacks betörende Stimme und alles, was sie zurücklassen würde, denken. Der Schmerz ließ sich kaum wegatmen, aber sie hatte keine andere Wahl. Sie musste sich darauf konzentrieren, sich einem Verrückten zu stellen.

Nur um sicher zu sein, machte sie eine Adressbuchsuche und rief Jacks Mutter an, die rasch abhob.

»Hi, Sylvia. Hier ist Clementine.« Sie steckte sich einen Finger ins andere Ohr, um den Lärm der Arena auszublenden. »Jack wollte, dass ich Ihnen sage, dass es außerhalb der Stadt einen Einbruch gegeben hat, einer der Touristen wahrscheinlich. Nichts, worüber man sich sorgen müsste, aber er möchte, dass Sie die Alarmanlage einschalten und sichergehen, dass alle Türen abgeschlossen sind.«

Sylvia schnalzte mit der Zunge. »Was für eine Schande! Wie es scheint, zieht das Festival dieser Tage zwielichtiges Gesindel an. Bist du auf dem Konzert? Wie war Jack?«

Clementine konnte nicht über Jack reden. Ein einziges Wort über ihn, und sie würde zusammenbrechen. »Es ist laut hier, und ich kann Sie nur schlecht verstehen. Sorgen Sie einfach dafür, dass die Alarmanlage eingeschaltet ist.«

Sie hörte kaum zu, als Sylvia einwilligte und auflegte. Yevgen hatte noch nicht geantwortet. Er könnte bereits unterwegs zum Anwesen sein. Ihr Daumen schwebte über der ersten Zahl der Notrufnummer. Die Cops anzurufen und sie auf Yevgen aufmerksam zu machen wäre klug, ein zusätzlicher Schritt Sicherheit, aber ihre Kehle war wie zugeschnürt. Sie würde mit hineingezogen werden. Yevgen würde verschwinden wie üblich, der Entdeckung entgehen, und sie würde im Knast landen.

Mit flauerem Gefühl als vorher und zitternden Händen ließ sie das Handy sinken.

Das Beste, was sie tun konnte, war, Whichway zu verlassen und nie zurückzukommen. Irgendwo neu anfangen. Ein einsamer Baum sein. In einem so üppigen Wald zu leben bedeutete, dass Waldbrände zuschlagen konnten.

Jacks Auftritt näherte sich dem Ende. Er würde bald von der Bühne gehen. Ihr Stichwort, die Kurve zu kriegen. Die Tatsache, dass er nicht wusste, dass sie den Mechaniker-Job bekommen hatte, würde dabei helfen, ihn ein letztes Mal zu betrügen; aber bei der Aussicht, ihn anzulügen, wurde ihr erneut übel. Sie schluckte und biss die Zähne zusammen. Zeit, herauszufinden, was für eine gute Schauspielerin Clementine Abernathy, Betrügerin und Einbrecherin, sein konnte.

Kapitel 25

JACKS SCHÄDEL HÄMMERTE. Seine Hände juckten. Clementine hatte aufgewühlt ausgesehen, als sie von Imelda weggegangen war. Nun beugte sie sich über ihr Handy, ohne auf seinen Auftritt zu achten, und er wurde das Gefühl nicht los, dass irgendetwas nicht stimmte. Er wollte von der Bühne springen und sie fragen, was ihr Sorgen machte. Oder vielleicht war es sein Ego, das da sprach, vielleicht spielte ihm sein Wunsch, die Aufmerksamkeit seiner Freundin zu haben, einen Streich.

Er zog seine Nummer durch, spielte mit dem Publikum. Blieb im Takt mit der Band. Er warf seine Haartolle und senkte seine Stimme, fand seinen Rhythmus. *Sing. Sing einfach. Gewinn das hier für Dad.*

Aber das Profil eines Mannes schob sich vor seine Augen, der tätowierte Typ, der im Diner schroff zu ihm gewesen war und Clementine an dem Abend, an dem sie sich zum ersten Mal geküsst hatten, angeglotzt hatte. Der Typ hatte in der *Whenever Bar* zwielichtig gewirkt, wie er sich in dieser dunklen Sitzecke an seinem Bier festgehalten und immer wieder zu Clementine rübergesehen hatte. Er war zum Teil der Grund gewesen, warum Jack sich auf einen Drink zu ihr gesetzt hatte. Jack sollte für diesen Schubs dankbar sein, aber der Mann betrachtete nicht die Bühne. Er stand etwas von Clementine entfernt, mit verschränkten Armen, die Augen erneut auf sie geheftet.

Irgendwie sang und performte Jack mehr durch Routine als irgendetwas sonst. Er hatte so reichlich geprobt, dass er *Burning Love* rückwärts singen könnte. Der einzige Gedanke, der ihm unablässig durch den Kopf ging, war: *Du musst zu Clementine.*

Endlich war die Nummer zu Ende. Er verbeugte sich lächelnd, dann hastete er von der Bühne, aber mehrere Leute hielten ihn auf, indem sie ihm auf den Rücken klopften und versuchten, seine Hand zu schütteln. *Du musst zu Clementine.* Als er sich endlich befreien konnte, eilte er in den Zuhörersaal und traf auf eine weitere Wand aus Leuten. Manche versuchten, ihm zu gratulieren. Andere hielten ihre Handys für ein Foto hoch. Blitzlichter flammten auf. Die Band setzte ein, die Rufe und Pfiffe der Menge raubten ihm die Orientierung.

Du musst zu Clementine.

Er fand Imelda und packte sie an den Schultern. »Wo ist sie?«

Imelda zuckte zusammen und zeigte nicht ihr übliches Lächeln. Sie sah regelrecht verstört aus. »Alles okay, Jack?«

Seine Augen mussten so wild aussehen, wie er sich fühlte. »Wo ist Clementine?«

»Sie hat sich mein Handy geborgt. Irgendwas von wegen Arbeitsnotfall.«

Jack knurrte.

»Was ist los? Brauchst du Lawsons Hilfe?«

Ihr Mann war ein guter Kerl, aber Jack konnte Clementines »Arbeit« mit niemandem besprechen. »Nein danke, schon okay. Möchte nur mein Mädchen sehen.« Sich vergewissern, dass sie in Sicherheit war.

Und die Bemerkung über ihre Arbeit nagte an ihm. Clementine könnte es sich mit ihrer lebensverändernden Entscheidung noch einmal anders überlegt haben. Seine anfängliche Angst könnte real sein: dass sie irgendwann eine normale, alltägliche Existenz und ihn bereuen würde.

Imelda nickte zum Rand der Arena, wo er Clementine während seines Auftritts entdeckt hatte. »Zuletzt hab ich sie dort drüben gesehen.«

Wo sie genau nicht war. Der bärtige Mann war auch nicht in der Nähe. Die beiden hatten wahrscheinlich keine Verbindung miteinander, aber Jacks Puls wollte sich einfach nicht beruhigen. Er könnte sich immer noch ohrfeigen für sein Geständnis bei ihm zu Hause. Er hätte ihr nicht sagen sollen, dass er sie liebte. Sie brauchte Zeit, um sich einzugewöhnen und in ihrem neuen Leben Wurzeln zu fassen. Einen Job finden. Sie hatte sich deswegen Sorgen gemacht. Ihre neue Wohnsituation war erst wenige Tage alt, und schon hatte sie nicht mehr gewusst, was sie anstellen sollte, war in seinem Reptilienheim rumgehangen, sogar darin eingeschlafen. Wahrscheinlich zu Tode gelangweilt. Ihr Muscle-Car war auch nicht hier, um daran rumzubasteln. Ihre Tage waren ziellos.

Wenn er ihr von seiner Überraschung erzählt hätte, anstatt so eine große Sache daraus zu machen, dann hätte sie sich darauf konzentrieren können. Aber nein. Trottel, der er war, hatte er ihr gestanden, dass er sie liebte. Typisch Loser-Jack. Mit einunddreißig hatte er es immer noch nicht drauf, bei Frauen cool zu bleiben.

»Jack?«

Bei Clementines Stimme durchströmte ihn heftige Erleichterung. Er drehte sich um und drückte sie fest an seine Brust. »Konnte dich nicht finden«, murmelte er in ihr Haar. Sicher. Sie war sicher.

336

Warum fühlte er sich so aus dem Gleichgewicht gebracht? Anstatt seine Umarmung zu erwidern, schüttelte sie sie ab und gab Imelda ihr Handy zurück. Er wusste nicht genau, warum sie es sich geborgt hatte, aber das war unwichtig. Wichtig war, ihr zu sagen, dass ein Mann sie beobachtet hatte, und dass Jack etwas für sie hatte, mit dem sie sich beschäftigen konnte, während sie auf Jobsuche war. Einen Grund für sie zu bleiben.

»Komm mit.« Er nahm ihre Hand, ohne ihr Gelegenheit zu geben, ihm zu antworten.

Er führte sie durch die Menge zum Backstage-Büro, wo er seine Sachen aufbewahrte. Zwei Gegenstände im Besonderen.

Sobald er die Tür hinter ihnen geschlossen hatte, drehte er sich zu ihr um und versuchte, nicht zusammenzuzucken, als ihr Blick ihm auswich. »Was ist während der Show passiert? Imelda sagte, du hattest einen Arbeitsnotfall.«

»So was in der Art.« Vage Antwort. Ausweichender Blick. Fahrige Bewegungen.

Nicht okay.

Er war als Elvis angezogen, in seinem aufwendigsten Kostüm, ein Kontrast zu ihren Jeansshorts und dem luftigen Tanktop, aber vorhin hatte sie ihn darin gemocht, war erbebt, als er sie im Arm gehalten hatte. Jetzt strahlte sie mehr Unbehagen aus als er bei ihrer ersten Begegnung.

Wenigstens hatte er Munition, ein bedeutungsvolles Geschenk, das seinen Ich-liebe-dich-Schnitzer hoffentlich überschatten würde. *So uncool, Jack.*

Er nahm zwei Umschläge aus der Aktentasche, die er mitgebracht hatte, und hielt sie ihr hin. »Das ist meine Überraschung. Ich hätte sie dir schon früher geben sollen.«

Sie nagte an ihrer Unterlippe und verschränkte die Arme. »Was auch immer es ist, ich kann es nicht annehmen.«

»Ich dachte, wir wären über unsere Geldprobleme hinweg.«

»Es geht nicht um übertriebene Ausgaben. Ich muss gehen.«
Sein Nacken kribbelte. »Wohin?«

»Nach Hause – zurück nach New York. Ich hab's versucht,
Jack, aber dieses Leben ist nicht das Richtige für mich.«

»Heute Morgen im Bett war es noch das Richtige für dich.«
Bitterkeit durchzog seinen Tonfall, aber er rang um Beherr-
schung. Er öffnete den ersten Umschlag und zeigte ihr das Flugticket. »Ich habe eine Reise nach Indien geplant. Ich glaube, das
hatte ich vor einer Weile schon mal erwähnt. Ich möchte gern,
dass du mitkommst. Ich möchte, dass wir gemeinsam dein
Waisenhaus besuchen.«

Ihr Kinn bebte, aber sie nahm sein Geschenk nicht an, und
das Herz sank ihm in die Kniekehlen. Jack hatte Liebe nie
gekannt. Das begriff er jetzt. Mit Clementine in seinem Leben
hatten die Texte, die er sang, mehr Bedeutung, die Angst in ihnen – Freude durchzogen von Schmerz. Das war es, was Songs
über Liebeskummer so schmerzhaft schön machte und warum
er in letzter Zeit auf der Bühne nicht zu Atem kam und das
Auftreten ihm mehr zusetzte als sonst. Liebe war alles, und er
wollte sie nicht verlieren.

Beunruhigt warf er das Ticket auf den überfüllten Schreibtisch und riss den zweiten Umschlag auf. Ein Teil seines Ge-
hirns rebellierte, schrie ihn an, dass Geld Clementine nicht zum
Bleiben verlocken konnte, aber sein Herz klopfte wild und
übertönte seinen Verstand.

Er hielt den Scheck ihren verschränkten Armen entgegen.
»Ich habe den Van Gogh verkauft. Ich habe mit meinen Eltern
darüber gesprochen, nachdem ich ihnen erklärt hatte, dass ich
einen Artikel über die verschwundenen Studien gelesen hätte.
Das Gemälde war meinem Granddad wichtiger als uns. Da
meine Forschung abgeschlossen ist, waren sie einverstanden,
das Geld stattdessen für wohltätige Zwecke zu verwenden.

Also ist das hier für dich, um deine Arbeit fortzusetzen. Hilf den Kindern, die dich brauchen, Clementine.«

Sie wich zurück, einen Schritt, dann zwei, die Hände erhoben, als stünde der Scheck in Flammen. »Das ... das kannst du nicht tun, Jack.«

»Das kann ich und habe es getan.«

»Das ist zu viel.«

»Es ergibt absolut Sinn. Das ist es, was du bist, eine Wohltäterin. Nutze deine Fähigkeiten.«

»Ich hatte nie mit dem Geld zu tun.«

»Du wirst es lernen.«

»Nein.« Sie schüttelte den Kopf, eine peitschende Bewegung. Sie hielt sich die Hand vor den Mund, konnte jedoch den gequälten Ausdruck in ihren Augen nicht verbergen.

Er konnte kaum schlucken. »Du bist glücklich hier, Clementine. Glücklich mit mir. Das weiß ich. Ich weiß auch, dass diese Veränderung nicht einfach sein kann, aber es sind erst ein paar Tage. Bitte, gib dir Zeit. Bitte, gib *uns* Zeit.«

Sie ließ die Hand von ihrem Gesicht sinken, und jede Spur von Kummer war fort. »Ich war glücklich, aber nicht auf die Weise, wie du denkst. Das hier war wie ein Urlaub, aber Urlaube werden langweilig. Ich habe mich hinreißen lassen und mich im Augenblick verloren. Und als du mir gesagt hast, dass du mich liebst, wurde mir bewusst, wie verschieden wir sind, wie weit ich von dieser Art von Hingabe entfernt bin. Ich bin nicht so gestrickt wie du, Jack. Diese Stadt fühlt sich mit jedem Tag kleiner an. Erstickend. Ich kann nicht mal einen Job finden.«

Sie starrte den Scheck in seiner Hand an. »Und mich mit Geld zuzuschütten, ist das Letzte, was helfen würde. Ich bin keine deiner guten Taten. Ich bin kein krankes Vögelchen oder verletztes Chamäleon, das du in Ordnung bringen kannst. Was genau das Gefühl ist, das ich dadurch bekomme. Das ich durch *dich* bekomme. Ich bin einfach nur ...«

Ihr Blick fiel auf den Boden zwischen ihnen, und er warf den Scheck neben das Flugticket. Das war es also. Genau das, wovon er gewusst hatte, dass es passieren würde. Es vorhergesehen zu haben minderte nicht den Schmerz. Er war nicht sicher, was diese unerbittliche Qual heilen würde, und es ergab auch nicht vollständig einen Sinn. Es fühlte sich plötzlich und ungerechtfertigt an.

»Du hast *Ich liebe dich* gesagt«, murmelte er, und die Erinnerung erschütterte ihn.

»Bin mir ziemlich sicher, dass ich nichts gesagt habe.«

Er richtete sich auf und sah ihr in die braunen Augen. »Während meines Auftritts hast du gepfiffen. Dann hast du von dort aus, wo du warst, mit den Lippen etwas geformt. Du hast *Ich liebe dich* gesagt.«

Zum ersten Mal, seit diese schreckliche Unterhaltung angefangen hatte, sah sie unsicher und ein bisschen ängstlich aus. Log sie?

Ebenso schnell verschloss sich ihr Gesicht wieder. »Ich habe mitgesungen, Jack. Ich weiß, du willst glauben, dass ich das gesagt habe, aber das Licht im Publikum war trüb, und ich war weit von der Bühne entfernt. Ganz egal, wie die Dinge zwischen uns stehen, ich habe mich gefreut, dich auftreten zu sehen.«

Lügen. Wahrheit. Lügen. Wahrheit. Er konnte nicht mehr sagen, woran er bei ihr war. Vielleicht hatte er das nie gekonnt. Schließlich war sie ausgezeichnet bei Falschheiten. Das bedeutete nicht, dass er bereit war, aufzugeben. »Ich liebe dich, Clementine. Mehr, als ich je für möglich gehalten hätte. Und ich weiß, du fühlst es auch. Etwas davon, zumindest. Sag mir, dass du es nicht fühlst – jetzt, hier und jetzt. Sag es mir ins Gesicht, und ich lasse dich gehen.«

Wenn sie ihm in die Augen sehen und das zugeben konnte, dann würde er keine andere Wahl haben. Er würde mit diesem Schmerz leben … es sei denn, er fesselte sie ans Bett und zwang sie, diese harte Zeit durchzustehen wie ein Junkie auf Entzug. Himmel! Er verwarf diese Idee nicht einmal auf der Stelle. So schlimm stand es um ihn.

Sie blinzelte und berührte die Halskette, die er ihr geschenkt hatte, was ihm einen Funken Hoffnung schenkte. Wenn sie sich daran erinnerte, wie sie geweint hatte, als sie sich zum ersten Mal geliebt hatten, dann würde sie bleiben. Wenn sie sich daran erinnerte, wie sehr sie im Einklang miteinander gewesen waren, im Bett und außerhalb davon, dann würde sie ihm in die Arme fallen. Er erinnerte sich jedenfalls verdammt gut daran. Aber er konnte sie nicht *zwingen,* sich zu erinnern oder zu bleiben, wenn sie wieder weglaufen wollte.

Sie begegnete seinem flehenden Blick und sagte: »Das tue ich nicht.«

Er packte die Schreibtischkante, klammerte sich daran fest, bis sie in seine Handfläche schnitt. »Das war es also? Du gehst einfach?«

»Ich wollte dir nie wehtun. Du bedeutest mir mehr als je irgendjemand sonst, aber ich bin nicht dazu gemacht, dich so zu lieben, wie du es verdienst, geliebt zu werden. Du bist beschäftigt. Ich bin ziellos. Ich kann nicht in einer so kleinen Stadt leben, in der jeder alles weiß. Aber es ist mehr als das. Kleinigkeiten, die ich nicht beschreiben kann. Letztendlich bin ich nicht bereit, das Leben aufzugeben, das ich kenne.«

Ihr Blick zuckte zu seinen Geschenken, und einen Moment lang hüllte Verzweiflung ihr Gesicht ein. Dann drehte sie sich auf dem Absatz um und ging zur Tür.

»Warte.«

Bei seiner verzweifelten Bitte drehte sie sich um, aber die

Bewegung schien sie zu quälen. War er ihr schon so zuwider? Konnte sie es nicht ertragen, ihn anzusehen? Das Bedauern auf ihrem Gesicht gerade eben war wahrscheinlich Mitleid gewesen, das *Ich liebe dich,* das er sie in der Menge flüstern gesehen zu haben glaubte, wahrscheinlich nur Wunschdenken. Die Zurückweisung bestand darin, eine bittere Pille zu schlucken, aber er war über Avas Verrat hinweggekommen. Er würde auch über das hier hinwegkommen.

Er rieb sich das Stechen in seiner Brust, ein Stechen, das er bei Ava nie gespürt hatte. »Du musst vorsichtig sein.«

Mit schmalen Augen sah sie ihn an. »Warum?«

»Da ist ein Mann in der Stadt. Ein Typ mit dunklen Haaren und einem Bart. Er hat Tattoos am Arm, ein Messer und einen Totenkopf. Er hat dich heute Abend beobachtet.«

* * *

»Wann hast du ihn gesehen?« Clementine zwang sich zu einem beiläufigen Tonfall, als habe sie Jack nicht gerade das Herz gebrochen und ihres dabei gleich mit. Als wolle sie diese Information nicht dringend haben.

»Während meines Auftritts.«

»Hast du ihn vorher schon mal gesehen?«

Jack rieb sich den Nasenrücken. »Zum ersten Mal im Diner, nachdem wir uns dort begegnet waren, als Jasmine dich Samantha nannte; aber du warst schon gegangen. Dann im Park, aber da hat er die Enten gefüttert. Nichts wirkte ungewöhnlich. Aber er war im *Wherever,* an dem Abend, an dem wir … uns geküsst haben. Ich hatte bemerkt, dass er dich beobachtet hat, was einer der Gründe war, warum ich mich an der Bar zu dir gesetzt habe. Dann wieder heute Abend – er war in der Menge. Er hat nicht auf die Bühne gesehen. Nur dich beobachtet.«

Scheiße, Scheiße, Scheiße. Sie hatte angenommen, dass Yevgen erst seit vier oder fünf Tagen hier war, nicht schon seit zwei Wochen. Wenn er schon länger hier war, dann könnte ihre E-Mail vielleicht keine Wirkung haben. Er könnte ihr Zimmer schon früh abgehört haben. Sie hatte Lucien von dort aus angerufen, um auszusteigen. Falls Yevgen das gehört hatte, dann war ihre Behauptung hinfällig, die Mails an ihren Vater hätten nur dazu gedient, Jack einzulullen.

Sie grub die Nägel in ihre Handfläche und weigerte sich, zu Jacks tollem Geschenk zu schauen. Er verstand sie besser, als sie gedacht hatte: ihre Liebe zu Indien, dem Waisenhaus, ihr Bedürfnis, Kindern zu helfen und ihre Entscheidungen wiedergutzumachen. Nichts davon war wichtig.

Ihre einzige Möglichkeit war, Yevgen aus der Stadt zu locken.

Sie zwang sich, sich zu entspannen, und winkte ab. Eine wegwerfende Geste, von der sie hoffte, dass sie glaubhaft war. »Ich bin sicher, der Typ ist harmlos.«

»Er kam mir nicht harmlos vor. Ich mache mir Sorgen um dich.«

»Das ist es ja, Jack. Es steht dir nicht zu, dir um mich Sorgen zu machen.« Wenn sie ihm die Wahrheit sagen würde, dann würde er losstürmen, um sie und seine Familie zu beschützen. Dieser Mann, der noch nie in einem Kampf gewesen war oder einen Mann geschlagen hatte, würde sich mit jemandem wie Yevgen anlegen. Wenn sie nicht so schreckliche Angst hätte, würde sie bei dieser Vorstellung lachen. Auf keinen Fall konnte sie es Jack sagen. Er würde es irgendwann herausfinden, wenn sie im Gefängnis oder meilenweit fort von hier war. Einstweilen musste sie das hier in Ordnung bringen, dafür sorgen, dass er in Sicherheit blieb, was bedeutete, sich selbst in Gefahr zu bringen.

Der erste Punkt auf ihrer Tagesordnung: die Polizei rufen.

»Danke für die Vorwarnung«, sagte sie mit wackligerer Stimme, als ihr lieb war, »aber ich komm schon klar. Ich werde im Nu aus der Stadt sein. Apropos, kannst du mir ein paar Stunden bei dir zu Hause geben? Zeit, meine Sachen zu holen und zu gehen?«

Jack zuckte zusammen, eine heftige Bewegung, die ihr das Herz brach. Sie redete zu schnell, und ihm wehzutun war schlimmer, als niedergestochen zu werden.

Er zog seine Lippe hoch. Nicht seine sexy Elvis-Geste. Ein von ihr angewidertes Hochziehen. »Sicher, Clementine. Was immer du brauchst. Ich wünsche dir ein schönes Leben.«

Noch nie hatte sie sich so sehr gehasst, aber sie hatte keine Zeit, sich darin zu suhlen.

Kaum war sie aus dem Büro, rannte sie von Jack fort und in den Saal zurück. Die Musik dröhnte. Ein Plastikbecher knirschte unter ihrem Fuß. Sie rammte mindestens drei Leute mit den Ellbogen, und der Bass hallte ihr in den Ohren, während sie sich den Hals verrenkte.

Da. Imelda war dort bei der Bühne, wo sie sie zurückgelassen hatte.

Heftig atmend, packte sie Imeldas Oberarm. »Ich brauche noch mal dein Handy.«

Imelda holte es langsam heraus, hielt es aber außer Reichweite. »Was ist los mit dir? Ist mit Jack alles okay?«

»Es tut mir so leid, aber ich habe keine Zeit für das hier.« Sie schnappte sich das Handy und ging ein Stück zur Seite, weit genug, um nicht belauscht zu werden. Sie wählte den Notruf und hielt sich mit der Hand das andere Ohr zu.

»Notrufstelle, wie kann ich Ihnen helfen?«

»Jemand bricht gerade ins David-Anwesen ein, die große Villa an der Red Creek Road.«

Sie erwartete, dass die Dame in der Leitung ihr Fragen stellen oder sie beruhigen würde. Alles andere sagen würde als: »Jetzt reicht's mir aber mit diesen Anrufen, Ma'am. Wir haben dieses Haus jetzt schon zwei Mal überprüft. Sie und dieser Junge, der da ständig anruft, bewegen sich auf dünnem Eis. Noch so ein Anruf, und es kommt zur Anzeige. Sie verschwenden die Zeit des Sheriffs.«

Gottverdammter Yevgen. Er war ihr einen Schritt voraus und hatte der Polizeistation Telefonstreiche gespielt, um sie dazu zu bringen, das Haus erfolglos zu überprüfen, damit sie damit aufhörten, wenn es zählte. Wahrscheinlich hatte er bereits die Alarmanlage ausgehebelt, und ihr Anruf bei Sylvia war keinen Pfifferling wert gewesen. Der Mann war dreist, irre und clever. Eine gefährliche Kombination, die sie auf dem Trockenen sitzen ließ. Sie musste ihn bei seinem eigenen Spiel überlisten. Erneut rief sie ihre E-Mails auf, nicht überrascht, eine Antwort vorzufinden.

Die einzige Leichtgläubige hier bist du.
Und du hast dich in dein Opfer verguckt?
Das ist ja erbärmlich.
Mir ist egal, ob Lucien den Van Gogh hat.
Ich bin hinter etwas Glänzenderem
und Legendärerem her.
Hoffentlich kommt mir niemand
in die Quere. Wir wollen doch nicht,
dass sich der Monet-Job wiederholt ...

Eine Hand berührte ihre Schulter, und sie zuckte zusammen und hyperventilierte beinahe.

Imelda streichelte ihren Arm. »Ernsthaft, Clem, ich mache mir Sorgen um dich. Was ist los?«

Der Himmel stürzte ein. Die Meere gingen über. Die Erdkruste brach auf.

Jack litt.

»Es tut mir so leid«, war alles, was sie, ihre Plattitüden wiederholend, herausbrachte.

Sie drückte Imelda das Handy in die Hand und rannte davon. Keine Zeit für Erklärungen oder Verabschiedungen. Sie wusste, hinter welcher glänzenden und legendären Beute Yevgen her war: Elvis' letzte bekannte, signierte Goldene Schallplatte. Er hatte es immer auf die berüchtigten Beutestücke abgesehen, Coups, die ihn in die Nachrichten bringen, das Risiko erhöhen würden. Und die Schallplatte befand sich in der Villa. Jacks Eltern waren in Gefahr, ihre Nachtschwester ebenfalls. Colonel Blue. Und ... *o Scheiße*, Chloe. Was, wenn sie früher nach Hause gegangen war?

Kies flog unter Clementines Sandalen auf, als sie zum Ausgang hinausrannte. Sie schlug ihre Autotür zu und trieb ihren Prius zur Höchstgeschwindigkeit an. *Los, los, los.* Sie hatte immer noch ihr Messer unter der Fußmatte, Gott sei Dank. Das würde genügen müssen. Falls Yevgen irgendjemandem, und wenn auch nur dem alten Hund, ein Haar krümmte, würde sie ihn ausweiden. Sie würde nicht zweimal darüber nachdenken ... hoffte sie. Sie hatte bei all ihren Raubzügen noch nie jemanden verletzt. Ein Betäubungspfeil hier oder da, um Haustiere vorübergehend auszuschalten, aber nichts Schädliches.

Würde sie es tun können, wenn es darauf ankam?

Sie trat das Gaspedal bis zum Bodenblech durch, in der Hoffnung, die Cops würden auf sie aufmerksam werden und die Verfolgung aufnehmen. Sie würde sie mit Freuden zur Villa führen. Die Sonne fing an, unterzugehen, aber der Himmel war immer noch unglaublich blau. Blendende Perfektion im Vergleich zu der Hässlichkeit, die durch ihre Gedanken schwamm. Ihr Wagen geriet kurz ins Schlingern, was ihren Puls auf Hochtouren schnellen ließ. Das verdammte Ding vibrierte bei der hohen Geschwindigkeit.

Es fühlte sich nicht sicher an. Nichts fühlte sich sicher an. Eine Meile von der langen Auffahrt zum Anwesen entfernt, kam ihr ein Wagen entgegen. Er wurde langsamer, aber sie raste weiter. Zu schnell. Sie wusste, dass sie zu schnell fuhr. Ein Tier flitzte über die Straße, klein und pelzig – ein Eichhörnchen. Sie trat auf die Bremse, und ihre Reifen gruben sich in den Kies. Sie schlingerte. Eine Hupe ertönte, als sie sich gegen den Aufprall wappnete, doch irgendwie kam sie schlitternd zum Stillstand.

Ihre Hände zitterten am Lenkrad, ihr Atem rasselte in ihrer Brust. So knapp. Beinahe hätte sie einen Unfall verursacht. Sie umklammerte ihre Halskette, nur um sich daran zu erinnern, dass sie sie Jack nicht zurückgegeben hatte. Eine unbewusste Bitte, ihre Romanze nicht enden zu lassen? Es wurde Zeit, dass sie aufhörte, an Märchen zu glauben. Sie musste sie bei ihm zu Hause zurücklassen.

Als sich die Staubwolke gelegt hatte und sie Marco in dem Wagen sah, in den sie beinahe gekracht wäre, schnappte sie nach Luft. Seine Töchter waren hinten angeschnallt. Sie hätte sie erwischen können. Tränen liefen ihr über die Wangen, aber sie blieb nicht, um sich zu entschuldigen oder die Fassung zu verlieren. Dazu war keine Zeit.

Kapitel 26

ALS CHLOE NOCH KLEIN gewesen war, hatten Jack und ihre Eltern mit ihr oft Ochs am Berg gespielt. Chloe hatte es geliebt, als Ochse das Sagen zu haben, aber Jack glaubte nicht an geschenkte Gewinne. Ganz egal, wie schnell sie »Berg« gerufen und sich umgedreht hatte, sie hatte ihn selten dabei erwischt, sich zu bewegen.

Jetzt fühlte er sich wieder so, als würde er dieses Spiel spielen.

Er hatte sich nicht bewegt, seit Clementine geflohen war. Er stand da und starrte vor sich hin, mit einer Hand immer noch den Schreibtisch umklammernd. Er wusste nicht genau, wie viel Zeit vergangen war. Sein Verstand hing in einer Dauerschleife fest, immer wieder ließ er jede Einzelheit zwischen ihnen vor seinem inneren Auge ablaufen: ihr Selbstbewusstsein bei ihrer ersten Begegnung, diese staubige Landstraße, die das Knistern zwischen ihnen angefacht hatte, ihr Vertrauen, als sie ihm ihre Vergangenheit gestanden hatte, die Lügen dazwischen.

Sie mochte geschockt gewirkt haben, als er ihr seine Liebe gestanden hatte, aber er war sicher, dass sie heute Abend *Ich liebe dich* mit den Lippen geformt hatte. Sie hatte stolz und verliebt ausgesehen. Welch ein Kontrast zu der Frau, die ihn abblitzen ließ und behauptete, sie könne ihr altes Leben nicht hinter sich lassen!

Zugegeben, er hatte sich genau darüber Sorgen gemacht, aber irgendetwas passte nicht zusammen. Es ging alles zu plötzlich. Hatte sie einfach nur Angst davor, zu vertrauen? Sein Handy klingelte, und der schrille Laut schnitt durch seine Verwirrung und ließ einen Funken Hoffnung auflodern. Vielleicht hatte sie ihre Meinung geändert, erkannt, wie sehr sie sich geirrt hatte. Marcos Name auf dem Display ließ seine Energie verpuffen.

»Was gibt's?« Jack konnte seine Enttäuschung nicht verbergen.

»Ist in der Villa irgendetwas passiert? Mit deiner Familie?«

Seine Fingerknöchel am Schreibtisch wurden weiß. »Warum? Ist mit meinem Vater alles okay?«

»Ich dachte, dein Vater ist nicht in der Stadt?«

Scheiße. Diese dumme Lüge. Er war sie leid, konnte nicht mehr klar genug denken, um sie aufrechtzuerhalten. »Er ist hier, und er ist krank. Er war die ganze Zeit hier. Sag mir, was passiert ist.«

»Was meinst du damit, er ist krank?«

Jack fuhr sich mit der Hand durchs Haar. Zumindest versuchte er das. Sein Haargel knirschte zwischen seinen Fingern. »Darüber reden wir später. Sag mir einfach, warum du angerufen hast.«

»Wegen Clementine.«

Ein Felsbrocken bildete sich in seinem Bauch. »Red schon.«

Weinen erklang in der Leitung, als eine oder beide Töchter ihre Stimmbänder strapazierten. Marco stöhnte. »Die Mädchen waren quengelig und wollten nicht schlafen, da dachte ich, sie durch die Gegend zu fahren würde sie einlullen. Also war ich gerade in der Nähe der Villa, als mir ein Auto auf der

Straße entgegenraste und beinahe in mich hineinkrachte, als es einem Eichhörnchen auswich. Es war Clementine, und sie sah nicht okay aus.«

»Bist *du* okay? Und die Mädchen?« Was hatte sich Clementine dabei gedacht, so zu rasen? Hatte sie so dringend von ihm fortkommen wollen?

»Ja, ja, uns geht's gut. Aber Clementine sah ... zu Tode erschrocken aus. Sie hat geweint. Dann ist sie zur Villa weitergefahren.«

Die Bemerkung über das Weinen verschlimmerte seinen Aufruhr noch, aber die Villa? Dort hinzufahren ergab keinen Sinn, aber das tat die plötzliche Veränderung ihres Verhaltens auch nicht. Es sei denn, sie hatte etwas im Haus vergessen, als sie dort gewesen war, oder war hingefahren, um die Halskette zurückzugeben, die er ihr geschenkt hatte. Oder ein weiteres Gemälde zu stehlen ...

Er massierte sich die Schläfen, während er Marco versprach, ihm morgen die Sache mit seinem Vater zu erklären. Er legte auf und konzentrierte sich auf seine guten Momente mit Clementine. Die echten. Sie hatte sich darauf gefreut, heute Abend herzukommen. Sie hatte vorgehabt, seine Show morgen zu filmen und nächste Woche Zeit mit seiner Familie zu verbringen, um sie sich anzusehen. Es war nicht dasselbe, wie wenn sein Vater sich die Show live ansah, aber zu wissen, dass Clementine an seine Familie dachte, hatte die Welt für ihn bedeutet. Ihre Hundertachtzig-Grad-Wende heute Abend, das ausweichende Verhalten und die fahrigen Bewegungen stachen als Lügen hervor.

Falls das stimmte, erklärte das noch nicht das Warum.

»Kann ich mal mit dir reden, Jack?« Imelda stand in der Tür.

»Natürlich.« Das würde ihm Zeit geben, sie auszufragen, ob sie Clementines Verhalten irgendwie ungewöhnlich fand.

In einer Hand hielt sie ihr Handy und mit der anderen kratzte sie sich den Nacken, ihre normalerweise fröhliche Haltung wirkte gedämpft. »Ich glaube, Clementine ist in Schwierigkeiten.«

Zuerst Marco, jetzt Imelda. Sorge durchzuckte ihn. »Was ist passiert?«

Sie schaute ihr Handy an, als könne es hochspringen und sie beißen. »Sie hat ihr Handy zu Hause gelassen und meins benutzt. Abgesehen von der Tatsache, dass sie es mir fast aus der Hand gerissen und meine Fragen ignoriert hat, ist sie schneller aus der Arena geflohen als Lawson zu Hause aus dem Wohnzimmer, wenn ich ihn bitte, die Garage aufzuräumen. Hat sich nicht mal die Mühe gemacht, sich aus ihrem E-Mail-Konto auszuloggen.« Zögernd hielt sie es ihm hin. »Ich denke, du solltest das lesen.«

Clementines E-Mail zu lesen war eine Verletzung ihrer Privatsphäre, und er war nicht sicher, ob es klug war, sich noch tiefer bei ihr reinzureiten. Er liebte sie, konnte vor erbarmungslosem Kummer kaum noch atmen, aber sie hatte sehr deutlich gemacht, dass ihr Leben Jack nichts anging. Doch zu vieles fühlte sich falsch an. Sie könnte in Schwierigkeiten sein.

Rasen und Weinen passten nicht zu der Frau, die ihn eiskalt abserviert hatte.

Er nahm das Handy und las die erste Nachricht.

Die einzige Leichtgläubige hier bist du.
Und du hast dich in dein Opfer verguckt?
Das ist ja erbärmlich.
Mir ist egal, ob Lucien den Van Gogh hat.
Ich bin hinter etwas Glänzenderem
und Legendärerem her.
Hoffentlich kommt mir niemand

in die Quere. Wir wollen doch nicht,
dass sich der Monet-Job wiederholt …

Er kniff die Augen zusammen und rieb sich die Stirn. Die E-Mail
war von Clinton Abernathy, und der einzige Clinton, den Clementine erwähnt hatte, war ihr verstorbener Vater. Außer sie
hatte bezüglich seines Todes gelogen. Die Erwähnung des Monets ließ auch etwas Unheilvolles bei ihm klingeln. Auf und
ab marschierend zermarterte er sich den Kopf nach der Verbindung. Der Monet-Job – das war der Job, bei dem Clementine erzählt hatte, niedergestochen worden zu sein! Seine eigenen Eingeweide schmerzten bei der Erinnerung, und der
Name ihres Vaters verwirrte ihn nur noch mehr.

Erneut suchte er die Nachricht nach irgendeinem Hinweis
ab. Lucien hatte den Van Gogh nicht. So viel wusste er. Jack
hatte ihn verkauft. Er hatte auch die Fälschung dazugegeben,
um das Original zu bekräftigen. Es gab viele glänzende Dinge
in der Villa. Aber legendär?

Er schob die Nachricht hoch, um die nächste zu lesen.

Daddy hat dich geliebt, Clementine.
Und er ist tot. Keiner, den du liebst,
wird je sicher sein.

Angst krallte sich um seine Brust. Keine subtile Drohung. Er
wollte das Handy fallen lassen und losrasen, um sie zu finden,
aber die zufällig auf ihn einstürzenden Nachrichten vermisch-
ten sich mit dem Auf und Ab der Gefühle des heutigen Abends
und machten alles unklar.

Seine Gedanken rasten schneller als ein Schwarzleguan, als
er weiter runterscrollte, weil er etwas brauchte, das er fassen
konnte. Die nächste Nachricht war eindeutig eine von Clemen-

tines Nachrichten an ihren Vater. Die wenigen Abschnitte, die er überflog – Ich hasse es, dass du nicht mehr da bist, ich wünschte, du könntest mir sagen, was ich tun soll –, deuteten darauf hin, dass er tatsächlich gestorben und nicht in der Lage war, ihr zu mailen.

Hatte sich jemand anderes Zutritt zu dem Account verschafft?

Er las langsamer. Geständnisse über Jack und ihr Leben füllten die Zeilen wie die tagebuchähnlichen E-Mails, die sie erwähnt hatte. Sie schrieb von ihrer Angst, sich in ihn zu verlieben, wie sehr es ihr gefiel, Freunde in Whichway zu finden, dass sie das Gefühl hatte, endlich ein richtiges Zuhause gefunden zu haben.

Ich liebe Jack, stand am Ende einer Nachricht. Ich liebe ihn schon so sehr, dass es wehtut. Falls ich ihn verliere, wird es mich vernichten.

Gefühl brannte in seinen Augen. Sie liebte ihn. Er hatte es verdammt noch mal gewusst. Ihre ganze Unterhaltung war eine Farce gewesen, aber seine Erleichterung war bittersüß. Die Erkenntnis erklärte nicht ihre Lügen.

Erneut las er die Nachrichten durch und setzte zusammen, was er erfahren hatte:

Sie hatte geweint und war zur Villa gerast.

Jemand bedrohte die, die sie liebte.

Sie liebte Jack.

Die Erwähnung von etwas Glänzendem, das es wert war, gestohlen zu werden. Etwas Legendäres?

Es machte klick! wie in dem Moment, in dem ihm sein Linsen-Durchbruch gelungen war, und das Brennen wanderte in seine Kehle: Sie wollte ihn beschützen ... und jemand war hinter der Goldenen Schallplatte her.

Jäh kehrte sein Verstand zurück zu diesem Mann in der

Arena – dem tätowierten Fiesling, der sie beobachtet hatte. Das war der Moment gewesen, als sich alles verändert hatte. Als Clementine sich verändert hatte.

»Himmel!« Er rief den Zahlenblock auf und fing an zu wählen.

»Jack, du machst mir Angst.«

Gott, er hatte vergessen, dass Imelda hier war. Mit einer erhobenen Hand brachte er sie zum Verstummen.

Am anderen Ende wurde abgehoben. »Notrufstelle, wie kann ich Ihnen helfen?«

»Rufen Sie den Sheriff an, und sagen Sie ihm, dass es einen Notfall auf dem David-Anwesen gibt.«

»Jetzt reicht's«, bellte die Frau in der Leitung. »Diese Nummer wird zurückverfolgt. Das setzt eine Anzeige.«

»Wie bitte?« Das Handy grub sich in seine verkrampfte Hand.

»Dem Büro des Sheriffs Telefonstreiche zu spielen hat Folgen, Kleiner. Der Sheriff und seine Deputies sind beschäftigt. Beim vierten Mal bist du jetzt dran.«

Kleiner? Telefonstreich? Er hielt das Handy von sich, starrte es an und hielt es sich dann wieder ans Ohr. »Jetzt hören Sie mal zu, Lady. Ich weiß nicht, wer Sie sind, aber ich bin Maxwell David der Dritte, und wenn Sie Sheriff Moray und seine Deputies nicht zum David-Anwesen schicken, dann werden Sie in dieser Stadt nie wieder arbeiten.«

Wütend drückte er den Auflegen-Button und hätte fast den Schreibtisch umgeworfen. Samuel Moray und seine Hilfssheriffs waren auf dem Rummelplatz, der immer auf der anderen Seite der Stadt aufgebaut war, in entgegengesetzter Richtung des Anwesens. Er hatte keine Ahnung, warum die Telefonistin ihm frech gekommen war, aber es war vielleicht keine Hilfe unterwegs.

Als Nächstes rief er das Anwesen an, bekam jedoch ein Belegtzeichen, was merkwürdig war. Er versuchte es mit dem Handy seiner Mutter, und das verdammte Ding klingelte und klingelte, und mit jeder verstreichenden Minute steigerte sich seine Panik. Natürlich ging sie nicht dran. Sie war nicht wie Chloe, die praktisch mit ihrem Handy verwachsen war. Jack schloss die Augen und versuchte nachzudenken. Wenn sie sich wie erwartet im Flügel des Kindermädchens aufhielten, wären sie in Sicherheit. Nur jemand mit genauer Kenntnis ihres Hauses würde darüberstolpern. Aber wenn seine Mutter zur falschen Zeit in die Küche oder ihr Zimmer ging, könnte sie in Gefahr sein, und nur Gott allein wusste, was Clementine tat, falls sie sich in Gefahr brachte.

Er drückte Imelda das Handy heftiger in die Hand, als er sollte. »Ruf weiter die letzten beiden Nummern an, die ich gewählt habe – das Anwesen und meine Mutter. Wenn jemand drangeht, sag ihnen, sie sollen in der Kindermädchen-Suite bleiben und die Tür verriegeln.«

Er schnappte sich die Schlüssel aus seiner Aktentasche und rannte zur Tür, aber Imelda hielt ihn am Arm fest. »Was ist hier los?«

»Ich habe keine Zeit, es zu erklären. Du sollst nur wissen, dass Clementine dich unglaublich ins Herz geschlossen hat.«

Sie biss sich auf die Lippe und nickte.

Nach zwei Schritten aus der Tür blockierte ihm Alistair den Weg. »Dein Auftritt hat an Schwung verloren. Du schenkst mir praktisch den Sieg.«

Da lag er nicht falsch. Sein Auftritt war zum Ende hin heftig abgestürzt. »Mir egal«, stieß Jack hervor und trat nach rechts.

Alistair spiegelte die Bewegung. »Du denkst, du bist so viel besser als ich, mit all deinem Geld und deinen schicken Diplomen. Aber wer von uns hat Ava, hm? Wer von uns wird den Titel Bester Tribute-Künstler gewinnen? Es gibt Hunderte Hoffnungsvolle, aber nur einen einzigen Sieger. Nur einen einzigen King.«

Jack ballte die Faust, bereit, dem Kerl eine reinzuhauen, aber er musste zu seinem Auto, zum Anwesen ... Und dann was tun? Mit bloßen Händen gegen einen Kriminellen kämpfen? Er besaß keine Waffe. Er hatte nicht die geringsten Kampffertigkeiten. Schweiß lief ihm über den Rücken, und sein Herz schlug wild, während sein Verstand raste. Dann kam er zum Stillstand. *Es gibt Hunderte Hoffnungsvolle.* Verdammt recht, dass es Hunderte waren. Genug Elvi in diesem Saal, um fünf Truppenzüge zu füllen. Und sie würden bereit sein, für eine einzige Sache zu kämpfen.

Der Gedanke war lächerlich. Verrückt.

Seine Möglichkeiten waren begrenzt.

Er sah Alistair an. »Willst du immer noch diese Goldene Schallplatte?«

Kapitel 27

CLEMENTINE TRAT AUF die Bremse und stellte den Motor ab. Sie fischte das versteckte Messer unter ihrem Sitz hervor und sprang aus der Tür, ohne sich die Mühe zu machen, sie zuzuschlagen. Das Anwesen lag tödlich still, nichts deutete darauf hin, dass Yevgen oder irgendjemand eingebrochen hatte. Sie könnte falsch damit liegen, dass er hier war. Yevgen könnte nur Katz und Maus mit ihr spielen, um sie zu verspotten. Ihre Brust fühlte sich trotzdem an, als halte sie einen Schrei zurück.

Bitte, seid okay. Bitte, seid okay.

Jacks Familie musste okay sein.

Sie versuchte es zuerst an der Vordertür, aber die war abgeschlossen. Falls Yevgen hier war, musste er sich auf andere Weise hineingeschlichen haben. Sie hastete um das Gebäude herum, zu dem Badezimmerfenster, das sie für ihren Einbruch benutzt hatte. Ihr Bauch krampfte sich zusammen. Die Tatsache, dass sie das getan hatte, war verachtenswert, aber Jack, guter Mensch, der er war, hatte ihr verziehen, eine Erinnerung, dass sie ihn nicht verdiente. Genau wie seine Familie nicht verdiente, in Yevgens Visier zu geraten.

Das Badezimmerfenster war geschlossen, aber nicht verriegelt, was ihr ersparte, die Scheibe einschlagen zu müssen.

Sie schob es hoch und achtete auf die Waage, auf der sie beim letzten Mal gelandet war, bevor sie hineinschlüpfte. Sobald sie drinnen war, zögerte sie. Kein Alarm erklang. Sylvia hatte entweder Clementines Anweisung ignoriert, oder Yevgen war hier und hatte die Stromkabel durchgeschnitten, die Telefonleitungen womöglich auch.

Hastig schob sie das Messer hinten in ihre Jeansshorts und zog die Sandalen aus, um barfuß lautloser zu sein. Sie flitzte durchs Foyer und die Küche, und ihr Herz raste schneller, als sie sich Maxwell Davids Zimmer näherte.

Bitte, seid okay.

Die Tür war geschlossen, aber gedämpftes Stöhnen und Fluchen ließ ihre Panik ansteigen. Was hatte sie getan? Mit bis zum Hals klopfendem Herzen zog sie das Messer aus der Scheide, stürmte ins Zimmer und stieß jäh den Atem aus.

Die Schwester, Sylvia und Maxwell starrten sie mit offenem Mund an. Sogar Colonel Blue warf ihr einen ernsten Seitenblick zu. Im Fernsehen lief ein Film mit Robert De Niro, den sie nicht kannte und der die Quelle des Tumults gewesen war. Beinahe wäre sie erleichtert zu Boden gesunken.

»Clementine, Liebes. Warum hast du ein Messer?« Sylvia machte Anstalten, aufzustehen.

Clementine hob die Hand, wobei sie gegen den Drang ankämpfte, die Frau zu umarmen und nie wieder loszulassen. »Bleibt hier und macht keinen Laut. Schaltet den Fernseher aus. Wenn ich gehe, schiebt etwas vor die Tür. Und egal, was passiert, was ihr zu hören glaubt, macht für niemanden die Tür auf. Habt ihr verstanden?«

Gott sei Dank waren sie im abgetrennten Flügel. Wenn sie in ihrem Zimmer im ersten Stock gewesen wären und Yevgen hier war, dann hätte er sie mühelos gefunden.

Maxwell stemmte seinen Oberkörper hoch. Er sah schwach und gebrechlich in dem großen Bett aus.»Was ist los?«

»Falls das wegen der Einbrüche ist«, sagte Sylvia perplex, »der Sheriff war schon zweimal da. Er ist das ganze Grundstück abgelaufen und meinte, ein paar Kinder hätten ihrer Wache einen Streich gespielt.«

Die Krankenschwester stand auf und sah Clementine mit geschürzten Lippen an, als sie das Telefon nahm, wahrscheinlich, um die Cops zu rufen, runzelte dann aber die Stirn.»Die Leitung ist tot.«

Verdammt. Da ging jede Hoffnung hin, das hier könnte ein Scherz sein.»Verbarrikadiert die Tür«, wiederholte Clementine.»Ich habe Grund zu glauben, dass ein gefährlicher Mann im Haus ist. Verlasst nicht dieses Zimmer.«

Die Schwester nickte, und Clementine wandte sich zum Gehen, hielt dann aber noch einmal inne.»Es tut mir so leid«, sagte sie zu Jacks Eltern, dieselben bedeutungslosen Worte, die sie zu Imelda gesagt hatte, erbärmliche Versuche, ihr Gewissen zu erleichtern. Dafür gab es keine Entschuldigung.

Sie rannte aus dem Zimmer, während Sylvias besorgte Stimme hinter ihr herwehte. Wenigstens waren sie in Sicherheit. Blieben noch die Goldene Schallplatte und Yevgens Drohungen ein für alle Mal ein Ende zu machen.

Clementines einzige Chance bei ihm war das Überraschungsmoment. Lucien hatte sie im Nahkampf trainiert. Sie hatten jede Woche geübt, bis sein Knie angefangen hatte, nicht mehr mitzuspielen. Ellbogenschläge in den Nacken, den Augenausstecher, Schlag in die Kehle, Nussknacker-Würgegriff – sie hatte alle gemeistert. Ihr Können hatte ihr bei dem Monet-Job nicht geholfen, aber diesmal war sie vorbereitet. Sie wusste, wozu Yevgen fähig war, und sie erwartete ihn.

Das Blut rauschte ihr in den Ohren, als sie die Treppe ins

Untergeschoss hinunterschlüpfte. Sie hielt inne, um ihre Atemzüge unter Kontrolle zu bringen. *Ruhig, Mädchen.* Sie nahm ihr langsames Pirschen wieder auf. Die Abendsonne glühte durch die Terrassentüren und warf goldene Strahlen auf den Billardtisch und den Fernsehbereich. Nichts war ungewöhnlich. Jacks Elvis-Bild hing immer noch an der Wand, immer noch mit den Sprüngen im Glas. Sie hatte vorgehabt, es für ihn zu reparieren. Stattdessen hatte sie ihm das Herz gebrochen.

Sie umklammerte den Griff des Messers und schlich zum Flur, während sie angestrengt auf einen Laut, einen Hinweis, irgendetwas lauschte. Ein schwaches *Klack!* erklang. Ihr Adrenalinspiegel schoss in die Höhe. Das Geräusch war aus dem Tonstudio gekommen. Natürlich war Yevgen bereits dort.

Sie schlich sich zur geschlossenen Tür und justierte ihren Griff um das Messer. Fest und ruhig. Zeit, der Besessenheit dieses Irren ein Ende zu machen.

Aber ein Arm legte sich um ihre Taille, und eine Klinge drückte gegen ihren Hals. »Schön, dich zu sehen, Clementine.«

* * *

Jack quetschte fünf Elvi in seinen Tesla. Gut zwanzig weitere folgten in mehreren Autos. Er hatte in der begrenzten Zeit zwar nicht die Truppen zusammengetrommelt, die er sich erhofft hatte, aber sie hatten genug gefunden, um sich gegen einen Eindringling behaupten zu können.

Alistair saß mit nervös wippendem Knie auf Jacks Beifahrersitz. »Du machst besser keinen Rückzieher.«

»Du sorgst besser dafür, dass Clementine oder meiner Familie nichts passiert.«

Ihr Deal war einfach gewesen. Alistair würde ihm helfen, so viele Elvi wie möglich zu mobilisieren, und ihnen erklären, dass die Goldene Schallplatte seinem rechtmäßigen Besitzer gestohlen werden sollte. Tribute-Künstler waren im Herzen Puristen. Sie würden eine Missachtung des Kings oder Jacks Granddad, der für das Festival verantwortlich war, nicht dulden. Im Gegenzug würde Jack Alistair die Goldene Schallplatte geben.

Technisch gesehen, nicht das, wofür sich die Künstler bereit erklärt hatten, aber es war eine verzweifelte Situation, und Jack betete, dass er Alistair seinen wertvollen Besitz übergeben würde.

Einer ihrer Reisegefährten ächzte. »Pass auf, wo du deine Hand hintust, Ernie.«

»Dein Ellbogen bohrt sich mir in die Rippen.«

»Ich ersticke an deinem Aftershave, Mann.«

»Ich ersticke *dich* gleich, wenn deine Hand noch einen Zentimeter weiterwandert.«

Jack warf einen Blick in den Rückspiegel und verkniff sich ein Lachen, eines von der irren Sorte. Sein Tesla war zu einer Art Clown-Mobil geworden, vollgestopft mit strassbesetztem Polyester, gegelten Haaren, Koteletten und genug Rasierwasser, um davon high zu werden. Er trug ebenfalls einen verdammten Overall, und sie alle waren unterwegs, um die Menschen zu retten, die Jack liebte. Definitiv irre.

Wenigstens hatte er Chloe erreicht, bevor sie losgefahren waren. Sie hatte versprochen, sich vom Anwesen fernzuhalten. Der Rest lief besser genauso glatt.

Sein Tesla zischte die Straße entlang, die mit Elvi vollgestopften Autos im Schlepptau. Bäume und Farmland sausten vorbei.

Alistairs Ferse wippte unablässig. »Ist Ava bei dir je verschwunden?«

Herrje! Das Letzte, was er brauchte, war ein vertrauliches

Gespräch mit dem Mann, der mit seiner Ex zusammen war. »Zählt mich abservieren, um mit dir zu schlafen, auch?«

»Ich war immer der bessere Mann«, sagte Alistair mit weniger Spott in der Stimme als sonst. Er spielte mit einem losen Faden, der von seiner Oberschenkelnaht baumelte. »Aber das war beschissen von mir.«

Wenn Jack nicht gerade zum Anwesen rasen würde, würde er eine Vollbremsung hinlegen. Dass Alistair sich entschuldigte, war so selten wie eine madagassische Schnabelbrustschildkröte. »Schon vergessen. Was hinterhältige Geschichten betrifft, erwarte ich nichts weniger von dir.«

»Stimmt. Dich in den Schatten zu stellen ist meine Berufung.«

Das war schon besser. Mit ihren vertrauten Sticheleien konnte er umgehen. Aber Alistair sank in sich zusammen und ließ den Kopf gegen die Kopfstütze fallen. »Ich glaube, sie trifft sich mit jemandem.«

Bei ihrer Geschichte würde das Jack nicht überraschen. Er könnte spotten, Alistair sagen, dass er alles verdiente, was Ava ihm antat, aber er hatte auch schon unter ihren Launen gelitten, wusste, wie es sich anfühlte, betrogen zu werden »Sie wird immer auf den leuchtendsten Stern am Himmel zustreben. Bei so einer Frau gibt es keine Loyalität.«

Clementine dagegen war übertrieben loyal. Sie war bereit, ihr eigenes Herz zu brechen, wenn das bedeutete, Jack zu retten. Sie könnte jetzt gerade ihr *Leben* für das seiner Familie geben. Feuer versengte seine Lunge. Er konnte nicht damit aufhören, diesen bärtigen Mann auf dem Konzert vor sich zu sehen, wie er Clementine mit unerbittlicher Aufmerksamkeit angestarrt hatte. Genauso wie in der Bar an dem Abend, an dem sie sich geküsst hatten, mit genug Zeit dazwischen, dass Jack sie hätte warnen können, dass der Typ in der Stadt war.

Falls ihr etwas zustieß, würde er sich nie verzeihen, die Zeichen übersehen zu haben.

Alistair seufzte. »Ich hätte mich nie in Ava verlieben sollen.«

Mit von entsetzlichen Visionen brennenden Augen zwang Jack sich, seine Aufmerksamkeit auf ihre Unterhaltung zu konzentrieren. »Sie mir auszuspannen war einfach zu verlockend für dich.«

»Ich liebe es wirklich, dich zu schlagen.«

»Dich gewinnen zu lassen war meine gute Tat des Jahres.«

»Hey – auf keinen Fall hast du letztes Jahr absichtlich verloren.«

Das hatte er auch nicht. Aber es war so einfach, den Mann in Rage zu bringen. »Das wirst du nie wissen.«

»Herrgott«, fluchte einer der Jungs auf dem Rücksitz. »Ich hack dir diese verdammte Hand ab.«

Alistair ignorierte das Gemurre und funkelte Jack an. Als Antwort schmunzelte Jack nur. Die Ablenkung beruhigte seinen rasenden Puls. Ganz egal, warum Alistair in seinem Wagen saß, sein Erzfeind half ihm dabei, seine Familie zu beschützen, und hatte schon genug Kummer durch Ava. »Danke fürs Kommen«, sagte Jack leise.

»Alles für diese Goldene Schallplatte.« Die überhebliche Bemerkung war typisch Alistair. Wie er die Hand ausstreckte und Jacks Schulter drückte, war es nicht.

* * *

Yevgen drückte seine Brust an Clementines Rücken, und sein fauliger Atem strich über ihre Wange. »Lass das Messer fallen, Püppchen.«

Ihre Hand wurde schlaff, aber sie ließ nicht los. Jack hatte sie heute Abend Püppchen genannt, um die Stimmung aufzulockern, nachdem er *Ich liebe dich* gesagt und Clementine ihn nur angestarrt hatte. Sie würde nie ihre mangelnde Reaktion erklären und ihm gestehen können, dass sie ihn so sehr liebte, dass es sich anfühlte, als hätten sich ihre Organe aufgelöst. Ihn heute Abend anzulügen war der schwerste Schwindel gewesen, den sie je hatte ausüben müssen.

Yevgen drückte seine Klinge in ihren Hals, und warme Flüssigkeit tropfte aus der Stelle hervor. Sie ließ ihr Messer auf den Teppich fallen.

»Na, wer sagt's denn, ist das nicht besser? Du hast mir wirklich gefehlt. Ich denke ständig an dich.«

»Witzig. Ich habe keinen Gedanken an dich verschwendet.«

»Nein? Nicht mal, wenn du deine Narbe ansiehst?« Er drückte den Daumen in das Blut, das ihr den Hals hinunterlief, und verschmierte es. »Ich würde sie sehr gern selbst sehen. Bin stolz auf mein Werk.«

Falls Tami hier wäre, würde sie sagen, dass Yevgen durchgeknallter als ein Chinaböller an Silvester war. Der Mann war mehr als wahnsinnig, und Clementines Möglichkeiten waren beschränkt. Trotzdem flammte ihr Überlebensinstinkt auf. Sie ließ ihren Körper schwer werden und verlagerte ihr Gewicht auf die Fußballen.

Bleib beweglich. Sei bereit zu kämpfen. Lucien war immer in ihrem Hinterkopf.

Sie schätzte den Winkel ab, den sie brauchen würde, um den Kopf zu drehen und Yevgen ins Ohr zu beißen. Er würde ihr mit Sicherheit die Kehle durchschneiden, noch bevor es ihr gelang. Aber sie könnte ihn in den Unterarm beißen. Genug daran ziehen, um seinen Griff zu lockern, und hineinbeißen. Ja, das könnte sie tun. Sie würde ihn blitzschnell packen müssen, bevor er ihre Bewegung spürte. Ihre Finger kribbelten. Sie biss die Zähne zusammen.

Sie würde heute nicht sterben.

Yevgen rückte das Messer zurecht – nur einen Millimeter, aber genug, um Clementine handeln zu lassen. Sie packte seinen Unterarm und riss ihn runter, dann biss sie in sein Fleisch und stampfte auf seinen Zeh. Sein Schrei zerriss ihr die Trommelfelle, und sein Messer zuckte von ihrem Hals fort, was ihr den Raum gab, den sie brauchte, um in die Hocke zu gehen und sich ihre Waffe zu schnappen. Sie sprang wieder hoch, bereit, sich auf ihn zu stürzen und ihre Klinge in seinen Bauch zu stoßen. Seine Augen weiteten sich, zum ersten Mal sah sie Angst auf seinem Gesicht, und sie zögerte.

Sie war dabei, jemandem eine Klinge ins Fleisch zu stoßen. Ein Menschenleben zu nehmen. Die Konsequenzen ließen ihr die Knie zittern, dann bemerkte sie ihre Bisswunde an Yevgens Unterarm, direkt über dem Tattoo, das er sich als Andenken hatte machen lassen, sie niedergestochen zu haben. Es ging um Leben und Tod.

Ihre Muskeln spannten sich bereit zum Sprung.

»Lass das Messer fallen, Mandarine.«

Sie stockte und rang nach Luft. Die Stimme war von hinter ihr gekommen, aber sie würde sie überall wiedererkennen. Lucien war hier. Er war zu ihr gekommen, wie bei dem Monet-Job, weil er wusste, dass sie abgelenkt und nicht auf der Höhe war.

Yevgen straffte sich, als akzeptiere er sein Schicksal. Hatte Lucien eine Waffe auf ihn gerichtet?

Rasch ließ sie ihr Messer fallen, erleichtert, dass sie Yevgen nicht selbst würde töten müssen. Lucien würde sie immer beschützen. Er hatte sie *immer* beschützt. Vor Dankbarkeit wurde ihr schwindlig, oder vielleicht war es der absackende Adrenalinspiegel. Sie drehte sich um, um den Mann zu umarmen, der sie wie die Tochter aufgezogen hatte, die er nie gehabt hatte, und blinzelte verwirrt. Es sah fast so aus, als wäre seine Waffe auf sie gerichtet.

Kapitel 28

CLEMENTINE MACHTE EINEN Schritt fort, erinnerte sich dann an Yevgen in ihrem Rücken und blieb stehen.

»Was ist hier los, Lucien?« Sie lachte nervös, unfähig, ihr Gehirn vom Angriffsmodus auf unbedroht zurückzusetzen. Lucien war der letzte Mensch, der ihr wehtun würde. Er war hier, um zu helfen.

Mit dem Kinn nickte er Yevgen zu. »Nimm die Schallplatte runter. Pack sie sorgfältig ein, und triff mich am Ausgang.«

»Und den ganzen Spaß verpassen?«

Lucien fuhr sich mit der Zunge über die Zähne, etwas, das er machte, wenn er ungeduldig wurde. »Du hattest genug Spaß. Na los.«

Ihr Magen wurde schwer wie Blei. Sie redeten wie ein Team, und Lucien trug schwarze Einbruchskleidung. *Weil er hier ist, um mich zu retten,* protestierte ihr Verstand.

Yevgen zögerte, etwas Unausgesprochenes ging zwischen ihnen vor, und Clementines Wunschdenken stürzte in sich zusammen. Da war keine Feindseligkeit zwischen ihnen. Sie führten einen Plan durch, einen, den zu vermeiden sie Lucien gebeten hatte. Sie mochte die Goldene Schallplatte zwar nicht erwähnt haben, aber sie hatte ihn gebeten, Jacks Familie in

Frieden zu lassen, und doch war er hier und raubte sie aus, zusammen mit dem Mann, der sie niedergestochen hatte.

Sie fuhr zu Lucien herum. »Ich weiß, dass ich dich durch meinen Ausstieg habe hängen lassen und dass es hart ist, jemanden von Grund auf neu auszubilden, aber Yevgen ist unberechenbar, und das weißt du. Er ist ein verfluchter Irrer.«

Yevgen lachte. »So redet man nicht über seine Familie.«

Sie fauchte den Bastard an. »In denselben Kreisen zu arbeiten macht uns nicht zu einer Familie.«

Die Selbstgefälligkeit, mit der er mit seinen dunklen Augenbrauen wackelte, war beunruhigend. Sie hatte ihn prahlerisch und räuberisch, feindselig und ausgetickt gesehen. Aber sie hatte ihn noch nie so wie jetzt gesehen, übermütig vor Freude.

»Nein, macht es nicht«, pflichtete er ihr bei, dabei wurde sein Akzent stärker. »Von der Persönlichkeit her sind wir uns überhaupt nicht ähnlich. Wenn ich so naiv wäre wie du, würde ich mich umbringen. Aber wir sind Familie, Clementine. Wir wurden von demselben Mann aufgezogen.«

Lächerlich. Yevgen musste mit ihr spielen. Clementine und Lucien hatten allein zusammengelebt. Manchmal war er für mehrere Tage fortgegangen, mit seinen Recherchen und der Hehlerei gestohlener Waren, dem Besuch von Wohltätigkeitsorganisationen und Waisenhäusern beschäftigt. Dann hatte er sie zu Hause mit Essen und Geld ausgestattet und sie jeden Tag angerufen. Yevgen mochte zehn Jahre älter als sie sein, aber sie hätte es gewusst, wenn Lucien noch ein anderes Ersatzkind aufgezogen hätte.

Sie sah Lucien an, erwartete Verärgerung auf seinem Gesicht – Gereiztheit über seinen neuen Partner, weil er versuchte, ihr unter die Haut zu gehen. Stattdessen sah sie Mitleid. »Pack die Schallplatte ein«, sagte er zu Yevgen. »Wir treffen uns dann gleich draußen.«

Lucien hatte ihm nicht widersprochen. Nicht einmal ein Augenrollen über die Unsinnigkeit von Yevgens Behauptung. Taubheit prickelte in ihren Gliedmaßen.

»Wird gemacht, Boss.« Yevgen grinste Clementine höhnisch an und verschwand im Tonstudio, um Luciens Befehl zu befolgen, als wäre es das Natürlichste der Welt.

Sie krümmte die Zehen und fragte sich, warum sie ihre Füße nicht mehr spüren konnte. »Er lügt, richtig?«

Er musste lügen. Dass Lucien Yevgen großgezogen hatte, ergab genauso viel Sinn, wie dass Clementine übers Wasser wandeln konnte.

Luciens Waffe blieb auf sie gerichtet, aber eine Zuneigung, die sie früher geliebt hatte, kräuselte seine Augen. »Meine liebe Kumquat, du warst immer so leicht zu überzeugen.«

Die Taubheit breitete sich in ihre Brust aus. »Das kann nicht wahr sein.«

»Aber das ist es.«

Er zögerte nicht. Nicht einmal eine kurze Pause. Der Blutfluss kehrte zurück in ihre Adern und wurde mit jeder Sekunde heißer. »Er hat jahrelang als Konkurrenz zu uns gearbeitet, sogar unsere Coups sabotiert, indem er uns zuvorkam. Er hat mich niedergestochen, Lucien! Mir ein Messer in den Bauch gerammt. Wenn du uns beide aufgezogen hast, wie konntest du ihm das verzeihen?«

»Da gibt es nichts zu verzeihen, wenn es auf meinen Befehl passiert ist.«

Sie taumelte zurück und lehnte sich an die Wand des Flurs.

Ein Funken Wahnsinn flackerte in seinen Augen auf. »Du brauchtest die Konkurrenz, Schätzchen. Diesen Push, erfolgreich zu sein. Und du warst immer besser als er, das wusste er. Als du also anfingst, an unserer Arbeit zu zweifeln, mit Ausstieg zu drohen, ließ ich ihn den Einsatz erhöhen.«

»Du hast mich *niederstechen* lassen?«

»Es war eine Fleischwunde, leicht zu heilen.«

»Nein. Nein. *Nein.*« Das konnte nicht wirklich passieren.

»Du hast an jenem Tag geweint, hast jeden Abend an meinem Bett gesessen. Du hast gesagt, du würdest mich unterstützen, falls ich aussteigen will.« Wie er es auch diesmal getan hatte, aber ihre Stimme schrumpfte, während ihre Welt aus den Angeln kippte.

Er schüttelte den Kopf, Herablassung in der mitfühlenden Bewegung. »Ich habe dir gegeben, was du brauchtest. Ich habe dir immer gegeben, was du brauchtest.«

Den lang angelegten Coup. Den längsten, den sie je gekannt hatte. *Mach dich unschuldig,* hatte Lucien gesagt. *Gib ihnen, was sie brauchen. Fülle die emotionale Leere mit dem, wonach sie sich sehnen, und sie werden dich nie verdächtigen.*

Clementine hatte Zuneigung gebraucht, Sicherheit, Essen, Obdach. Einen Vater. Liebe.

Ihre anderen Lektionen schossen ihr durch den Kopf, und jede davon ließ ihr übler werden.

Sei nett, aber nicht zu nett.

Zeig ein wenig Verletzlichkeit.

Lass dein Opfer glauben, es wäre seine Idee, dich wiederzutreffen.

Er hatte sie in jenen Anfangstagen oft genug zurückgewiesen, behauptet, er habe eine Vorstrafe, dass er in Schwierigkeiten kommen würde, wenn sie die Polizei riefe. Verletzlicher als das konnte man nicht werden. Sie hatte Lucien *angefleht,* sie zu behalten. Sie war ihm gefolgt und hatte geglaubt, er würde nichts davon ahnen. Ihr erstes Zusammentreffen mochte Zufall gewesen sein, für den darauffolgenden Anruf gab es keine Garantie, aber alles, was danach kam, hatte Lucien eingefädelt.

370

Naiv beschrieb sie nicht mal ansatzweise.

Sie kniff die Augen zu und presste ihren Körper gegen die Wand. »Warum erzählst du mir das jetzt? Warum hast du Yevgen auf mich angesetzt und ihn sein Gesicht zeigen und mich hierher locken lassen? Er hätte den Coup allein machen können, aus der Villa rein und raus sein können, ohne dass ich es je erfahren hätte.«

Sie wünschte sich, sie würde diese Wahrheit nicht kennen. Sie wünschte sich, sie hätte mit ihrem Messer nicht gezögert und Yevgen den Bauch aufgeschlitzt, als sie die Gelegenheit dazu gehabt hatte. Sehnte sich jetzt danach, es zu tun. Er war immer noch im Tonstudio, hinter der geschlossenen Tür. Immer noch dabei, ihre Beute einzupacken.

»Ich konnte nicht widerstehen.« Arroganz strahlte von Luciens erhobenem Kopf und gestrafften Schultern aus. »Du bist mein größter Triumph.«

Verrat trübte ihr die Sicht bei seinem Geständnis, zusammen mit Abscheu vor sich selbst. Sie war übertölpelt und getäuscht worden, hatte ihn nicht eine Sekunde lang verdächtigt, und er wollte sich an seiner Meisterschaft weiden. Ihr ganzes Leben war eine Lüge gewesen.

Alles außer Jack.

Er war echt gewesen – seine Liebe für sie und ihre für ihn. Zum ersten Mal in ihrem Leben hatte sie sich vollständig gefühlt, und dann hatte sie das genauso spektakulär ruiniert, wie Lucien sie ruiniert hatte. Alles, was ihr blieb, war die Arbeit, die sie getan, die Kinder, denen sie geholfen hatte. Aber in der Sekunde, in der sie den Mund aufmachte, um nach dem Waisenhaus zu fragen, klappte sie ihn wieder zu. Übelkeit erschütterte sie. »Du hast das Geld behalten.«

Ein boshaftes Lächeln verzerrte sein Gesicht. »Ja.«

»Du hast mich ermutigt, meinem Vater weiter E-Mails zu

schreiben. Warum? Damit du dich in meine Mails hacken konntest? Meinen Gemütszustand im Blick behalten konntest?«

»Ja und ja.«

Das Ausmaß seiner Täuschung entfaltete seine ganze schreckliche Pracht. Sie hatte nie eine emotionale Privatsphäre gehabt. Das Foto der kleinen Nisha auf Luciens Kaminsims war eine Lüge, irgendwie gefälscht oder gekauft. Sie war wahrscheinlich nach ihrem Besuch in die Kinderarbeit verkauft worden, um auf der Straße zu betteln oder Schlimmeres. »Du hast mich nach Indien mitgenommen, mir etwas gegeben, worauf ich hinarbeiten konnte, und diese Kinder dann leiden lassen.«

»Endlich kapierst du.«

»Es gab keinen Erpressungsversuch, es dichtzumachen. Das … das Waisenhaus existiert nicht mal.« Ihr schwirrte der Kopf vor seiner Dreistigkeit. »Warum hast du so viel Geld für einen lang angelegten Schwindel ausgegeben, wenn die ganze Sache hätte auffliegen können?«

»Ich sah dein Potenzial.«

Das Ausmaß und der Einsatz für seinen Betrug waren erstaunlich. Wenn sie nicht das Opfer wäre, dann könnte sie seine Hingabe beinahe würdigen, aber Clementine hatte ihr ganzes Erwachsenenleben damit verbracht, einen Irren zu finanzieren, der sie hatte niederstechen lassen.

Mit einem Gefühl der Distanziertheit starrte sie den Fremden vor ihr an. Wie ein Beobachter, der versucht, die vergangenen Wochen zu enträtseln. »Ich verstehe immer noch nicht, warum Yevgen von Anfang an hier war.«

»Zur Absicherung. Ich bekam Wind von der Schallplatte, während du hier runtergefahren bist, und wollte sie noch nicht zu deinem Job hinzufügen. Ich wusste, dass du versucht hast, Zeit zu schinden, dass du Zweifel hattest, und du arbeitest am besten, wenn die Coups wie geplant laufen. Yevgen war hier, um dich zu beschatten und einzugreifen, falls nötig, und ich war noch nicht bereit, dich aufzugeben.«

Nicht *sie,* sondern seine Investition, eine, die keine Erträge mehr brachte. »Wirst du mich töten?«

»Falls du dich dadurch besser fühlst, es wird mir nicht leichtfallen.«

Nur weil er seinen größten Erfolg töten würde, nicht aus sentimentalen Gründen. Sein Ego war jetzt sichtbar, es strahlte regelrecht durch seine Selbstgefälligkeit hindurch, und ihre Benommenheit begann sich zu lichten.

Ein Teil von ihr begrüßte die Aussicht auf einen Schuss in die Brust, anstatt mit dem Wissen weiterexistieren zu müssen, dass sie eine Lüge gelebt und den einzigen Mann verletzt hatte, der je wichtig gewesen war. Jacks niedergeschmetterter Gesichtsausdruck würde sie für immer verfolgen, aber Lucien hatte sie zu gut unterrichtet. Ein wildes Verlangen zu leben flammte in ihr auf. Sie mochte zwar weder Jack noch Nisha oder Lucien haben, aber sie hatte in diesen letzten Wochen eine Kostprobe der Freiheit bekommen. Sie wollte mehr davon, wollte wissen, wie es sich anfühlte, einen ganzen Tag lang zu arbeiten und von diesem Geld Lebensmittel zu kaufen und ihre Rechnungen zu bezahlen. Zu stöhnen, wenn ihr Wecker läutete, weil sie zur Arbeit musste, und Erleichterung zu spüren, wenn das Wochenende endlich kam. Gewohnheiten, die die meisten Leute hassten. Sie würde ihren Charger gegen dieses einfache Leben eintauschen.

Sie hätte auch nichts dagegen, Lucien einen Tritt in die Eier zu verpassen. Und er hatte immer noch Lucy. Ihre süße Kleine war in seiner Obhut.

Wenn sie ihn überwältigen wollte, dann musste sie Zeit schinden, ihn mit seinem Ego ablenken. Darauf warten, dass

Yevgen das Tonstudio und die Villa verließ, ihre Stellung sichern und dann angreifen.

Sie trat von der Wand fort und sah ihn an, als wäre sie bereit für seine Kugel, um ihrem Kummer ein Ende zu machen. »Ich wusste, dass du gut bist, Lucien, aber das hier ist …« Sie pfiff leise durch die Zähne. »Hat es dich je gestört, mich anzulügen?«

Sein Finger spielte mit dem Abzug, drückte ihn aber nicht durch. »Ich hatte dich immer gern. Ich habe alle meine Kinder gern.«

Kinder, *Mehrzahl?* Wie viele hatte er ausgenutzt? Sie wollte, dass er an seiner Zunge erstickte, aber sie beherrschte ihre Züge.

Reden. Sie musste ihn dazu bringen, weiterzureden, während sie langsam ihre Haltung veränderte, ihren Körper drehte. »Haben die anderen nicht durchgehalten?«

»Sie dienten ihrem Zweck, aber niemand war so formbar wie du.«

Großes Lob von seinen Lippen, aber eine abstoßende Beleidigung für sie. »Du wusstest immer, wie du mir das Gefühl geben konntest, etwas Besonderes zu sein.« Behütet und sicher. Das ließ sich nicht bestreiten. »Ich habe dich wirklich geliebt, nicht, dass das jetzt noch von Bedeutung wäre. Echt oder falsch, du hast mein Leben verändert.«

Mit ihm zu leben war besser gewesen, als auf der Straße um Essen zu betteln und in der Pflegehölle Schlägen und Klappmessern auszuweichen. Diese Tatsache verflocht sich mit seinen Lügen, aber nichts davon änderte etwas an ihrer gegenwärtigen Situation. Seine Pistole war immer noch auf sie gerichtet. Zum Glück für sie hatte sie sich um einen Hauch gesenkt. Er sollte es besser wissen, als einem Opfer gegenüber seine Vorsicht schwinden zu lassen, aber das Funkeln in seinen

Augen ließ ihn high wirken. Als habe ihn der Erfolg seines langfristigen Betrugs mit Heroin vollgepumpt.

Yevgen kam aus dem Tonstudio, einen flachen Rucksack auf dem Rücken. Die gut verpackte signierte Goldene Schallplatte, zweifellos. Er verzog die Lippe, als er Lucien ansah. »Warum lebt die immer noch?«

»Seit wann stellst du mein Handeln infrage?« Yevgens Aufmerksamkeit wanderte zu ihrem Hals. »Diese Halskette ist der Hammer. Könnten ziemlich fette Kohle dafür kriegen.«

Clementines Hand zuckte, aber sie berührte den tropfenförmigen Diamanten nicht. Wie die Goldene Schallplatte war er ein Familienerbstück. Unersetzlich. Mehr wert als Geld. Erneut verfluchte sie sich dafür, die Kette nicht zurückgegeben zu haben. »Schätze, du lässt allmählich nach. Kannst Modeschmuck nicht mehr von echten Klunkern unterscheiden.«

Ihre verzweifelte Lüge durchschauend, schlich Yevgen auf sie zu, boshaft und spöttisch. »Sentimental, was? Oder spielst du mit deinem Kerl? Vögelst ihn wegen des Geldes. Ja, das könnte hinkommen.«

»Nimm sie und geh.« Luciens riss allmählich der Geduldsfaden.

Clementine biss die Zähne zusammen, um die aufsteigenden Tränen zu unterdrücken, als Yevgen langsam den Verschluss der Halskette öffnete. Als sie über den Schnitt an ihrem Hals glitt, spürte sie das stechende Brennen bis in ihr Herz, Sie würde nicht weinen. Sie weigerte sich, bei Yevgens Nähe zu erschaudern. Jede Reaktion von ihr würde seine Anwesenheit verlängern, und ihn hier rauszubekommen war ihre einzige Chance, Lucien zu überwältigen und eine Möglichkeit zu finden, die Halskette und die signierte Schallplatte zurückzubekommen.

Den Schmuck fest umklammernd, blies Yevgen ihr eine Kusshand zu. »Du wirst mir fehlen, süße Clementine.«

Totaler Psycho. Aber er würde bald aus dem Haus verschwunden sein, wahrscheinlich durch die Türen der Souterrain-Terrasse. Solange er nicht zurückkam und Lucien ablenkte, würde sie diese Waffe im Nu an sich gebracht haben, und sie würde den Lauf auf Luciens Schläfe richten. Dann auf Yevgen.

Sie würde diejenige sein, die die Kontrolle hatte.

* * *

Jack bog auf das Grundstück des Anwesens und raste die gewundene Auffahrt entlang, nicht sicher, wie die Räder es schafften, weiter auf der Straße zu bleiben.

Alistair stützte sich mit der Hand am Armaturenbrett ab. »Wie wär's, wenn du uns nicht umbringst, bevor wir da sind?«

Gemurmelte Flüche kamen von den Jungs auf dem Rücksitz. Die Villa ragte vor ihnen auf, und wie er befürchtet hatte, waren da keine Cops. Clementines Mietwagen stand vor dem Eingang, das einzige Anzeichen von Schwierigkeiten war ihre noch offene Tür. Sie könnte im Haus sein, mit einer weiteren Stichwunde im Bauch.

Er trat auf die Bremse und kam schlitternd zum Stehen.

Alistair ächzte. »Ich glaube, meine Nieren sind grad in der Lunge gelandet.«

Jacks Körper vibrierte immer noch vom Motor, jede Nervenendung war in höchster Alarmbereitschaft. Er wollte ins Haus rennen, nach seiner Familie und Clementine sehen, aber falls ein Eindringling dort drin war und eine Waffe hatte, dann könnte die Sache schnell schiefgehen. »Lasst uns auf die anderen warten und einen Plan machen.«

Einer nach dem anderen kletterten sie aus dem Wagen und bedeuteten ihrer Verstärkung, bei den Garagen zu parken. Jack sah immer wieder zum Haus und trat unruhig von einem Fuß auf den anderen. Konnten diese Männer vielleicht noch langsamer sein?

Als auch der Letzte zu ihm neben Clementines Auto gekommen war, schaute Alistair mit schmalen Augen zum Rasen. »Ist das der Typ, hinter dem wir her sind?«

Die Sonne war dabei, unterzugehen, aber es war noch hell genug, um den bärtigen Mann zu erkennen, der von der Rückseite der Villa hervorkam, einen flachen Rucksack über die Schultern geschlungen. Der Mann stutzte, wahrscheinlich schockiert, eine Elvis-Versammlung zu sehen, dann rannte er in die entgegengesetzte Richtung.

»Er hat die Schallplatte auf dem Rücken«, rief Jack, als er hinter ihm herspurtete.

Die anderen Männer rannten los. Jack beschleunigte seine Geschwindigkeit und trieb seine Oberschenkelmuskeln an ihre Grenzen. Falls der Eindringling entkam, würde er Clementine weiter terrorisieren. Sie würde in Angst leben, und Jack und seine Familie würden weiter eine Zielscheibe bleiben, weil er Clementine auf keinen Fall gehen lassen würde.

Der Mann warf einen Blick über seine Schulter und stolperte leicht, denn die Szene hinter ihm war zweifellos verwirrend: Glitter und Haargel zuhauf. Der Dieb fand sein Gleichgewicht wieder und hielt auf die Bäume zu.

Jack steigerte sein Tempo, aber es war nicht schnell genug. Ein Tribute-Künstler zog an ihm vorbei, und Jack starrte verblüfft auf Alistairs Rücken. Sein Erzfeind flog über den Rasen und verkürzte den Abstand zu ihrem Ziel. Er war entweder ein verkappter Rennläufer, oder diese Goldene Schallplatte brachte seinen inneren Captain America zum Vorschein.

Zehn Schritte später warf sich Alistair auf den Einbrecher, schlang die Arme um die Schienbeine des Mannes und riss ihn zu Boden – zum Glück mit dem Gesicht voran. Aber ein Messer blitzte in der Hand des Gauners auf. Alistair packte seinen Unterarm und versuchte ihn wegzudrücken. Der Mann überwältigte ihn, und das Messer zuckte auf Alistairs Kehle zu.

Ein ohrenbetäubendes *Peng* explodierte hinter Jack, und er zog den Kopf ein.

Alistair bekam die Oberhand und zwang den Einbrecher, das Messer fallen zu lassen, als Jack jäh zum Stehen kam. Einer der Elvi stand breitbeinig da und hatte eine Waffe auf den Eindringling gerichtet. Mit dem farbenprächtigen Himmel im Hintergrund sah es aus wie eine lächerliche Filmszene.

Als Jack Alistair erreichte, hatte der die Goldene Schallplatte in seinem Besitz und den Mann flach ins Gras gedrückt, die Hände hinter seinem Rücken. Jack sollte begeistert sein, dass sie seinen Plan vereitelt hatten, und er würde dafür sorgen, dass dieser Mann mit der vollen Härte des Gesetzes bestraft wurde – falls die gottverdammten Cops je auftauchten –, aber es war dumm von ihm gewesen, ihm nachzujagen. Sein Adrenalinstoß hatte eingesetzt und ihn hinter dem Eindringling hergehetzt, wenn er stattdessen zur Villa hätte laufen sollen.

Er wollte gerade zurücktraben, als etwas Glänzendes im Gras funkelte. Der schokoladenfarbene Diamant. Der, den Clementine getragen hatte. Mit einem Gefühl von Übelkeit hob er ihn auf und sah rote Schlieren an der Kette. Blutrote Schlieren. *Blut.* »Wo ist sie?«

Der Bärtige drehte den Kopf und spuckte Erde und Gras aus. »Da, wo sie es verdient.«

Kryptischer Mist. Jack fing an zu rennen, rief jedoch über

seine Schulter: »Wenn du meiner Familie oder Clementine etwas angetan hast, dann wirst du dir wünschen, diese Kugel hätte dich erwischt.«

»Deine Familie hat Glück, dass sie heute nicht daheim war«, rief der Typ zurück. »Clementine hatte nicht so viel Glück. Ihr Spiel sollte jeden Augenblick aus sein.«

Kapitel 29

JACK SPRINTETE LOS und gab den Jungs ein Zeichen. »Fünf von euch bleiben bei Alistair und halten diesen Mann fest. Wenn ihr ein Handy habt, ruft einen Krankenwagen. Die Frau von der Leitstelle wird euch blöd kommen, aber wenn genug von euch einen Aufstand machen, dann werden sie dem Notruf nachgehen müssen. Die Übrigen kommen mit mir.«

Zu hören, dass seine Familie in Sicherheit war, schmälerte Jacks Angst kaum. Clementines Spiel könnte aus sein. Er wusste nicht genau, was das bedeutete, aber da war Blut an der Halskette gewesen, die sie getragen hatte, und die Möglichkeiten ließen seinen Puls in die Höhe schnellen. Sie könnte verletzt worden sein, bevor der Einbrecher abgehauen war, und in diesem Moment verbluten, während Jack den Mann verfolgt hatte. Schweiß sammelte sich unter seinem Polyesteranzug.

»Wohin, sobald wir drin sind?« Der Elvis an seiner Seite war zwanzig Kilo schwerer als Jack, hielt aber mit ihm Schritt.

»Da ist eine Wendeltreppe ins Untergeschoss. Sie könnte dort unten sein.«

Der Elvis nickte und schwang die Arme. »Keiner legt sich mit der David-Familie an.«

Jack dankte stumm seinem Granddad dafür, das Festival ins

Leben gerufen und ihm eine Elvis-Armee geschenkt zu haben. Im Laufen reichte er die Halskette an einen anderen Elvis weiter und erklärte keuchend, wo die Räume des Kindermädchens waren. Zwei von ihnen würden sich dorthin aufmachen, sobald sie drinnen waren. Alle atmeten schwer, als sie die Villa betraten. Zwei von ihnen liefen zur Küche und dem Zimmer seines Vaters. Den Rest führte Jack die Treppe hinunter und bedeutete ihnen, leise zu sein, doch der Klang von Stimmen ließ ihn wie erstarrt stehen bleiben. Zwei Personen. Clementine und ein anderer Mann. Sie zu hören bedeutete, dass sie am Leben war, aber er hatte nicht mit einem weiteren Eindringling gerechnet.

Er hielt die Jungs auf und flüsterte leise: »Ich werde mir die Lage ansehen. Wenn ich *Elvis* rufe, dann bedeutet das, dass ich euch brauche.« Zu viel Tumult könnte Clementine noch mehr gefährden.

Er schlich die Stufen zum Tonstudio hinunter, presste den Rücken flach an die Wand und spähte den Flur entlang. Sein Herz tat einen Satz. Clementine sah nicht verletzt aus, aber ein älterer Mann stand vor ihr und zielte mit einer Pistole auf ihre Brust.

»Ich habe dich zu Hause unterrichtet, weil du gebildet sein musstest«, sagte er. »Unsere Coups hatten mit der High Society zu tun. Sie erforderten sowohl Bildung als auch Straßenschläue. Und wenn du dich erinnerst, hast du mich angefleht, dich nicht auf eine öffentliche Schule zu schicken, was es mir erspart hat, es zu verbieten.«

»Weil ich schreckliche Angst davor hatte, entdeckt und wieder in eine Pflegefamilie gesteckt zu werden. Eine weitere Schwäche von mir, die du ausgenutzt hast.« Sie stieß ein angewidertes Lachen aus. »Wow, Lucien. Du hast mich wirklich ganz schön reingelegt.«

Beim Namen des Mannes stutzte Jack. Lucien hatte sie doch aufgezogen, oder nicht? Er hatte sie mit Nahrung und Kleidung versorgt, während er sie zum Stehlen ausbildete. Eine Tatsache, die Jack nicht gefallen hatte, aber sie hatte Lucien immer nur voller Zuneigung erwähnt, ohne einen Hinweis auf böses Blut.

Sie stellte weiter Fragen, und seine Antworten kamen beinahe begierig. Je länger Jack lauschte, desto mehr hörte es sich an, als hätte Lucien Clementine angelogen und sie unter falschen Vorwänden aufgezogen. Die Unterhaltung ergab nicht vollständig einen Sinn, aber was unmissverständlich war, war die Waffe, die auf die Frau zielte, die er liebte. Eine Frau, die im Nahkampf ausgebildet war. Wenn er Lucien ablenkte und ihr eine Gelegenheit gab, würde sie sie ergreifen. Sie würde verstehen. Alles andere, einschließlich einer Elvis-Horde, könnte die Gefahr, in der sie sich befand, verstärken.

* * *

Clementine zog den rechten Ellbogen zurück, nur um einen Bruchteil, bereit, Lucien einen Schlag in die Nieren zu verpassen. Seine Schwachstelle. Im Lauf der Jahre hatte ein Tritt oder ein Schlag dorthin immer damit geendet, dass sie verschwitzt und lachend auf dem Boden gelandet waren. Damals hatte sie nie ihre volle Kraft hineingelegt.

Jetzt würde sie ihren ganzen Körper hineinlegen.

»Wenn ich Normalität in meinem Leben brauchte«, fragte sie ihn, »was brauchte dann Yevgen? Ein Hündchen, das er verstümmeln konnte?«

Lucien schmunzelte, immer noch froh darüber, seine Geheimnisse preiszugeben und mit seiner Genialität zu prahlen.

Jetzt war ihre Chance, während er diese glorreichen Tage noch einmal erlebte. Sie ballte die Faust, aber seine Pupillen weiteten sich, und sein Kiefer wurde hart. Seine Aufmerksamkeit schnellte über ihre Schulter. O Gott.

Sie hatte Jacks Eltern gesagt, sie sollten bleiben, wo sie waren. Nicht das Zimmer verlassen. Mit aufsteigender Furcht wirbelte sie herum, und Entsetzen schnürte ihr die Brust zu. Warum war Jack hier? Er durfte nicht hier sein.

»Als ich mir vorgestellt habe, dich kennenzulernen, Lucien«, sagte Jack mit seiner Elvis-Stimme, tief und selbstbewusst, »hätte ich nie erwartet, dass es so sein würde.«

Seine Augen zuckten zu Clementine, Eindringlichkeit in ihren Tiefen, als versuche er mit ihr zu kommunizieren. Sie war nicht sicher, woher er wusste, dass sie hier sein würde, oder was er da tat, aber sie erkannte eine Chance, wenn sie eine sah. Lucien war abgelenkt.

Sie sprang und boxte Lucien dorthin, wo es zählte, aber er krümmte sich nicht wie erwartet, er zuckte nicht mal zusammen. Er zuckte *immer* zusammen, wenn er in die Nieren getroffen wurde.

Der Mann, der sie benutzt und verdorben hatte, lachte. »Ich wusste, eine Schwäche anzudeuten würde mir eines Tages nutzen.«

Er verpasste ihr einen Schlag mit dem Handrücken, dass sein Ring ihre Wange aufschnitt. Sie taumelte, zu geschockt über seine jüngste Enthüllung, um das Gleichgewicht zu behalten, und er hob zielend die Pistole. Nicht auf sie. Er zielte auf Jack und lächelte. »Verlieb dich nie in eine Betrügerin.«

Nein. Nein. Nein.

Clementine sprang los, als Lucien den Abzug drückte. *Rette Jack. Er darf Jack nichts tun.* Nur dieses Stoßgebet kreiste durch ihre Gedanken, als Schmerz ihre Brust durchzuckte. Der Boden raste ihr entgegen.

* * *

Jack brüllte auf. Eben noch hatte Clementine die Oberhand, und in der nächsten Sekunde lag sie auf dem Boden und ihr Blut sickerte in den Teppich, genau wie er es vor sich gesehen hatte, nur noch schlimmer. Quälender Schmerz zerriss seine Brust, als hätte die Kugel ihn getroffen.

»Elvis!«, schrie er und griff an, ohne an Pistolen oder Kugeln oder Konsequenzen zu denken.

Noch nie hatte rasende Wut seine Sinne vernebelt. Nichts im Leben war es wert gewesen, Gewalt anzuwenden, zumindest hatte er das gedacht. Clementine war verletzt. Sein Mädchen verblutete stöhnend, und sein Selbsterhaltungstrieb flog zum Fenster hinaus. Alles, was blieb, war Rache.

Als Jack *Elvis* schrie, runzelte Lucien die Stirn. Dann riss er die Augen auf, als Männer in strassbesetzten Overalls die Treppe und das Untergeschoss fluteten. Lucien hob die Pistole und schoss. Die Luft neben Jacks Gesicht zischte, als die Kugel ihn nur knapp verfehlte. Jack war zu nah und wütend, um seinen Angriff zu bremsen.

Er holte aus und legte seinen ganzen Körper in den Schlag. Mit einem Übelkeit erregenden Knirschen traf seine Faust Luciens Gesicht. Lucien taumelte rückwärts, ging aber nicht zu Boden. Er war zäh, und Jack konnte seine Faust irgendwie nicht wieder ballen, war sich nicht sicher, warum sie nicht gehorchen wollte. Anstatt Jacks Schwäche auszunutzen, betrieb Lucien Schadensbegrenzung und floh zum Gästezimmer am Ende des Flurs. Fünf Elvi stürmten hinter ihm her.

Jack fuhr herum und brach neben Clementine in die Knie,

voller Angst, sie zu berühren oder zu bewegen. Ihre Augenlider flatterten, blieben geschlossen. Ihr Atem war nicht okay. Er war nicht okay. Er würde nie wieder okay sein, falls sie starb. Vorsichtig legte er sich neben sie und streichelte ihr Haar. Seine Hand pochte. Der Schmerz war nichts im Vergleich zu der Qual, die sein Herz erfasste. »Bleib bei mir, Baby.«

»Jack?«

Gott, sie war so blass! Warum war sie so blass? »Ich bin hier«, sagte er mit brechender Stimme. »Ich gehe nirgendwo hin.«

»Mein Leben ist eine Lüge«, flüsterte sie. »Alles für nichts.« Eine Träne lief ihr über die Wange.

»O mein Darling, Clementine.« Jack wusste nicht, welche Wendung der Ereignisse dazu geführt hatte, dass Lucien auf das Mädchen geschossen hatte, das er aufgezogen hatte, aber Jack wollte den Mann noch einmal schlagen. Immer wieder, bis seine bereits übel zugerichtete Hand nur noch blutiger Brei war. So viel dazu, nichts von Gewalt zu halten.

Die Elvi, die die Jagd aufgenommen hatten, trabten aus dem Gästezimmer.

»Er ist durch ein Fenster entkommen«, sagte einer von ihnen. »Hätte mich nicht durchzwängen können, selbst wenn ich mich in Butterschmalz gewälzt hätte. Wir sagen denen draußen Bescheid.«

Alle Männer waren eher stämmig gebaut, und das Fenster war verdammt klein. Jack wusste nicht mal, wie Lucien das geschafft hatte, aber das hatte jetzt keine Priorität.

Ein fernes Heulen war zu hören, vom Keller aus schwer zu erkennen, aber es klang wie eine Sirene.

»Die Cops sind unterwegs«, rief jemand.

Jack atmete heftig auf, aber Sirenen kamen mit Konsequenzen.

Clementine konnte nach all dem hier nicht mehr unter dem

Radar bleiben. Ihre Vergangenheit würde ans Licht kommen. Sie könnte verhaftet werden.

Ihre Lider schlossen sich flatternd.

»Clem, Liebling – bleib bei mir. Hilfe ist da. Bleib verdammt noch mal und kämpfe.«

Sie raffte sich leicht auf und leckte sich die Lippen. »Ich hab gelogen«, sagte sie, und jedes Wort schien ihr Schmerzen zu bereiten. »Ich liebe dich. Das hab ich immer.«

Seine Kehle schnürte sich zu. »Nicht so sehr, wie ich dich liebe, also darfst du mich nicht verlassen, Clementine. Du darfst nicht aufgeben.«

»Aber ich hab deine Halskette verloren. Ich habe al… alles verloren.«

Natürlich würde sie sich darüber Sorgen machen. »Ich habe die Kette, Liebling. Und die Schallplatte. Es gibt nichts, worüber du dir Sorgen machen müsstest. Du hast überhaupt nichts verloren.«

Besonders nicht ihn. Er würde sie nicht aufgeben. Seine Anwälte würden sich ihren Vorschuss verdienen und darum kämpfen, ein Schlupfloch im System zu finden, ihre Freiheit zu gewährleisten. Sie würde nicht im Gefängnis landen, weil ein Mann ein Kind in die kriminelle Unterwelt gelockt hatte.

Er hörte Leute die Treppe heruntereilen und einen der Elvi Clementines Verletzung erklären, aber er nahm den Blick nicht von ihr, konnte kaum Luft in seine Lunge zwingen.

Eine behandschuhte Hand landete auf seiner Schulter. »Gehen Sie aus dem Weg, Sir. Wir brauchen Platz zum Arbeiten.«

»Wag es nicht, aufzugeben«, flüsterte er Clementine noch einmal zu.

Er konnte sich nicht erinnern, aufgestanden zu sein oder dass sich eine Frau um seine Hand kümmerte. Er konnte den Blick nicht von Clementines schlaffem Körper abwenden, der auf eine Trage gelegt wurde. Ihr Blut hinterließ einen dunklen Fleck auf dem Boden.

Er schüttelte die Sanitäterin ab, die ihn behandelte. »Ich muss ins Krankenhaus. Ich muss bei ihr sein.«

»Sie ist in guten Händen, Sir. Lassen Sie mein Team seine Arbeit machen. Aber gibt es jemanden, den wir anrufen sollen? Familie, die wir benachrichtigen sollen?«

Die Antwort verstärkte seinen Kummer nur noch. Niemanden. Sie hatte niemanden.

»Jack!« Die Hand an die Brust gedrückt, suchte sich seine Mutter ihren Weg durch das Getümmel aus Elvi. Kaum näherte sie sich ihm, sprangen ihr Tränen in die Augen. Weil er ihr Sohn war, weil in seiner Welt Familie Liebe und Sorge und Unterstützung bedeutete.

»Ich bin Clementines Familie«, sagte er der Sanitäterin, und er würde für sie da sein, solange sie ihn ließ.

Epilog

EIN JAHR SPÄTER

Finde Elvis Presley.

Jacks Angewohnheit, Schnitzeljagden zu veranstalten, war einfach liebenswert. Die letzte, mit der er sie überrascht hatte, hatte zu einer dreibeinigen Bartagame namens Ethel geführt. Leider brachte dieser Hinweis hier eine Menge unangenehmer Erinnerungen zutage.

Innehalten und durchatmen, würde ihre Therapeutin sagen. *Bis zehn zählen und sich an die guten Dinge in Ihrem Leben erinnern, die Fortschritte, die Sie gemacht haben.*

Anstatt an Luciens ähnlichen Text zu Beginn ihres schicksalhaften Van-Gogh-Jobs zu denken, konzentrierte sie sich auf ihren *jetzigen* Job und wie sehr sie es liebte, sich die Hände unter einer Motorhaube schmutzig zu machen, sich ihren Gehaltsscheck mit Schweiß und Muskelschmalz zu verdienen. Sie dachte an ihre freitagabendlichen Klatsch-und-Tratsch-Sitzungen mit Imelda und Tami, Familiengrillfeste bei Marco, daran, David Industries bei ihrer Wohltätigkeitsarbeit zu helfen, mit Chloe durch den Hindernis-Parcours zu toben und an all die Elvi, die sie beim diesjährigen Festival vor Freude, sie lebendig und wohlauf zu sehen, umarmt hatten.

Sie dachte an ihren Lieblings-Elvis.

Den liebenswerten Jack. Den sündig scharfen Jack. Den Geduldig-wie-ein-Heiliger-Jack.

Sie kannte keine anderen Männer, die ihr nach all den Lügen, die sie erzählt, und der Gefahr, die sie verursacht hatte, beigestanden hätten. Und Jack hatte nicht nur dabeigestanden. Er hatte mit seinen Anwälten und den Cops unermüdlich daran gearbeitet, dass Clementine dabei helfen konnte, Lucien aufzuspüren, und ihre Begnadigung war ein Segen, von dem sie immer noch nicht sicher war, ob sie ihn verdiente. Zum Glück war Lucien nicht in seine Wohnung in New York zurückgekehrt. Lucy war dort gewesen, unbeschadet, und Jack hatte dabei geholfen, sie wieder mit ihr zu vereinen. Er hatte Clementine während ihrer Therapie Raum gegeben, während sie sich mit ihren neu entdeckten Vertrauensproblemen und ihrer noch komplizierteren Vergangenheit auseinandersetzte.

Clementine sog all diese positiven Dinge in sich auf und ließ sich von ihnen ausfüllen, bevor sie Jacks Nachricht erneut las. Luciens Phantomdornen stachen nicht mehr so tief, und sie wusste, wo sie Elvis finden würde.

Sie streifte die Stiefel ab und lief auf Socken vom Eingang in die offene Küche. Eine weitere Nachricht steckte im Rahmen von Jacks Familienfoto – Elvis mit dem Arm um die Schultern von Maxwell David dem Ersten gelegt.

Ihre öligen Finger hatten den ersten Hinweis verschmiert, aber sie steckte ihn in ihre Jeans. Wenn Jack weiterhin Nachrichten in ihrem Auto und ihrer Handtasche und ihrer Unterwäscheschublade versteckte, dann würde sie bald einen ganzen Roman davon haben. Aufgeregt zog sie den jüngsten Hinweis aus seinem Versteck.

Finde den Ort, an dem ich gelernt habe, loszulassen.

Definitiv das Schlafzimmer. Obwohl sie es liebte, wenn Jack die Führung übernahm und von ihrem Geist und Körper Besitz ergriff, überließ er ihr auch etwas Kontrolle. Er hatte einige der Unsicherheiten losgelassen, die ihn an seine Vergangenheit fesselten, während sie Wege gefunden hatte, um ihn fluchend erbeben zu lassen. Ihm Handschellen ins Büro zu schicken hatte Spaß gemacht.

Sie trabte zu ihrem Schlafzimmer. Eine blaue Schachtel lag auf der Bettdecke, verschnürt mit einer rosa Schleife. Wie ein ungeduldiges Kind riss sie sie auf und wurde von einer weiteren Nachricht begrüßt.

Finde deinen Lieblingsort.

Kinderleicht.

Sie rannte zum Reptilienheim und drückte dreimal auf den Knopf zum Öffnen. *Nun mach schon.* Die feuchte Luft strich über sie hinweg, als sie hineinflitzte, und klebte ihr die verirrten Haare aus ihrem sich auflösenden Zopf ans Gesicht. Eine gelbe Schachtel stand neben dem Bartagamen-Gehege.

»Er ist so ein hinreißender Geheimniskrämer«, sagte sie zu Lucy.

Lucy starrte ins Leere. Oder starrte sie Ricky an? Er hatte sich in letzter Zeit sehr mit Ethel angefreundet. Das könnte Eifersucht wecken. »Wenn er dich liebt«, sagte sie zu ihrer Bartagame, »dann bleibt er treu.«

Jack war das beste Beispiel für unerschütterliche Liebe.

Sie machte kurzen Prozess mit der Schachtel und las Jacks Nachricht.

Finde den Gegenstand, der für unser Treffen verantwortlich war.

Mann, er musste diese Hinweise wirklich schwieriger machen. Den Zettel in ihre Tasche stopfend, flitzte sie durchs Haus, sodass ihre bestrumpften Füße unter ihr wegrutschten, als sie um eine Ecke sauste. Ihr T-Shirt – das schon von Motoröl schmutzig war – handelte sich einen weiteren Schweißfleck ein. Sie sollte kurz Pause machen und unter die Dusche hüpfen oder sich wenigstens umziehen, aber sie konnte ihre Aufregung bei Jack nie zügeln, und er beschwerte sich nie über ihre Aufmachung.

Sie rannte zu der drei Autos fassenden Garage, riss die Tür auf und tastete an der Wand nach dem Lichtschalter. Lampen leuchteten auf. Clementines Herz setzte einen Schlag lang aus.

Jack war in der Garage, in seinem Businessanzug, und lehnte mit der Hüfte am umwerfendsten Wrack eines Autos, das sie je gesehen hatte.

»Hast ja lang genug gebraucht«, sagte er.

Sie öffnete den Mund und schloss ihn gleich wieder, um ihre Imitation eines verblüfften Goldfischs zu perfektionieren. »Das kann nicht für mich sein.«

»Für mich ist es ganz sicher nicht.«

»Aber das ist zu viel.«

»Das ist ein Haufen Schrott.«

Der Pontiac Firebird war verbeult, mehr von Rost als von Lack überzogen, und einige der Fenster waren zerbrochen. Es war die Art von Auto, die man während einer Zombie-Apokalypse verlassen vorfand.

»Das ist zu viel«, wiederholte sie. Ein absolutes Meisterwerk aus den frühen Siebzigern, jeder Zentimeter davon bettelte darum, von Clementine zu seiner früheren Pracht wiederhergestellt zu werden. »Du musst damit aufhören, mir Sachen zu kaufen.«

»Du musst damit aufhören, mir zu sagen, wie ich mein Geld ausgeben soll. Nicht, dass du dir Sorgen machen müsstest. Diese riesige Rostlaube hat nicht das Budget gesprengt.«

Er war unverbesserlich. Und verdammt sexy mit den geöffneten obersten Knöpfen seines Hemds. Sie leckte sich die Lippen, doch das Auto zog erneut ihre Aufmerksamkeit auf sich. »Kann ich es von innen sehen?«

»Dachte schon, du fragst nie.« Er wies mit der Hand zur Fahrertür, dabei geriet sein Schmunzeln ins Wanken. Er schluckte mehrmals, und jedes Mal hüpfte sein Adamsapfel schneller. Waren das Schweißtropfen, die auf seiner Oberlippe perlten?

»Wenn du da drin eine Schlange versteckt hast«, sagte sie, »dann time ich es so, dass eine Ratte von der Decke fällt, wenn wir das nächste Mal Sex haben.«

Seine Mundwinkel hoben sich leicht. »Die Drohung wird nie langweilig.«

»Genauso wenig wie mein Einbrecher-Spitzname.«

Sie fanden beide diesen Vorschlag ihrer Therapeutin gut, die Vergangenheit locker zu behandeln, wann immer es möglich war, um ihr weniger Macht zu geben, sie zu verletzen. Obwohl es für sie beide funktionierte, erklärte es nicht, warum sich Jack so merkwürdig geheimniskrämerisch verhielt.

* * *

Hätte Jack diese Schnitzeljagd richtig durchdacht, dann würde er Laufshorts und ein T-Shirt tragen und keinen kompletten Anzug. Sein Schweiß-Marathon hatte in der Sekunde begonnen, als Clementine vor dem Haus geparkt hatte. Wenn sie nicht bald in diesen Schrotthaufen von einem Auto stieg, würde er sich wahrscheinlich spontan selbst entzünden.

»Habe ich dich je in die Irre geführt, Liebling?«

Ihn immer noch misstrauisch musternd kaute sie auf ihrer Lippe. »Da war dieses eine Mal, als ich Blue für Imelda abgeliefert habe und du mich im Regen hast stehen lassen.«

Er lachte und fuhr sich mit der Hand durchs Haar. »Du liebst es, das zu erwähnen.«

Und er liebte es, wenn sie ihn neckte. Er konnte sich keinen Tag vorstellen, an dem sie keinen Witz über seine Overall-Sammlung machte oder ihn mit einem schalkhaften Funkeln in den zimtfarbenen Augen einen Idioten nannte. Die Nächte, in denen sie beim Einschlafen träge das Bein über seines legte, waren ihm am liebsten. Die Handschellen und schmutzigen Päckchen, die sie ihm in die Arbeit schickte, lagen dicht dahinter auf dem zweiten Platz. Sie kamen immer mit einer frechen Nachricht wie: *Für den Fall, dass du in übermütiger Stimmung bist.*

Er war immer in Clementine-Stimmung.

Und sie war noch nicht bereit, nachzulassen. »Ich mein ja nur, die meisten Gentlemen würden einem Unterschlupf und schlichte Nächstenliebe anbieten, wenn das Wetter umschlägt. Wer weiß, was für ein unschickliches Ding du in dem Auto versteckt hast.«

»Schätze, da musst du selbst nachsehen.«

Sie versuchte ihn finster anzufunkeln, aber es sah eher wie ein süßes Naserümpfen aus.

Als sie schließlich zur Fahrertür trat, hielt er den Atem an. Falls das zu früh war, falls er sie in ihrer Therapie zurückwarf, würde er stinksauer auf sich sein. Aber Luciens und Yevgens Verhandlungen zeichneten sich am Horizont ab. Clementine war die Hauptzeugin. Er wollte, dass sie ohne jeden Zweifel wusste, dass er bleiben würde.

393

Die Tür des Firebirds, der nur noch eine Meile davon entfernt war, sich die Radieschen von unten anzusehen, quietschte laut, als sie sie öffnete. Sie sah durchs kaputte Fenster. »Da scheint ein Geschenk in meinem Geschenk zu sein.«

Jack rieb sich den feuchten Nacken. »Keine Ahnung, wie das da reingekommen ist.«

Sie warf ihm einen neckenden Blick zu. »Plausible Geschichte.«

Sie machte es sich auf dem Fahrersitz bequem, strich mit der Hand über das staubige Armaturenbrett und stieß einen leisen Pfiff aus, dann murmelte sie etwas, das er nicht hören konnte. Verfluchte sie ihn wegen eines weiteren Geschenks? Falls das der Fall war, würde sie über diese Schachtel stinksauer werden.

Zögernd hob sie das Päckchen hoch und schüttelte es. »Nichts knurrt, das ist schon mal ein gutes Zeichen.«

»Maden knurren nicht«, erwiderte er.

»Haufenweise Ratten«, schoss sie zurück und riss das Geschenkpapier auf.

Er hielt den Atem an. Das letzte Mal, als er so nervös gewesen war, hatte er Clementine das Schwimmen beigebracht. Er hatte am Rand des Pools gestanden und drei Schwimmwesten bereitgehalten, weil ihm dieser dumme Song mit ihrem Namen ständig im Hinterkopf herumspukte.

Sie warf das Papier und die Schleife auf den Beifahrersitz, dann nahm sie den Deckel von der Schachtel ... und schrie.

Nicht die Reaktion, die er wollte.

Er eilte zu ihr und fiel auf die Knie. »Flipp nicht aus.«

»Ich flippe aber aus.«

»Okay. Du kannst ausflippen, aber nur, weil du dich unglaublich freust, meine Frau zu werden und den Rest deines Lebens damit zu verbringen, neben mir aufzuwachen.«

Ihr Wimmern als Antwort war weniger besorgniserregend als ihr Schrei. Sie nahm den schokoladenfarbenen Diamantring aus der Schachtel. Er zitterte in ihren Fingern. »Wie kannst du mich so sehr lieben?«

»Weil ich es einfach tue.« Die unbeschreibliche Besessenheit der Liebe ließ sich nicht beschreiben. Sie war ein Regenbogen an einem Sommertag, die winzigen Härchen im Nacken, die eine Vorahnung ankündigten. Liebe war alles, was man brauchte, und nichts, was man nicht brauchte. Sie war Clementine Abernathy, Einbrecherin, die sein Herz gestohlen hatte.

»Gott, Jack – bist du sicher?«

Er nahm ihr den Ring seiner Großmutter aus der Hand und hielt ihn an ihre Fingerspitze. »Ich will dich für immer, Clementine. Ich will mit dir alt werden und dich lieben und mit dir streiten, damit wir uns wieder versöhnen und das Ganze noch mal machen können. Ich will dir immer vorsingen und diese Sache mit der Zunge machen, die du so magst.« Ihr Lachen mit Tränen in den Augen feuerte ihn an. »Ich will uns, Baby. Ich will, dass du meine Frau wirst.«

Sie schniefte, und ihre Finger zitterten in seinem Griff. Aber sie antwortete nicht.

»Clementine? Bist du dir unsicher?«

»Ich bin überwältigt.«

Eine Emotion, von der er sich wünschte, sie würde sie ihm gegenüber nicht noch immer empfinden. Verunsichert sagte er: »Ich weiß, der Ring ist nicht traditionell, aber er hat meiner Großmutter gehört. Er passt zu der Halskette, die ich dir geschenkt habe.« Der, um die sie sich gesorgt hatte, als sie blutend auf dem Boden gelegen hatte. »Meine Mutter freut sich unglaublich darauf, dass du ihn tragen wirst.«

»Sie ist damit einverstanden … mit mir?«

Wenn Clementine nur wüsste! »Sie hat geweint, als ich es ihr gesagt habe, und macht schon eine Liste mit Veranstaltungsorten für die Hochzeit.«

Seine Mutter hatte viel geweint, seit sie Dad verloren hatten, aber diese speziellen Tränen waren sowohl freudige als auch traurige gewesen. Maxwell würde bei der Hochzeit seines Sohnes oder den Meilensteinen danach nicht dabei sein. Eine Tatsache, mit der Jack immer noch zu kämpfen hatte, und Clementine war nicht allein mit ihren Bedenken.

Nachdem seine Mutter ihre Fassung wiedererlangt hatte, fragte Jack: »Denkst du, Dad wäre einverstanden?«

Maxwells erster Impuls nach der Schießerei war gewesen, Jack vor Clementine zu warnen. Ein Ratschlag, den er mit Freuden ignorierte. Sein Vater hatte schließlich seine Meinung geändert und Clementine sogar oft »sein Mädchen« genannt. *Wie geht's meinem Mädchen denn heute?*, war seine Standardbegrüßung für sie geworden.

Jack hatte es sofort bereut, seine Mutter nach Maxwells Zustimmung zu fragen, weil es sich anfühlte, als hätte er Clementine dadurch verraten.

Aber Sylvia David hatte Jacks Hand in ihre genommen und gedrückt. »Als Kind hast du während dieser UNICEF-Werbespots immer geweint. Du bist dann zu mir gekommen und hast mich gefragt, ob du deine Spielsachen und Kleider und alles im Haus spenden kannst. Dann kamen die Tierschutz-Werbespots und noch mehr Tränen, und du hast dich für verletzte Tiere eingesetzt. Du wurdest mit einer mitfühlenden Seele geboren, und Clementine braucht Mitgefühl. Dein Vater und ich haben beide gesehen, wie glücklich sie dich macht und wie sehr sie dich herausfordert, wie es ein Partner tun sollte. Dein Vater hat das erkannt, als er sie besser kennenlernte. Und wie sie für uns alle und für dich da war, als er von uns ging? Ihr beide bringt euch gegenseitig ins Gleichgewicht.«

Damals hatten ihn ihre Worte beruhigt. Er wünschte, sie würden nun auch Clementine beruhigen.

»Meine Mutter freut sich unglaublich für uns beide«, sagte er. »Also werde ich dich noch mal fragen, da ich schwer von Begriff bin und meinen letzten Versuch nicht als Frage formuliert habe. Clementine, willst du mich heiraten?«

Ihr wackliges Lächeln war das Schönste, das er je gesehen hatte. »Ein Teil von mir fühlt sich immer noch, als würde ich das hier – *dich* – nicht verdienen, aber wenn ich weiter so denke, dann muss ich noch einen ganzen Haufen Dollar in mein Schwaches-Selbstwertgefühl-Glas stecken, und ich bin pleite.« Ihre Hand wurde ruhiger, und sie hob das Kinn. »Außerdem lass ich dich nicht mehr davonkommen.«

»Ist das ein Ja?«

»Das ist ein ›O ja, verdammt‹.«

Er steckte ihr den Ring an den Finger und nahm ihr Gesicht in die Hände, um ihre Lippen zu seinen zu ziehen, weil er sie auf eine Weise brauchte, wie er es noch nie erlebt hatte. Sie küssten sich langsam und innig, jeder Geschmack von ihr machte ihn schwindlig. Ihre Küsse spornten seinen Puls jedes Mal an, aber diesmal war es anders, langsamer und heftiger zugleich. Es war seine Zukunft. Es war ein Versprechen, eines, das er in Ehren halten würde, bis er starb.

Er zog sich weit genug zurück, um ihr seine Hand zu reichen. »Mein Name ist Maxwell Jack David der Dritte, Verlobter der spektakulärsten Frau der Welt. Es ist mir ein Vergnügen, dich kennenzulernen.«

Vergesst das letzte Lächeln, dieses hier – schwindlig vor Glück und schelmisch mit einer Prise Staunen – war sein neues Lieblingslächeln. Sie legte ihre Hand in seine. »Ich bin Clementine Abernathy, geläuterte Kriminelle und Verlobte des besten Elvis-Tribute-Künstlers, der je gelebt hat, obwohl er letztes Jahr vor dem Finale aufgegeben und dieses Jahr gegen Alistair verloren hat.«

»Alistair ist der Schlimmste«, brummte Jack, wie immer erstaunt über seine neue Zuneigung für seinen alten Erzfeind. Sie hatten die signierte Goldene Schallplatte beim diesjährigen Wettbewerb zum Einsatz einer privaten Wette gemacht. Jack sollte eigentlich stinksauer sein, dass er den Titel und diesen Preis verloren hatte. Insgeheim gefiel es ihm jedoch zu wissen, dass Alistair den Schatz sicher hüten würde. »Und du hast vergessen, hinzuzufügen, dass ich der Mann bin, der seine Tage damit verbringen wird, dir Geschenke zu kaufen, die dich ärgern werden.«

Aufgebracht stotterte sie eine Erwiderung, aber er brachte seine zukünftige Frau mit einem weiteren Kuss zum Schweigen.

SCHRIFTSTELLERINNEN und Schriftstellern wird häufig geraten, über etwas zu schreiben, was man kennt. Obwohl ich nicht als leidenschaftlicher Fan von Elvis Presley aufgewachsen bin, lebe ich nun in einer kleinen kanadischen Stadt, die tatsächlich ein Elvis-Festival veranstaltet. Die spaßigen Wochenenden bringen alle möglichen Charaktere zum Vorschein. Es ist der perfekte Hintergrund für eine schräge und witzige Romanze. Dann, bei einem Besuch in Nashville, sah ich Elvis-Andenken, frühe Fotos eines attraktiven Mannes, und ich hörte ein paar seiner Aufnahmen im Original RCA Studio B. Der legendäre Mann erwachte für mich zum Leben, und ich wollte einen Charakter erschaffen, der von seinem Charisma inspiriert wurde.

Als ich in den Nachrichten von einer Familie hörte, die nicht wusste, dass sie ein berühmtes Gemälde besaß, begann der Rest *klick!* zu machen. Das unbezahlbare Stück war unentdeckt geblieben, weil es nicht signiert worden war. Ich erinnere mich nicht mehr an das Gemälde oder den Künstler, aber die pikanten Details legten den Grundstock für eine Handlung.

Danke, dass ihr diese Geschichte gelesen habt. Jack und Clementine haben mich auf Reisen entführt, die ich nicht erwartet hatte, und ich bin dankbar dafür, Leserinnen und Leser zu haben, die bereit sind, in meine manchmal schrägen, imaginären Welten zu flüchten. Meine nächste Geschichte wird von Annie handeln, dem kleinen Waisenmädchen, mit dem Clementine früher zusammenlebte, und ich kann es kaum erwarten, ihre Romanze mit euch zu teilen!

Danke an meine talentierte Cover-Designerin Mary Ann Smith. Deine Arbeit ist ein solches Highlight und erweckt meine Geschichten zum Leben. Danke an meine gründliche Lektorin, Tamara Mataya, und an die vielen Autoren und Freunde, die mir bei diesem Buch geholfen haben: J. R. Yates, Jamie Howard, Chelly Pike, Tara Wyatt, Michelle Hazen, Shelly Hastings Suhr, Tammy Cole, Sandra Lombardo, Jen DeLuca, Beth Miller, Brenda St. John Brown.

Von Herzen empfundenen Dank an Robert Maaskant, dessen Ingenieurswissen mir eine große Hilfe bei den Problemen und Einzelheiten der Optik-Fabrik war. Außerdem macht er einen mordsmäßigen Gin Tonic. Jegliche Unstimmigkeiten sind allein mein Fehler.

An meinen Mann: Du hast meine ganze Liebe.

Danke an meine Facebook-Gruppe Kellys Gang, ihr macht Social Media unterhaltsam. An die bloggende Community, ihr leistet unglaubliche Arbeit, die Liebe zu Büchern zu verbreiten. Tausendmal Danke. Und Danke an euch, liebe Leserin und lieber Leser. Ihr seid der Grund, warum ich schreibe.